DE SMAAK VAN DE DOOD

EEN BRITSE MISDAADTHRILLERMYSTERIE

DS TOMEK BOWEN ESSEX MOORDMYSTERIE-SERIE
BOEK 5

JACK PROBYN

CLIFF EDGE PRESS

eBook ISBN: 978-1-80520-213-4

ISBN: 978-1-80520-214-1

Eerste editie

Bezoek de website van Jack Probyn op www.jackprobynbooks.com.

HOOFDSTUK
EEN

Op ruim anderhalve kilometer van de kustlijn van Southend lag een enorme betonnen constructie genaamd Mulberry Harbour. De Phoenix caisson, acht meter breed en zestig meter lang, met een gewicht van meer dan 2.500 ton, was gebouwd voor gebruik bij de D-Day landingen op 6 juni 1944. Het was, samen met honderden soortgelijke constructies, ontworpen om tanks en andere zware militaire voertuigen de stranden van Normandië te laten bereiken, maar juist dit specifieke onderdeel van een zeer lange keten was tijdens zijn eerste reis lek geraakt en had nooit actie gezien.

Sindsdien lag het op dezelfde noodlottige positie, vastgelopen in de zandbanken van het Thames-estuarium, als een onverzettelijke verdediger tegen het getij.

Hoewel de haven over het algemeen verboden terrein was, was het door de jaren heen een populaire plek geworden voor toeristen. Degenen die dapper genoeg waren om de tocht naar die vlek aan de horizon te wagen, moesten een slopende tocht van 1,2 kilometer door modder, zand en het opdringerige opkomende getij doorstaan. Fotografen en hondenbezitters stonden bekend om hun bezoekjes, vooral om te zien waar al die ophef over ging, terwijl zwemmers en avonturiers er naartoe trokken vanwege de historische en fysieke uitdaging. Er was zelfs een jaarlijkse sponsorloop in de zomer ten behoeve van de RNLI.

De beste tijd van het jaar om te bezoeken was, zoals bij bijna alles, tijdens de zomermaanden, wanneer het klimaat veel aangenamer was en het getij veel vergevingsgezinder. Het enige waar je voor moest oppassen was de wind. Tijdens de wintermaanden kunnen de stormachtige winden, vooral langs het Thames-estuarium, de richting en snelheid van het getij gemakkelijk veranderen, en voor je het weet, kan een verblijf van dertig minuten bij de haven snel inkorten tot twintig, vijftien of soms nog minder minuten.

Dat was echter niet genoeg om de honderden mensen die deze plaats in deze maanden bezochten af te schrikken.

Andrei inbegrepen.

Hij sloeg zijn armen om zich heen tegen de bittere, genadeloze februariwinden terwijl hij door het zand en de modder ploeterde. Inmiddels stond het water tot aan zijn schoenzolen en kleine spatten water sprongen de lucht in, waardoor de veters van zijn sportschoenen vies werden. Het was niet het meest geschikte schoeisel, maar het was alles wat hij had. Dat, en de dunne parka en spijkerbroek.

De haven was nog maar een kleine vijftig meter verderop, snel dichterbij komend. De rechthoekige constructie stak uit tegen de horizon, verloren tegen de zwarte en onheilspellende wolken op de achtergrond. Hij strekte zijn nek omhoog naar de grauwe lucht, naar de regen die dreigde op hem neer te storten.

Hij wist niet dat dat niet de enige watermassa was die snel zijn kant op kwam. Negentig graden naar links trok het getij op. Snel. Ondertussen stond er rechts van hem, op iets meer dan driehonderd meter afstand, een klein groepje mensen, minuscule figuren aan de horizon, die op de toeristische trekpleister afkwamen.

Tegen de tijd dat hij de rand van de grote watermassa die de gezonken haven omringde bereikte, was de waterlijn gezwollen en stond het water al tot aan zijn veters, zijn voeten doorweekt. Binnen enkele ogenblikken waren zijn tenen gevoelloos geworden en zijn natte sokken voelden alsof ze zich aan zijn huid vastklampten, zich als in een bankschroef om zijn voeten en tenen wikkelden. Elke beweging voelde ruw en schurend op zijn huid.

Toen hij bij de rand van de plas kwam, bleef hij staan, bevroren. Niet door de wind. Niet door het verdovende gevoel dat snel zijn enkels bereikte. Maar door het beeld voor hem. Een gestalte, plat in het ijskoude water liggend, een bleek, leeg gezicht dat naar de hemel staarde. Een vrouw, netjes gekleed, met een vleugje make-up. Hoewel het er nu niet meer zo uitzag, was haar haar mooi in model gebracht, de golven die ze die ochtend met een stijltang had gemaakt nog steeds zichtbaar terwijl ze in het water dreven.

Boven haar, tot aan zijn knieën in het water, haar hoofd ondersteunend, stond een andere gestalte. Een man. Gekleed in een dikke zwarte jas met een zwarte sjaal om zijn nek, zag hij eruit alsof hij langs de zijlijn van een voetbalwedstrijd had moeten staan, niet anderhalve kilometer van de bewoonde wereld midden in de Thames. Shock stond op zijn gezicht geschreven op het moment dat hij Andrei zag. Hij liet onmiddellijk het hoofd van de vrouw los, waardoor de vaart van de val haar gezicht onder water duwde voordat haar natuurlijke drijfvermogen haar weer naar boven duwde.

'Wat...?' zei de man, maar voordat hij kon doorgaan, drong het geluid van stemmen tot hen door, meegedragen door de wind die hen van alle kanten leek te beuken.

Andrei likte zijn lippen, proefde zout, en draaide zich toen om naar de groep. Zes in totaal, op iets meer dan honderd meter afstand, allemaal gekleed alsof ze de Alpen beklommen bij temperaturen onder nul in plaats van de moddervlaktes van Southend.

Toen Andrei zich omdraaide om de figuur aan te kijken, was de man verdwenen. Het enige wat van hem over was, was een silhouet dat in de andere richting verdween, en zijn diepe voetafdrukken in het zand die hem achterna zaten.

HOOFDSTUK
TWEE

De mobiele radiator die snel warmte uitstraalde, brandde door zijn broek heen op zijn been. Hij voelde hoe de stof op zijn huid begon te smelten, maar er was geen ruimte om weg te schuiven; het kantoor van zijn therapeut werd verbouwd, dus waren ze gedwongen hun professionele relatie voort te zetten in een ruimte die niet groot genoeg was, in wat Tomek alleen maar kon omschrijven als een kleine bezemkast. Hij was weleens gevangeniscellen binnengelopen die groter waren dan dit, maar hij was niet in de stemming om te klagen of ophef te maken. Het was haar schuld niet dat het plafond had gelekt. Het was haar schuld niet dat de regenval van de afgelopen twee weken als een waterval naar beneden was gekomen op alles in haar kantoor. Het was haar schuld niet dat het haar twee weken had gekost om hem opnieuw in te plannen en tijd te vinden om hem te zien.

'Ik vind het wel wat,' loog hij. 'Het is meer... intens.'

'Dat is precies de tegenovergestelde sfeer van wat ik wil,' antwoordde Isabel Fox oprecht. 'Hier komen zou niet intens moeten zijn. De reden dat u, en dat geldt voor iedereen die hier komt, mij bezoekt, is omdat een aspect van uw leven al intens is. U zou hier moeten komen en het tegenovergestelde moeten voelen.'

Tomek haalde zijn schouders op. Hij vermoedde dat hij eraan gewend was. Zijn hele leven balanceerde op de rand van intensiteit, levend op het randje, slechts een klein windvlaagje of een zacht duwtje in de verkeerde richting verwijderd van het afglijden naar waanzin.

Maar dat was wat hij de afgelopen dertig jaar had gekend, en hij was niet van plan dat binnenkort te veranderen.

'Is dat niet wat ons allemaal menselijk maakt? Die oerangst om opgejaagd en gedood te worden? Ons bestaan en overleven zijn gebaseerd op het feit dat het *intens* zou moeten zijn,' zei hij.

Isabel trok haar lippen samen. 'U gaat behoorlijk diep voor een ochtendsessie. Ik had gehoopt op een rustiger begin van mijn dag, maar ik denk dat u gelijk hebt. Het enige om in gedachten te houden is echter dat u niet langer de prooi bent. Als soort zijn we geëvolueerd tot roofdier. Dus u kunt beginnen met het loslaten en ontspannen van dat instinct van u.'

Tomek was het daar niet mee eens. Tenminste, niet zolang er moordenaars en verkrachters rondliepen die nog steeds dat instinct in zich hadden.

Isabel was eind twintig en had een PhD in het begrijpen van de werking van het menselijk brein en een paar verwelkomende ogen die zelfs de meest geharde personen op hun gemak konden stellen. Ze was aan hem aanbevolen door zijn baas, DCI Nick Cleaves, en in het begin was Tomek afgeschrikt door haar leeftijd, ervan uitgaande dat ze niet genoeg ervaring had - zowel professioneel als in het leven - om hem te diagnosticeren of te helpen met zijn problemen. Maar na hun tweede consult was hij voor haar opgewarmd - misschien waren het haar ogen geweest - en waren zijn meningen over het hele proces veranderd.

Isabel kwam meteen ter zake.

'Dus... hoe was *het*?'

'Dat is een behoorlijk brede vraag,' zei Tomek. 'Het hangt af vanuit welke hoek u het bekijkt. Als u *hem* die vraag zou stellen, zou het de meest bevredigende ontmoeting van zijn hele leven zijn geweest.'

'En voor u?'

'Het tegenovergestelde.'

Vandaag bespraken ze de ontmoeting die had plaatsgevonden met de moordenaar van Tomeks broer. Toen hij negen was, was zijn broer vermoord in een park om de hoek van zijn school. Hij was herhaaldelijk neergestoken, geslagen met een baksteen, genitaal verminkt, ogen uitgestoken met accuzuur. En Tomek was degene geweest die het lichaam van zijn broer had gevonden. Twee minuten te laat. Hij had oog in oog gestaan met de moordenaar van zijn broer, Nathan Burrows, en het was dertig jaar geleden dat Tomek het gezicht van de man voor het laatst had gezien.

Tot een paar weken geleden.

'Hoezo?'

'Hij vertelde me niets. Eigenlijk, nee. Dat is een leugen. Hij vertelde me *iets*. Hij vertelde me dat het allemaal in mijn hoofd zat. Dat er niemand anders aanwezig was op de avond dat Michał stierf. Dat ik het me had ingebeeld, en dat ik de afgelopen dertig jaar het mogelijke beeld en de hoop van een andere moordenaar aan zijn zijde met me mee heb gedragen zonder reden. Dat ik heb gedacht aan iemand die niet bestaat, die nooit heeft bestaan en nooit zal bestaan.'

Een korte stilte vulde de kamer terwijl Isabel een mentale notitie maakte. Aarzeling speelde zich af op haar gezicht.

'Hoe voelde u zich daarover?'

Tomek haalde onverschillig zijn schouders op, waarbij hij dezelfde verdedigingsmechanismen versterkte die hij de afgelopen dertig jaar had gedragen.

'Wat denkt u? Ik weet niet meer wat ik moet geloven.'

'Gelooft u *hem*?'

Nog een schouderophalen. Deze keer liet hij zijn blik zakken naar zijn knie. Hij begon met zijn nagels cirkels in de stof te wrijven. 'Een deel van me wel. Terwijl het andere deel van me zegt dat ik weet wat ik zag. Ik heb die nachtmerries om een reden, en ik zag Charlie in een ervan om een reden. Ik hoorde zijn naam.'

Charlie was de naam van de tweede moordenaar van zijn broer. Degene van wie Tomek overtuigd was dat hij bestond, maar dat hij niet had kunnen bewijzen. Hij had de naam ooit in een nachtmerrie ontdekt; hem gehoord toen de twee moordenaars van de plaats delict vluchtten.

'Hebt u Charlie genoemd tegen Nathan?'

Tomek antwoordde dat hij dat had gedaan.

'En hoe reageerde hij?'

Tomek dacht daar even over na. Haalde zich de bezoekersruimte van de gevangenis voor de geest. Omringd door tientallen andere gevangenen en hun vrienden en familie. Pratend, discussiërend, sommigen ruziënd terwijl de meerderheid van elkaars gezelschap genoot. En toen had hij Charlie's naam genoemd.

Met gesloten ogen stelde Tomek zich de reactie van de man voor.

'Nathans ogen werden iets wijder,' legde hij uit. 'En hij glimlachte. Meer een grimas dan een glimlach. Eigenlijk een grijns. Maar het was subtiel, discreet. Een kleine trilling van zijn lippen. Zo'n zelfvoldane glimlach die je voor jezelf trekt wanneer je net het raam hebt gerepareerd of een moeilijke potdeksel hebt losgedraaid terwijl niemand anders het kon en je niet als een eikel wilt overkomen. Nathan keek alsof hij de naam herkende... maar niet helemaal. Toen schudde hij zijn hoofd en vertelde me dat er niemand met die naam was, dat ik het allemaal had verzonnen.'

'Wat bedoel je met "maar niet helemaal"?'

Tomek opende zijn ogen en werd verblind door de helderheid. De kamer was uitgerust met de felste lampen die hij ooit had gezien. Hij durfde te wedden dat de persoon die ze had geïnstalleerd net zo zelfvoldaan was als Nathan verdomme Burrows.

'Ik weet het niet,' antwoordde hij. 'Het was vreemd. Hij keek alsof hij de naam herkende maar hem tegelijkertijd *niet* herkende. Begrijp je wat ik bedoel?'

De blik op haar gezicht suggereerde van niet. 'Denk je dat je het misschien verkeerd hebt?'

Tomek gaf haar een uitdrukkingsloze blik terug. 'Ik zei al, ik weet niet eens meer wat ik moet geloven. Het ene moment zie ik het silhouet daar staan, over mijn broer gebogen naast Nathan. Het volgende moment niet meer. Het ene moment hoor ik zijn naam zo duidelijk als wat worden geroepen, dan is het weer weg. Mijn geest blijft zichzelf voor de gek houden. Het draait maar door en door. En ik kom geen stap dichter bij een antwoord.'

Isabel liet een korte, krachtige zucht door haar neusgaten ontsnappen. 'Heb je nog meer nachtmerries gehad sinds je bezoek?'

Tomek schudde zijn hoofd en antwoordde dat dit niet het geval was. Dat de nachtmerries, die tot dat moment vrij regelmatig waren geweest, nu waren afgenomen.

'Dat is toch goed? Dat klinkt voor mij als vooruitgang. Hoe voel je je nadat je Nathan hebt bezocht? Heb je het gevoel dat je een vorm van afsluiting hebt gekregen, ook al was het misschien niet het antwoord waarop je hoopte?'

'Afsluiting? Waar heb je het over, afsluiting? Suggereer je dat ik hem zou moeten geloven? Dat ik zijn woorden voor zoete koek zou moeten slikken en alles geloven wat hij zegt? De man is een moordenaar. Het zit in zijn DNA om verdomme te liegen. Hij heeft Charlie al die jaren beschermd, hij zal hem nu niet zomaar verraden.'

'Dus je gelooft *nog steeds* dat Charlie bestaat?'

Tomek dacht even na. Zijn hoofd begon pijn te doen; te draaien als een draaimolen. Net zoals het de afgelopen weken had gedaan. Sinds de ontmoeting had hij moeite om 's nachts te slapen. Hij had moeite zich op zijn werk te concentreren. Hij voelde zich bijna elk wakker moment van de dag afgeleid, zijn gedachten dwaalden af naar Nathan, de kamer, de ontmoeting, de zelfvoldane blik op zijn gezicht terwijl hij tegen Tomek loog.

Charlie.

Diep vanbinnen wist Tomek dat hij gelijk had, dat zijn broer bruut was vermoord door twee personen, en dat Nathan tegen hem loog, probeerde hem van het tegendeel te overtuigen. Die overtuiging zat zo diep in hem geworteld - dertig jaar diep in zijn psyche gedrukt - dat niets het kon ontwortelen. Maar die dag hadden Nathans woorden een dodelijke ziekte in zijn geest geplant, een die momenteel aan het rotten was en de wortels rond zijn overtuiging wegvrat. Zou hij de figuur naast Nathan verzonnen kunnen hebben? Zou hij de naam die hij in zijn nachtmerries had gehoord, verzonnen kunnen hebben? Toen het gebeurde, was hij bezig met het onderzoeken van een reeks vigilante moorden op recent vrijgelaten gevangenen, en een verdachte genaamd Charlie Hampton, de vriend van een reclasseringsmedewerker, was in het onderzoek naar voren gekomen. Het kon toch niet zo zijn dat zijn onderbewustzijn een willekeurige naam had toegevoegd die hij als deel van een ander volledig ongerelateerd onderzoek had gehoord?

Dat wilde hij niet geloven.

'Ik weet dat het mijn suggestie was om hem te bezoeken,' vervolgde Isabel, nadat ze besefte dat er geen antwoord op haar vraag zou komen. 'En ik besef dat het misschien een nadelig effect heeft gehad op jou en je zoektocht naar de dood van je broer, maar ik wil dat je een tijdje afstand neemt van die wereld. Zo veel als mogelijk wil ik dat je het vergeet. Ik wil dat je jezelf onderdompelt in andere aspecten van je leven - je relaties, je vriendschappen, Kasia, werk. Ik wil dat je je concentreert op de dingen die je kunt beheersen. Want op dit moment kun je niets doen aan de dood van je broer en wat Nathan tegen je heeft gezegd. En hoe meer je je erop probeert te concentreren en je er zorgen over maakt, hoe verder je in een spiraal naar beneden zult gaan. Je zult op een dag je antwoorden vinden, dat beloof ik je, maar de enige manier om dat te doen is als je je geest wat rust gunt. Dan, wanneer je terugkeert, zal je brein tijd hebben gehad om nieuwe informatie te absorberen, te verwerken, en je in staat stellen om naar deze hele situatie te kijken met een heldere geest. Vanaf daar kun je de vooruitgang boeken die je nodig hebt.'

Makkelijker gezegd dan gedaan, dacht Tomek terwijl hij haar bedankte voor haar tijd en de bezemkast verliet.

HOOFDSTUK
DRIE

Tomek zat in het café, op zijn vaste plek, in de hoek van de ruimte, met de diamanten spiegel die boven zijn hoofd fonkelde, met een koffie in zijn hand om zijn vingers op te warmen, terwijl hij met één oog de deur in de gaten hield, wachtend tot DCI Nick Cleaves zou binnenkomen. Zijn hoofdinspecteur had hem onderschept toen hij uit Isabels bezemkast kwam en vlak voordat hij zelf een vergadering in ging, en had voorgesteld dat ze zouden bijpraten onder het genot van een koffie. 'Net een stelletje moeders,' had Nick gezegd vlak voordat hij de deur dichtdeed.

Gelukkig had Tomek precies de juiste plek in gedachten. Een leuk tentje dat hij heel goed kende. Het was druk, meer dan groot en luidruchtig genoeg voor hen tweeën om een discreet gesprek te voeren, en het eten was goddelijk. De perfecte oppepper voor het midden van de week.

Het café heette Morgana's en was al snel een van Tomeks favoriete plekken geworden. Hij beschouwde zichzelf als stamgast nadat zijn vriendin Abigail hem er had geïntroduceerd. Ze hadden er ooit een professionele ontmoeting gehad, en Tomek had haar zelfs weten te overtuigen dat het de plek was van hun tweede date. Sindsdien kwam hij er bijna wekelijks. Het café had zijn verwachtingen van alles wat je in een soortgelijke zaak zou hopen te vinden verhoogd. Het eten - vettig, smaakvol, precies de juiste hoeveelheid zout (alleen al de gedachte eraan deed zijn mond wateren) - werd gecombineerd met een bijna onberispelijke service. Morgana, de eigenaar en naamgever van het bedrijf, was een eenvrouwsbedrijf, die alle klanten op de restaurantvloer bediende, een publiek dat zo vaak wisselde als een verkeerslicht. Ze deed fantastisch werk door het hele restaurant te managen, leidend vanaf de frontlinie, en Tomek bewonderde haar enorm.

Terwijl hij daar zat, telde hij tien andere tafels met minstens één persoon eraan. Een waar Essex-milieu: vakmensen die dikke, logge woestijnlaarzen droegen bij hun bevuilde trainingspakken met een duur designerhorloge om hun pols, die binnenkwamen voor een laat ontbijt; een ouder echtpaar, nog steeds met hun dikke winterjassen aan terwijl ze rood vlees en bonen verorberden; een man van middelbare leeftijd met een buik zo groot als een skippybal die met zijn benen wijd zat om te compenseren voor de extra ruimte die zijn buik nodig had; een jonge moeder met haar nog jongere zoon (die eigenlijk op school had moeten zijn) die op een tablet speelde terwijl zij probeerde eten in de mond van haar pasgeborene te duwen die vastgeklemd zat in de kinderwagen, niet in staat om te bewegen. Er werd daar niet geoordeeld. Niemand was beter dan een ander. Ze waren gelijk. Gewoon daar voor goed eten, goede vibes en een goede prijs - een motto dat tot voor kort in glinsterende roze diamanten letters was gedrukt en met lijm aan de muren was bevestigd.

Voordat Tomek de rest van het café kon bekijken, klonk de bel bij de ingang en stapte DCI Cleaves binnen, met het gezicht van iemand die uit was op ruzie.

De intimiderende uitdrukking verzachtte een beetje toen hij oogcontact maakte met Tomek. Ze schudden elkaar de hand en namen plaats aan tafel, bestelden toen koffie en wat eten. Roereieren voor Tomek. Dubbele bacon, dubbele worst en dubbel ei-broodje voor Nick - de dubbele hartaanval special, zoals Tomek het noemde.

'Roereieren...' begon Nick ter verdediging. 'Dat is behoorlijk droog. Voel je je wel goed?'

Tomek klopte met zijn hand op zijn buik, voelend hoe zijn ingewanden nog nadeinden.

'Ik let een beetje op mijn middel.'

'Op jouw leeftijd? Je hebt nog wel een paar jaar voordat je mijn formaat bereikt.'

Tomek draaide zich om en gebaarde discreet naar de man met de skippybal-buik. 'En hoeveel jaar denk je dat je nog hebt voordat je op *dat* formaat zit?'

Voordat Nick kon antwoorden, onderbrak de serveerster hen, met hun koffie op een dienblad. Terwijl ze de drankjes op tafel zette, vroeg Tomek: 'Geen Morgana vandaag?'

'Nee, ze is vanochtend niet gekomen,' antwoordde de vrouw met een zwaar Oost-Europees accent. Tomek herkende haar, maar kon haar accent niet plaatsen. 'En de plaatsvervangend manager is er ook niet, dus ik heb de leiding.'

'Nou, ik denk niet dat iemand het gemerkt heeft, dus je moet wel iets goed doen.'

De serveerster trok haar neus op bij zijn opmerkingen en haastte zich toen verontwaardigd weg.

'Wat zei ik nou?' vroeg hij terwijl hij zich weer naar Nick draaide.

'In principe dat ze een waardeloze job doet maar dat iedereen te druk is of te veel van het eten geniet om het te merken. Gefeliciteerd,' vervolgde Nick, 'je hebt iemand beledigd die waarschijnlijk niet genoeg betaald krijgt om te overleven terwijl je haar beledigt omdat ze haar werk doet. Mooi zo. Wed dat je je *echt* goed voelt nu.'

'Moet jij nodig zeggen,' snoof Tomek. 'Ik heb gezien hoe jij tegen sommige teamleden praat.'

'Rot op.'

'Precies mijn punt.'

'Dat is anders. Dat is een werkding.'

'Wat je maar helpt om 's nachts te slapen.'

Tomek had Nick vaak als een vaderfiguur beschouwd. Een strenge, strikte en enigszins zwaarlijvige. En Tomek beantwoordde die familieband. Nadat de zoon van Nick en zijn vrouw onverwacht bij de strijdkrachten was gegaan, was Tomek bijna in die rol gestapt, en vulde hij de leegte die het vertrek van hun zoon in hun leven had achtergelaten. Ze ruzieden, ze schreeuwden tegen elkaar, maar uiteindelijk was er bewondering, wederzijds respect voor elkaar. Hetzelfde kon echter niet gezegd worden voor veel van Tomeks collega's.

'Hoe was Isabel?' vroeg Nick.

'Prima. En jij?'

'Ja, ook prima.'

'Goed. Fijn gesprek. Blij dat je me hierheen hebt gebracht daarvoor. Ga je dit op de onkosten zetten of moet ik de rekening betalen?'

Nicks voorhoofd rimpelde. 'Ik was van plan het uit de goedheid van mijn hart te betalen, maar nu je zo'n brutale klootzak bent, wil ik het niet meer doen.'

Tomek protesteerde niet. Er was iets aan het gezicht van de man, iets wat hij wilde zeggen, iets dat hem aanzienlijk had bezwaard. En Tomek kende de man goed genoeg om te weten dat hij hem gewoon de tijd en ruimte moest geven om het te zeggen.

Het duurde nog een paar momenten voordat Nick weer sprak.

'Het gaat over Lucy...'

Tomek pauzeerde, luisterde en begon het ergste te vrezen.

'Ze wordt slechter. Ze gaat niet vooruit. Ze heeft nog steeds moeite om behoorlijk te staan en te lopen. Ze lijkt nog steeds niet honderd procent bij de les te zijn. Het duurt soms even voordat ze reageert, en zelfs dan zijn haar antwoorden niet coherent. Ze... *bestaat* gewoon. Ik dacht dat ze inmiddels wel *enige* verbetering zou hebben getoond...'

Een paar maanden geleden, vlak voor Kerstmis, hadden Tomeks dochter Kasia en Nicks dochter Lucy afgesproken met een groep vrienden voor wat illegaal drinkgelag op Bell Wharf beach in Leigh-on-Sea. Terwijl Lucy een van de gestolen flessen wodka van haar vader in de prullenbak deed, was ze aangevallen en op de grond gegooid, waardoor ze in een plas bloed belandde met een enorme wond aan de zijkant van haar hoofd. Sinds haar ontslag, na een twee weken durend verblijf in het ziekenhuis, hadden de artsen gezegd dat er mogelijk permanente hersenschade zou zijn. Dat ze het niet met zekerheid konden zeggen.

Dat alleen de tijd het zou leren.

Het leek erop dat de tijd hun alle verkeerde signalen gaf. Toch was er nog hoop, en Tomek wilde hem daaraan herinneren.

'Niet verbeteren is niet hetzelfde als verslechteren,' herinnerde hij Nick. 'Eigenlijk is het beter. Je moet gewoon onthouden dat deze dingen tijd kosten.'

'We hebben geen tijd.'

Er vormde zich een brok in Tomeks keel. Hij wilde net vragen waarom de haast, maar hield toen zijn adem in terwijl hij wachtte tot de woorden uit Nicks mond zouden vallen.

'Maggie wil een scheiding.'

Even had hij gevreesd dat Nick hem zou vertellen dat hij stervende was, dat hij een ongeneeslijke ziekte had die hem binnen enkele weken zou doden. Maar dit was veel erger. Maggie verliezen zou voor Nick hetzelfde zijn als de dood. Tomek wist dat ze de meisjes mee zou nemen. Dat hij het niet zou kunnen bevechten in de rechtbank. Hij was nu al nooit thuis. Hoe dacht hij voor zijn tienerdochters te kunnen zorgen terwijl hij een fulltime baan had als hoofd van de afdeling Southend? Hij zou niets hebben om naar huis te gaan, niets om naartoe te werken en niemand om voor te werken. Het brein en hart van zijn hele bestaan zou worden weggerukt. En waar zou hij dan naartoe gaan?

Tomek begon het zich al voor te stellen. De neerwaartse spiraal. De totale ineenstorting van het leven van zijn baas. En hij was er zeker van dat Nick er ook al vele nachten over had nagedacht.

'Waarom?' vroeg Tomek, terwijl hij probeerde de angst uit zijn stem te houden.

'Vanwege wat er met Lucy is gebeurd. Zij heeft het moeilijk. Ik heb het moeilijk. Het wordt ons te veel. En we weten niet wat we eraan moeten doen.'

'Uit elkaar gaan zal niet helpen.'

'Probeer haar dat maar eens te vertellen. Ze heeft het in haar hoofd gehaald dat dat de oplossing is.' Nick prikte met venijn tegen zijn slaap.

'Wat zei Isabel?'

Bij het noemen van de naam van de jonge therapeut werden Nicks ogen groter. 'Begin daar alsjeblieft niet over. We mogen haar naam niet eens noemen in ons huis. Ik mag niet eens praten over mijn sessies met haar - wanneer ik ze heb, hoe ze gingen, en wanneer ik haar weer zie.'

'Waarom niet?' vroeg Tomek, hoewel hij vermoedde dat hij het antwoord al wist.

'Omdat ze denkt dat ik een affaire met haar heb.' Meer geprik, dit keer met een agressie die Tomek kortstondig bezorgd maakte over Maggies veiligheid. 'Het is het belachelijkste dat ik ooit in mijn leven heb gehoord. Ze is jong genoeg om mijn dochter te zijn!'

Tomek wist niets meer te zeggen. Het klonk alsof Nick wanhopig hulp nodig had, en Tomek was het minst geschikt om die te bieden. Hij had geen idee hoe het was met een huwelijk; hij zat pas sinds een week in een relatie als vriendje-vriendinnetje. Hij was nog steeds een beginner in dit alles. En alsof dat niet genoeg was, sprak zijn reeks voormalige ex-vriendinnen, waarvan er maar twee waren en die allebei in de gevangenis zaten, voor zich. Hij kon niet eens een fatsoenlijke partner kiezen om zich mee te settelen. Er was altijd iets mis met hen: eerst de drugs-handel en de daaropvolgende verslaving; en ten tweede, de serie-moorden uit eigenrichting. Beide dingen had hij, naar hij graag dacht, niet direct in de hand gehad. Met Abigail was het echter anders. Zij leek, in directe vergelijking met de vorige twee, zo normaal als normaal maar kon zijn. Bijna saai. Wat precies was wat hij nu nodig had. Minder van het drama dat op de eerste pagina van *OK!* magazine te vinden zou zijn en meer van de dingen die de kranten nooit haalden.

Gelukkig werd hij gered uit de stilte door het eten. De hemelse geur steeg op van zijn bord naar zijn neus en verlichtte onmiddellijk de stress die hij het uur ervoor had gevoeld. Het eten had hetzelfde effect op Nick. Toen hij een hap van zijn ontbijt nam, zonder nog een woord tegen Tomek te zeggen, leken al zijn zorgen en angsten - over de schei-ding, over zijn gehandicapte dochter - net zo snel te verdwijnen als de slierten stoom die uit zijn mok opstegen.

'Verdorie, dat is lekker,' zei hij.

'Ik zou dat liever niet doen, als je het niet erg vindt. Maar ja. Ja, het is verdomd goed. Verdomd lekker, als je het mij vraagt.'

'Hoe maken ze het zo lekker?'

'Ik stel me voor dat dat sissen dat je op de achtergrond hoort niet het geluid is van koks die de hi-hats van hun drumstel testen. Ik denk dat het het geluid is van vet dat aan het bakken is. En wel heel veel.'

'Of misschien is het geheime ingrediënt misdaad,' antwoordde Nick.

'Sorry?'

'Het is een verwijzing naar *Peep Show*. Super Hans...'

De verwijzing ging langs Tomek heen, die afgeschrikt was door de first-person camerahoeken van de show. Het had hem om de een of andere reden nerveus gemaakt, en hij had er nooit in kunnen komen.

'Ik denk dat je waarschijnlijk te jong was om dat te kijken toen het uitkwam,' vervolgde Nick.

'Of misschien had ik gewoon betere smaak in tv. Of, nu ik erover nadenk, was ik buiten bezig dingen te doen, mijn leven te leiden in plaats van binnen te zitten kijken naar sitcoms.'

Ze bleven de rest van hun eten in een zwijgende verdoving eten, waarbij geen van beiden bereid was te stoppen om het gesprek voort te zetten dat al tot een natuurlijk einde was gekomen. Nadat ze klaar waren, leunden ze achterover in hun gestoffeerde stoelen, met hun handen op hun buik, en keken de volgende tien minuten naar de gestage stroom klanten die door de ingang in en uit bleven gaan.

In de hoop dat er geen verder gepraat over echtgenotes, dochters, echtscheidingen en depressies tussen hen zou opspringen, vroeg Tomek ruggengraatloos: 'Zullen we naar kantoor gaan?'

HOOFDSTUK
VIER

Het was bijna middag toen ze bij het hoofdkwartier van de recherche van Southend in het hart van de stad aankwamen. De promenade die naar de ingang van het bureau leidde was ongewoon druk, aangezien hordes hongerige journalisten buiten rondhingen, samengepakt als rokers in de winter - behalve dat deze rokers niet de helpende hand van een stukje nicotine en teer hadden om hen warm te houden, alleen elkaar en het bloed van hun slachtoffers.

Tomek herkende niemand van hen. Toen keek hij op zijn telefoon en zag dat hij twee gemiste oproepen had van Abigail. Als een van de senior verslaggevers voor de *Southend Echo*, die de afgelopen weken had gevochten om te overleven nadat hun eigenaar was gearresteerd voor seksmisdrijven, was het haar verantwoordelijkheid om de vinger aan de pols te houden en elk spoor tot op het bot uit te spitten. Ze was vasthoudend, moedig en meedogenloos, allemaal eigenschappen die haar uitzonderlijk goed maakten in haar werk. Het hielp ook dat ze een relatie had met Tomek, en dus wist hoe ze relevante informatie uit hem kon wurmen voor haar eigen gewin. Zoals nu: ze stond op hem te wachten bij de achteringang van het bureau waar verslaggevers en pers normaal gesproken niet mochten komen.

'Wat doe je hier?' vroeg hij.

'Ik kom erachter wat er aan de hand is.'

'Dat komen wij ook.'

Nick stond een paar centimeter achter hem, en terwijl hij daar stond,

kon Tomek de doordringende blik van de man in zijn nek voelen branden, die hem aanspoorde om op te schieten.

'Je herinnert je mijn baas nog wel, toch?'

Nick zei niets. In plaats daarvan zuchtte hij diep, gromde, en duwde
zich langs Tomek heen naar binnen. Tomek volgde kort daarna, terwijl
hij in stilte zijn excuses aanbood aan Abigail. Ze wist dat ze daar niet
hoorde te zijn, en nu was ze betrapt - ze waren *beiden* betrapt.

Hij keek alvast uit naar de uitbrander die hij later zou krijgen.

Boven, op de eerste verdieping, was het hoofdkwartier van de
recherche van Southend veranderd in een wervelwind van activiteit.
Een bijenkorf van lichamen die gehaast in en uit de kamer van het grote
incident liepen, een orkest van stemmen die door elkaar heen praatten.

De eerste persoon die stopte om hen aan te spreken was rechercheur
Nadia Chakrabarti. Nu acht maanden zwanger, zag ze eruit alsof ze op
het punt stond te barsten. Ze liep met één hand op haar buik terwijl de
andere haar onderrug ondersteunde. De wallen onder haar ogen sugge-
reerden dat ze in weken niet had geslapen, maar de make-up op haar
gezicht deed een redelijke poging om dat te verbergen. Tomek zou het
haar niet kwalijk hebben genomen als ze elke dag in joggingbroek en
een dikke Primark-hoodie naar kantoor was gekomen, alsof ze te laat
was voor haar eerste dag op de universiteit. Sterker nog, hij zou het
hebben aangemoedigd.

'Goedemorgen, inspecteur, hoofdinspecteur,' zei ze langzaam, in
schril contrast met de snelheid waarmee alles om hen heen gebeurde.

'Nadia,' antwoordde Nick, nog voordat Tomek zijn naam kon regi-
streren. 'Wat in godsnaam is hier aan de hand? Er lijkt iets te zijn waar
ik niet van op de hoogte ben gebracht.'

Zodra hij dat zei, werd de sfeer in de kamer snel stiller, alsof het
team eindelijk zijn aanwezigheid had opgemerkt.

'Er is een lichaam gevonden, chef,' antwoordde Nadia. 'Een paar uur
geleden, in de monding van de Theems. Bij Mulberry Harbour.'

'Mulberry Harbour? Dat oude Tweede Wereldoorlog monument?'

'Ik denk niet dat u het echt een monument zou noemen, meneer.
Maar ja...'

'En je zegt dat dit een paar uur geleden is gebeurd?'

Nadia knikte.

'Waarom ben ik in godsnaam niet gebeld? Ik had onmiddellijk op de
hoogte gesteld moeten worden toen dit binnenkwam.'

'Ik... ik denk dat Rachel naar uw agenda heeft gekeken en zag dat u vanochtend persoonlijk verlof had, meneer.'

Dat bracht Nick snel tot zwijgen. Zo erg zelfs dat hij langs Nadia liep en de incidentenkamer binnenstormde, onmiddellijk op zoek naar iemand anders om tegen te schreeuwen.

'Waar is ze?'

'Wie?'

Het argeloze individu dat het ongeluk had om Nicks vraag te beantwoorden was rechercheur Chey Carter, of Cheyenne Pepper zoals Tomek hem graag noemde. Het gezicht van de jonge agent betrok zodra hij besefte dat hij tegen Nick sprak.

'Victoria. Waar is ze?'

'*Zij* is hier.'

Hier, was achter hem, staand in de deuropening.

'Is er een probleem, hoofdinspecteur?'

'Je kunt er donder op zeggen dat er een probleem is. Waarom kom ik pas achter dit sterfgeval als ik op kantoor kom, en niet op het moment dat het binnenkwam?'

'Omdat, zoals Nadia u twee seconden geleden vertelde, we dachten dat u vanochtend persoonlijk verlof had en niet gestoord wilde worden. Sean en ik hebben hier alles onder controle gehad, meneer. Er was niets om u zorgen over te maken.'

Nick stormde halverwege de kamer en hield zijn vinger voor Victoria's gezicht, balancerend op de rand van iets zeggen waar hij later spijt van zou kunnen krijgen. Tomek had dat gezicht eerder gezien; maanden van opgehoopte frustratie en agressie, van hartzeer en lijden, klaar en wachtend om losgelaten te worden op de eerste persoon die hem irriteerde. Ondertussen bleef Victoria bevroren staan, haar rug stijf, armen over haar borst gevouwen - het toonbeeld van staal en vastberadenheid tegenover een angstaanjagende dictator.

'Vertel jij mij verdomme niet waar ik me wel of niet zorgen over kan maken, Victoria. Dat doe ik allemaal zelf, dank je wel.'

Tomek voelde plotseling de behoefte om in te grijpen, om Nick te stoppen voordat hij een grens zou overschrijden en zichzelf in een storm van problemen zou storten die hij niet nodig had.

'Vertel me wat er aan de hand is en vertel het me nu!'

Zonder iets te zeggen, hief Victoria haar arm op en wees naar de reeks whiteboards aan de langste muur. Daar, hangend in het midden van het middelste whiteboard, was een afbeelding van hun slachtoffer. Erboven stond de naam "Jane Doe".

Maar dit was geen Jane Doe. Tomek wist precies wie het was. Herkende haar bijna onmiddellijk.

'Ze werd gevonden bij Mulberry Harbour. Vermoedelijke doodsoorzaak is verdrinking. De lijkschouwing wordt vanmiddag uitgevoerd. Getuigen zagen iemand wegvluchten van de plaats delict, dus we gaan ervan uit dat ze is vermoord. Er werd geen telefoon of identificatie bij haar gevonden op de plaats delict. We proberen haar identiteit op dit moment vast te stellen.'

'Dat hoeft u allemaal niet te doen,' zei Tomek terwijl hij langs Victoria liep en de kamer binnenstapte. 'Ik weet precies wie dat is.'

'Toch niet een van je voormalige liefjes, hè?'

'Nee.'

'Ga je ons dan verlichten?'

Tomek merkte het smeken op haar gezicht op. Het was subtiel - een kleine verwijding van haar ogen, een korte glimp van hoop in haar gelaatsuitdrukking - maar het was genoeg.

'We komen er net vandaan...' begon hij. 'Dat verklaart waarom ze vandaag niet op haar werk verscheen. Hoewel het niet verklaart waarom de adjunct-manager ook niet kwam opdagen...'

'Tomek!' riep Nick, gevolgd door een zucht. 'Kom alsjeblieft ter zake.'

'Ja. Sorry, sir. Juist. Haar naam is Morgana. Ze is de eigenaar van het café in Hadleigh waar ik altijd kom. Het heet Morgana's. Geweldig meisje en geweldig eten. Ze leek echt aardig en vriendelijk. Ik kan met geen mogelijkheid bedenken waarom iemand haar zoiets zou aandoen.'

HOOFDSTUK
VIJF

Tomek had het gevoel dat hij zelf ondervraagd werd, alsof hij beschuldigd werd van Morgana's moord. De afgelopen vijf minuten was hij gedwongen geweest om alles wat hij over haar wist uit te leggen. Hoewel hij niet veel te vertellen had, behalve dat hij een paar keer met haar had gesproken, af en toe met haar had geflirt (voordat hij zijn relatie met Abigail was begonnen, voegde hij er snel aan toe), en dat hij wist dat ze uit Oekraïne kwam. Dat was de omvang van hun persoonlijke relatie.

'Ik weet alleen dat ze de eigenaar was. Ik weet niet voor hoe lang of dat er iemand anders bij betrokken was,' legde hij uit.

'Had ze een partner, vriend, echtgenoot?' vroeg Victoria. Inmiddels was iedereen in het team, alle acht, opgeroepen naar de incidentkamer, en het begon te voelen alsof hij voor het vuurpeloton stond.

'Voor zover ik kon zien, nee. Zoals ik al zei, we flirtten een paar keer, en ik ben er vrij zeker van dat ze dat ook met andere klanten deed, hoewel ik een beetje beledigd zal zijn als dat waar is. Dat gezegd hebbende, heb ik waarschijnlijk een paar pond meer uitgegeven zonder het te beseffen, dus ik neem het haar niet kwalijk. De tijden zijn moeilijk. En ik weet niet hoe ze hun prijzen zo laag houden, maar...'

Beelden van zijn roerei en Nicks dubbele hartaanval-special verschenen in zijn gedachten en leidden hem af.

Nick knipte met zijn vingers voor Tomeks gezicht en zei dat hij zich moest concentreren. Tomek schrok terug en verontschuldigde zich.

'Dat is alles wat ik weet, sorry. Maar de vraag is, wat weten júllie?' zei hij, de ondervraging op Victoria richtend. 'Wat is er met haar gebeurd?'

Naast haar stond DS Sean Campbell, een enorme man van bijna twee meter lang. De twee hadden een relatie sinds voor Kerstmis, en het had een kleine breuk veroorzaakt in het team. Niet alleen leed de relatie tussen Tomek en Sean eronder, maar de samenstelling van het team was in twee duidelijke kampen verdeeld. Aan de ene kant had je Tomek en Nick, die elkaar het langst kenden in het team en samen de meest ervaren waren. Aan de andere kant had je Sean en Victoria, wier prille relatie een kleine bubbel voor henzelf had gecreëerd om met elkaar te overleggen, waardoor de rest van het team moest kiezen bij welke groep ze wilden horen. Alsof je tussen vader en moeder moest kiezen bij een scheiding.

Het deed Tomek verdriet om dit te zien en er deel van uit te maken, maar Sean was een volwassen man die zijn eigen keuzes kon maken.

'Het lichaam werd ontdekt om precies 09:52 vanochtend,' begon Sean, die Victoria te hulp schoot. 'Gevonden door een man genaamd Andrei Pirlog.'

'Pirlo? Andrea Pirlo? De Italiaanse voetballegende?' vroeg Tomek.

'Nee. Hij is geen voetballer, geen legende, en zelfs geen Italiaan. Hij is Roemeens. Maar zo spreek je zijn naam inderdaad uit.'

'Hoe heeft hij haar gevonden?' vroeg Nick deze keer.

'Liggend met haar gezicht omhoog in het water bij Mulberry Harbour.'

'Ja, ja, dat weet ik. Maar wat deed hij daar? Wat waren de omstandigheden rond haar dood?'

'Daar was ik aan toe, maar-'

Voordat Sean kon eindigen, klonk er een klop op de deur, en twee figuren stapten binnen zonder op goedkeuring te wachten. Tomek herkende ze niet, had ze nog nooit eerder gezien. Maar de uitdrukking op Nicks gezicht suggereerde dat hij dat wel had, en impliceerde dat hij precies wist waarom ze er waren.

'Goedemorgen, iedereen,' zei de eerste die binnenkwam. 'Sorry voor de onderbreking, Hoofdinspecteur, maar ik vroeg me af of ik even van uw tijd gebruik mag maken?'

'Ja. Natuurlijk,' zei Nick, met wanhoop en nederlaag in zijn woorden, terwijl hij vertrok met zijn hoofd en schouders voorover gebogen.

Terwijl hij de deur achter zich sloot, wierp hij Tomek een blik toe die zei: 'Zoek alles uit wat je kunt voor me, laat ze niets voor je verbergen.'

Tomek begreep het en wendde zich tot Sean.

'Je was aan het vertellen?' vervolgde hij terwijl hij een stoel vond en wachtte tot Sean en Victoria naar voren schuifelden. Hij deed alsof er niets was gebeurd en wilde dat iedereen hetzelfde deed. Dat deden ze snel. Nu was het Seans en Victoria's beurt om zich ondervraagd te voelen.

'Andrei Pirlog liep langs de monding,' begon Sean, 'tijdens eb. Hij was daar om wat foto's te maken van de haven toen hij een figuur vond die Morgana's hoofd vasthield.'

'We weten niet zeker of het Morgana is,' onderbrak Victoria.

'Tomek heeft bevestigd dat zij het was...?'

'Niet echt. Hij herkent haar, dat is alles. We hebben nog steeds een positieve bevestiging nodig van een familielid die haar iets beter kende dan iemand die haar een paar keer in een restaurant heeft gezien.'

'*Haar* restaurant,' corrigeerde Tomek.

Victoria negeerde de opmerking en trok zich terug achter Sean om hem te laten doorgaan, demonisch over zijn schouder hangend als een ziekenhuisdiagnose.

'Andrei benaderde de mannelijke figuur en de overledene, maar voordat hij iets kon doen, rende de figuur weg. Een paar momenten later arriveerde er ook een tourgroep bij de haven.'

Tomek knikte. 'Dus ze was al dood toen Andrei bij haar kwam?'

'Ja.'

'En wat deed die tourgroep daar?'

'Een tour maken. Wat zou ze anders doen?'

Tomek wachtte tot Sean zijn vraag fatsoenlijk zou beantwoorden. Het antwoord kwam een moment later.

'Het is een klein bedrijf gerund door een man genaamd Warren Thomas. Mensen betalen voor een rondleiding rond de haven. Hij doet het al vijf jaar. Zegt dat hij het water kent als zijn broekzak.'

Tomek herkende de naam van school en vroeg zich af of het dezelfde persoon was of dat het gewoon een toevallige overeenkomst was.

'Hoeveel mensen zaten er in de tourgroep?' vroeg hij.

'Vijf. Zes, inclusief Warren,' antwoordde DC Martin Brown. Vandaag was zijn prachtige schouderlange haar in een strakke knot gebonden aan de achterkant van zijn hoofd. Zo strak zelfs, dat het zijn hele gezicht naar achteren leek te trekken in een bizarre soort facelift. 'Ze vertrokken iets na negen uur vanochtend.'

'En het duurde bijna een uur voordat ze daar aankwamen?'

'Het is een lange weg. En het is verraderlijk. Het getij is onvoorspelbaar, en de modder is ongelooflijk gevaarlijk. Elk jaar raken veel mensen er gestrand.'

'Om nog maar niet te spreken van het feit dat ze vertraging opliepen omdat enkele leden van de tourgroep steeds vast kwamen te zitten,' voegde DC Rachel Hamilton toe. 'Je bent dat deel vergeten te vermelden. Tegen de tijd dat ze daar aankwamen, was het getij al aan het opkomen en hadden ze nog maar een paar minuten voordat ze zelf volledig gestrand zouden zijn.'

'Wat gebeurde er nadat ze allemaal waren aangekomen?'

'Ze belden de politie, maar wij konden er niet op tijd komen, dus de bootunit en de kustwacht stuurden wat mensen. Ze moesten allemaal uit de haven worden gered.'

Tomek knikte terwijl hij de informatie langzaam tot zich nam. Hij stelde zich de zeven van hen voor, acht inclusief Morgana, gestrand in het water, zittend op de rand van de betonnen haven, wachtend op redding van de RNLI alsof ze zojuist op de top van de Himalaya waren gestrand. Hij kon zich alleen maar voorstellen hoe koud ze allemaal moeten zijn geweest.

'Waar is het lichaam nu?'

'Aan het opwarmen in het mortuarium,' antwoordde Chey. 'Ze staat voor vanmiddag op de planning, al denk ik niet dat we veel op haar zullen vinden. Blijkbaar hebben alle zeven geprobeerd haar uit het water te halen en te reanimeren.'

'Hoe weet je dat?'

'We hebben ze allemaal verhoord.'

'Nu al?' Tomek floot tussen zijn tanden door. 'Jullie pakken de zaken vandaag stevig aan, hè? Jullie lijken wel de Tories die feestjes organiseerden zodra die restricties waren ingesteld.'

'We doen ons best.'

'Enig idee over de tijd van overlijden?' vroeg Tomek aan de kamer, en wachtte af wie dapper genoeg was om te antwoorden.

'Moeilijk te zeggen,' reageerde Victoria. 'We weten het pas echt als de resultaten van de autopsie binnen zijn, maar Warren Thomas denkt dat er een tijdsbestek was van vier tot vijf uur tussen laag- en hoogwater.'

'Dus dat is het tijdsbestek waar we mee werken?'

'Zeer waarschijnlijk. Maar er was ook laagwater gisteravond rond tien uur, dus het is mogelijk dat ze toen is gedood.'

Dat zou de zaak ingewikkelder maken. Het zou een vijf uur durend tijdsbestek voor de moord uitrekken tot dertien, en als ze de nacht ervoor was vermoord, namen de kansen om haar moordenaar te vinden exponentieel af. Tomeks brein vroeg zich al af waar de moordenaar naartoe zou zijn gegaan na Morgana's lichaam in het water te hebben achtergelaten. Als het overdag was gebeurd, kort voordat Andrei Pirlog en de tourgroep arriveerden, zoals het team vermoedde, dan hadden ze de kans om de moordenaar via beveiligingscamera's of ooggetuigenverslagen op te sporen. Maar als het midden in de nacht was gebeurd, konden ze net zo goed proberen een kleine letter 'l' te vinden in een oneindige rij van cijfer 1's.

'Verdachten?' vroeg Tomek, hoewel hij het antwoord al wist.

'Waarschijnlijk de man die van de plaats delict is gevlucht,' zei Rachel met een zweem van speelsheid in haar stem. 'Dat is meestal een goed beginpunt.'

Tomek tikte tegen zijn hoofd en zei: 'Grote geesten denken hetzelfde, Rach. Grote geesten.'

Tomek had veel respect voor Rachel Hamilton. Ze was hardwerkend, ervaren, deed haar werk, en ze begon geleidelijk aan voor hem op te warmen. Toen ze elkaar voor het eerst ontmoetten, was ze gespannen geweest - en begrijpelijk ook, aangezien ze haar hele leven van Londen naar Southend had verplaatst - maar na een paar weken was ze ingeburgerd bij het team, en was ze Tomeks soms ondraaglijke sarcasme en gevoel voor humor gaan tolereren. Nu had ze bijna een volledige ommekeer gemaakt en klonk ze ook als hij.

'Hoe zit het met haar bezittingen? Haar telefoon?'

'Er is niets bij haar gevonden,' antwoordde Victoria. 'Onze theorie is dat ze het ofwel tijdens een worsteling heeft verloren, dat het onderweg naar de haven is gevallen, of dat de verdachte het heeft meegenomen.'

'Dat zijn drie theorieën,' mompelde Tomek. 'Maar laat maar. Wat is de volgende stap?'

'Ikzelf als SIO, en DS Campbell als plaatsvervangend SIO, moeten eerst onze prioriteiten bepalen en dan zullen we de taken via Nadia verdelen, oké? En ik wil dat jullie allemaal je verantwoordelijkheden accepteren zonder vragen of weerstand. Begrepen?'

HOOFDSTUK
ZES

Zodra Tomek de incidentkamer verliet, sloeg hij rechtsaf, direct richting het kantoor van DCI Cleaves in de verre hoek van het gebouw. Onderweg passeerde hij de twee personen die met de hoofdinspecteur kwamen spreken en bood hen een beleefde glimlach aan, ondanks het feit dat hij aanvoelde dat ze die niet verdienden. Iets aan hun maniertjes en de manier waarop de sfeer was bekoeld bij hun aankomst, suggereerde hem dat ze niet voor een bijpraatsessie en een vriendelijk schouderklopje waren gekomen.

Een moment later klopte Tomek op de deur. Hij ging naar binnen zonder op antwoord te wachten en trof Nick aan, bevroren in een halve hurkzit boven zijn stoel, met een verbijsterde blik op zijn gezicht.

'Tomek, wat doe jij...?'

'Ik kom betalen voor het ontbijt van vanochtend,' riep hij luid, om zeker te zijn dat iedereen in het kantoor het hoorde. Hij sloot de deur zachtjes achter zich.

'Betalen voor ontbijt? Waar heb je het over?'

Tomek trok de stoel tegenover Nick naar achteren en leunde tegen de rugleuning.

'Ik kwam om te praten.'

'Dus je betaalt me niet terug voor het ontbijt?'

'Nee, tuurlijk niet. Ik zei dat alleen voor het geval iemand meeluisterde.'

'"Iemand" zijnde een bepaalde inspecteur?'

'En haar wederhelft.'

'Nou, als ze je iets vragen of moeilijk beginnen te doen, stuur je ze maar naar mij. In de stemming waarin ik ben, pak ik ze met alle plezier aan.'

Tomek kauwde op zijn onderlip. 'Wat is er gebeurd?'

Nick plaatste zijn handen op de rugleuning van zijn bureaustoel, net als Tomek. Zijn knokkels werden wit terwijl hij zijn nagels diep in het materiaal drukte.

'Ik word geschorst.'

Die drie woorden sloegen Tomek tegen de vlakte. Het sloeg nergens op. Geschorst? Waarom? Nick had niets verkeerds gedaan. Ze brachten bijna elk werkuur van elke dag met elkaar door, dus wat kon hij gedaan hebben dat zo'n maatregel rechtvaardigde?

'Het is vanwege mijn banden met Brendan Door. De IOPC zegt dat omdat hij en ik nauw hebben samengewerkt door de jaren heen, mijn integriteit in twijfel wordt getrokken, en ik word geschorst terwijl ze me onderzoeken.'

'Dat allemaal alleen maar omdat je met hem hebt gewerkt en een paar keer in dezelfde ruimte hebt gezeten?'

Nick liet zijn hoofd zakken. 'Ja... maar dat is niet alles. Er zijn... hoe zal ik dit zeggen? Een paar e-mails... van vroeger.'

E-mails? Dat klonk niet goed.

'Het was volstrekt onschuldig voor zover ik me herinner,' vervolgde hij. 'Maar ik stond in de cc van een paar e-mails van Brendan aan de burgemeester en Herbert Tucker.'

'O, Nick... Waar gingen ze over?'

'Zoals ik al zei, het was onschuldig, alledaags spul. Werkgerelateerd, maar ik weet gewoon dat die klootzakken er wekenlang over zullen turen alleen maar om me te laten zweten.'

'Wist je dat dit zou gebeuren?'

Nick beantwoordde de vraag niet, wat Tomek alles vertelde wat hij moest weten. Een paar maanden eerder was het parlementslid voor Southend East, Herbert Tucker, ontvoerd op weg naar huis van zijn werk in de vroege ochtenduren, en vermoord. Het onderzoek had een netwerk van sekshandel blootgelegd, dat opereerde in het hart van Southend, gerund door de bovenste lagen van de politieke elite. Brendan Door, de commissaris voor Politie, Brandweer en Misdaadbestrijding (PFCC) voor Zuid-Essex was erbij betrokken geweest, en als gevolg daarvan was een uitgebreid onderzoek gestart naar iedereen die met Brendan had gewerkt.

'Ik vond de e-mails toen we alles met betrekking tot Tucker doorliepen,' zei Nick uiteindelijk. 'Ik heb er destijds niets over gezegd, maar ik wist gewoon dat ze me op een gegeven moment in mijn reet zouden bijten.'

'Nou, als ze zo onschuldig en onbeduidend zijn als je zegt, dan heb je niets te vrezen.'

Nick liet zijn greep op de stoel los, waarbij afdrukken van zijn vingertoppen in de stof achterbleven, en schuifelde rond zijn bureau.

'Je begrijpt het niet. Deze dingen zijn genadeloos. De IOPC maakt het niets uit wie je bent. Het maakt ze niet uit wat je rang is, wat je voor de dienst hebt gedaan. Ze zullen in alles graven, in elk aspect van onze ellendige levens tot ze iets vinden.'

Er was oprechte angst in Nicks ogen. Een angst die er een paar momenten geleden niet was geweest. Een angst die Tomek verontrustte.

'Ze...' hij pauzeerde, onzeker hoe hij zijn vraag moest stellen. 'Ze zullen toch niets anders vinden, hè?'

Nick keek Tomek diep in de ogen, aarzelde.

'Nee,' zei hij. 'Ze zullen niets vinden.'

Dat was genoeg voor Tomek.

'Mooi zo,' antwoordde hij, iets te luid. 'Het klinkt voor mij alsof je je nergens zorgen over hoeft te maken. Je kunt je voeten omhoog doen tijdens deze mini-pensionering en wat quality time doorbrengen met Maggie, Lucy en Daniela.'

Nick bood een geforceerde, halve glimlach aan. Het was duidelijk te zien dat het vooruitzicht om de voorzienbare toekomst thuis door te brengen met zijn familie niet zo goed werd ontvangen als Tomek had verwacht. Voor een man op de rand van een echtscheiding was wat broodnodige tijd weg van zijn werk misschien wel het beste, maar het zag ernaar uit dat Nick dat sentiment niet deelde.

'Verdorie, Nick. Je hebt dat zo stil gehouden als een nachtkastje van een non,' voegde Tomek eraan toe met een schudden van zijn hoofd.

'Kun je me dat kwalijk nemen? Ik heb in mijn broek gescheten sinds het allemaal is ontploft. En als we het toch over ontploffen hebben-'

'Vertel me niet dat je nog iets anders wilt opbiechten? Connecties met het Midden-Oosten?'

'Nee, idioot. Natuurlijk niet. Ik heb het over *hier*. Met Orange en

Campbell. Je weet dat ze het leven moeilijk gaan maken zonder mij erbij. Je moet daarvoor oppassen.'

'Ik ben een grote jongen, ik kan voor mezelf zorgen.'

Eigenlijk was het een gedachte die bij Tomek was opgekomen op het moment dat Nick had uitgelegd dat hij werd geschorst. Hij had geweten dat hij de hoofdinspecteur niet aan zijn zijde zou hebben om voor hem op te komen. Dat hij voorlopig helemaal alleen was. Dat, als hij niet gepasseerd en naar de zijlijn van het onderzoek geduwd wilde worden - en de geringe kansen op promotie tot inspecteur die hij langzaam had opgebouwd wilde verpesten - hij er slim mee om zou moeten gaan.

'En jij dacht dat *ik* het leven vroeger moeilijk voor je maakte,' zei Nick.

'Dat deed je ook.'

'Wacht maar af wat Victoria voor je in petto heeft. Ze mag dan overkomen als een muis, maar ze kan een leeuw zijn als het nodig is.'

Tomek bedankte Nick voor de waarschuwing en liep toen richting de uitgang. Toen hij zijn hand op de deurklink legde, voegde Nick eraan toe: 'Voorzichtig, jochie, het is een jungle daarbuiten.'

Tomek grijnsde. 'Ik denk dat ik wel in orde zal zijn. Voor zover ik weet leven leeuwen niet in de jungle.'

HOOFDSTUK
ZEVEN

Toen Tomek Nicks kantoor verliet, stapte hij een lege ruimte binnen - een lege ruimte, op één persoon na.

Chey Carter.

De vijfentwintigjarige die Tomek elke dag meer aan zichzelf deed denken.

'Hoe lang zat ik daarbinnen?' vroeg hij, wijzend naar Nicks kantoor.

Net toen Chey wilde antwoorden, deed Nick langzaam de deur open en stak zijn hoofd naar buiten.

'Ze zijn allemaal buiten aan het werk,' antwoordde Chey.

'Ook Nadia?'

'Nou, nee. Zij niet. Ze is op de wc. Je weet hoe ze is, heeft de blaas van een egel.'

'Het heet zwanger zijn, dank je wel.'

Op dat moment schuifelde Nadia langs hen heen. Haar plotselinge verschijning deed Tomek opschrikken.

'Dus, als ze allemaal buiten aan het werk zijn, waarom ben jij dan nog hier?' vroeg Tomek aan Chey.

'Ik denk, Sarge, dat je je beter kunt afvragen waarom *jij* hier nog bent.'

'Ben je me nou voor de gek aan het houden?'

'Wat? Nee! I-i-ik bedoelde alleen maar dat...' Zijn wangen werden rood en zijn ogen schoten wanhopig heen en weer tussen Nadia en

Tomek, alsof hij de zwangere vrouw smeekte hem te redden. 'Ik bedoelde alleen maar dat we gaan samenwerken...'

'Hoe dan?'

'Nou, Victoria vertelde me dat wij tweeën de opdracht krijgen om de hoofdverdachte te vinden,' zei Chey met een vrolijke glimlach. De jonge man leek oprecht enthousiast over het vooruitzicht om met Tomek samen te werken en urenlang achter een computerscherm te zitten om naar hetzelfde beeld te staren, hopend op de kleinste beweging.

'We moeten dus een druppel water in de oceaan vinden,' antwoordde Tomek sarcastisch. 'Geweldig. Waar zijn de anderen naartoe?'

Chey aarzelde voordat hij antwoordde, alsof hij de informatie achter wilde houden.

'Nu ze een naam hebben voor de onbekende vrouw, zijn ze naar het café gegaan om met het personeel te praten en mogelijk een echtgenoot of partner te vinden, als ze die heeft. Ik heb gevraagd of ze iets voor me mee wilden nemen, een broodje met spek en ei, maar ik betwijfel of iemand dat zal doen.'

Tomek negeerde Chey's laatste opmerking en wendde zich tot Nick. Hij fluisterde, buiten Chey's gehoorafstand. 'Ze hebben die verdomde naam alleen maar van mij gekregen. Als het niet door mij was, zouden ze zich nog steeds afvragen welke kleur de zon heeft.'

'Het is begonnen,' zei Nick plechtig, en legde toen een hand op Tomeks schouder. 'Ik had niet verwacht dat het zo snel zou gaan, maar je zult eraan moeten wennen. Accepteer het en ga ermee om, of vecht er zo goed mogelijk tegen.'

HOOFDSTUK
ACHT

Het had niet lang geduurd voordat Tomek zich begon te vervelen. Iets meer dan een uur, om precies te zijn. En zelfs toen had hij het al een tijdje voor zichzelf verzwegen. Ze staarden naar het geestdodende computerscherm, wachtend tot er een figuur zou verschijnen die overeenkwam met de beschrijving uit de getuigenverklaringen. Ze waren, zoals hij Chey meerdere keren had duidelijk gemaakt, bezig met het equivalent van Wally zoeken op de boulevard van Southend. Ze zochten naar een man van gemiddelde bouw, met kort zwart haar, gekleed in een zwarte jas, een donkere broek en een sjaal, wat in dit weer bijna elke man in Essex beschreef. Tomek had grapte dat ze misschien zelfs hemzelf zouden kunnen zien, aangezien hij die ochtend zijn zwarte pufferjas naar kantoor had gedragen.

Om het nog moeilijker te maken - alsof het zoeken naar een gezichtsloos man tussen een zee van anonieme, gezichtsloze figuren in urenlange CCTV-beelden nog niet erg genoeg was - hadden ze samen geschat dat ze een zoekgebied hadden van bijna tien kilometer, dat zich uitstrekte van de ene kant van de Zuid-Essex kustlijn in Shoeburyness in het oosten tot Westcliff-on-Sea in het westen.

Op een kaart die ze hadden afgedrukt en op een van de whiteboards in de incidentenkamer hadden geplakt, hadden ze het hele gebied van Southend omcirkeld met een zwarte permanente marker. Mulberry Harbour lag rechtsonder op de afdruk, en een paar centimeter naar links was Southend Pier, de richting waarin hun hoofdverdachte volgens de getuigenverklaringen was gevlucht. In plaats van naar het noorden te gaan, richting veiligheid, direct naar de kust, was de figuur regelrecht op de langste plezierpier ter wereld afgestevend. Een beslissing die voor hem geen steek hield. Op basis van die informatie was het Tomeks vermoeden dat de verdachte op de een of andere manier de pier was opgeklommen en zich onmiddellijk had gemengd in de smeltkroes van de samenleving op het platform. Maar, zoals de beveiligingsbeelden van de winkels en speelhallen aan het einde van de pier hadden aangetoond, was er niemand over de rand gesprongen of had iets gedaan dat ook maar in de buurt kwam van een scène uit een James Bond-film. Dat betekende dat de verdachte ergens langs de boulevard was teruggekeerd naar de beschaving - over een afstand van bijna tien kilometer.

Ze wisten niet waar.

En ze wisten ook niet wanneer.

Het had twintig minuten na de waarneming kunnen zijn. Of twee uur. En het onderzoeken van elke camerahoek van de hele zuidoost-Essex kustlijn was een enorme onderneming. En één waar Tomek geen zin in had. Er waren betere manieren om zijn tijd en middelen te besteden.

Hij stond op uit zijn stoel en stak zijn handen in de lucht, terwijl hij zijn hele lichaam strekte in een halve geeuw.

'Kom op, we gaan naar buiten.'

'Waar naartoe?'

'Naar buiten.'

'Waarom?'

'Omdat ik me als een kat in een benauwd hok voel op dit moment. Ik word gek als ik hier opgesloten zit. Ik moet naar buiten.'

'Kun je me vertellen waar we naartoe gaan?'

'Thorpe Bay Yacht Club.'

'Je bedoelt... *het strand*?'

'Ja. Maar maak je geen zorgen. Deze keer zal ik je niet in de buurt van het zand laten komen. Tenzij je me irriteert. Snap je - wind, *wind*?'

Chey rolde met zijn ogen, stak zijn middelvinger op naar Tomek, en kreunde toen terwijl hij zichzelf uit zijn stoel hees. Een paar weken eerder, tijdens een milde storm, waren Tomek en Chey naar het strand van Thorpe Bay gegaan om te spreken met een kajak- en windsurfinstructeur in verband met de moord op Herbert Tucker. Daar had Chey aangeboden een zeil vast te houden voor de instructeur en was plat op zijn rug terechtgekomen, vastgepind door het zeil. Het was hilarisch geweest, en iets waar hij Chey bij elke mogelijke gelegenheid aan herinnerde, en Tomek was erop gebrand om deze keer iets soortgelijks te zien gebeuren.

Ze kwamen iets meer dan tien minuten later aan bij de jachtclub. Het hoofdkwartier van de club lag vijftig meter van de kust, en toen ze de auto uitstapten, grapte Tomek dat er geen orkaan sterk genoeg was om de agent van zijn voeten te blazen en hem naar het zand te doen rollen. Tenminste niet op dit continent.

Direct voor het clubhuis was een parkeerplaats voor zeilboten in alle soorten en maten. Pas toen Tomek de hoogte van de boten zag, besefte hij hoe groot ze eigenlijk waren, en hoeveel van de romp onder water verborgen was.

'Heb je ooit gezeild, Sarge?'

'Alleen in videogames, denk ik, Chey.'

'Ik hou niet van water, dus ik denk niet dat ik het zou kunnen proberen. We hadden een paar mensen in ons jaar die het in de weekenden deden, eigenlijk. Sommigen hadden zelfs hun eigen boot.'

'Heel chic.'

'Niet echt. Een van hen is verdronken in de moerassen bij Maldon.'

'Oh.'

'Ja. Het was eigenlijk heel triest. Ik kende hem vrij goed. Zat een paar jaar naast hem bij wiskunde op de middelbare school. Toen werd hij naar een hoger niveau verplaatst.' Chey pauzeerde. 'Jammer dat hij zich niet kon uitrekenen hoe hij uit het probleem kon komen dat hem doodde.'

'En op die vrolijke noot...' zei Tomek terwijl hij het gebouw naderde. Toen fluisterde hij: 'Hou die gedachten voor jezelf, ja? Ik wil niet dat je iedereen met wie we spreken depressief maakt.'

'Ay, ay, kapitein,' zei Chey, met een spotachtig saluut met twee vingers.

Ze kwamen een kale ruimte binnen. De blauwe tapijten waren vies, verbleekt door jaren van zonlicht dat door de schuifdeuren kwam, en jarenlang zout water dat naar binnen was gelopen. Achter in de entree stond een bureau, met een vrouw erachter. Ze was in een boek aan het lezen toen Tomek haar benaderde.

'Goedemorgen,' begon hij. 'U bent niet te druk, toch?'

'Ik heb het altijd druk, schat. Maar voor twee jonge kerels zoals jullie, absoluut geen probleem. Waarmee kan ik jullie helpen, lieverds?'

'We zijn van de politie,' zei hij, terwijl hij uit beleefdheid zijn legitimatiebewijs tevoorschijn haalde. 'We onderzoeken een incident dat vanochtend heeft plaatsgevonden bij Mulberry Harbour.'

'Wat voor incident?' Het gezicht van de vrouw lichtte op, en meteen wist Tomek dat hij was begonnen te praten met het ergste type persoon. De minst discrete van elke groep, degene met de grootste mond, de roddelaar.

'Er is een lichaam gevonden,' antwoordde Chey, Tomek voor zijnde.

'Een lichaam?'

Tomek wilde de agent op zijn kin slaan, maar besefte dat geweld niet het antwoord was en dat het onprofessioneel zou zijn in het huidige gezelschap.

'We onderzoeken de omstandigheden rond het overlijden,' zei Tomek snel, op strenge toon. 'We hoopten dat u misschien een paar vragen voor ons zou kunnen beantwoorden?'

'Ik... ik kan het proberen. Ik weet niet hoeveel hulp ik kan bieden. Zal ik James halen?'

'Wie is James?'

'Hij is de manager hier. De voorzitter van de club.'

'Is hij nu hier?'

'Nee.'

'Is hij vanochtend überhaupt hier geweest?'

'Nee.'

'Maar u wel?'

'Ja.'

'Dan hebben we James niet nodig. Het zou wel fijn zijn om uw naam te weten...'

'Lucinda,' mompelde ze, bijna verlegen.

'Aangenaam kennis te maken. Hoe lang werkt u hier al?'

'Elf jaar nu. Twaalf volgende maand.'

Tomek glimlachte. 'Dat is een lange tijd. En hoe lang bent u hier *vandaag* al? Sinds vanochtend?'

Ze bevestigde dat ze net na zeven uur was aangekomen, en dat ze elke ochtend op dezelfde tijd arriveerde, vijf dagen per week, soms tot tien uur 's avonds doorwerkte als er evenementen en bijeenkomsten plaatsvonden voor clubleden of scholen in de omgeving. Als een van de slechts drie voltijdse medewerkers, handelde zij veel van de administratieve en praktische taken af. Ze beschouwde het als haar tweede thuis, en er waren momenten geweest waarop het haar eerste thuis was geworden; wanneer ze zo laat klaar was dat ze te moe was geweest (of soms te dronken, had ze hen verstandig herinnerd) om naar huis te gaan, dus had ze een klein bed voor zichzelf gemaakt in het kantoor boven.

'Wat kunt u ons vertellen over de haven?' vroeg Tomek. 'We begrijpen dat er soms tourgroepen zijn die daarheen gaan. Zijn er die jullie als club organiseren?'

'Alleen op het water,' antwoordde Lucinda. 'We nemen schoolkinderen en onze leden mee op hun zeilboten of kajaks als onderdeel van een educatief uitstapje. Het getij staat meestal in het midden van de dag of in de middag, dus het is veel beter om het op het water te doen. Op die manier kunnen de kinderen er heel dichtbij komen.'

'Dat is prachtig,' zei Tomek, die zijn best deed om niet neerbuigend te klinken. 'En jullie vertrekken allemaal vanaf de scheepshelling?'

Ze knikte. 'Beste en enige plek om dat te doen.'

'Weet u iets over deze privé-tourgroepen? Komen die ooit hier en gaan ze vanaf dezelfde plek richting de haven?'

'Veel van hen doen dat, ja. Het is de meest directe en waarschijnlijk de gemakkelijkste manier om er te komen. Er zijn veel routes, maar alleen degenen met ervaring en kennis kunnen je er veilig brengen. Je hoort zoveel verhalen over mensen die vast komen te zitten. Over mensen die verdrinken alleen maar omdat ze zo onervaren zijn en niet genoeg weten over de getijden. Het is zo jammer.'

De gedachte bleef in Tomeks hoofd hangen. Dat dit misschien helemaal geen moord was. Dat Morgana misschien uit eigen beweging naar de haven was gegaan - om iets te doen, om iets van haar bucketlist af te vinken, om een moment voor zichzelf te hebben - toen ze vast kwam te zitten en gestrand was. Misschien had ze geprobeerd terug te zwemmen maar, verzwaard door haar doorweekte kleren en verstijfd door het ijskoude water, was ze bezweken en overleden.

De gedachte bleef twee seconden in zijn hoofd voordat hij weer verdween.

'Hebt u vanochtend tourgroepen het water op zien gaan?'

'Ik zag er ongeveer vijf of zes vertrekken met Warren. Hij is een vriend van de club en komt vaak 's ochtends hier met nieuwe mensen, mits het weer goed is, dat wil zeggen. Als het een heldere dag is en er niet veel wind staat, dan neemt hij ze mee. Maar als het regent of er harde wind staat, wil hij geen risico nemen. Dat heeft hij eerder gedaan en hij heeft beloofd het nooit meer te doen.'

Tomek maakte een mentale notitie om erachter te komen waar ze precies naar verwees.

'Dat is echt nuttig,' vertelde hij haar. 'Nog één ding, voordat we gaan. Hebt u vanochtend iets verdachts gezien? Iemand die alleen de scheepshelling afging, of er een beetje... verdacht uitzag?'

'Verdacht?'

'Ja. U weet wel. Alsof ze iets deden wat niet hoorde.'

'Ik weet niet wat u bedoelt,' zei ze koeltjes.

'Met welk deel hebt u moeite? Laat ik het anders stellen: zag u vanochtend iemand anders het strand opgaan die geen deel uitmaakte van een groep onder leiding van Warren of iemand anders die gewoonlijk tours organiseert?'

Lucinda dacht na, alsof het uitspellen van de vraag een belangrijk deel van haar hersenen had ontgrendeld waardoor ze goed kon functioneren.

'Nu ik erover nadenk, iemand heeft vanochtend zijn auto hier geparkeerd, en ik denk niet dat ze al terug zijn gekomen om hem op te halen.'

Tomeks hartslag versnelde. 'Hebt u CCTV-beelden van de auto die we zouden kunnen bekijken?'

HOOFDSTUK
NEGEN

De CCTV-beelden van de zeilclub hadden de tijdlijnen van hun onderzoek dramatisch versmald. Ze toonden Morgana die kort na acht uur de parkeerplaats opreed, zoals Lucinda had uitgelegd. Ze was alleen uit de auto gestapt en vervolgens richting het strand gelopen, de helling af, om daarna te verdwijnen toen ze kleiner werd dan de resolutie van de beelden kon vastleggen. Tomek had het onheilspellend gevonden om haar te zien wegsmelten in de achtergrond, langzaam op weg naar haar dood. Ze bewoog aarzelend, voorzichtig, angstig. Bijna verstijfd van angst. Het stond in schril contrast met het tempo, de kracht en het zelfvertrouwen dat hij haar had zien tonen in haar café.

Maar belangrijker nog was dat het bewees dat ze 's ochtends nog in leven was geweest en dat ze iets na achten naar de haven was vertrokken en kort voor tien was overleden. Dat betekende dat ze nu een tijdsbestek van twee uur hadden waarin ze de moord en de moordenaar moesten zien te vinden.

Buiten het clubhuis had Chey snel online het kenteken opgezocht en bevestigd dat het van Morgana was. Daarna had hij een specialistisch team opgeroepen om het voertuig voor inspectie op te halen. Ze waren kort daarna aangekomen en hadden het voertuig meegenomen op de achterkant van een oplegger. Terwijl hij keek hoe Morgana's Mercedes in de verte tot een kleine stip kromp, moest Tomek denken aan Morgana zelf, die verdween op weg naar haar dood. Hij vroeg zich af of ze had geweten dat het zou gebeuren. Hij vroeg zich af waarvoor ze daar naartoe was gegaan. Of ze had afgesproken om iemand te ontmoeten, of dat ze die hele weg had afgelegd om een einde aan haar leven te maken, om zichzelf in het ijskoude water te werpen en haar ziel de aarde te laten verlaten.

Op dit moment wist hij niet wat hij moest denken.

Zijn onzekerheid werd niet minder door het feit dat Lucinda niemand anders had gezien die Morgana volgde. Volgens haar was sindsdien niemand het water ingegaan, behalve Warren Thomas en zijn groep toeristen.

'Hoe heb je het gedaan?'

Cheys vraag verraste Tomek en trok hem uit zijn overpeinzingen.

'Hoe heb ik wat gedaan? Wakker worden met een extra dosis geweldigheid vanochtend?'

Chey rolde met zijn ogen en schudde zijn hoofd. 'Vergeet dat ik het vroeg. Je ego zou te veel kunnen opzwellen.'

'Als het over mijn ego gaat, dan wil ik het echt weten. Kom op. Vertel het me. Dat is een bevel.'

'Je speelt de rangkaart uit voor deze?'

'Ik doe het maar een paar keer per jaar, en je hebt me net een van mijn beperkte middelen laten gebruiken, dus - vertel op.'

Chey stak zijn handen in zijn zakken en liet zijn kin in de bovenkant van zijn jas zakken totdat zijn mond onder de stof verdween. Tomek daarentegen voelde, dankzij zijn Poolse afkomst, de kou niet zo erg als zijn Britse collega's. Als kind was hij gewend aan winters van min tien graden in een huis dat alleen een haard had voor verwarming en een eenpersoonsbed waarin drie jonge jongens dicht tegen elkaar aan kropen voor warmte.

'Ik vroeg me af hoe...' begon de jonge man, maar de rest kwam gedempt onder zijn jas vandaan.

'Sorry, wat zei je? Het enige wat ik hoorde was "hoe wist je dat het vandaag ging regenen?"'

Chey tilde zijn kin snel op uit zijn holletje als een stokstaartje, stelde de vraag, en liet hem toen weer zakken.

'Hoe ik wist dat dit de juiste plek was om naartoe te gaan?' herhaalde Tomek. Hij draaide zich naar de kustlijn. Door de rijen zeilboten en het woud van masten zag hij de twee rechthoekige Legostenen van Mulberry Harbour uit het water steken. 'Ik zal eerlijk tegen je zijn, Chey, omdat ik respect voor je heb, en omdat ik weet dat je het tegen niemand anders zult zeggen - en als het toch uitlekt, dan weet ik precies wie ik de schuld moet geven - maar dit was puur toeval. Soms heb je een beetje geluk nodig in het leven om vooruit te komen. Eigenlijk bestaat veel van het leven uit geluk, vooral aangedreven door hard werken. Als ik er een cijfer aan zou moeten geven, zou ik zeggen dat jouw twintig procent werk verantwoordelijk is voor tachtig procent van je geluk.'

'Je hebt zojuist het tachtig-twintig principe gejat.'

'Heb ik dat? Iedereen doet het, dus waarom ik niet? Zoals ik al zei, in het leven draait alles om geluk, hard werken en toewijding.'

'Waar past dat in die honderd procent?'

'Dat past er niet in. Het staat erbuiten, kijkend naar binnen.'

'Nu verzin je het gewoon!'

'En daar heb je je tweede belangrijke levensles van de ochtend, jonge Chey. Iedereen verzint het maar wat. Niemand weet wat ze aan het doen zijn in het leven, dus wees niet bang om dat aan jezelf toe te geven en fouten te maken. Ik had gewoon geluk met deze.'

Chey schudde zijn hoofd, het geluid van zijn klapperende tanden hoorbaar achter zijn jas. 'Hoe de fuck zijn we bij het onderwerp filosofie en levenslessen beland?'

'Omdat we allemaal maar wat aanmodderen. En trouwens, als iemand vraagt hoe we op het idee kwamen om naar deze plek te gaan, vertel ze dan dat ik zo lang naar die verdomde kaart aan de muur in de incidentenkamer heb gekeken dat die letterlijk tegen me riep.'

'Prima. Kunnen we nu teruggaan? Ik wil koffie.'

'Uitstekend. Ik weet de beste plek daarvoor.'

HOOFDSTUK
TIEN

Tomek wist niet wat hij kon verwachten van de eerste slok van de koffie die hem was gegeven, maar niet wat zijn lippen had aangeraakt. Verbrand, alsof het met een brander was behandeld voordat het aan kokend water was toegevoegd. En hij was er zeker van dat hij ook chemicaliën in zijn mond proefde. Of misschien was het zout; de geur en smaak ervan was overal in Warren Thomas' huis, alsof het in de muren en het meubilair was gewreven, en in elke diffuser zat die door het huis verspreid stonden.

Tomek bedankte de man beleefd voor het drankje en zette het vervolgens neer op de tafel aan de andere kant van de kamer - zo ver mogelijk weg.

Warren Thomas was een grote man. Niet te zwaar, hoewel er waarschijnlijk een onnauwkeurige BMI-schaal of nieuwe dieetrage was die willekeurig had bepaald dat hij in de categorie 'obees' viel. Hij was eerder breedgeschouderd, gespierd, en een paar centimeter langer dan Tomek. Hij zag eruit alsof hij in een vorig leven professioneel rugby had gespeeld. Of in ieder geval de sport nog steeds in het weekend beoefende. En hij had ook de bijpassende littekens op zijn gezicht. De bloemkooloren, de gebroken neus die nooit helemaal was genezen. Tomek herinnerde zich de dag dat dat specifieke incident was gebeurd. Murray Coalfield had Warren tegen de grond getackeld tijdens een gymnastiekles en hun leraar, meneer Johnson, had na het onderzoeken van het bloed dat over het gezicht van de jonge jongen stroomde, Warren gezegd door te spelen. Zijn witte gymshirt had zich nooit helemaal hersteld van het incident, net zomin als Warrens bot trouwens.

'Goed om je weer te zien, Tomek.'

'Jou ook. Ik durf niet te denken hoeveel jaren het geleden is.'

'Hoe minder we daarover zeggen, hoe beter. Wat heb je al die tijd gedaan?'

Tomek wees naar zichzelf en toen naar Chey. '*Dit*. De afgelopen twintig jaar van mijn leven eigenlijk. En jij?'

'Niets dat zo spannend is. Een paar losse baantjes hier en daar. Semi-prof gespeeld in mijn midden-twintiger jaren. Moest stoppen vanwege een slechte schouder. Nog wat losse baantjes gedaan, en na dat alles ben ik mijn gidsenbedrijf begonnen.'

'Zo heb ik gehoord. Loopt de zaak goed?'

'Zaken zijn zoals zaken gaan.'

Tomek had geen idee wat dat betekende, maar vermoedde dat de man om een reden ontwijkend deed. Misschien wilde hij Tomek niet laten merken dat hij financieel moeite had. Dat hij niet de perfecte baan had met de perfecte vrouw en het perfecte leven. Tomek had het altijd gehaat om mensen tegen te komen die hij van school kende. Het werd altijd een wedstrijd met veel van zijn vroegere leeftijdsgenoten. "Oh, je werkt in de stad, ja? Hoeveel verdien je per jaar? Oh, we hebben net ons tweede huis gekocht, een vijf-slaapkamer, en we hebben er nog een in het zuiden van Spanje."

"Oh, woon je nog steeds in Essex? Ik ben er lang geleden vertrokken. Moest weg van dat alles. Ben nu veel gelukkiger."

"Je bent niet getrouwd? Dat is oké, er is nog tijd."

Neerbuigende klootzakken die allemaal konden oprotten.

Dat was nog een reden waarom hij wegbleef van Facebook, afgezien van het feit dat hij niet wist hoe het werkte en hij noch de tijd noch de zin had om het te leren; omdat hij geen zin had om te zien waar mensen heen gingen op vakantie terwijl ze tienduizend pond in de schulden zaten, starend naar 60% jaarlijkse rente op al hun aankopen, verspreid over de komende veertig jaar. Zolang ze er maar cool uitzagen op sociale media, dat was alles wat telde. Het maakte niet uit dat hun huizen en bezittingen op het punt stonden in beslag genomen te worden. Dat was allemaal niet belangrijk als je vijftien likes en twintig hartjes had op een van je Facebook-berichten. Dat was alles wat telde in het leven van sommige van zijn vroegere schoolgenoten.

'Klinkt alsof het echt goed met je gaat,' zei Tomek. 'Jammer van het rugby. Ik dacht altijd dat je veel potentie had, dat je het ver had kunnen schoppen. Veel mensen zouden niet zijn teruggekomen na wat er met je schouder is gebeurd, maar je hebt jezelf opgepakt en naar het lijkt ben je op een goede plek beland.'

De verbaasde blik op Warrens gezicht suggereerde dat dit niet het antwoord was dat hij had verwacht.

'Jammer dat je geen fatsoenlijke kop koffie kunt zetten.'

Ze lachten alle drie. 'Om eerlijk te zijn, drink ik het niet zo vaak. Sterker nog, ik denk dat die spullen over de datum zijn, dus hopelijk heb ik je niet vergiftigd.'

Ze lachten.

'Geef mij maar elke dag van de week een fles water,' vervolgde Warren.

'Zolang er maar zout in zit.'

Nog meer gelach. 'Sorry daarvoor,' antwoordde Warren. 'Het is een deel van wie ik nu ben. Ik denk dat het in mijn bloed zit en gewoon uit mijn poriën sijpelt.' Warren streek met zijn hand over zijn gespierde, lichtbehaarde onderarmen.

Ze verlegden het gesprek toen naar het onderwerp van de ochtend, over hoe Warren het lichaam had gevonden.

'Vertel ons wat er is gebeurd. Het moet heel traumatisch voor je zijn geweest.'

'Ik zou graag zeggen dat het dat was. Maar...' hij zweeg, liet zijn blik zakken naar zijn behaarde knieën. 'Het is niet de eerste keer dat ik zoiets heb meegemaakt. En het is niet de eerste keer dat ik daar buiten een lichaam heb gezien.'

Tomek doorzocht zijn geheugen, proberend zich te herinneren of hij ooit een plaats delict bij de haven had bezocht of erover had gehoord.

'Ongeveer zes jaar geleden nam ik een stel mee naar buiten op een ochtend. Ze woonden al jaren in de buurt maar waren nooit bij de haven geweest en wilden gewoon zien hoe het was. Ze kwamen die ochtend te laat opdagen, en de wind was enorm toegenomen terwijl ik wachtte. Het was veel sterker dan ik had gewild. Ik was niet blij om ze mee te nemen, maar uiteindelijk gaf ik toe. Toen we halverwege waren, was het getij al begonnen op te komen en we zaten bijna vast daarbuiten.'

'Maar dat gebeurde niet?'

'Gelukkig hebben we het gehaald, maar we moesten wel een goede vierhonderd meter door het water waden.'

Tomek knikte langzaam, terwijl hij het allemaal in zich opnam. 'En... en je zei dat het niet de eerste keer was dat je een lichaam hebt gezien?'

Warren liet zijn blik zakken. 'Ja...' zei hij, met een hapering in zijn stem. 'Het was een goede vriend van me. Niet van school. Ik heb hem ontmoet bij rugby. Hij ging op een ochtend naar buiten en kwam niet terug. Heeft zichzelf daar om het leven gebracht.'

Tomek gunde de man een kort moment van bezinning.

'Dat spijt me te horen.'

'Hij maakte een moeilijke periode door. *Heel* veel moeilijkheden eigenlijk. Hij worstelde al jaren nadat hij gedwongen werd te stoppen met de sport, net als ik - ik ging de ene kant op, hij de andere. Hij probeerde zichzelf bezig te houden, maar hij wist gewoon niet wat hij met zijn leven aan moest. Ik vond hem tijdens mijn ochtendloop.'

'Je ochtendloop?'

Warren knikte. 'Elke ochtend bij eb ren ik naar de haven en weer terug. Het is de perfecte wake-up call en het brengt me in de juiste stemming voor de dag.'

'Weer of geen weer?'

'Alle weersomstandigheden, alle condities.'

'In dezelfde korte broek die je nu aan hebt? Dappere man.'

'Maar waarom?' vroeg Chey plotseling. 'Je gaat de hele dag naar beneden als onderdeel van je werk...'

Tomek was het ermee eens. Het was alsof hij zelf naar het politiebureau zou rennen en terug voor een ochtendrondje, om er vervolgens naartoe te rijden nadat hij had gedoucht en geschoren. Het had voor hem geen zin.

'Ik weet het, maar ik gebruik het ook als een gelegenheid om het weer en het getij te verkennen. Ik heb na wat er eerder is gebeurd geleerd dat als ik geen goed gevoel heb, ik mijn boekingen voor die dag annuleer.'

Tomek draaide zich naar de erkerramen die uitkeken op Warrens oprit. Hij staarde naar een dikke muur van donkergrijs. Het was net begonnen te regenen en het geluid van regendruppels op de plastic dakranden echode door de kamer.

'Daar is het,' zei Warren. 'Later dan voorspeld.'

'Wat was je gevoel over de groep van vandaag?' vroeg Tomek.

'Ik voelde me niet prettig om ze vanochtend mee te nemen. Het weer dreigde en de wind nam toe. Maar ze stonden erop.'

'Waarom?'

'Omdat ze op vakantie zijn uit Amerika. Grote fans van het VK, om een of andere reden. Geschiedenisliefhebbers ook, schijnbaar. Maar ze vertrekken morgen en ze konden het zich niet veroorloven om het te missen. Dus uiteindelijk gaf ik toe.'

'Wat zorgde ervoor dat je toegaf, als je de gevaren kende van uitgaan in dit weer?'

Warren liet zijn hoofd zakken in schaamte. 'Geld,' antwoordde hij. 'Ze boden me het dubbele. Dat ging ik niet afslaan. Bovendien waren de omstandigheden tijdens mijn loop niet zo slecht. Ze waren beheersbaar. Net op de grens van wat ik nog toelaatbaar zou vinden.'

'Is dat waarom het je bijna een uur kostte om de haven te bereiken?'

'Ja. Ze bleven vastzitten in het zand en vielen om. Bovendien moesten we stoppen zodat ze elke twee minuten op adem konden komen. Het was een nachtmerrie. Tegen de tijd dat we daar aankwamen, hadden we nog maar een paar minuten over voordat het getij opkwam. Normaal gesproken breng ik een half uur tot drie kwartier door in de haven, waarbij ik de geschiedenis ervan uitleg en interessante feiten geef, maar dat gebeurde niet... om voor de hand liggende redenen.'

Voor de hand liggende redenen die Tomek graag wilde aansnijden.

'Wat gebeurde er nadat je het lichaam vond?'

'Ik nam de leiding,' gaf Warren trots toe. 'Zoals ik al zei, had ik het eerder gezien, dus ik wist wat ik moest doen. Ik draag altijd een kleine radio bij me als ik daar naar buiten ga die verbonden is met de kustwacht. Ik heb hen opgeroepen en verteld wat er was gebeurd. Maar omdat het water zo snel opkwam, zouden ze niet zo snel hebben kunnen uitrukken als we hadden gewild, dus ze vertelden ons allemaal om op de haven te klimmen en te wachten op redding.'

'Wie heeft het lichaam opgetild?'

'We allemaal. Ik moest iedereen helpen omhoog te klimmen. Het is hoger dan het lijkt, en er zit een kunstje aan. Mensen springen er de hele tijd in en verwonden zichzelf omdat ze niet beseffen hoe hoog het is - en het water eronder is ook niet zo diep. Sommige mensen kunnen zo dom zijn.'

Tomek bleef langzaam knikken, de informatie in zich opnemend.

Vanuit zijn ooghoek zag hij hoe Chey een laatste slok van zijn drankje nam en de mok op de salontafel zette.

'En toen werden jullie kort daarna gered?'

'Ja.'

'Heb je tijdens het wachten geprobeerd het lichaam te reanimeren?'

Droefheid overspoelde Warrens gezicht. 'Ik heb het geprobeerd, maar het was moeilijk. Zij... de Amerikanen... ze waren hysterisch. Ik probeerde me te concentreren, maar ze bleven schreeuwen en me afleiden. Toen ik haar voor het eerst vond, voelde ik naar een hartslag, maar die was er niet.'

'En wat kun je ons vertellen over de persoon die vluchtte?'

Warren kantelde zijn hoofd opzij. 'Ik heb hem niet zo duidelijk gezien. Die kerel, Andrei, had een beter zicht. Het enige wat ik weet is dat hij richting de pier ging.'

'Waarom zou hij die kant op zijn gegaan?'

'Omdat het de enige uitweg was,' antwoordde Warren. 'Hij kon niet langs ons heen rennen, anders had ik hem tegen de grond gewerkt.'

'Waarom ben je niet achter hem aan gegaan? Je bent gewend om op dat terrein te rennen, je doet het elke dag, je had hem gemakkelijk kunnen inhalen, toch?'

Warren aarzelde en begon met zijn vingernagels te spelen die al tot op het bot waren afgebeten. 'Dat kwam niet in me op. Mijn onmiddellijke reactie was om de vrouw te helpen die in het water lag. Ik dacht er niet aan om achter hem aan te gaan. Wat suggereer je?'

'Niets. Helemaal niets. Het is mijn taak om deze vragen te stellen.'

'Nou, je collega's hebben me eerder niets dergelijks gevraagd.'

'Dat komt omdat zij mij niet zijn. Hebben ze je gevraagd of je de vrouw vanmorgen tijdens je hardlooprondje hebt gezien?'

'Wat?' Warren sloeg zijn ene been over het andere.

'Vanmorgen. Je rondje. Hoe laat ben je vertrokken?'

'Eb was om negen uur. Het water was al aan het terugtrekken toen ik vertrok, dus ik denk dat het ongeveer zeven uur was.' Warrens gezicht vertrok terwijl hij de berekening in zijn hoofd maakte.

'En je ging via de glooiing naar beneden, toch?'

'Juist.'

'Dus, heb je het slachtoffer niet gezien op de terugweg? We hebben beelden van haar die iets na achten vanochtend de glooiing afloopt. Zouden jullie paden elkaar niet hebben gekruist?'

Warren aarzelde. 'Niet noodzakelijk,' antwoordde hij, zijn stem voorzichtig. 'Ze kan een andere weg hebben genomen. Ze heeft misschien geprobeerd sommige diepere plassen te vermijden. Te oordelen naar haar kleding was ze niet goed voorbereid op het water en de modder. Maar ik heb er geen probleem mee. Ik ren er gewoon doorheen. Bovendien was het op dat moment nog een beetje donker. Als ik niet direct naar haar had gekeken, zou ik haar waarschijnlijk niet hebben gezien.'

Tomek knikte weer langzaam, zonder iets weg te geven in zijn gezichtsuitdrukking.

'Wat doe je morgen?' vroeg hij.

'Niets bijzonders. Waarom?'

'Ik zou willen dat je me naar de haven brengt, als dat goed is? Ik wil graag de plaats delict zien. Chey zal ook met me meegaan.'

'Echt?'

Tomek draaide zich naar de jonge agent. 'Inderdaad.' Toen terug naar Warren: 'Hij is namelijk een grote fan van het strand. Zo erg zelfs dat ik hem zand heb zien eten. We proberen hem er wel vanaf te krijgen. Het is niet erg goed voor zijn gezondheid.'

Warren lachte ongemakkelijk. 'Dat zou geen probleem moeten zijn. Ik zou... ik zou moeten controleren wanneer het laagwater is. En we zouden ruim van tevoren moeten vertrekken. Maar ja, ik kan jullie naar de haven brengen. We moeten alleen maar hopen dat er niet een tweede lichaam beneden ligt.'

HOOFDSTUK
ELF

'Absoluut niet.'
Tomek kookte van woede maar slikte het in. Hij wilde geen scène maken, nog niet, maar hij vond het prima om zijn verontwaardiging op zijn gezicht te laten zien, zodat Victoria kon zien dat hij absoluut niet blij was met haar beslissing.

'Waarom niet?' vroeg hij.

'Omdat het een onverantwoordelijk en inefficiënt gebruik van middelen en tijd is.'

Tomek tikte tegen zijn kin. 'Leg dat eens uit,' begon hij. 'Dit is een plaats delict, toch?'

'Ja.'

'En wat doen we op plaatsen delict?'

Ze kon zien waar hij naartoe wilde, maar haar koppigheid weerhield haar ervan de vraag direct te beantwoorden.

'We verzamelen zoveel mogelijk informatie en bewijsmateriaal.'

'Bingo. En wat is Mulberry Harbour?'

'Een plaats delict,' antwoordde ze, met een stem zwaar van nederlaag.

'Tien punten!' zei hij sarcastisch. 'Iemand is daar gestorven, Victoria. Belangrijker nog, iemand is daar mogelijk vermoord. Wat het een plaats delict maakt. Het enige verschil tussen deze en alle andere is dat het meer dan anderhalve kilometer uit de kust ligt en een enorme klus is om er te komen. Waarom behandelen we het anders?'

Victoria overwoog haar antwoord zorgvuldig. Ze draaide zich naar haar computerscherm, alsof ze hoopte daar het antwoord te vinden. Helaas vond ze het inderdaad. Zonder iets te zeggen, pakte ze de monitor met beide handen vast en draaide het apparaat naar hem toe. Ze was op de homepage van de BBC Weather website. Bovenaan de pagina was een kaart van het Verenigd Koninkrijk bedekt met twee vlekken, geel en oranje. Oranje in het noorden, geel in het zuiden.

'Er komt een storm aan, Tomek,' zei Victoria met een licht West Country accent. 'En we kunnen maar beter allemaal klaar zijn wanneer ze komt.'

Tomek keek haar uitdrukkingsloos aan. 'Heb je me nu net *Harry Potter* geciteerd?'

'Ja. En ik ben Perkamentus, jij bent Sneep. Ik ben de baas en jij doet wat je wordt opgedragen.'

'Is er niet een scène waarin Sneep Perkamentus vermoordt?'

'Hoe dan ook,' begon ze met een hoofdschudding. 'Harde wind tot wel honderddertig kilometer per uur zal morgen het land teisteren, met regen die naar verwachting vanaf de vroege ochtenduren tot de volgende dag zal vallen, waarbij sommige gebieden dertig centimeter kunnen bereiken. Er is een ernstige waarschuwing voor overstromingen afgegeven door het Met Office in verschillende delen van het land.'

'Oké, Carol Kirkwood. Dus je zegt dat het een kwestie is van veiligheid en voorzorg?'

Victoria antwoordde met een kort knikje.

'Het komt wel goed. We worden nooit zo hard getroffen als ze voorspellen. Het is allemaal bangmakerij. Maar als je je echt zorgen maakt over ons, dan kunnen we de dag erna allemaal gaan,' antwoordde Tomek, met een spottende glimlach. 'Ik zou Chey ook graag meenemen. Hij is dol op geschiedenis, vooral de Tweede Wereldoorlog, en hij vertelde me ooit dat hij een waterkind is. Bovendien denk ik dat het goed voor hem zou zijn om even weg te komen van zijn scherm en uit kantoor. Hem even de vrije loop te laten.'

'Zoals een hond, bedoel je?'

Tomek hief zijn handen in een gespeeld gebaar van overgave. 'Hé, jij bent degene die het zegt.'

Toen hij opstond uit zijn stoel en de vergadering abrupt beëindigde, knipte Victoria met haar vingers naar hem en wees hem terug te gaan zitten. Tomek waardeerde dat niet. Hij was alleen ooit zo behandeld door Nick, een man die ermee weg kon komen vanwege hun nauwe relatie. Maar niet Victoria. Hij vond het geen prettig idee dat zij dacht dat ze dit regelmatig bij hem kon doen.

'Hoe ging de rest van je onderzoek vanochtend?' vroeg ze langzaam. 'Iets gevonden?'

Tomek wist precies wat ze probeerde te bereiken met zo'n vraag. Ze testte hem, daagde hem uit. Scheen een licht zo fel als de zon op hem om te zien of hij zou smelten onder de druk.

Nou, hij had nieuws voor haar.

'We zouden daar uren hebben gezeten als ik niet had voorgesteld om de zeilclub te bezoeken. Nu weten we hoe laat Morgana op het strand aankwam en waar ze het water in ging. We hebben ook haar auto, die forensisch wordt onderzocht. Het enige wat we nu nog moeten doen is uitvinden wie zich bij haar voegde en vanaf welk punt langs de kust, en dan zouden we onze moordenaar moeten hebben. Je zult blij zijn te horen dat Chey er op dit moment al mee bezig is.'

Victoria perste haar lippen op elkaar en reikte naar haar kop thee. Die had daar, bijna vol, gestaan sinds het begin van hun vergadering zo'n twintig minuten geleden, en nog steeds bleef er stoom uit de kop opstijgen. Ze had haar warme dranken graag extra, extra heet, en hij had haar verschillende keren betrapt op het tweemaal opnieuw koken van water om er zeker van te zijn dat het zijn maximale temperatuur had bereikt... weer. Hij moest nog een nieuwe bijnaam voor haar verzinnen.

'Denk je niet dat je oude schoolvriend op de een of andere manier betrokken zou kunnen zijn?'

Tomek schudde zijn hoofd. Bijna te snel. 'Nee,' zei hij. 'De tijdlijnen kloppen niet. Bovendien weet ik niet waarom hij het zou willen doen. Ik denk niet dat er enige connectie tussen hen beiden zou zijn.'

'Ik zal Martin laten onderzoeken. Kijken wat hij kan vinden.'

Tomek stak een hand in de lucht. 'Dat herinnert me eraan: wat hebben jullie ontdekt?'

Voor een lang moment staarde Victoria hem nietszeggend aan, alsof ze de vraag niet had gehoord. Toen bleef ze voor een nog langer moment stil, en koos ervoor hem niet te antwoorden.

'Ik moet de bevindingen nog verwerken zodra het team alles heeft opgeschreven,' zei ze, en stuurde hem toen snel weg uit haar kantoor.

'En nu ik eraan denk, als het zover is wil ik dat je met Lorna naar de autopsie gaat.'

'Serieus? Staat er *kloot*agent in mijn functieomschrijving?'

Victoria perste haar lippen weer op elkaar, gekwetst door zijn toon. 'Iedereen is bezig.'

'Maak ze dan onbezig.'

'Helaas kan ik dat niet.'

Of beter gezegd, het was meer een kwestie van *wil* niet. En het ergste was dat ze niet eens probeerde dat feit te verbergen.

———

Tomek verliet Victoria's kantoor kokend van woede. Hij haatte het om aan de kant geschoven te worden. En als zij erop stond hem buiten de schijnwerpers te houden, dan zou hij creatieve manieren moeten vinden om ervoor te zorgen dat hij er toch in bleef staan.

Na haar kantoor te hebben verlaten, liep Tomek naar Rachel Hamiltons bureau. Zij was een van de weinigen, naast Chey, Nadia en sinds kort Oscar, die hij vertrouwde.

'Victoria heeft me gezegd dat ik even met je moet praten,' loog hij. 'Ze zegt dat jij het meeste weet over wat er gaande is.'

'Ze vleit me,' antwoordde Rachel.

'Maar je weet wel iets, toch?'

'Ik weet een heleboel dingen. Water is nat. Beren schijten in het bos. Al dat soort dingen.'

'Volgens mij heb je die uitspraak van mij gestolen, niet?'

Ze zei niets.

'Verzin de volgende keer je eigen grappen. Vertel me nu, met wie heb je bij Morgana's gesproken?'

Om haar geheugen op te frissen, pakte Rachel haar notitieboekje en sloeg het open op de laatste pagina. 'We hebben met alle medewerkers gesproken die daar werken,' begon ze. 'Zeven in totaal, exclusief Morgana, en exclusief haar adjunct-manager, Vlad, die de zaak runt als zij er niet is. Hoewel hij er ook niet was toen we aankwamen, hij kwam ongeveer twintig minuten later binnen.'

'Waar was hij?'

'Hij vertelde ons dat hij zich had verslapen.'

'En niet dat hij net terug was van het vermoorden van Morgana?'

vroeg Tomek, terwijl zijn gedachten de meer voor de hand liggende conclusie trokken.

'Ik denk niet dat hij dat zo vrijelijk zou toegeven. Oscar zoekt het nu uit.'

Tomek wachtte tot ze verder ging. Nadat ze een slokje van haar drankje had genomen, vertelde ze hem dat alle werknemers van Morgana hetzelfde over haar hadden gezegd. Dat ze een van de meest hardwerkende en gulle personen was die ze ooit hadden ontmoet. Ze hadden allemaal meerdere jaren met haar samengewerkt, en de meesten hadden genoten van haar ontspannen en troostende managementstijl sinds ze het bedrijf was begonnen. Ze maakte van het café een leuke plek om naartoe te gaan, en ze waren allemaal zo onder de indruk van hoe hard ze werkte dat het hen inspireerde om haar voorbeeld te volgen. Ze waren ook allemaal verdrietig toen ze het nieuws van haar dood hoorden, en toen hen werd gevraagd of ze het café wilden sluiten, hadden ze besloten het open te houden. Het was wat zij gewild zou hebben, zeiden ze.

'Heel bewonderenswaardig,' antwoordde Tomek. 'Heeft iemand een getuigenverklaring van de adjunct-manager afgenomen?'

'Ja,' antwoordde Rachel. 'Blijkt dat Morgana een echtgenoot heeft. Anton Usyk. Ook Oekraïens. Anna probeert hem nu te vinden. Hij bezit blijkbaar een vergelijkbaar restaurant in Southend.'

'Nog een café?'

Ze knikte.

'Dat zal wel voor ongezonde concurrentie hebben gezorgd.'

'Dat zullen we uitzoeken. Anna gaat hem binnenhalen voor een identificatie voordat de lijkschouwing kan beginnen. Daarna zullen we met hem spreken.'

'Wat hadden Morgana's medewerkers nog meer te zeggen over haar karakter? Heeft iemand iets vreemds opgemerkt, iemand die vaker dan normaal langskwam? Iemand die haar op een of andere manier bedreigde?'

Rachel raadpleegde haar aantekeningen. 'Niets van dien aard. Het meest interessante wat ze zeiden was dat ze een enorme flirt was. Sorry dat ik het zeg, maar blijkbaar flirtte ze altijd met de mannen die binnenkwamen, zodat ze bleven terugkomen om haar te zien. Sterker nog, terwijl wij daar waren, ik zweer het je, waren er minstens vijf verschillende kerels die naar Morgana smachtten. Echt waar. Ik denk dat zij meer kapot waren van het nieuws dan haar collega's.'

'Vraag me af of haar man daarvan wist?'

Rachel haalde haar schouders op. 'Ze moest doen wat ze moest doen om vooruit te komen. En van wat ik zag, kostte het niet veel moeite. Ze had duidelijk een type: lang, kort zwart haar, baard. En er zaten er een heleboel van hen, allemaal grijnzend, wachtend tot ze hun bestelling kwam opnemen. Nu ik erover nadenk, ze leken allemaal op jou.'

'Bedankt?'

Tomek wist niet zeker of dat een compliment of een belediging was.

'Maar goed, al jullie kerels uit Essex zien er tegenwoordig hetzelfde uit. Niets om jullie van elkaar te onderscheiden.'

'Gelukkig ben je lesbisch, nietwaar? Zou niet willen dat je mij en Martin door elkaar haalt...'

'Martin is de uitzondering. Alleen omdat hij beter haar heeft dan ik.'

'Wat als ik het mijne zou laten groeien tot zijn lengte?'

'Dan zou ik nog steeds lesbisch zijn, jij zou nog steeds in een relatie zitten, en het zou er belabberd uitzien. Tenzij Abigail natuurlijk op dat soort dingen valt, dan zou misschien het tweede deel van mijn verklaring moeten veranderen.'

'Maar niet het eerste?'

'Helaas niet. Ze hebben nog geen schakelaar uitgevonden die mijn lesbisch-zijn in één keer uitschakelt. Al zijn er waarschijnlijk mensen die koortsachtig proberen er een te ontwikkelen.'

HOOFDSTUK
TWAALF

Minder dan een uur later bevond Tomek zich in het mortuarium van het Southend ziekenhuis met Lorna Dean, de patholoog van het ministerie van Binnenlandse Zaken, waar hij zich voorbereidde op de lijkschouwing. Voordat het ontleden, meten en fotograferen was begonnen, was Morgana's echtgenoot uitgenodigd om haar identiteit te bevestigen. Anton Usyk was een gezette, stevige man van gemiddelde lengte, met diepe poriën op zijn haakneus en dikke, zwarte wenkbrauwen. Zijn haar was typisch Oost-Europees – bijna kaalgeschoren, op een klein plukje zwart haar bovenop zijn hoofd na – en was bedekt met een dikke laag gel. Hij droeg designerkleding – een Gucci-top, Versace-riem, Giorgio Armani-broek – en hij rook zo sterk naar herenparfum dat Tomek hem al rook voordat hij hem zag of hoorde.

De identificatieprocedure was uitgevoerd door Tomek met de hulp van een politieagent en rechercheur Anna Kaczmarek, de familieliaisonofficier. Morgana's lichaam was onder een wit laken gelegd, en Anton had slechts een fractie van een seconde naar haar gekeken voordat hij haar identiteit bevestigde. Hij had niets gezegd, niets prijsgegeven in zijn gezichtsuitdrukking. Misschien een taalbarrière, vermoedde Tomek. Maar zodra hij en Anna Pools tegen hem hadden gesproken, werd Anton helderder, vrijer in zijn spraak. De twee talen verschilden niet al te veel van elkaar, en Tomek merkte dat het altijd van pas kwam wanneer hij een gesprek wilde afluisteren met iemand uit een buurland van zijn geboorteland Polen.

'Mijn collega zal uw belangrijkste contactpersoon zijn,' had Tomek gezegd, wijzend naar Anna. 'Zij zal u helpen met alles wat u nodig heeft en zij zal u op de hoogte houden van de voortgang van het onderzoek.'

'Ik begrijp het,' antwoordde hij langzaam in het Oekraïens.

'In de tussentijd moeten we u enkele vragen stellen op het bureau. Over uw vrouw, haar bewegingen, of u iets wist over haar verblijfplaats vanochtend. We zullen natuurlijk een tolk regelen om het zo comfortabel mogelijk voor u te maken.'

Antons gezicht vertrok in verwarring. 'Waarom is dat nodig?' vroeg hij, deze keer in het Engels.

'Het is standaardprocedure,' antwoordde Tomek, botter dan hij had bedoeld. 'Uw vrouw is overleden, meneer Usyk. We denken dat ze is vermoord. U realiseert het zich misschien nu nog niet, omdat u nog in shock verkeert, maar u zou kunnen weten wie dit heeft gedaan. Misschien is uw vrouw de afgelopen weken gevolgd. Misschien had ze vijanden waar u niets van wist.'

En dan was er altijd nog de derde mogelijkheid: dat hij precies wist wat er met haar was gebeurd. Dat hij misschien degene was die haar had gedood. Op welke manier precies, dat zou Tomek nu gaan ontdekken. Maar in negen van de tien gevallen worden moordslachtoffers gedood door familieleden of bekenden. En voor Anton Usyk was dat geen prettige statistiek.

Tomek wilde niets liever dan de man ter plekke aan de tand voelen. Alles te weten komen wat hij wist. Zijn antwoorden in twijfel trekken. Gaten prikken in alles wat hij te zeggen had. Maar nu was niet het moment. En dit was ook niet de plaats.

Aan het einde van het identificatieproces voelde Tomek zich trots dat hij tijdens hun interactie bijna perfect Pools had gesproken. Natuurlijk waren er hier en daar een paar foutjes, maar wie telde die? Voor iemand die de taal niet meer vloeiend had gesproken sinds zijn vijftiende, zo'n vijfentwintig jaar geleden (hoewel hij probeerde dat getal uit zijn hoofd te houden), was hij onder de indruk.

Een paar momenten later betrad hij het mortuarium, een deprimerende en demoraliserende plek, met een ongewone grijns op zijn gezicht.

'Iemand heeft reden om te glimlachen,' zei Lorna toen hij naderde. 'De arme vrouw hier niet, niet meer...'

'Ze zal het wel doen als we haar moordenaar vinden.'

En daarmee begonnen ze. In de uren na haar dood was Morgana's lichaam in livor mortis terechtgekomen, waarbij het bloed in haar lichaam was bezweken aan de effecten van de zwaartekracht en zich had verzameld langs haar rug, hamstrings en kuiten, wat paarse vlekken achterliet. Het effect op haar huid deed Tomek denken aan een schilderij dat hij op de basisschool had gemaakt. Hij moest een strandtafereel schilderen, maar was enthousiast geworden en had een rode tint aan de zee toegevoegd, die vervolgens veranderde in een paarse oceaan, alsof het uit een Wes Anderson-film kwam.

Eerst begon Lorna met het onderzoeken van Morgana's hoofd. Ze streek voorzichtig over het gezicht van de vrouw, plaatste haar gehandschoende vingers op haar neus en haar kin, bewoog het van links naar rechts, en noteerde haar bevindingen. Daarna richtte ze haar aandacht op Morgana's hals. Een gevlekte ketting van blauw en paars had zich gevormd aan de voorkant van haar hals, rond haar strottenhoofd.

'Bingo,' zei Lorna.

'Iets gevonden?'

De patholoog wees naar de blauwe plekken. 'Deze zouden erop wijzen dat ze is gewurgd, mogelijk met geweld onder water is gehouden.'

'Dat is onze doodsoorzaak?'

'Niets ontgaat jou,' zei ze met een halve knipoog.

Tomek antwoordde met een geforceerde glimlach en richtte toen zijn aandacht weer op de lijkschouwing. Terwijl Lorna doorging met het proces, hadden ze een kort gesprek. Ze bespraken hun respectieve dochters. Hoe het met Carla, Lorna's dochter, op school ging. Daarna hoe het met Kasia op haar school ging. Beide meisjes hadden het moeilijk. GCSE's, examens, proefexamens, vriendjes, vrienden, leraren, school, sociale media, sociaal leven, angst, puberteit – hun hele wereld, om nog maar te zwijgen van de hormonen, breidde zich uit en ze hadden moeite om bij te blijven. Zowel Tomek als Lorna keken uit naar de februarivakantie, al was het enige nadeel dat deze over Valentijnsdag viel.

'Carla is net uit een serieuze relatie gekomen,' legde Lorna uit terwijl ze één kant van Morgana's ribben openzij legde.

'O ja?'

'Johnny, zo heette hij. Aardige jongen. Eigenlijk ongevaarlijk. Maar ze waren vier maanden samen.'

'En dat wordt als serieus beschouwd?'

'Op die leeftijd wel.'

Om eerlijk te zijn was het serieuzer dan elke relatie die Tomek ooit had gehad. Hij kon zich niet herinneren wanneer hij voor het laatst een relatie had gehad die langer dan vier weken had geduurd, laat staan vier maanden.

'Ze is er behoorlijk kapot van,' vervolgde Lorna, terwijl ze de andere ribbenkast dichtvouwde. 'Huilt aan één stuk door. Ze is gestopt met eten. Wil niet meer met haar vrienden afspreken. Het heeft haar echt slecht getroffen.'

'En je zegt dat ze zestien is?'

Lorna knikte.

'Ik kijk ernaar uit om dat binnenkort allemaal mee te maken.'

'Je moet voorzichtig zijn met meisjes. We stellen onze verwachtingen te hoog. Denken te veel na. Bovendien weten we allemaal hoe mannen zijn, en ondanks onszelf vallen we toch elke keer weer voor jullie. Vooral op die leeftijd. Ik heb toen ook een paar fouten gemaakt.'

'Hebben we dat niet allemaal? Dat is juist het punt van opgroeien.'

Tomek dacht aan Kasia. Aan Billy "De Koeienvechter" Turpin, een veertienjarige jongen op haar school die ooit dacht dat hij een koe kon bevechten - en winnen. Hun relatie had niet geduurd. Sterker nog, het was nauwelijks begonnen. Maar hij was er zeker van dat er andere jongens aan de horizon zouden verschijnen. Andere jongens met wie ze praatte en die ze op een dieper, minder oppervlakkig niveau leerde kennen. Andere jongens die niet goed genoeg voor haar zouden zijn. Andere jongens die hij niet zou goedkeuren. Hij wist hoe ze waren - hij was er zelf ooit een geweest - en als hij zichzelf niet had vertrouwd, dan zou hij zeker niemand anders vertrouwen.

'Je hoeft alleen maar voor ze klaar te staan als ze zoiets doormaken,' vervolgde Lorna. 'Bied een schouder om op te huilen en doe alsof je weet waar je het over hebt wanneer je ze advies geeft. Soms, op die leeftijd, geloven ze je echt als je zegt dat alles goed komt.'

Tomek dacht daar nog even over na, maar zijn moment van reflectie werd abrupt onderbroken door zijn telefoon die tegen zijn been trilde. Hij graaide in zijn zak en stapte bij het lichaam vandaan terwijl hij het apparaat tevoorschijn haalde.

'Hallo?'

'Papa?'

'Ja, Kasia. Ik ben op mijn werk. Wat is er? Is het dringend?'

'Er is een brief voor je.'

'Oké... Dat kan wel wachten tot ik thuiskom. Bedankt voor-'

'Het lijkt erop dat hij uit een gevangenis komt.'

Dat zorgde ervoor dat Tomek verstijfde.

'Welke?'

Een pauze terwijl ze de brief bekeek.

'HMP Wakefield.'

HOOFDSTUK
DERTIEN

Tomek racete regelrecht naar huis nadat de autopsie was afgelopen. Hij had geen tijd om Lorna's bevindingen en zijn activiteiten van de dag samen te vatten en met Victoria te delen. Zijn dagelijkse rapportage zou moeten wachten tot de volgende ochtend. Nu moest hij naar huis. De brief baarde hem zorgen. Maar wat hem nog meer verontrustte was Kasia. Ze had de neiging om alle brieven of pakketjes met zijn naam erop te openen en stuurde hem altijd een foto ervan voordat hij thuiskwam, denkend dat ze hem daarmee zou helpen. Meestal waren het alleen maar rekeningen of afschriften, vrij onschuldig, saai, alledaags, *volwassen* spul. Maar iets aan deze brief had haar ervan weerhouden om hem te openen. Iets had haar verteld dat deze belangrijker was dan de rest, eentje die ze ongeopend moest laten. En dus had hij haar met klem gezegd om de brief op tafel te laten liggen, haar handen te wassen en op veilige afstand te blijven.

Er was geen manier om te weten wat erin zat. Als de brief uit HMP Wakefield kwam, de gevangenis waar enkele van de meest beruchte en gewelddadige gevangenen van het land verbleven, kon hij zijn doordrenkt met spice, drugs of een ander soort gif. De inhoud kon grafisch en obsceen zijn. Porno, een foto van een lijk, een stuk stof of DNA van een plaats delict of iemands cel. Niets wat een dertienjarig meisje zou moeten zien.

Tomek wilde de brief alleen openen.

Helemaal alleen.

De brief tussen zijn vingers knijpend, op armlengte van zich af houdend, schuifelde hij voorzichtig naar zijn slaapkamer, uit angst dat elke plotselinge beweging de dunne envelop zou kunnen laten ontploffen. Voorzichtig sloot hij de deur achter zich en ging op de rand van zijn bed zitten.

Daar was het, recht voor hem. Zijn naam en adres, geschreven in een krabbelig, nauwelijks leesbaar handschrift. Rechtsboven stond een stempel van HMP Wakefield, met daaronder het retouradres van de gevangenis. Tomeks hart begon steeds sneller te kloppen hoe langer hij ernaar staarde, zijn vingers werden klam van het zweet.

Het kon maar van één persoon komen.

Nathan Burrows.

Hoe wist hij zijn adres? Hoe had hij een brief naar hem kunnen sturen? Normaal gesproken zou Tomek eerst hebben moeten instemmen met het ontvangen ervan voordat er iets werd verzonden. Maar dat was niet gebeurd. De gebruikelijke regels waren overboord gegooid. Wat de vraag opriep: *hoe?*

Zijn adem inhoudend draaide Tomek de envelop om en scheurde de rand open. Toen wurmde hij zijn vinger eronder en begon het papier open te scheuren. Toen zijn vinger de andere hoek bereikte, ademde hij diep uit, zijn vingers bezweet. Met zijn duim en wijsvinger knijpend alsof hij een splinter uit zijn huid probeerde te verwijderen, haalde hij de brief eruit en hield deze bij zijn vingernagels vast. Voordat hij hem las, rook hij eraan. Onder normale omstandigheden zouden enveloppen die een gevangenis in het Verenigd Koninkrijk verlaten op drugs worden gecontroleerd (en ook bij binnenkomst), maar dit was geen normale omstandigheid. Ergens was de procedure niet gevolgd, dus hij wilde geen risico nemen.

Tot zijn grote opluchting rook hij niets verdachts. Toen draaide Tomek het vel om.

Bovenaan de pagina stond Tomeks adres, in kinderlijk handschrift met potlood gekrabbeld. Daaronder stond de brief:

Beste Tomek,

Het spijt me dat we onze ontmoeting vorige week moesten afbreken.
En het spijt me ook dat het zo lang duurde om je terug te schrijven. Het

kostte wat tijd om de bewakers te overtuigen mij een potlood en papier te geven. Ik hoop dat je me kunt vergefen.

Ik wilde je alleen laten weten dat ik ons gesprek leuk vond. Het was goed je weer te zien. Hoe is het sindsdien met je gegaan? Hoe gaat het met Kasia op skool? Ik hoop dat het goed met haar gaat in al haar lessen.

Als je het goed vindt, en ik hoop echt dat dat zo is, zou ik graag contact met je blijven houden, om een dialog te openen. Ik zou je dankbaar zijn als je zou willen antwoorden. De bewakers en mensen hier geven me schrijflessen. Ze leren me langzaam spellen, maar soms luister ik niet en doe ik de rest in mijn sell. Ik heb problemen met luisteren.

Het is jammer dat je me niet geloofde over je broer. Misschien kunnen we op een dag vrienden worden en kan ik je vertellen over wat er met hem is gebeurd. Zou je dat willen? Ik denk veel aan hem. Dat heb ik je ook niet verteld, toch? Ik denk vaak aan de manier waarop hij die nacht stierf. Soms als ik in bed lig zie ik hem op de vloer liggen, bedekt met zijn bloed.

Over naar bed gaan gesproken, ik hoop dat je goed slaapt in de nacht dat je dit leest. Ik hoop echt dat je nachtmerries stoppen. Ze moeten je door de jaren heen zoveel pijn en ongemak hebben veroorzaakt. Heb je ooit de film over de lammetjes gezien? Ik hoop dat de jouwe snel in slaap vallen, Tomek.

Denk je dat we vrienden kunnen zijn? Schrijf alsjeblieft terug. Als het niet voor jezelf is, doe het dan voor Michal. Hij zou willen dat je vrienden maakt en vergeving praktiseert.

Ik kijk ernaar uit om van je te horen (Ik werd verteld om dit stukje te schrijven. Blijkbaar klinkt het professionel).

Nathan Burrows, HMP Wakefield

P.S. - je vriendin is trouwens erg knap. Je hebt een goede smaak in vrouwen.

Tomek wist niet of hij het moest verscheuren, verbranden of het uit wilde schreeuwen.

Uiteindelijk deed hij niets van dat alles. In plaats daarvan huilde hij, voor het eerst in lange tijd, snikte hij en weende in zijn handen, niet in staat de plotselinge vloed aan emoties te beheersen die hem overspoelde. In zijn uitbarsting liet hij de brief op de grond vallen, terwijl tranen over zijn wangen stroomden en in zijn handpalmen vielen.

Maar het huilen stopte toen Tomeks verdriet al snel omsloeg in woede.

Die klootzak kwelde hem, daagde hem uit. Erger nog, hij wist waar Tomek woonde. En Kasia - hij wist over Kasia. En Abigail. Hij wist alles over zijn leven. Hoe? Had hij criminele contacten die hem in de gaten hielden? Vrienden? Familieleden? Hoe had Nathan toegang tot al zijn informatie, inclusief de nachtmerries? Het was onmogelijk dat hij toegang had tot zijn dagboek, of zelfs zijn gespreksnotities met zijn therapeut. Het was nog onmogelijker dat hij de informatie had verzameld van iemand binnen het team. Hij vertrouwde hen allemaal tot in zijn graf - zelfs Sean en Victoria. Ze wisten allemaal wat er met zijn broer was gebeurd en hoezeer het hem had beïnvloed. Er was geen manier waarop zij informatie over zijn leven aan Nathan Burrows zouden hebben gelekt, toch? Tomek wilde die gedachtegang niet volgen.

Toen overwoog hij een alternatief.

De tweede moordenaar.

Charlie.

De anonieme, ongrijpbare figuur die had geholpen bij de moord op zijn broer. Wat als hij nog steeds daar buiten was, Tomek besloop, van een afstand toekeek? Kasia en Abigail in de gaten hield? Hun bewegingen monitorde?

Hij duwde zichzelf van het bed af en liep naar het raam. Terwijl hij de gordijnen opzij schoof, onderzochten zijn ogen de auto's langs de straat. Inmiddels wist hij welke van zijn buren waren en welke niet. De auto's die hij nu zag waren allemaal van mensen uit zijn straat. Er was niets verontrustends te zien. Toen probeerde hij zich te herinneren of hij onlangs iemand had gezien, of hij onderweg naar huis iemand was gepasseerd. Een bepaalde figuur waar hij weinig aandacht aan had besteed, die onopvallend op de stoep stond. Of dat er steeds dezelfde auto was die hem naar huis volgde.

Bij beide gedachten kwam hij niet verder. Niets. Zijn geest was leeg.

Na nog enkele momenten in de duisternis te hebben gestaard, trok hij zijn blik weg van de straat en keek omhoog naar de lucht. De wind was aangetrokken en blies de bomen in de straat heen en weer. Bladeren jaagden door de lucht, met in de verte naderende regenval tussen de duisternis. Een onheilspellend gevoel had zich over de straat verspreid, en hij kon het op zijn huid voelen. Hij kon niet met zekerheid zeggen of iemand hem had gevolgd of zijn huis in de gaten had gehouden. Maar één ding wist hij zeker: als de storm waar Victoria het over had gehad eraan kwam, dan zou niemand vanavond buiten blijven staan. Voor de komende paar uur tenminste, was zijn huis veilig voor de dreiging waarvan hij niet eens wist of die echt was.

HOOFDSTUK
VEERTIEN

Wolken waterdamp explodeerden uit zijn mond in een regelmatig, ritmisch patroon. Hij ademde in door zijn neus, uit door zijn mond. Langzaam, beheerst, afgemeten, ongeacht hoe hard zijn cardiovasculaire systeem hem toeschreeuwde om het tempo op te voeren.

Zijn benen en armen bewogen op dezelfde manier, regelmatig, ritmisch. Zijn voeten beukten op de grond, het geluid onhoorbaar door de gure wind die langs zijn oren floot en zijn trommelvliezen verscheurde. De wind was zo sterk dat het de eerste paar honderd meter van hun hardlooptocht aanvoelde alsof hij helemaal niet bewoog, alsof hij tegen een onverzettelijk object aanliep, alsof iets aan zijn shirt trok en hem tegenhield voorwaarts te gaan. Gelukkig had hij Warren Thomas naast zich, en de lange reus van een man bewoog duidelijk in de juiste richting. Tomek ergerde zich echter aan het gemak waarmee de man bewoog. Soepel, gracieus, bijna alsof hij door de wind en regen gleed, alsof hij door ieder weertype zou kunnen glijden. Het leek moeiteloos voor hem, en te oordelen naar de snelheid waarmee de wolken waterdamp uit zijn mond barstten, was het dat ook.

Eerder die ochtend had Tomek Warren een bericht gestuurd om te bevestigen of ze naar de haven konden gaan, maar het antwoord was nee. Dankzij Storm Alisha was het getij gezwollen en te ruig en gevaarlijk. De kustwacht en de RNLI hadden burgers de hele nacht gewaarschuwd om onder geen enkele omstandigheid het water in te gaan, en Warren vond een tripje naar de Mulberry Haven het risico niet waard.

Tomek had met tegenzin ingestemd.

In plaats daarvan had hij een hardlooptocht voorgesteld. Zijn eerste in maanden. Zij tweeën, langs de zeekant, voorbij de zeilclub, verder langs de kust naar Shoebury East Beach. Ondanks dat hij geen echte lichamelijke inspanning had gedaan sinds Kasia in zijn leven was gekomen, was hij verrast hoe goed zijn lichaam het volhield. Hij was niet gedwongen te stoppen. Hij had geen moeite met ademhalen of het tempo volhouden. Het ging goed.

En hij had het nodig. Zijn lichaam had het nodig. Zijn geest had het nodig. Een uitlaatklep, een vluchtweg. Een kans om stoom af te blazen en de spanning in zijn botten los te laten. De hele nacht hadden gedachten aan Nathan Burrows hem gekweld. Gedachten aan de man die in zijn gevangeniscel zat, die de brief schreef met een scheve glimlach op zijn gezicht, zichzelf mogelijk betastend terwijl hij schreef. Hoe hij Tomeks adres met plezier opschreef, de envelop dichtte en hem aan een van de bewakers in de gevangenis overhandigde, nauwelijks in staat zijn opwinding te bedwingen.

Terwijl hij rende, stelde Tomek zich de man voor die daar stond, tien meter voor hem. Hij achtervolgde hem. Duwend, stampend, zijn ledematen pompend. Proberend het gat te dichten. Dichterbij. Dichterbij. Maar hij was net buiten bereik, een vingertop verwijderd.

Langs de kustlijn was het bewijs zichtbaar van de storm die 's nachts door het graafschap had gejaagd. Water had de zeeweringen overwonnen en de boulevards overspoeld, stromend over de trottoirs en omliggende wegen, waarbij grote waterplassen achterbleven die soms tot aan zijn enkels reikten. Elders had Tomek meer bewijs gezien: omgevallen bomen aan de kant van de weg, op hun plaats gehouden door een enkele, krachtige wortel; vuilniscontainers die een ontsnappingspoging hadden gedaan en slechts het midden van de straat hadden bereikt, nadat ze onderweg tegen een handvol auto's waren gebotst. Op de autoradio kwamen berichten binnen dat hoogspanningslijnen waren neergehaald in de meer landelijke gebieden, en het netwerkteam van de regio had de hele nacht gewerkt om stroomuitval te bestrijden, hoewel het waarschijnlijk was dat de getroffenen zonder stroom zouden zitten tot de wind was gaan liggen. Alisha was gekomen, had haar vernietiging aangericht en was weer vertrokken.

Aan het einde van de route stopten ze bij de East Beach-barrières, twee kilometer aan zeewering gemaakt van betonnen palen van ongeveer twee meter hoog, ingegraven in het zandbed, bij elkaar gehouden door gehoekte stalen balken. Oorspronkelijk gebruikt als verdedigingsmechanisme in de Tweede Wereldoorlog tegen duikboten, mijnen en andere oppervlaktevaartuigen, waren de overgebleven palen herbestemd en grotendeels gemaakt tijdens de Koude Oorlog tegen de vermeende dreiging van de Sovjet-Unie. Nu dienden ze als grens voor het land in bezit van het Ministerie van Defensie, dat voornamelijk werd gebruikt voor militaire operaties en wapentests. Toegang tot het strand daarachter was streng verboden, en dus was het de perfecte plek om om te keren en terug te gaan richting Warrens huis.

Ze kwamen veertig minuten - en nog anderhalve mijl - later aan. Tegen de tijd dat ze bij Warrens voordeur kwamen, was Tomek uitgeput, dubbelgevouwen, droog kokhalzend, zijn lichaam dreigde zijn inhoud te lozen.

'Je hebt jezelf te hard gepusht,' zei Warren.

Tomek negeerde hem terwijl hij zich concentreerde op niet overgeven op de oprit van zijn oude schoolvriend. De strijd was van korte duur. En onsuccesvol.

De inhoud van zijn maag - wat er nog over was - kwam met een vaart op de stenen terecht, spatte op Tomeks schoenen en benen.

'Het spijt me zo,' zei Tomek, terwijl hij zijn mond afveegde met de mouw van zijn natte T-shirt. 'Ik zal het schoonmaken.'

'Heeft geen zin. De regen spoelt het wel weg.' Warren gooide zijn sleutel in het slot en draaide. Toen Tomek naar de auto liep, riep Warren hem terug. 'Waar denk je in godsnaam heen te gaan?'

'Naar werk...'

'Niet zo ga je niet.'

'Het is goed. We hebben daar douches. Ik wilde me opfrissen op kantoor.'

'Niet nadat je net over mijn oprit hebt gekotst,' zei Warren, en duwde de deur open. Toen Tomek er niet naartoe bewoog, haastte hij zich erheen, greep hem bij de schone mouw en gooide hem het huis in. 'Je moet warm worden, en je hebt ook wat warmte vanbinnen nodig. En suiker. Laat me de waterkoker aanzetten.'

Tomek hoopte dat het niet weer een van Warrens smerige koppen koffie zou zijn, maar hij was te beleefd om iets te zeggen. In plaats daarvan mompelde hij iets, maar hij wist niet precies wat. Hij dacht dat het 'bedankt' was, maar het had van alles kunnen zijn.

'Laat me een handdoek voor je halen,' zei Warren in de keuken. Voordat Tomek bezwaar kon maken, verliet zijn vriend de kamer, rende naar boven en kwam even later terug met een handdoek in zijn hand. Egyptisch katoen, donkerblauw. 'Droog jezelf hiermee af. Ik weet dat het huis een beetje een rommel is, maar ik zou liever niet hebben dat je de bank doorweekt.'

Tomek nam de handdoek dankbaar van hem aan en begon de regen van zijn onderarmen, nek en gezicht te vegen. Daarna ging hij met de handdoek over zijn hoofd om het meeste vocht op te nemen. Toen het drankje was gemaakt - gelukkig een thee - leidde Warren Tomek naar de woonkamer. Die lag aan de achterkant van het huis en keek uit op de tuin. Buiten lag, omvergeblazen door de wind, een tweepersoonskajak die de hele lengte van de tuin in beslag nam.

'Kunnen we daarmee de haven in?' vroeg Tomek.

'Niet als je niet wilt verdrinken.'

'Ik bedoelde een andere keer.'

'Als het weer beter is, waarom niet. Heb je er ooit in gezeten?'

Tomek knikte, bevestigend dat hij dat had gedaan. Maar hij koos ervoor niet uit te leggen wanneer of waarom. Dat was een gesprek voor een andere dag.

'Laat me eens kijken hoe het weer vanmiddag is,' zei Warren. 'Volgens de voorspelling zou de wind flink moeten gaan liggen. Het hangt er gewoon vanaf of dat samenvalt met hoogtij. Ik laat het je weten.'

Tomek legde zijn handdoek op de bank, ging op de rand zitten en vouwde zijn handen om de mok. Het was slechts een kleine warmtebron, maar hij voelde zich al warmer worden. Hij bracht het kleine kopje naar zijn mond en nam een slokje. De vloeistof verbrandde het puntje van zijn tong en zijn keel, maar vulde hem met een voeding die zich door zijn hele lichaam verspreidde.

Warren pakte een stoel van de eettafel en zette die dichter bij Tomek.

'Het is niet veel,' zei hij, wijzend naar het meubilair, 'maar het is genoeg.'

'Beter dan de omstandigheden waarin sommige mensen leven. Hoe lang woon je hier al?'

'Ik huur dit nu ongeveer vijf jaar. Het voldoet. Maar ik heb niet veel nodig. Geef me een bed, een toilet en een plek om wat eten te maken en ik ben tevreden.'

Net als een gevangeniscel, dacht Tomek.

Bewijs van Warrens eenvoudige levensstijl was overal in de woonkamer te vinden. Er waren geen huiselijke accessoires, geen foto's, geen snuisterijen zoals die Kasia en Abigail hem hadden aangeraden te kopen om 'de boel wat op te fleuren'. Er was wel een televisie, ja, maar die kwam uit de late jaren 2000 en zag eruit alsof hij in jaren niet was gebruikt. Ook het meubilair rook en voelde alsof het van een rommelmarkt kwam, de laatste bezittingen van iemand die alleen was gestorven. Er stonden geen boeken in de kast, geen dvd-hoesjes, geen cd's. Niet eens een platenspeler.

'Wat doe je de hele dag?' vroeg Tomek.

Warren lachte. 'Ik lees graag. Mijn verzameling staat boven. Je moet het zien. Ik haal er veel uit de kringloopwinkel. Ze zijn goedkoop en ik kan ze teruggeven als ik ze uit heb.'

Tomek knikte beleefd. Hij had geen bijzondere interesse in boeken, maar waardeerde ze niettemin. Hij nam nog een slokje van zijn thee en stuurde het gesprek in een andere richting, dit keer naar het onderwerp school. Het was het enige wat ze op dit moment gemeen hadden. Dat en hun wederzijdse liefde voor rugby. Maar voor nu was samen naar school gaan iets wat ze beiden hadden meegemaakt, iets waar ze beiden goede herinneringen aan hadden. Soms met elkaar, soms zonder. Ze brachten het volgende halfuur door met het delen van verhalen uit de klas, het bespreken van oude collega's en het vragen wat ze tegenwoordig deden, hoewel geen van beiden iets over iemand wist; ze hadden beiden afgezien van sociale media-accounts en waren tevreden om het zo te houden.

'Om eerlijk te zijn, kan het me geen reet schelen wat mensen tegenwoordig doen,' zei Tomek. 'Ze zijn waarschijnlijk toch allemaal ongelukkig. Ze doen een baan die ze haten zodat ze het online kunnen posten en de indruk kunnen wekken dat alles perfect is.'

'Ik maak me zorgen over de volgende generatie. Ze zijn ermee opgegroeid. Ze denken dat ze in een fotoperfecte wereld leven, maar het is niet allemaal zonneschijn en regenbogen. Er moet iets veranderen.'

Tomek gromde terwijl hij het laatste van zijn drankje opdronk. 'Vertel mij wat. Kasia brengt er zoveel tijd op door. Ze volgt al die modellen, liket al hun foto's. Het schept een onrealistisch beeld van hoe het leven zou moeten zijn, en ik heb absoluut geen fucking idee wat ik eraan moet doen.'

'Hoe oud is ze?'

'Dertien.'

'Ik wist niet dat je vader was.'

'Ik ook niet tot ongeveer vier maanden geleden.'

Verwarring kroop over Warrens gezicht. Tomek legde vervolgens uit dat Kasia op een middag bij hem voor de deur was verschenen terwijl hij bezig was met zijn bonsaiboompjes.

'Ik hou van bonsaiboompjes!' onderbrak Warren. 'Ik heb er een paar in de schuur en een paar op mijn slaapkamerraam staan.'

'Echt. Niet.'

'Ja. Echt.'

Tomek was verbaasd. Normaal gesproken, wanneer hij vermeldde dat hij geïnteresseerd was in het kweken van miniatuurboompjes in plantenpotten, werd hij begroet met ongemakkelijke en verwarde blikken, maar nu had hij iemand anders gevonden met dezelfde interesse. Ze deelden een band. Tomek aarzelde niet om te vragen of hij Warrens collectie mocht zien, en de man toonde ze hem met dezelfde geestdrift en opwinding waarmee hij Abigail had getoond aan zijn eigen collectie. Er stonden er vier op de vensterbank, allemaal verschillende soorten en verschillende groottes, met nog eens tien buiten, schuilen in de schuur aan het einde van de tuin, wachtend tot de storm voorbij was.

'Hoe lang heb je ze al?' vroeg Tomek.

'Sinds school. Sommige zijn door de jaren heen beschadigd geraakt en ik heb ze moeten vervangen, maar ik verzamel ze al sinds we kinderen waren.'

Tomek schudde zijn hoofd terwijl hij in Warrens ogen keek. 'Waar ben je heel mijn leven geweest? Ik dacht dat ik de enige was.'

Warren legde een hand op Tomeks schouder. 'Jij en ik allebei, maat. Jij en ik allebei.'

HOOFDSTUK
VIJFTIEN

Tomeks haar was nog nat van de douche op kantoor toen hij Victoria's kantoor werd binnengetrokken.

'Goedemorgen, Tomek,' zei ze. 'Of moet ik zeggen goedemiddag?'

Tomek keek op zijn horloge. Het was pas 10:12 uur. 'Nu al de tijd willen vooruit spoelen?'

'Sommigen van ons zijn hier al sinds zeven uur.'

'Dat is jouw voorrecht. Ik was bij Warren Thomas.'

'Waarom?'

'Informatie verzamelen,' loog hij. 'Ik hoopte dat hij me mee naar de haven kon nemen, maar het weer zat tegen.'

Victoria grijnsde zelfvoldaan. 'Had ik je toch gezegd.'

'Dat zeg je nu wel, maar niet alles is verloren, want hij heeft beloofd me vanmiddag mee te nemen.'

'Klinkt als een echte heer. Waar neemt hij je mee naartoe? Diner bij kaarslicht aan het strand? Of iets spannenders - midgetgolf langs de boulevard?'

'Spreek je uit ervaring?' antwoordde Tomek. 'Of wacht je nog steeds tot Sean een van die dingen met je doet?'

Victoria opende haar mond om te antwoorden maar beet snel op haar tong.

'Heel grappig,' zei ze, 'erg geestig. Nu we het toch over grappig hebben, waar was je dagelijkse rapport van gisteren? Waarom zat het vanochtend niet in mijn inbox?'

Tomek nam de tijd om te antwoorden. 'Wat is daar grappig aan?'

'Je excuus, denk ik. Ik heb je in het verleden met absolute juweeltjes horen komen.'

'Kaaskoekjes of crackertjes?'

Victoria gebaarde met haar handen, herhaaldelijk naar hem wijzend. 'Dit is precies waar ik het over heb. Je hebt altijd iets te zeggen. Altijd een snelle opmerking om jezelf uit de problemen te praten, maar-'

'Ik probeer me helemaal niet uit de problemen te praten, mevrouw. Ik ben hier net zo bezorgd over als u. En we moeten tot de bodem van deze zaak komen.'

'Natuurlijk ben je dat, verdomme. De dag dat jij net zoveel om dit soort dingen geeft als ik, is de dag dat ik het loodje leg.'

Tomek deed zijn best om de glimlach op zijn gezicht te onderdrukken. Hij wenste niemand dood. Eigenlijk deed hij dat wel, maar de lijst was zo kort dat hij hem op een vingernagel kon schrijven. Voor Victoria's gemoedsrust: zij stond er niet op.

'Dit is precies de reden waarom je het nooit tot inspecteur zult schoppen.'

De woorden voelden als een klap in het gezicht en een trap in zijn kruis. Tegelijkertijd.

'Waar heb je het over?' vroeg Tomek, en voegde in gedachten toe: *Jij venijnige trut.* 'Wat weet jij? Komt er een functie of promotie aan?'

Zonder te antwoorden, wendde Victoria haar aandacht van hem af en speelde plotseling de verlegene. 'Ik bedoelde er niets mee. Vergeet dat ik iets gezegd heb.'

'Maar je bedoelde er *wel* iets mee. En ik wil weten wat.'

'En ik wil weten waarom je gisteravond geen rapport hebt ingediend. Dit eerlijkheidsding werkt twee kanten op, Tomek.'

Hij pauzeerde. Ze waren in een impasse beland. Hij was niet van plan haar de echte reden te vertellen waarom hij rechtstreeks naar huis was gegaan na de autopsie en haar verdomde rapport niet had afgemaakt. Maar er schoot hem geen excuus te binnen. Geen verschijning manifesteerde zich voor hem als een geest uit een fles. En, besloot hij, tegen de tijd dat hij eindelijk met iets zou komen, zou het moment voorbij zijn en zou zij er dwars doorheen kijken.

Patstelling.

'Wanneer kan ik het verwachten?'

'Serieus?'

'Ja, serieus. Je moet het nog steeds inleveren. Je komt er niet zo makkelijk mee weg. Christus, je bent soms net een kind. Alsof ik je vraag je huiswerk te maken.'

Tomek zei niets. In plaats daarvan gaf hij Victoria een overdreven en aanstellerige glimlach.

'Zonder Nick hier om je te verdedigen, moet ik alles zien wat je doet.'

'Ik heb je al verteld wat ik voor vanmiddag gepland heb. Je bent meer dan welkom om met ons mee te gaan als je wilt.'

'Nee. Wat ik wil is dat je verschillende dingen doet.' Ze stak haar hand op en begon op haar vingers te tellen. 'Ten eerste wil ik dat je dat rapport zo snel mogelijk naar me toestuurt. Ten tweede wil ik dat je contact opneemt met alle belangrijke getuigen om te zien hoe het met ze gaat, en of ze zich nog iets meer herinneren. En ten derde wil ik dat je mijn kantoor verlaat.'

Tomek wachtte geduldig, tikkend met zijn duim tegen zijn knie. Hij wachtte tot Victoria zich genoodzaakt voelde iets te zeggen.

'Wat doe je hier nog?'

'Ik moet van je horen welke je als eerste wilt dat ik doe.'

———

Rot op. Dat was de vierde toevoeging aan de lijst van dingen die ze wilde dat hij deed.

Rot op.

Verlaat mijn kantoor.

Stuur me het rapport.

En bezoek dan de belangrijke getuigen.

In die volgorde.

Helaas voor haar had Chey haar plan voor hem volledig verpest nog voordat het was begonnen.

'Chef, er is een probleem met een van de belangrijke getuigen,' zei hij.

'Wie?'

'Kirsty Redgrave. Ze heeft gemeld dat er gisteravond iemand voor haar Airbnb stond.'

Tomek draaide zich ter plekke om en wees naar de deur aan de andere kant van de kamer. 'Snel Robin, naar de Batmobiel!'

Chey keek hem alleen maar verbaasd aan. 'Is dit een soort grap? Komen we op tv?'

'Wat? Nee, idioot. Ik zeg, pak je jas en sleutels, dan gaan we er samen naartoe...'

'Samen?' Chey verplaatste zijn gewicht van de ene voet naar de andere. 'Maar ik dacht dat ik hier zou blijven en zou afmaken waar ik mee bezig was?'

Tomek schudde zijn hoofd. 'Net even snel met de baas gesproken en ze zei dat jij en ik toch met al deze mensen moeten praten. Best handig hoe dat in ons voordeel uitpakt, hè?'

Handig inderdaad.

Chey leek het te geloven. Hij zei: 'Nou, Batman, waar wachten we nog op?'

HOOFDSTUK
ZESTIEN

Kirsty Redgrave was in de vijftig, maar deed duidelijk haar uiterste best om er allesbehalve zo uit te zien. Haar haar was steil, haar gezicht licht opgemaakt, en er was een duidelijke definitie in haar schouder- en bicepsspieren die suggereerde dat ze meer tijd besteedde aan trainen dan aan eten. Zij en de rest van haar Amerikaanse familie verbleven in een huis met vijf slaapkamers in South Benfleet. Ze hadden het pand op Airbnb gevonden en verbleven daar terwijl de eigenaren naar hun tweede huis in het zuiden van Spanje waren vertrokken voor een verlengde kerstvakantie. Tomek begreep nog steeds niet waarom iemand, laat staan een groep Amerikanen die enkele van de meest adembenemende landschappen ter wereld voor hun deur hadden, een plek als Essex koos om naartoe te reizen. Hij kon veel plaatsen bedenken, verder naar het noorden en zelfs naar het zuiden, die beter waren dan hier. Het enige wat Zuid-Essex te bieden had, waren een paar historische attracties, om de paar meter een gat in de weg, en een winkelcentrum dat mensen uit het hele land aantrok (voornamelijk omdat er niets anders te doen was en het een redelijke manier was om een middag door te brengen). Misschien kwam het doordat Tomek er was opgegroeid en de plaats in de loop der jaren zo had zien veranderen, dat zijn beeld van de omgeving afgestompt was geraakt, getint in een dof grijze tint. Zelfs dan nog had het voor hem geen logica.

'Southend zit vol geschiedenis,' zei Kirsty, met haar dikke New Yorkse accent terwijl ze de woonkamer binnenkwam.

'Technisch gezien zit overal geschiedenis,' antwoordde Tomek sarcastisch. 'De planeet bestaat al miljarden jaren.'

Kirsty draaide zich naar Chey en rolde met haar ogen. 'Is hij altijd zo?'

'Helaas wel,' antwoordde de jonge agent.

'Er is hier veel te zien en te doen. Je moet alleen weten waar je moet zoeken.'

'Bent u docent of heeft u gewoon veel interesse?'

'Ik ben professor,' antwoordde Kirsty. 'Geschiedenis aan de New York University. NYU!'

De plotselinge uitbarsting verraste Tomek. Voor iemand die volgens Chey zo in paniek was aan de telefoon dat het klonk alsof ze zichzelf zonder broek buiten had gesloten, was ze verrassend opgewekt.

'Ik geef al jaren les,' vervolgde ze. 'Ik ga nu mijn vijftiende jaar in, en ik hou ervan, zou het voor niets willen ruilen.' Ze draaide zich om naar het raam. 'Als je bedenkt dat iemand, ergens, eeuwen geleden, op het idee kwam om wegen, irrigatiesystemen en valuta te implementeren - waar zouden we zijn zonder dat?'

'Levend in onze eigen vuiligheid,' zei Tomek. 'En vergeet het barbaarse doden voor vermaak niet. Hoewel ik verbaasd ben dat dat de tand des tijds niet heeft doorstaan.'

Kirsty zag de humor niet in van zijn opmerking.

'Wat is er zo bijzonder aan Essex?' vroeg Chey, zijn stem vol nieuwsgierigheid.

'Zo veel,' antwoordde Kirsty. 'Wist je dat hier paleolithische stenen werktuigen zijn gevonden, wat betekent dat mensen in dit gebied hebben gewoond sinds de eerste IJstijd?'

Tomek antwoordde dat hij dat niet wist.

'En dat bewijs uit het Neolithicum suggereert dat de mens ongeveer zesduizend jaar geleden al in Chelmsford woonde. En dat, meer recent, de Slag bij Benfleet plaatsvond bij het treinstation in 894 na Christus. De Denen tegen de Saksen. Geweldig! En wie zou Boudicca kunnen vergeten?'

'Absoluut,' zei Tomek, hoewel hij absoluut geen idee had over wie ze het had. Verlangend om het gesprek verder te brengen, keek hij op zijn horloge en vroeg: 'Ik dacht dat u vandaag zou vertrekken?'

Kirsty rolde opnieuw met haar ogen. 'Dat was de bedoeling, maar toen kwam die verdomde storm. Onze vlucht werd geannuleerd en nu kunnen we pas in het weekend een nieuwe krijgen. Gelukkig zitten onze verhuurders ook vast in Spanje, dus hadden ze er geen probleem mee.'

Of ze hebben gewoon geen haast om thuis te komen.

'Tenminste heeft u nog een paar nachten hier,' zei Chey. 'Dat geeft u wat tijd om extra dingen van uw lijst af te vinken.'

Kirsty's gezicht lichtte op bij de gedachte aan meer historische ruïnes bezoeken, meer archeologische vindplaatsen bekijken, maar toen herinnerde ze zich snel dat zij en haar familie alles van de lijst hadden afgevinkt.

'Waar is iedereen eigenlijk?' vroeg Tomek.

'Ze zijn gaan winkelen.'

'Oh, ja?'

'Naar een plek genaamd Lakeside.'

De grijns verscheen onwillekeurig op Tomeks gezicht.

'Dát is nou een plek vol geschiedenis,' zei hij, met een ondeugende glimlach.

Kirsty negeerde de opmerking en ging verder. 'Om eerlijk te zijn, wilde ik dat ze het huis uit gingen. Ik vond het hier niet veilig.'

'Ah, ja. De reden waarom we hier zijn. Kunt u alstublieft uitleggen wat er met u is gebeurd en wat u hebt gezien.'

Kirsty nam even de tijd om zichzelf te verzamelen voordat ze begon, diep inademend, de spanning in haar lichaam laten zakken. Toen ze begon, verdween de vreugde en verwondering van hun eerdere gesprek van haar gezicht en werd vervangen door angst, alsof ze de ervaring opnieuw beleefde terwijl ze het vertelde.

'Het gebeurde gisteravond. Tijdens de storm. De wind waaide hard, en ik heb nog nooit zoveel regen gezien. Ik ging naar het raam om de gordijnen van de slaapkamer te sluiten, keek naar buiten, en dat is toen ik een figuur zag staan. Eerst dacht ik er niet veel van, maar toen ik opnieuw keek stond hij er nog steeds. Ik vertelde het aan mijn man, hij kwam kijken, maar tegen de tijd dat hij de trap op was gekomen, was hij verdwenen.'

'Goed,' zei Tomek, terwijl hij naar Chey keek en hem een blik gaf om een aantekening in zijn boek te maken. 'En kunt u zich herinneren hoe hij eruitzag?'

'Dat was niet de enige keer dat ik hem zag!' vervolgde Kirsty. 'Hij verscheen ongeveer een halfuur later weer.'

'O ja?'

'Deze keer in de tuin. Hij was over het hek gesprongen en stond daar gewoon, naar het huis te kijken.'

Tomek probeerde zijn ongeloof even opzij te zetten en zich voor te stellen wat ze had gezien. Duisternis, behalve de zwakke oranje gloed van de straatverlichting beneden. Auto's, geparkeerd aan de kant van de weg. Horizontale regen, die haar zicht vertekende. Bladeren en takjes die van de ene naar de andere kant van het raam flitsten. En een eenzame gezichtsloze figuur, als silhouet afgetekend tegen de duisternis, die doodstil stond en naar haar opkeek.

'Weet u zeker dat het een man was?'

'Ja,' siste ze.

'Hoe kunt u daar zeker van zijn?'

'Ik weet hoe een man eruitziet. Ik heb ze eerder gezien.'

'Niemand twijfelt daaraan,' antwoordde Tomek, die merkte dat ze geïrriteerder werd naarmate zijn vragen doorgingen. 'Hoe duidelijk hebt u het gezicht van de man gezien?'

'Ik... ik...' aarzelde ze, sloot haar ogen. 'Ik heb hem niet goed kunnen zien. Hij was zo ver weg, ik...'

'Kunt u beschrijven wat hij aan had?'

Kirsty sloot opnieuw haar ogen. 'Een zwarte jas. Een lange zwarte jas. Met zijn capuchon op. Die had witte koordjes, dat weet ik nog, omdat ze flapperden in de wind.'

'Wat droeg hij op zijn gezicht? Een sjaal? Was zijn jas helemaal tot aan zijn kin geritst? Waren er opvallende kenmerken? Misschien weerkaatste het licht op een bril?'

Met haar ogen nog steeds gesloten, schudde Kirsty haar hoofd. 'Ik denk niet dat hij een bril droeg. Maar ik kon zijn ogen zien. Als kattenogen, die gloeiden in het donker.'

Even vroeg Tomek zich af of het eigenlijk een kat was geweest die ze had gezien. Maar zijn beperkte ervaring en kennis van het dier herinnerde hem eraan dat het onwaarschijnlijk was dat er een kat door de straten van South Benfleet zou zwerven midden in een storm, niet wanneer er thuis een warm bed en voedsel op hem wachtten.

'En zijn schoenen?' vroeg Chey. 'Droeg hij sportschoenen, gewone schoenen? Welke kleur hadden ze?'

Kirsty kneep haar ogen nog harder dicht, waardoor er rimpels aan de zijkant van haar hoofd verschenen. 'Sportschoenen,' antwoordde ze. 'Donker, denk ik. Passend bij zijn jas.'

Chey maakte een aantekening in zijn boek. 'En wat betreft zijn bouw, zijn grootte? Hoe zou u hem beschrijven?'

'Hij was groot.' Ze zette haar schouders op terwijl ze het zei. 'Zijn gestalte leek de jas helemaal op te vullen. Hij zag er gespierd uit, stevig, als een rugbyspeler. En zijn benen waren ook fors. Hij zag eruit als een uitsmijter of iemand die bij de deur staat. Is dat hoe jullie dat hier noemen?'

Tomek bevestigde dat dat zo was. Toen opende ze haar ogen en knipperde een paar keer om het licht weer binnen te laten. Hij stak zijn hand in zijn zak en haalde zijn telefoon tevoorschijn, waarna hij zijn notitie-app opende. De avond ervoor had hij een notitie gemaakt van de beschrijving die de Amerikaanse toeristengroep had gegeven van de man die van de plaats delict was gevlucht - hun hoofdverdachte.

'Zwarte jas,' begon hij. 'Zwart haar... gemiddelde tot grote bouw. Zou u zeggen dat de beschrijving van de man die u gisteravond zag overeenkomt met die van de man die u bij de plaats delict hebt aangetroffen?'

Kirsty's wangen werden rood van bezorgdheid. 'Niet totdat u het zei. Maar... ik weet het niet. Er was iets anders aan deze persoon. Dreiging, kwaadaardigheid. Iets wat niet helemaal in orde was. De man bij de haven gisteren, hij... ik weet het niet. Hij zag er bezorgd uit.'

'Bezorgd?'

'In paniek. Alsof hij wist dat iedereen hem ervan zou verdenken iets met dat arme meisje te hebben gedaan, dus rende hij gewoon weg. Tenslotte, als u hem niet kunt vinden, kunt u niets tegen hem doen.' Kirsty wreef langs haar wang. 'Wat als het de moordenaar is? Wat als hij terugkomt om er zeker van te zijn dat we niets zeggen? Of misschien is hij gekomen om ons ook te vermoorden!'

Tomek stak een hand op om haar te kalmeren, maar het had weinig effect.

'U moet ons helpen. U moet ons beschermen. Wat als hij vanavond weer terugkomt? We hebben iemand nodig die de wacht houdt. Een politieagent, iemand. We hebben bescherming nodig.'

'We zijn niet de FBI, Kirsty,' zei Tomek kortaf. 'We hebben geen onbeperkte middelen waarmee we mensen kunnen sturen om op te passen. Maar we zullen ernaar kijken en alles doen wat we kunnen.'

Tomek hees zichzelf van de bank en gaf haar een visitekaartje. 'Hierop staat mijn telefoonnummer. Als u iets verdachts ziet, laat het me weten. Ik ben maar een klein stukje rijden verwijderd, dus ik kan binnen een paar minuten hier zijn, maar eerst moet u de politie bellen zodat zij iemand kunnen sturen.'

Kirsty was in een staat van waanzin toen ze opstonden om te vertrekken, en het duurde even voordat ze besefte dat ze weggingen nadat ze de woonkamer hadden verlaten. Ze sloot de deur achter zich, rende hen achterna en riep hen terug. 'Zorg alstublieft dat ons niets overkomt.'

Als dat mogelijk was, dacht hij, dan zou niemand ooit meer het slachtoffer worden van een misdaad.

Eenmaal buiten haastten Tomek en Chey zich naar de auto. De wind was met volle kracht teruggekeerd en rukte langs Tomek. Ondertussen had Chey, de kleinere en slankere van de twee, moeite om tegen de elementen te vechten.

'Wat vind je van dit alles?' vroeg hij terwijl hij de deur achter zich dichttrok, waardoor de wind werd buitengesloten.

'Het lijkt me niet logisch dat onze verdachte de plaats delict zou ontvluchten en dan terugkomen,' zei Tomek. 'Ze zijn toeristen. Het is ongelooflijk onwaarschijnlijk dat ze hem zouden kennen of enige connectie met hem hebben waardoor hij het nodig vindt om hen te komen terroriseren.'

'Maar de moordenaar wist niet dat ze toeristen zijn. Hij dacht misschien dat ze hier woonden en dat hij het risico liep om hen in de toekomst tegen te komen.'

'Dus je denkt dat hij hen ook gaat vermoorden?' vroeg Tomek.

Chey haalde zijn schouders op.

Behulpzaam, dacht Tomek.

'Eén ding dat voor mij geen steek houdt,' zei hij, starend naar het dashboard, diep in gedachten. 'Is hoe hij hun adres heeft gevonden...'

'Wat bedoel je?'

Tomek wees naar het huis. 'Denk er eens over na,' zei hij. 'Deze mensen zijn een week, twee weken in het land. Ze hebben de plek geboekt via een privébedrijf op een app. Er is geen registratie van hen die hier wonen behalve tussen de eigenaar en Kirsty. Hoe in godsnaam zou de verdachte weten waar ze woonden?'

HOOFDSTUK
ZEVENTIEN

Tomek bleef aan die gedachte hangen.

Hoe wist de figuur die buiten de Airbnb stond, als het dezelfde persoon was die van de plaats delict was gevlucht, waar hij hen kon vinden? In Tomeks hoofd waren er twee mogelijkheden: of de moordenaar was lid van de politiedienst en wist waar hij de informatie kon vinden, of, en dit leek hem waarschijnlijker, na het vluchten van de plaats delict had de verdachte buiten het politiebureau rondgehangen, wetende dat de getuigen naar binnen zouden worden gebracht voor verhoor. Daarna had hij hen gewoon gevolgd naar hun toevluchtsoord op een eiland vol vreemden.

Als het mogelijk was voor de verdachte om dat te doen, om de Redgraves naar huis te volgen, dan was het mogelijk dat zij niet de enige doelwitten waren.

Dat hij het ook bij de rest van hen had gedaan.

Warren...

Andrei...

Kort nadat ze Kirsty Redgrave hadden verlaten, had Chey Nadia gebeld en om het adres van Andrei Pirlog gevraagd. Volgens Google Maps woonde hij ruim twintig minuten verderop, in het hart van Southend-on-Sea. Een kleine eenkamerwoning die gelegen was aan de drukke London Road. Tomek gebruikte deze weg elke ochtend van en naar zijn werk, en hij wist hoe druk het kon worden. Zoals nu. Het constante geruis van banden, het zachte geronk van motoren die stationair draaiden, het frequente geluid van een claxon omdat een of andere klootzak onvermijdelijk voor iemand anders was ingevoegd. Ze hadden alleen al drie minuten moeten wachten tot iemand hen liet oversteken over twee rijbanen.

De flat was de tweede in een rij van vijf. Ze bevonden zich allemaal boven verschillende lokale zelfstandige bedrijven. Een viszaak, een kiosk, een bakkerij, een tattooshop en een Chinees afhaalrestaurant. Andrei had het ongeluk boven het Chinese restaurant te wonen met zijn dikke, kleverige geur van plantaardige olie en MSG die in de lucht hing. Het voelde alsof het aan Tomeks keel bleef plakken toen hij uit de auto stapte.

'Stel je voor, Chinese maaltijden binnen handbereik,' zei Chey.

'Waar heb je het over? Jouw ouders hebben een Indiaas restaurant. Jij hebt altijd toegang tot Indiaas eten, of zoals jij het noemt, *binnen handbereik.*'

Chey sloot het portier. 'Ja, maar dit is anders.'

'Op welke manier?'

'Omdat het *Chinees* is. Er gaat niets boven een Chinees.'

'Zeg dat niet in het bijzijn van je ouders. Ik wil niet nog een moordzaak moeten behandelen.'

De jonge agent lachte ongemakkelijk. 'Ik betwijfel of je daar ook maar iets aan zou mogen doen, als deze zaak een indicatie is.'

Tomek negeerde de opmerking eerst, liep richting Andrei's flat, stopte bij een paar treden en draaide zich toen naar de man. 'Wat bedoel je daarmee?'

Chey verlaagde zijn stem en antwoordde: 'Ik zie wat er gaande is, weet je. Iedereen ziet het. Tussen jou en Sean. Sean en Victoria. Het is zo overduidelijk. Maar ik sta aan jouw kant, trouwens. Al geniet ik wel van de tijd die we samen doorbrengen.'

Alsof ze een stel waren.

'Hoe lang weet je het al?'

'Sinds we al het werk zijn gaan doen zonder dat Victoria het aan Nick vertelt. Ik vermoedde dat dat het begin was van wat nog zou komen.'

Tomek was onder de indruk. Hij gaf toe dat Victoria er niet erg subtiel over was geweest, inderdaad. Maar het was politiek, en het had Tomek veel langer gekost om zulke problemen op te merken toen hij Cheys leeftijd had en in dat stadium van zijn carrière zat (als hij ze überhaupt al opmerkte). In plaats daarvan was hij te druk bezig geweest met flirten met zijn collega's, het absolute minimum doen, en zichzelf in de problemen werken.

'Zeer scherpzinnig,' antwoordde Tomek. 'En je zegt dat iedereen het ook heeft opgemerkt?'

Chey knikte, zijn ogen werden groter.

Tomek voelde plotseling dat er een coup op komst kon zijn.

'Ik ben onder de indruk.'

'Betekent dat dat we nu beste vrienden zijn?' vroeg Chey.

De afgelopen maanden had de agent onuitstaanbaar geprobeerd met Tomek bevriend te raken, om nauwere vrienden met hem te worden buiten en binnen het werk. Maar Tomek had het altijd uitgesteld. Er was een enorm leeftijdsverschil tussen hen. Bijna zestien jaar. En Tomek had die fout in het verleden al gemaakt, zij het met iemand van het andere geslacht, en hij was niet van plan om dat nog eens te doen. Sinds Sean bijna uit zijn leven was verdwenen, had Tomek grapte dat er een positie als een van zijn beste vrienden was vrijgekomen, wat de jonge man hoop had gegeven. Chey had sindsdien gevochten voor de eerste positie.

'Sorry, kampioen,' zei hij. 'Maar de vacature is bijna vervuld. Tenzij je me het verschil kunt vertellen tussen een kersenbloesem en een Chinese iep bonsaiboompje?'

Chey greep naar zijn zak.

'Niet valsspelen!'

Nederlaag danste over zijn gezicht. 'Maar hoe kom ik anders achter het antwoord?'

'Een echte beste vriend zou zich door zoiets niet laten tegenhouden. Wees creatief. Vraag rond.'

Chey klapte zijn handen samen en boog. 'Begrepen, sensei.'

'Je hebt tot het einde van de dag.'

Daarna liepen ze de kleine trap op naar de flat van Andrei Pirlog. Chey was er als eerste en wachtte geduldig tot Tomek hem volgde. Net toen hij op het punt stond om op de deur te kloppen, viel hem iets op. Een opening, niet groter dan een paar millimeter, maar genoeg voor het brein om het als ongewoon te herkennen.

De deur stond op een kier.

Waren ze te laat? Had de mysterieuze figuur Andrei al te pakken gekregen?

Hij gaf Chey een lichte knik. De agent begreep wat hij bedoelde en, terwijl hij elke spier in zijn lichaam aanspande, duwde Tomek de deur open.

De flat was koud, stil. Alsof hij al weken, maanden onbewoond was, en alles wat was achtergebleven waren herinneringen en de zielen van degenen die onderweg waren overleden. De haren in Tomeks nek gingen rechtop staan toen hij door de gang liep.

Linkervoet.

Rechtervoet.

Links.

Totdat hij stopte. Aan zijn rechterkant was een kleine badkamer. Door de opening in de deur zag Tomek waar hij zich op had voorbereid. Daar, liggend in de badkuip, ondergedompeld in water, volledig gekleed, zijn lichaam slap, was de man die Tomek tot nu toe alleen op foto's had gezien. Ogen gesloten, mond open, dood. Andrei Pirlog.

HOOFDSTUK
ACHTTIEN

Tomek rende naar het bad, botste tegen de rand, greep naar Andrei's achterhoofd en trok zijn neus en mond uit het water.

'Andrei!' schreeuwde hij in het gezicht van de man. 'Andrei! Word wakker! Hoor je me?'

Maar de man kon hem niet horen. En aan het dode gewicht van zijn lichaam in Tomeks armen te voelen, zou hij nooit meer iets horen. Wanhopig legde Tomek een vinger op de hals van de man, wachtend op een hartslag. Niets.

Maar Tomek wilde dat niet als antwoord accepteren. Met zijn tenen tegen de rand van het bad geklemd, en met hulp van Chey toen die eindelijk begreep wat Tomek probeerde te doen, trok Tomek Andrei uit het bad en sleepte hem naar de vloer. Water stroomde over het linoleum, waardoor Tomeks sokken en benen doorweekt raakten. Hij legde de man plat op zijn rug en begon met borstcompressies. Hij beukte met zijn handpalmen op de borst van de man, voelde hoe de ribbenkast onder zijn gewicht werd ingedrukt, en hoe Andreis lichaam als een lappenpop heen en weer bewoog, zijn ledematen schokkend bij elke compressie. Starend in de zielloze, levenloze ogen van de man.

Uiteindelijk, na twee minuten van onvermoeibare pogingen om hem te reanimeren, greep Chey in en duwde hem weg van het lichaam.

'Hij is weg,' zei Chey zachtjes, terwijl hij zijn arm over Tomeks borst gooide. De barrière was genoeg voor Tomek om tot bezinning te komen en te beseffen dat het tijd was om te stoppen. De man was weg, was dat al een lange tijd. Er was niets meer wat hij kon doen.

'We moeten de forensische recherche bellen,' zei Tomek terwijl hij Chey opzij duwde en in werkmodus schakelde. 'Doe de voordeur dicht. Laat niemand of niets anders dit gebouw binnen. En raak niets aan.'

Chey knikte begrijpend en verdween. Een moment later riep hij vanuit de gang: 'Waarmee wil je dat ik de deur sluit, Sarge? Ik wil geen sporen achterlaten.'

'Je kleding. Doe het aan de bovenkant - ergens waar niemand anders het aangeraakt zou hebben.'

'Aye, aye, Kapitein.'

Terwijl hij de deur hoorde sluiten, deed Tomek een stap terug en bekeek zijn omgeving, nam voor het eerst goed de man voor hem op. Andrei Pirlog was een knappe man, met een bos lang, dik zwart haar dat Martin naar de kroon stak. Zijn ogen lagen diep en hij had een volledig gebit met schone, goed verzorgde tanden. Hij zag eruit als iemand die veel tijd besteedde aan zijn uiterlijk, en alsof hij wat Italiaans of mediterraan bloed door zijn aderen had stromen; meer dan zijn Roemeense naam en nationaliteit deden vermoeden.

Het douchebad besloeg de lengte van één muur. In de hoek naast zijn hoofd lag een geopende verpakking paracetamol, verfrommeld tegen de muur. Tomek telde vijf tabletten die ontbraken. Die hadden ongetwijfeld een plekje gevonden in Andreis ingewanden.

Voordat Tomek de rest van de ruimte kon onderzoeken, kwam Chey terug.

'Forensische recherche is onderweg,' zei hij. 'ETA tien minuten.'

Tomek had de agent niet horen bellen, maar bedankte hem desondanks.

'Jeetje...' zei Chey.

'Wat?'

'Niets.'

'Nee. Vertel het me.'

Chey wees naar de wastafel.

'Wat is daarmee?'

'Hij ging door een *hel*.'

Tomek keek hem ongeïmponeerd aan, wensend dat hij zou opschieten. Hoe langer ze daar bleven, hoe langer ze de plaats delict vervuilden.

'Hoe kom je daarbij?'

'Omdat je veel over iemand kunt zeggen aan de staat van zijn tandenborstel.'

Tomek keek hem verbijsterd aan.

'Hoe?'

'Nou, het lijkt erop dat hij al een tijdje de tandplak van zijn tanden en tandvlees aan het schrobben was. Hij moet echt door *iets* heen gegaan zijn.'

'*Iets* zijnde zelfmoord?'

Chey haalde zijn schouders op. 'Ik denk het.'

Diep zuchtend schudde Tomek zijn hoofd en wreef over zijn gezicht, waardoor hij wat spanning in zijn spieren losliet. Vervolgens tilde hij voorzichtig één been over het lijk en stapte de badkamer uit, op weg naar de woonkamer.

'Waar ga je heen?' vroeg Chey. 'We zouden niet moeten-'

'We moeten het gebied beveiligen,' zei hij. 'Zorgen dat er geen bedreigingen aanwezig zijn.'

'Bedreigingen? Maar het lijkt erop dat hij zichzelf heeft-'

Tomek stak een hand op, waardoor Chey zweeg. Hij wilde het niet horen. De alarmbellen in zijn hoofd gingen af, vertelden hem dat dit meer was dan een zelfmoord. Dat iemand de flat was binnengekomen, had gedaan wat ze moesten doen, en weer was vertrokken. Of het opzettelijk was geweest om de deur open te laten, wist Tomek niet. Maar hij zou het uitzoeken.

Het lijk achterlatend, sprong Tomek de tegenoverliggende kamer in. Andreis slaapkamer. Of liever gezegd, wat ervan over was. Het enige wat in de kamer stond was een kale matras, een nachtkastje met alleen een lamp als gezelschap, en een kledingkast weggestopt in de hoek. Dat was het. Niets anders. Geen decoraties, geen fotolijstjes, zelfs geen stuk beddengoed om de matras te bedekken. De kamer zag eruit alsof hij al een tijdje leeg stond.

Net als de rest van de flat.

De woonkamer had alle essentiële zaken - een bank, een eettafel - maar niets meer, niets minder. Wat betreft de keuken, die was uitgerust met alle typische witgoed, maar toen Tomek in de koelkast en een handvol kasten keek, vond hij niets. Het was de slechtste advertentie voor een woning ter wereld. Voor zover Tomek kon zien, leek het alsof Andrei er geen enkele nacht had gewoond, hoewel er bewijs was van zijn verblijf: etensresten en afval in de prullenbak, een handvol kleren in de wasmachine, wachtend om gewassen te worden.

De hele flat was bizar, verwarrend voor hem. En hij wist niet goed wat hij ervan moest maken.

Voordat hij er verder over kon nadenken, voelde hij een hand op zijn schouder. Hij schrok en draaide zich om. Chey stond achter hem, er schuldbewust uitziend, alsof hij net iets in de garage had gebroken en het aan zijn vader kwam vertellen.

'Forensische recherche is er. Het is tijd voor ons om te gaan.'

HOOFDSTUK
NEGENTIEN

Z e kwamen niet ver.
  Tomek klopte aan en wachtte, terwijl hij ongeduldig met zijn
voet op het beton tikte. Achter de deur hoorde hij popmuziek door een
set speakers knallen. Hij was verbaasd dat hij het niet herkende; sinds
Kasia in zijn leven was gekomen, was hij *au fait* met alles wat met
popcultuur te maken had - of deed hij in ieder geval alsof - en hij was
niet bang om toe te geven dat hij op elk moment wist wie het nieuwste
vriendje van haar favoriete popster was, of wanneer hun nieuwe album
uitkwam. Als het team zou besluiten om op een avond een pubquiz te
houden in de Last Post, hun stamkroeg om de hoek van het bureau, zou
hij zichzelf nomineren voor de popquizronde. Er was geen celebrity-
schandaal dat hij niet kende, geen recente release die hij niet was tegen-
gekomen. Kasia had hem de gave van kennis geschonken voor zaken
die absoluut geen invloed hadden op zijn dagelijks leven. Toch was het
leuk om hobby's te hebben.
  Uiteindelijk, nadat hij drie keer had geklopt, ging de deur eindelijk
open. Tegenover hen stond een vrouw van begin dertig in een badjas.
Een witte handdoek was om haar hoofd gewikkeld, en er was een laag
make-up op haar gezicht aangebracht.
  'Hallo,' zei Tomek met een geforceerde glimlach.
  'Ik wil niks,' snauwde ze.
  'Dat is mooi. Want we verkopen niets.'
  'Oh. Waarvoor ben je dan hier?'

'Uw buurman.'

'Wie?'

'Meneer Pirlog. Op nummer-' Tomek leunde achterover om het bordje bij Andrei's voordeur te controleren. 'Op nummer zestien.'

'Ik weet nie wie da is.'

'U weet niets over hem?'

De vrouw kauwde op haar onderlip en schudde haar hoofd. 'Nee. Heb z'n naam nog nooit gehoord of 'm hier ooit gezien.'

'Als u nog nooit van hem hebt gehoord, hoe weet u dan dat u hem nooit eerder heeft gezien?' vroeg Chey.

Tomek wenste dat hij dat niet had gevraagd. Ze voerden een verloren strijd met deze vrouw, en hij was klaar om naar de volgende buur te gaan. Hoewel hij vrij zeker wist wat het resultaat daarvan ook zou zijn.

'Luister,' zei ze, waarbij ze nu een beugel in haar mond liet zien. 'Ik woon hier al ruim een jaar, ja? En ik heb nog nooit iemand daar zien komen of gaan. Het spijt me, maar ik ga jullie niet veel kunnen helpen, wat het ook is waar jullie hulp bij nodig hebben.'

'Hij is dood,' zei Tomek bot.

'Shit,' antwoordde ze, even kortaf.

'Inderdaad. U hebt toevallig niet iets vreemds gezien of gehoord in de afgelopen vierentwintig uur of zo?'

Ze schudde haar hoofd. 'Is dat hoe lang ie al dood is? Dacht dat ik iets raars rook. Oh wacht, nee, dat waren gewoon de vuilnisbakken buiten. Laat maar.' Ze keek naar de grijze wolken boven haar en begon op haar kin te tikken, alsof ze diep in gedachten was, hoewel de lege uitdrukking op haar gezicht niemand voor de gek hield. 'Om eerlijk te zijn, jongens, ik heb m'n muziek de hele dag en nacht aan staan. Ik hoor niet veel anders dan waar ik naar luister.'

'Jij bent vast een genot,' zei Tomek onder zijn adem.

Voordat ze de vrouw achterlieten zodat ze kon terugkeren naar haar bloedende trommelvliezen, gaf Tomek haar een visitekaartje en vertelde haar contact op te nemen als ze nog iets te binnen zou schieten. Daarna liepen hij en Chey verder langs de rij flats. Hun optimisme dat iemand Andrei had gekend of ontmoet, nam snel af naarmate ze verder kwamen. Aan het einde van de rij hadden ze niets. Niemand had Andrei ontmoet, niemand had hem zelfs in het voorbijgaan gezien. Niemand had van hem gehoord. Maar zoals bleek, hadden ze ook niet van elkaar gehoord, ook al woonden ze op alle momenten centimeters van elkaar verwijderd. Niemand in die rij huurwoningen had de moeite genomen om met hun buren te praten of zichzelf voor te stellen; in plaats daarvan sloten ze zich op, beperkt tot hun eigen vier muren.

Verslagen en ontmoedigd had Tomek de buren overgedragen aan een agente, die maar al te blij was om getuigenverklaringen af te nemen. 'Makkelijkste deel van mijn dag, dit,' had ze gezegd nadat ze Tomeks deel van het gesprek met hen had opgevangen. Hij was geneigd het met haar eens te zijn.

Terwijl hij de buren in de bekwame handen van de agente achterliet, gingen hij en Chey terug naar de incidentkamer. Er was niets meer voor hen te doen daar: Andrei's lichaam was weggehaald voor een lijkschouwing; SOCO was bezig met het onderzoeken van het bewijs; en de plaats delict manager was erop gebrand het zo snel mogelijk af te ronden.

'Weet niet hoe het met jou zit, maat,' zei Tomek terwijl hij de motor van de auto startte. 'Maar ik denk niet dat je vandaag tijd gaat hebben om het verschil tussen een kersenbloesem en een Chinese iep te ontdekken. Ik zou liever hebben dat je je tijd besteedt aan uitzoeken wie Andrei heeft vermoord. Die bonsaiboompjes en beste vriend-zaak kunnen wachten.'

HOOFDSTUK
TWINTIG

Nieuws over Andrei's dood verspreidde zich snel. Tegen de tijd dat hij en Chey terug waren in de onderzoekskamer, was het bericht dat de belangrijkste getuige van het onderzoek nu dood was, hun al vooruitgesneld. Tomek had een paar seconden besteed aan het proberen uit te leggen wat er was gebeurd aan het team voordat hij naar Victoria's kantoor werd geroepen. Ze deed de deur stevig achter hem dicht, wat hem duidelijk maakte dat ze een of ander probleem zouden krijgen.

'Ik heb dat rapport nog steeds niet,' zei ze terwijl ze naar de andere kant van haar bureau liep, waarbij ze de tafel als ademruimte tussen hen in hield.

'Ik heb het druk gehad.'

'Dat begrijp ik. Wiens idee was het om Chey weg te halen van zijn taken?'

Tomek fronste zijn wenkbrauwen. 'Ik denk dat het Kirsty Redgrave was toen ze zei dat er iemand voor haar accommodatie heeft gestaan.'

'Kirsty Redgrave? Een van de belangrijkste getuigen?' Dit was duidelijk nieuws voor Victoria, en Tomek genoot van dit moment waarop hij een voorsprong op haar had. 'Ik dacht dat ze terug zouden vliegen naar de Verenigde Staten?'

Tomek wees naar het raam achter haar. 'Er was wat wind en regen waardoor ze licht vertraagd zijn. Ik weet niet of je dat hebt gezien of erover gehoord.'

Op dat moment kanaliseerde Victoria haar innerlijke Nick en zuchtte diep.

'Wanneer vertrekken ze?' vroeg ze.

'Morgen. Ik denk dat we hen moeten binnenhalen, of op een of andere manier beschermen.'

Victoria nam een moment om te verwerken wat hij had gezegd. 'Waarom?'

'Omdat ze denken dat ze iemand hebben gezien die tijdens de storm buiten hun huis stond - op straat en later in de tuin. Nu zijn ze bang dat diegene terug zou kunnen komen. En na wat er met Andrei is gebeurd, ben ik geneigd het met hen eens te zijn.'

'En je bent er zeker van dat er iemand was?'

'Hoe zou *ik* daar zeker van kunnen zijn?' zei Tomek, wijzend naar zichzelf. '*Ik* was er niet. De enige manier waarop dat mogelijk zou zijn, is als ik een tijdreisapparaat had, of op zijn minst toegang tot zoiets. Maar helaas heb ik dat niet, dus ik kan alleen afgaan op haar woord. En volgens haar werd er iemand gezien die voldoet aan de beschrijving van onze hoofdverdachte, die buiten het huis stond. We moeten ervoor zorgen dat hij niet terugkomt en met hen doet wat hij bij Andrei heeft gedaan.'

'En wat zou dat zijn?' vroeg Victoria. Ze probeerde de verwarring en ontsteltenis in haar stem te verbergen, maar Tomek doorzag haar volledig. Ze had absoluut geen idee wat er aan de hand was, en ze had hem nodig om het aan haar uit te leggen alsof ze een kind was.

'Ik dacht dat het duidelijk was?'

'Je denkt dat Andrei vermoord is?' Ze sprak met verbazing, alsof ze niet kon geloven dat de woorden uit haar mond kwamen.

'Ik heb reden om dat te geloven, ja.'

'De rapporten die binnenkomen zeggen dat het zelfmoord is.'

'Inderdaad. Rapporten kunnen verkeerd zijn. Daarom heb ik je die van gisteren nog niet gegeven.'

'Is dat een bekentenis van onbekwaamheid, sergeant?'

Nog niet, dat was het niet.

Toen Tomek niet reageerde, vroeg Victoria: 'Waarom probeerde je hem te redden?'

'Pardon?'

'Andrei. Waarom koos je ervoor om hem te redden? Schattingen die binnenkomen zijn dat hij al bijna vierentwintig uur dood is.'

Tomek schudde ongelovig zijn hoofd. 'Vraag je me dat serieus?'

'Ja.'

Tomek zuchtte. 'Omdat de voordeur open stond. Na het horen van wat er met Kirsty Redgrave en haar familie was gebeurd, was ik een beetje gespannen, en toen ik de deur zag, dacht ik dat er misschien net iets met hem was gebeurd. Vergeef me dat ik iemands leven probeerde te redden.'

'Doe dat niet,' siste ze. 'Stel me niet voor als de slechterik hier.'

'Moeilijk om dat niet te doen als je mijn beslissing om iemand te reanimeren in twijfel trekt.'

'Je had de plaats delict kunnen vervuilen. Je weet beter dan dat.'

'Ik weet ook dat proberen een leven te redden beter is dan het bewaren van wat voor bewijs dan ook - bewijs dat, zoals het klinkt, jij niet lijkt te denken dat het bestaat.'

Victoria wendde zich weer van hem af en staarde naar de muur.

'We zullen moeten afwachten wat de lijkschouwing en forensische rapporten suggereren, maar tot die tijd wil ik dat we ons volledig concentreren op het vinden van Morgana's moordenaar. We weten met zekerheid dat iemand haar heeft vermoord. We weten niet met enige mate van zekerheid dat Andrei Pirlog werd vermoord, ook al geeft de paniekzaaierij van de Amerikanen aan dat hij dat misschien wel is. En ik ben niet bereid om achter mensen aan te gaan die niet bestaan.'

Tomek propte zichzelf uit de stoel, verliet verbijsterd haar kantoor en stormde naar de keuken, waar hij een fles water en een karamel Rocky koekjesreep (een van zijn favorieten aller tijden) uit de koelkast pakte. Terwijl hij tegen het aanrecht leunde, goot hij het water naar binnen. Zodra hij klaar was, begon hij de chocoladekoek uit te pakken. Hij had honger en had wat suiker nodig. Zijn niveaus waren laag, en ze zouden nog lager worden toen hij voelde hoe de adrenaline door zijn lichaam stroomde. Toen kwam Sean de keuken binnen en Tomek pakte alvast nog een koekje. Sean erkende hem niet. Hij kwam simpelweg binnen, liep direct naar het kastje en haalde er een mok uit. Het was pas toen Tomek de deur dichtsloeg dat Sean hem opmerkte.

'Oh, alles goed, maat?' vroeg hij, terwijl hij de vriendelijkheid in zijn stem tot ongekende niveaus opvoerde.

'Gaat wel,' antwoordde Tomek.

'Hoe gaat het met Kasia?'

'Ja, met haar gaat het goed.'

'En Abigail?'

'Ook goed.'

'Cool.'

'Mooi zo.'

Sean opende zijn mond om te spreken, maar Tomek was hem voor. 'Als we het toch over vriendinnen hebben, zou je misschien een woordje met de jouwe kunnen wisselen?'

'Waarover?'

'Andrei. Zijn "zelfmoord". Ze lijkt te denken dat onze vriend zichzelf van kant heeft gemaakt in bad.'

'Ik weet zeker dat ze haar redenen heeft.'

'Ook als ze ongelijk heeft?'

Sean bromde.

'Er is iets met hem gebeurd en dat weet ze. Ze is gewoon te verdomd dom om iets te doen-'

Sean hief zijn vinger op en antwoordde: 'Praat niet zo over haar.'

Tomek stak zijn handen op in een gebaar van overgave. 'Ik zeg alleen maar wat waar is, maat.'

Sean overbrugde de afstand tussen hen in een oogwenk, de vaart van zijn overweldigende lichaamsmassa en zijn frame van een meter vierennegentig duwde hem bijna tegen Tomek aan. Maar hij hield zich in en bleef stevig staan. Ze staarden elkaar lange tijd aan. Tomek observeerde de gelaatstrekken van de man, keek hoe zijn pupillen links en rechts schoten. Hij voelde de warmte van Seans adem op zijn huid. Zag de acnelittekens op zijn wangen waar hij altijd onzeker over was geweest.

Voordat een van hen iets kon zeggen, ging de deur open. DC Oscar Perez kwam de kamer binnen en bleef bevroren in de deuropening staan.

'Sorry, heren,' zei hij verlegen. 'Onderbreek ik iets?'

'Nee,' antwoordde Tomek. 'Sean vertelde me net dat hij een knuffel nodig had. Maar ik ben niet zo'n knuffelaar. Zou jij dat willen doen?'

Oscars gezicht lichtte op onder de LED-verlichting. Hij klapte in zijn handen en sprong op Sean af. 'Met alle plezier. We hebben allemaal af en toe een knuffel nodig. Een kleine broederlijke omhelzing om te zorgen dat alles goed is.'

Een seconde later stond Oscar klaar om zijn armen om Sean heen te slaan, die plotseling keek alsof hij een dringende en ongemakkelijke toiletbezoek moest inhouden.

Toen Tomek aanstalten maakte om weg te gaan, knipte Oscar met zijn vingers en greep hem bij de schouder. Hij trok hem terug en zei: 'Uh uh uh. Waar denk je dat je heen gaat?'

'Naar mijn bureau.'

'Nee. Niet zo snel. Kom op, jij ook erbij.'

Tomek leek geen keuze te hebben. Oscar greep hem bij zijn mouw en trok hem erbij. Voor hij het wist had hij zijn armen om twee mannen geslagen, beiden aan de uiterste einden van het lengtespectrum, raakte hun vet aan, voelde hun spieren. Tomek wilde zo snel mogelijk weg, maar elke keer als hij zich terugtrok voelde hij Oscar hem weer naar binnen trekken. Dit gebeurde volledig op Oscars voorwaarden en ze mochten pas stoppen als hij zei dat het kon.

Hun tijd samen werd onderbroken doordat Nadia de kamer binnenkwam, met één hand rustend op haar zwangere buik. 'Weet je, als jullie op deze manier een kind verwachten te maken, doen jullie het helemaal verkeerd.'

Op dat moment had Tomek er genoeg van en trok hij zich los. Terwijl Nadia zich bezighield met de magnetron, deed Tomek een stap achteruit en keek fronsend naar Oscar.

'Dat viel toch wel mee, Tomek?'

'Ja. Maar ik ben honderd procent zeker dat ik iets *hards* van een van jullie tegen mijn been voelde.'

HOOFDSTUK
EENENTWINTIG

Later die avond lagen Tomek en Abigail half naakt onder het dekbed in bed. Het was twee graden buiten, maar Tomek had het warm, dus hij had één been over het dekbed heen geslagen. Hij lag met zijn arm achter zijn hoofd naar het plafond te staren. De gebeurtenissen van de dag hadden hem uitgeput en hij moest zijn frustraties kwijt, tot rust komen. Gedachten aan Morgana, Andrei, het bad, en in zekere zin Sean en Victoria, kwelden zijn geest. Maar vanavond was er nog iets anders dat hem bezighield.

Kasia. De tiener die hem voortdurend in verwarring bracht en woedend maakte, en degene die hem ongetwijfeld nog vele jaren in verwarring zou brengen en woedend zou maken - zo niet voor de rest van zijn leven. Ze was de laatste paar dagen stil geweest, afstandelijk, afgeleid door iets. Wanneer hij naar school had gevraagd, had ze geantwoord met eenlettergrepige antwoorden. Wanneer hij naar haar vrienden en favoriete vakken had gevraagd, was haar gezichtsuitdrukking onbewogen gebleven. Er was iets dat haar dwarszat. En hij wist niet wat. Waarschijnlijk de sociale druk van het tiener zijn: school, opgroeien, vriendjes, uiterlijk, aandacht. Het was een verdomd mijnenveld, en hij had absoluut geen idee wat hij eraan moest doen.

In de korte tijd dat ze vader en dochter waren, hadden ze al te maken gehad met drinken onder de leeftijdsgrens, vapen en vriendjes; de drievoudige poging om indruk te maken op haar leeftijdsgenoten. Om nog maar te zwijgen van het incident waarbij ze bijna was gestorven aan anafylactische shock, wat nog steeds een zichtbaar effect op haar had. Maar hij dacht dat hij zijn dochter goed genoeg kende om te weten dat dit over iets anders ging, iets dat niet gerelateerd was aan die specifieke avond. Ze was veerkrachtig geweest in het overwinnen daarvan, vastberaden, en haar geestelijke gezondheid was verbeterd als gevolg van de therapiesessies die ze samen bijwoonden. Maar dit was een heel andere kwestie, voelde hij aan. Eentje die niet was besproken in een kleine bezemkast met een getrainde professional.

Hij had hulp nodig. Hij hoopte die naast zich te kunnen vinden. Abigail was meestal een goede sparringpartner, en hij vertrouwde haar met de informatie die hij haar gaf. Op dit moment zat ze naast hem, achter haar laptop, waar ze weer een artikel aan het typen was.

'Mag ik je iets vragen?'

'Wat is pi tot tien cijfers?'

'Wat?'

'Niets. Gewoon iets waar ik eerder aan dacht.'

'Oké,' Tomek staarde naar de lege plek op het bed. 'Nee. Het is iets belangrijkers dan pi.'

'Ik ben nog niet klaar voor een huwelijk.'

Tomek draaide zich naar haar toe, met grote ogen. 'Is dat ook iets waar je eerder aan dacht?' Hij kon de bezorgdheid in zijn stem niet verbergen.

Ze klopte hem beschermend op zijn buik. 'Maak je niet druk, lieverd. Daar ben je nog lang niet aan toe. Je moet eerst je strepen nog verdienen. Maar je hebt potentie...'

'Ik wil misschien helemaal niet als je me blijft aaien alsof ik je verdomde chihuahua ben.'

Dit was niet de richting die Tomek had verwacht dat het gesprek zou nemen. Het was eigenlijk niet de richting die hij verwachtte dat *een van hun* gesprekken zou nemen. Tenminste niet voor nog een paar maanden. Ze gingen nog maar een paar weken met elkaar uit, onder de officiële titel van vriend-vriendin voor iets meer dan een week daarvan, en ze stelde al de vraag over trouwen? Als ze ooit een reden wilde om hem af te schrikken - of elke veertigjarige man die dertig jaar lang aan zijn eigen gezelschap gewend was geweest - dan was ze goed op weg.

'Ga door,' zei ze, omdat ze voelde dat hij gestrest was door het gespreksonderwerp. 'Wat wilde je me vragen?'

'Het gaat over Kasia. Lijkt ze jou de laatste tijd... *somber*?'

Abigail bond haar haar in een knot, legde haar laptop op het nachtkastje en ging naast hem liggen. 'Somber hoe?'

'Ik weet het niet. Stiller dan normaal. Ik denk dat er iets aan de hand is, maar ze wil het me niet vertellen.'

'Zou het school kunnen zijn?'

'Misschien.'

'Jongens?'

'Dat terrein hebben we al bewandeld. Ik denk dat ze daar na wat er de vorige keer is gebeurd, uit de buurt is gebleven.'

'Wat is er gebeurd?' vroeg Abigail, plotseling geïnteresseerd.

'Niets ernstigs. Maar als ik je zou vragen of je denkt dat je tegen een volwassen koe zou kunnen vechten, wat zou je dan zeggen?'

'Ik zou zeggen dat je verdomd dom bent om die vraag überhaupt te stellen.'

'Precies. En dat is alles wat je hoeft te weten over Billy "De Koevechter" Turpin.'

Abigail leek te begrijpen wat hij bedoelde, want ze knikte en streelde toen zijn schouder.

'Zou het het incident kunnen zijn?' vroeg ze, het onderwerp terug brengend naar Kasia.

'Ik denk het niet. Ze is meestal vrij open tegen me over *dat*. Bovendien zijn de nachtmerries afgenomen sinds ze naar Isabel gaat.'

'En die van jou?'

'Ja, die zijn prima.'

'Wat dacht je van haar lessen? Misschien heeft ze moeite met sommige vakken en brengt haar dat neer. Wat zijn haar favoriete lessen?'

'Kooklessen en geschiedenis.'

'Juist. Nou, je kunt niet echt zakken voor kookles, tenzij je zout gebruikt in plaats van suiker voor iets. Afgezien daarvan is het heel moeilijk om het te verpesten. Wat geschiedenis betreft, dat is al gebeurd, je hoeft alleen maar de feiten te vertellen, dus ik denk niet dat het dat kan zijn.' Abigail neuriede terwijl ze nadacht. 'Wordt ze misschien gepest?'

'Ik hoop van niet. Toen dat de vorige keer gebeurde, heb ik ervoor gezorgd dat het niet meer zou gebeuren.'

Tomek herinnerde zich de keer dat hij naar Canvey Island was gereden, zijn minst favoriete plek om te bezoeken, en aan de familie van een jong meisje had uitgelegd dat het verspreiden van een naaktfoto van zichzelf in bed en het daaropvolgende pesten van Kasia als wraakporno werd beschouwd, en dat als ze doorging, hij zou terugkomen met een arrestatiebevel. Dat leek te hebben gewerkt, want sindsdien hadden noch Tomek noch Kasia nog iets van haar gehoord.

Tenzij ze om iets anders werd gepest.

'Zou het om 'meisjes'-dingen kunnen gaan?' vroeg hij aan Abigail, terwijl hij zijn vingers als aanhalingstekens gebruikte.

'Je hoeft het niet zo te zeggen,' zei ze tegen hem. 'We zijn echte mensen. We zijn geen verzinsels van je fantasie.'

Hij gaf haar speels een tikje op haar arm. 'Je weet wat ik bedoel. Zou het om menstruatiedingen kunnen gaan? Of...?'

'Mogelijk. Het leven van een tienermeisje zit vol met een overvloed aan hormonen die met je hoofd spelen. Er gebeurt daar zoveel, zelfs in de rustigste tijden, dat soort dingen helpen niet. Het kunnen "*meisjes*"-problemen zijn' - ze gebruikte haar vingers als aanhalingstekens om hem te bespotten - 'maar als je wilt, kan ik een woordje met haar wisselen om te zien of ze bereid is mij iets te vertellen. Het zou sowieso goed kunnen zijn voor ons om een onderonsje te hebben. We hebben niet echt zo'n kans gehad sinds jij en ik zijn gaan daten. Ik zou haar graag beter leren kennen.'

Tomek voelde zich plotseling erg beschermend tegenover zijn dochter. 'Ik denk dat dat een goed idee is, maar laat me het eerst met haar bespreken. Als ze het mij niet vertelt, dan kun jij je gang gaan en doen wat nodig is.'

Een lichte glimlach flitste over Abigails gezicht. Kort, discreet. 'Dat zou ik fijn vinden,' zei ze, en pakte toen haar laptop weer op.

'Stop je ooit?' vroeg hij.

'Ik zou je dezelfde vraag kunnen stellen. We zijn allebei workaholics. Dat is wat ons als stel laat werken.'

In veel opzichten had ze gelijk. Ze waren altijd te druk om elkaar te zien, maar gedurende de weinige tijd die ze samen konden doorbrengen, haalden ze het meeste uit elkaars gezelschap. Als werk voor de een een prioriteit werd, begreep de ander dat volledig en gaf hun de ruimte en tijd die ze nodig hadden, omdat ze wisten hoe dat was. Het was een balanceeract, maar ze lieten het werken. Toch begon een deel van hem stilletjes toe te geven dat het niet gezond was. Voor geen van beiden. En hij vroeg zich af hoe lang de wittebroodsweken nog zouden duren.

'Wat is het laatste nieuws over de havenmoord?' vroeg Abigail.

'Je noemt het toch niet zo, hè?'

'Nee. Het zou wel een goede titel zijn voor een boek. Echter iets te voor de hand liggend naar mijn smaak. Hoe gaat het ermee?'

Het was toen dat Tomek het andere deel van zijn brein luchtte dat hem wakker had gehouden. Andrei Pirlog. Zijn zelfmoord. Zijn *moord*. De Redgraves. De man buiten het huis. De verdachte die van de plaats delict was gevlucht. Hij vertelde haar alles, zonder acht te slaan op het belangenconflict dat hem dit had moeten verbieden. Niet verrassend luisterde Abigail aandachtig, terwijl ze met één hand haar laptop pakte terwijl haar volledige aandacht bij hem was. Aan het einde ervan was de glimlach teruggekeerd op haar gezicht.

'Ik kan er iets over publiceren als je wilt?'

Tomek nam even de tijd om het voorstel te overwegen. Een artikel dat het incident in detail beschreef en het signalement van de hoofdverdachte openbaar maakte, zou een enorme hulp zijn. Zijn zorg was echter dat de beschrijving te vaag was, te algemeen. Van de mensen in Essex verwachten dat ze een man met kort zwart haar en een zwarte baard zouden vinden, was als een bakker vragen een brood in een supermarkt te vinden - ze zouden er overal een zien. Niettemin zou het nog steeds een doel kunnen dienen en mogelijk helpen de zaak op te lossen. Daarom wogen in zijn gedachten de voordelen op tegen de nadelen, en gaf hij haar groen licht om iets te schrijven.

'Maar eerst, slaap,' zei hij tegen haar, voordat hij haar welterusten kuste en naar de andere kant van het bed rolde.

HOOFDSTUK
TWEEËNTWINTIG

Tomek werd de volgende ochtend wakker van zijn telefoon die heftig naast zijn hoofd trilde. Met halfopen ogen reikte hij naar het apparaat en staarde naar het scherm, waarbij het felle licht hem bijna verblindde. Victoria belde, en gezien de vier gemiste oproepen van haar had ze al een tijdje geprobeerd contact te krijgen. Tomek liet deze oproep doorschakelen naar zijn voicemail en keek vervolgens naar zijn meldingen.

Vier gemiste oproepen. Zes sms-berichten. Allemaal binnen het laatste halfuur.

Tomek, bel me.

Je moet opnemen. Het is dringend.

Tomek?

??

???

??????

Er vormde zich een knoop in zijn maag. Instinctief rolde hij om en zag Abigail op het bed zitten, met haar laptop op schoot, typen.

Het gevoel in zijn maag werd sterker.

'Weet jij toevallig waarom Victoria me probeert te bellen?'

'Het heeft misschien iets te maken met dit.'

Abigail draaide het apparaat om. Bovenaan de pagina op het scherm stond het logo van de *Southend Echo*, met daaronder een prachtige afbeelding van Mulberry Harbour, gemaakt door lokale fotograaf

Dawid Glawdzin. De titel van het artikel luidde: *Politie geeft details vrij over verdachte van moord in haven van Southend.*

'Ja,' zei hij. 'Dat zal het zijn.'

'Je klinkt geïrriteerd.'

'Ik had niet verwacht dat je het zo snel zou hebben gedaan. Heb je überhaupt geslapen?'

'Ik heb een paar uur geslapen. Maak je geen zorgen, het heeft me niet de hele nacht gekost om het te schrijven.'

Blijkbaar niet, want de publicatietijd op de website was 03:57. Hij merkte ook op dat ze slim genoeg was geweest om het artikel naar iemand anders in het team te sturen om te publiceren, zodat zij alle eer – en kritiek – konden krijgen. Dat betekende dat Victoria geen poot had om op te staan wanneer de beschuldigingen ongetwijfeld zouden komen dat hij informatie had gelekt aan de pers. Als het onder Abigails naam was gepubliceerd, de grootste fout die ze had kunnen maken, zou het een ander verhaal zijn geweest.

Tomek rolde zichzelf uit bed, zijn lichaam voelde vermoeid aan. Zijn benen en core waren gesloopt van het hardlopen gisteren. Verdorie, hij was uit vorm. Hij moest er weer mee beginnen. Serieus, deze keer. Het echt doen. Niet alleen erover nadenken en uitstellen door te denken dat een ontoereikend en strak zittend paar schoenen het probleem was. Nee, hij moest ze aantrekken, het huis verlaten en rubber op asfalt zetten.

De ene voet voor de andere.

Met dat in gedachten begaf Tomek zich naar de douche, maakte zich schoon en maakte zich klaar voor de dag. Het was zaterdag, het weekend. En toch moest hij werken. Tijd doorbrengen weg van zijn familie. Het was niet eerlijk, maar het hoorde bij de baan. En met een moordzaak die zo verwarrend en open was als deze, kon hij zich geen vrije tijd veroorloven.

Behalve deze ochtend. Hij kon deze ochtend later op zijn werk komen, besloot hij. Om de onvermijdelijke stormvloed die zijn kant op zou komen uit te stellen. Victoria had nog twee keer geprobeerd hem te bellen terwijl hij onder de douche stond, en hij verwachtte niet dat de gemiste oproepen snel zouden stoppen. In plaats daarvan zou ze moeten wachten.

Nu had hij een dochter die zijn aandacht en begeleiding nodig had.

Iets na acht uur 's ochtends klopte Tomek op Kasia's deur. Niets.

Niet eens het geluid van beweging in bed. Plotseling begon hij het ergste te vrezen. Dat ze ontsnapt was, weggelopen, zoals ze in het verleden had gedaan, en dus klopte hij nogmaals maar ging naar binnen zonder op antwoord te wachten. Hij greep de deurklink stevig vast, zich voorbereidend om haar naam te schreeuwen. Toen hij haar opgerold in een bal zag, gewikkeld onder het dekbed, diep in slaap, slaakte hij een diepe zucht.

'Opstaan,' riep hij, een beetje overdreven.

Kasia bewoog, keek hem boos aan en rolde toen naar de andere kant van het bed.

'Ik heb een verrassing voor je vanochtend, Kash,' zei hij.

'Die hoef ik niet.'

'Je weet nog niet eens wat het is.'

'Meh,' kwam de ondubbelzinnige grom van een tiener die smeekte om meer slaap.

'Opstaan,' zei hij, terwijl hij naar het raam liep en de jaloezieën opentrok. 'We gaan uit ontbijten.'

HOOFDSTUK
DRIEËNTWINTIG

Tomek had Morgana's nog nooit zo leeg gezien. Het was alsof het nieuws van haar dood zich had verspreid en ineens was het taboe geworden om er naartoe te gaan. Het was bizar, bijna griezelig. Tomek was er op verschillende momenten van de dag geweest - vroege zaterdagochtenden, zondagmiddagen, zelfs om zeven uur op een dinsdagavond - en toch was het elke keer even druk. Nu zaten er slechts twee andere groepjes bij hen, en de sfeer was navenant gedaald. Tomek kon niet anders dan denken dat de zaak niet goed kon functioneren zonder Morgana aan het roer, die vanaf de voorste linie leidde en met haar flirterige glimlach en bruisende persoonlijkheid de kassa deed rinkelen.

Hun serveerster deze ochtend heette Helena. Oekraïens, net als Morgana. Net zo mooi, net zo onschuldig ogend. Maar wat haar persoonlijkheid en vermogen om met klanten om te gaan betrof, bevond ze zich aan het andere uiteinde van het spectrum. Zenuwen teisterden haar spraak toen ze hen beiden aansprak en naar hun drankbestelling vroeg. Tot twee keer toe had ze Kasia gevraagd om haar bestelling van sinaasappelsap te herhalen, en toen ze zich naar de open keuken achterin omdraaide, botste ze tegen een nabijgelegen tafel en stoelen.

'Ik hoop dat deze zaak niet failliet gaat,' zei hij, terwijl zijn ogen vielen op de rij bloemen en teddyberen die voor de ingang van het café waren neergelegd.

'Ja...' antwoordde Kasia, moedeloos. Ze pakte haar telefoon en begon te scrollen.

'Weet je al wat je wilt eten?'

'Ei.'

'Goede start. Nog iets erbij?'

'Toast.'

'En hoe wil je het hebben?'

'Hoe bedoel je?'

Godsamme, dit was pijnlijk.

'Roerei? Gepocheerd? Gebakken? Tot boter gekarnd en dan overal tegen de muren gesmeten?'

'Oh. Juist. Ehm... Roerei. Alsjeblieft.'

Niet één keer keek ze naar hem op. Niet één keer knipperde ze met haar ogen of trok ze een wenkbrauw op bij zijn laatste ei-optie. Ze was onvoorstelbaar afgeleid, en ondanks zijn pogingen om het te bagatelliseren en haar op te vrolijken, werkte het niet.

'Wat is er aan de hand, Kash?' vroeg hij. Voordat ze kon antwoorden, kwam Helena terug met hun drankjes in haar hand. Terwijl ze deze op tafel zette, forceerde Tomek een glimlach naar haar, bedankte haar, en plaatste toen beide bestellingen. Roerei voor Kasia, dubbele hartaanval-special voor hem. Zodra Helena de bestelling had opgenomen en buiten gehoorsafstand was geraakt, stelde Tomek Kasia de vraag opnieuw.

'Er is niets aan de hand,' antwoordde ze zachtjes, haar hoofd nog steeds diep in haar telefoon begraven.

'Is het school? Gaan je lessen goed?'

'De lessen gaan prima. School gaat prima.'

'Wat dacht je van voedingstechnologie? Heeft mevrouw Shaw niet weer meer van je heerlijke eten mee naar huis genomen?'

'Niet sinds ik zout in plaats van suiker heb gebruikt...'

Het duurde even voordat de opmerking tot hem doordrong. Zout, suiker. En toen herinnerde hij het zich. De avond ervoor. Zijn gesprek met Abigail.

'Heb je dat gehoord?'

'Jep.'

Tomek dacht dat ze had geslapen, maar ze had alles gehoord. Hij probeerde zich te herinneren wat hij nog meer had gezegd. Waar hij haar nog meer mee beledigd zou kunnen hebben. Maar wat nog verontrustender was, als ze dat gesprek had gehoord terwijl ze openlijk en vrij luid hadden gepraat, dan betekende dat mogelijk dat ze ook andere dingen had gehoord die uit hun kamer kwamen. Volwassen dingen. Geluiden waarvoor dikke muren waren gebouwd.

'Is dat hoe je over me praat als ik er niet ben?' vroeg ze giftig. 'Zeg je dat soort dingen over mij tegen mensen op je werk?'

O, fuck.

'Absoluut niet. Helemaal niet. Ik dacht dat je gisteravond sliep. En ik zei niet dat je *slecht* was in voedingstechnologie of zoiets. Ik vind dat je het heel goed doet op school en ik ben echt trots op je. Ik zei alleen dat...'

Tomek aarzelde terwijl hij probeerde zich zijn formulering te herinneren. Maar hij kon er niet opkomen.

'Je weet niet hoe het met me gaat op school,' snauwde ze. 'Je weet het niet omdat je het nooit vraagt.'

'Hé, kom op. Dat is niet-'

Zijn bord met eten dat voor hem werd neergezet onderbrak hem. Hij bedankte Helena en keek haar toen dreigend aan om hen zonder uitstel alleen te laten. Gelukkig werd ze afgeleid door een andere groep klanten die net was binnengekomen, en ze schuifelde weg als een hond die nieuwe mensen ontmoet.

'Dat is niet eerlijk,' vervolgde Tomek zodra ze buiten gehoorsafstand was. 'Ik vraag je altijd hoe je dag op school was. Je zegt altijd dat het prima was.'

'Ja, en daar laat je het bij. Je zou op zijn minst wat vervolgvragen kunnen stellen. Misschien vragen welke lessen ik had, wat er tijdens de lunch is gebeurd...'

Tomek knikte, terwijl het besef hem plotseling zo hard in het gezicht sloeg dat het voelde alsof hij net was ingeschreven voor het Wereldkampioenschap.

'Oké. Begrepen. Genoteerd. Mee eens. Aangekomen.' Hij haalde diep adem, hield het vast, en liet toen de lucht langzaam uit zijn longen ontsnappen. 'Het spijt me. Ik zou meer interesse moeten tonen. Dat is mijn fout. Maar dit is allemaal nog heel nieuw voor me, vader zijn.'

'Je kunt dat excuus niet voor altijd blijven gebruiken, *papa*.'

Tomek waardeerde de manier waarop ze zijn titel had uitgesproken niet. Er zat veel venijn en vijandigheid achter.

'Zoals ik al zei. Het spijt me. Het werk is druk geweest. En de dingen met Abigail zijn-'

Tomek onderbrak zichzelf zodra hij de verandering in Kasia's gezichtsuitdrukking opmerkte. Ze had met haar ogen gerold, haar hoofd geschud, en was met haar eten gaan spelen. Met een paar subtiele bewegingen maakte ze haar mening over Abigail heel duidelijk. Behoorlijk verfijnd voor een dertienjarige, moest hij toegeven.

'Is *dat* waar dit over gaat?' vroeg hij, terwijl zijn gedachten tussen de regels door lazen. 'Is dat waarom je de afgelopen dagen van streek bent geweest? Je voelt je verwaarloosd omdat ik meer tijd met Abi doorbreng?'

Kasia zei niets.

'Want als dat zo is, moet je dat zeggen. Je moet me deze dingen vertellen. Ik kan geen gedachten lezen. En ondanks mijn beste pogingen om de jongens van IT te overtuigen er eentje te maken, hebben ze nog steeds geen manier gevonden waarop ik jouw gedachten kan lezen - of die van iemand anders trouwens. Dus ik moet veel van het denkwerk zelf doen. En om eerlijk te zijn, Kash, mijn hersenen zijn daar niet voor gemaakt. Ik wou dat het wel zo was. En ik wed dat jij dat ook zou willen.'

Ze bromde, wat ja betekende.

'Dus misschien moet het van twee kanten komen. Als iets je van streek maakt of je somber stemt, moet je me dat vertellen. Je moet eerlijk en open tegen me zijn en ik zal hetzelfde doen met jou. Afgesproken?'

Langzaam pakte ze haar mes en vork op en keek hem in de ogen. 'Afgesproken,' zei ze, en begon toen haar ontbijt in stukjes te snijden.

Een dunne glimlach verscheen op Tomeks gezicht. 'Uit nieuwsgierigheid, hoe waren je lessen gisteren? Wat gebeurde er tijdens de lunch?'

Kasia legde haar mes en vork neer. Aan haar gezicht te zien, waardeerde ze het dat hij eindelijk die specifieke vragen stelde, ook al kwamen ze achttien uur te laat. 'De lessen waren prima. Bij wiskunde leerden we over cosinus, sinus en tangens.'

'Ik herinner me dat ik dat ook deed,' zei hij terwijl hij op wat spek kauwde. 'Ik herinner me dat ik destijds bij mezelf dacht dat ik dat in de toekomst nooit zou hoeven weten.'

'Dat zei Hayden ook.'

'Nou, je kunt tegen hem zeggen dat hij het mis heeft. Ik heb het laatst nog gebruikt.'

'*Echt?*'

Tomek gniffelde. 'Absoluut niet,' zei hij. 'Niemand in de geschiedenis van het Engelse onderwijssysteem heeft die formule gebruikt. Het zal je op geen enkele manier van pas komen.'

'Ik denk niet dat je me zulke dingen zou moeten vertellen. Miss Hendry zou niet blij zijn als ze hoorde dat je me vertelde dat ik me er geen zorgen over hoef te maken.'

Tomek legde zijn mes en vork neer en wiebelde met zijn vinger voor haar gezicht. 'Nee, je begrijpt me verkeerd. Ik zeg niet dat je het niet moet leren. Je *moet* het leren. Je hebt het nodig om je GCSE te halen. Ik zeg alleen, word niet te enthousiast over het gebruik ervan later in je leven. Als Miss Hendry vraagt of je het verschil weet tussen cosinus, sinus en tangens, wil ik dat je haar kunt vertellen dat je dat weet, maar dat je ook weet dat je het nooit in je leven zult hoeven gebruiken. Laat me weten wat haar reactie is.'

Giechelend antwoordde Kasia dat ze dat zou doen. Nu was de angst van haar gezicht verdwenen en vervangen door een glimlach die Tomek in weken niet had gezien. Ze was weer een gelukkige tiener.

Of in ieder geval zo gelukkig als een tiener kan zijn.

'Wat gebeurt er tijdens de lunch?' vroeg Tomek. 'Zitten jullie allemaal op jullie telefoons, zonder met elkaar te praten?'

'Veel mensen doen dat. Ik kijk gewoon graag naar hen. Ik vind het fascinerend.'

'Interessant. Misschien zou je een goede detective zijn.'

'Ik wil niet in de familiezaak stappen, bedankt,' zei ze snel. Veel te snel naar Tomeks smaak.

'Je hebt nog tijd om van gedachten te veranderen,' antwoordde hij, hoopvol. 'Wat wil je dan wel doen?'

'Mijn eigen koffiehuis hebben,' zei ze nog sneller.

Hij was onder de indruk. Zijn dochter als ondernemer. Hij kon erover opscheppen tegen zijn collega's en laten zien hoe trots hij op haar was.

Natuurlijk was dat een voorwaarde, vanzelfsprekend, een niet-onderhandelbaar onderdeel van het vader zijn. Maar toch... een ondernemer.

En denk eens aan de taart!

'Ik zou het niet erg vinden om alle nieuwe lekkernijen en traktaties te proeven die je gaat maken. Ik weet waar ik het over heb.'

Kasia werd plotseling verlegen en richtte haar aandacht weer op haar eten. Hij besloot het gesprek terug te brengen naar het oorspronkelijke pad voordat hij het een andere wending gaf.

'Met wie ga je om tijdens de lunch?' vroeg hij. 'Hoe gaat het met Sophia?'

'Ja, met haar gaat het goed,' antwoordde Kasia, met aarzeling in haar stem. 'Ik breng nu veel van mijn lunches door met Yasmin.'

'Oké. Maar je bent nog steeds vrienden met Sophia?'

'Ja. Natuurlijk zijn we dat. Er is niets tussen ons gebeurd, als je je daar zorgen over maakt.'

Dat deed hij, maar hij wilde er niets over zeggen. In plaats daarvan wilde hij de situatie op een natuurlijke manier laten verlopen en er zijn om de scherven op te rapen als dat nodig was.

Laat haar haar eigen fouten maken, Tomek, zei hij tegen zichzelf.

De volgende vijf minuten aten ze in stilte. Kasia was nog steeds aan het eten toen Tomek klaar was. Alleen was ze nu gestopt met eten en begon ze ermee te spelen, het over haar bord te schuiven. Tomek observeerde haar een moment. Maar ze was zich er niet van bewust, van de stilte, van zijn doordringende blik.

'Hé,' zei hij, waardoor ze opschrok. 'Gaat het wel? Weet je zeker dat er niets anders aan de hand is?'

'Ik weet het zeker,' zei ze, weer te snel. De terughoudendheid in haar stem verraadde haar woordkeuze.

'Kash. Waar hadden we het net over? Vertel het me.'

Een lang moment voerde zijn dochter een innerlijke strijd, waarbij ze de moed verzamelde om te zeggen wat er in haar omging. Uiteindelijk deed ze het. 'Het is iets wat ik al een tijdje wil vragen, maar ik was een beetje verlegen. Het is eigenlijk stom, maar-'

'Niets wat je zegt is stom, en je hoeft je tegenover mij nergens voor te schamen,' zei hij, terwijl hij naar haar hand reikte.

'Het is gewoon dat... op school heeft iedereen er een, en ik vind ze er echt cool uitzien, maar ze zijn heel duur, en ik weet dat we net Kerstmis hebben gehad en alles, en ik wilde er niet om vragen, maar-'

'Iedereen heeft één wat?'

'Een mok.'

'Sorry, wat?'

'Een mok. Een speciale mok. Het is een soort grote thermosfles.'

Zeg niet wat je echt denkt.

'Oké.'

'Het houdt dingen heel lang koel en het houdt drankjes ook echt heel lang warm.'

'Dus het is een thermoskan?'

Doe het niet.

'Ja. Nou, nee. Niet echt. Deze ging viral omdat hij in een huisbrand terecht was gekomen en het was het enige dat het overleefde, met het drankje er nog in - en het was *nog steeds* warm!'

'De brand kan daar iets mee te maken hebben gehad...'

Tomek nam een moment om te verwerken wat ze zei. Ze vroeg hem om een mok voor haar te kopen, vermoedelijk omdat iedereen er een had (inclusief iedereen die er toe deed), en als zij er geen had, zou dat worden gezien als een sociale blunder en zou ze een soort sociale paria worden.

Over een verdomde mok.

'Hoeveel kost het?'

'Honderd pond,' zei ze.

Oké, nu mag je het zeggen.

'Godsamme,' antwoordde hij. 'Geneest deze mok ook kanker? Want voor dat soort geld zou dat wel moeten. Zo niet, dan denk ik dat je *dat* misschien tot familiebedrijf moet maken.'

Kasia zag de humor er niet van in. Ze liet haar hoofd zakken en begon weer met haar eten te spelen. Omdat hij voelde dat hij haar kwijt was, tikte Tomek op haar hand en zei dat hij zou kijken naar de mok, zien wat hij kon doen.

'Weet je zeker dat dat alles is wat je dwars zit?' vroeg hij voor de laatste keer.

Ze knikte, maar aan de doffe glans in haar ogen wist hij dat dat niet zo was. Er was iets anders, iets belangrijkers dan een vuurbestendige mok. Maar dat was oké. Ze had de deur voor hem geopend. Het was misschien niet wat hij wilde horen, maar ze had hem een probleem toevertrouwd, en de deur een beetje open gelaten voor meer. En voor nu was hij daar tevreden mee.

Met een beetje geluk zou de rest spoedig volgen.

HOOFDSTUK
VIERENTWINTIG

Voordat Tomek de incidentenkamer binnenkwam, besloot hij dat hij er al genoeg van had. Hij was niet in de stemming voor nog een ruzie met Victoria, Sean of wie dan ook.

Helaas deelden zij dat gevoel niet.

Het was net na tienen toen hij door de deur stapte en Victoria midden in een vergadering leidde. Verrassend genoeg was ze gestopt met bellen en berichten sturen nadat hij en Kasia naar Morgana's waren vertrokken, alsof ze wist dat hij tijd alleen met zijn dochter nodig had gehad. Of ze bewaarde al haar opgebouwde frustratie simpelweg voor zijn aankomst.

Dat laatste bleek het geval te zijn. Toen hij de kamer binnensloop, trok hij een stoel achterin de ruimte, hopend dat niemand het zou merken. Maar zijn plan werd verijdeld door het krijsende geluid van de stoel op de vloer.

'Daar hebben we hem,' zei Victoria, die abrupt stopte. 'Verdomme, eindelijk.'

'Hoofdinspecteur.'

'Kun je misschien uitleggen waarom je geen van mijn telefoontjes hebt beantwoord of op mijn berichten hebt gereageerd?'

Tomek liet zijn blik door de kamer dwalen. Alle ogen waren op hem gericht, sommige kritisch, terwijl anderen (Chey en Rachel in het bijzonder) glimlachten, benieuwd naar hoe de gebeurtenissen zich voor hen zouden ontvouwen.

'Gaan we dit hier bespreken?' vroeg hij.

'Ja.'

'Goed dan. Ik was ontbijten met mijn dochter.'

'En je denkt dat dat een acceptabele tijdsbesteding is midden in een moordonderzoek?'

'We waren bij Morgana's, hoofdinspecteur. Ik was onderzoek aan het doen.'

Dunnetjes, bijna tot het punt dat het niet bestond, maar het was niettemin onderzoek.

Trouw aan haar aard vroeg Victoria hem om een verslag van zijn bevindingen.

'De invalserveerster, Helena, zag er moe uit. Net als de rest van de zaak. Het was leeg. Er waren in totaal maar drie groepen klanten. Niemand wil er nu naartoe nu ze weten wat er is gebeurd. Dat vond ik vreemd. Ik had gedacht dat, als het aantal bloemen en kaarten voor het raam een indicatie was, mensen hun steun zouden betuigen door langs te komen en de zaak draaiende te houden.'

Victoria knikte langzaam terwijl ze haar armen over haar borst kruiste.

'De bediening was traag,' vervolgde Tomek. 'Ons eten duurde langer om te arriveren, wat me zorgen baart over hoe lang het bedrijf kan overleven.'

'Hoe helpt dat ons bij het vinden van de moordverdachte?'

Tomek dacht even na, hopend dat het antwoord in zijn hoofd zou verschijnen. Maar dat gebeurde niet. Hij had niets.

Totdat rechercheur Martin Brown zich ermee bemoeide. 'Was de adjunct-manager er niet?'

'Ik denk het niet. Herinner me even hoe hij eruitziet.'

Alsof hij stiekem voor *Blue Peter* werkte, haalde Chey een foto tevoorschijn van de adjunct-manager, Vlad Boyko, die hij eerder had voorbereid op zijn laptop. Tomek bekeek de foto van de man en sloot zijn ogen, proberend hem in het restaurant te visualiseren.

'Nu ik eraan denk,' zei Tomek, 'ik kan me niet herinneren dat ik hem überhaupt heb gezien.'

'Interessant,' antwoordde Victoria. Ze wendde zich tot Nadia. 'Voeg het toe aan de actielijst alsjeblieft. We moeten hem in de gaten houden. Hij zou kunnen vluchten.'

Zodra Nadia aantekeningen begon te maken op haar schrijfblok, liet

Tomek zijn schouders zakken en boog hij lager in zijn stoel, hopend zich te verbergen voor de blik van de inspecteur.

Het werkte niet.

'Je komt precies op het juiste moment binnen, Tomek,' zei ze opgewekt, alsof de gedachte net bij haar was opgekomen. 'We waren net bezig met het bespreken van het lek.'

'Lek? Oh, dat is niet goed. Er is een apotheek verderop. Volgens mij verkopen ze daar incontinentieluiers.'

Een licht, bijna onhoorbaar gegiechel golfde door de kamer, maar het werd tot zwijgen gebracht door een doordringende blik van Victoria.

'Je weet welk lek ik bedoel. Dat in de *Southend Echo*. Dat alle informatie heeft vrijgegeven die we hebben over onze hoofdverdachte. Dat het overlijden van Andrei Pirlog aan het publiek bekend heeft gemaakt. Je zou daar toch niets van weten, of wel?'

Tomek boog zijn hoofd. 'Jawel, dat weet ik.'

Victoria's ogen werden groot van plezier. 'Dat weet je?'

'Ja. Ik weet nu alles wat u me zojuist hebt verteld.'

De verrassing over zijn plotselinge 'bekentenis' verdween snel van haar gezicht.

'Dat is niet wat ik bedoelde. En dat weet je.'

Tomek wist het. Natuurlijk wist hij het. Hij was niet dom. Maar hij zou niets toegeven tenzij Victoria bewijs had dat hem in het nauw kon drijven.

'Ik weet niets van een artikel,' zei hij.

'Niets te maken met je journaliste vriendin?'

Tomek schudde zijn hoofd en sprak vlak. 'Nee. En ik waardeer de beschuldiging niet. Tenzij u bewijs heeft dat het tegendeel suggereert, zou ik het op prijs stellen als u niet insinueert dat ik de grens tussen persoonlijk en professioneel heb vertroebeld.'

Stilte daalde neer in het kantoor. Vanuit zijn ooghoek zag Tomek dat de hoofden van zijn collega's tussen hen heen en weer schoten alsof ze naar een soap opera keken.

'Prima,' zei ze. 'Ik was gewoon nieuwsgierig. Maar als ik bewijs vind dat mijn theorie ondersteunt, zweer ik bij god dat ik je leven de komende weken een hel zal maken.'

'Ik kijk ernaar uit,' antwoordde hij grijnzend.

HOOFDSTUK
VIJFENTWINTIG

In de uren na de vergadering zat Tomek aan zijn bureau gekluisterd. Hij was eindelijk begonnen met het typen van het rapport waar Victoria achteraan had gezeten. Het was een lange en moeizame taak om de voortgang die ze hadden geboekt samen te vatten in beheersbare, hapklare brokken informatie. Eerst was hij begonnen met zijn bevindingen van de lijkschouwing. Die had zonder twijfel bewezen dat Morgana was verdronken. De blauwe plekken rond haar nek wezen erop dat ze onder water was gehouden. Er was echter weinig tot geen vinger- of DNA-bewijs op haar lichaam dat niet afkomstig was van de Redgraves, Andrei Pirlog of Warren Thomas. In hun pogingen om haar lichaam op de kade te tillen, hadden ze elk bewijs dat naar de moordenaar had kunnen wijzen besmet.

Afgezien van de blauwe plekken rond haar nek en het water in haar longen, was er niets anders verdachts aan Morgana's lichaam. Ze was in goede gezondheid geweest. Ze dronk niet, rookte niet en verwende zichzelf ook niet met de lekkernijen uit haar eigen restaurant. Desondanks waren haar kleding en schoeisel voor extern onderzoek opgestuurd. Er was echter een achterstand en het zou nog een week of twee duren voordat ze de resultaten zouden ontvangen. Gelukkig leverde dit alles een kort rapport op, en had hij het binnen een halfuur afgerond.

Toen hij het document op zijn computer sloot, keek hij het kantoor rond. Het was schaars bezet. Alleen hij, Chey en Nadia, die opgedragen waren hun werk op kantoor voort te zetten. Ondertussen was iedereen anders buiten bezig met het verzamelen van meer getuigenverklaringen en het spreken met Morgana's werknemers en klanten. Chey had nog steeds de ondankbare taak om te proberen CCTV-beelden van de verdachte te vinden - dat, en het beantwoorden van telefoontjes die binnenkwamen van het publiek na Abigails online artikel. Sinds het artikel online was gegaan, had het team honderden telefoontjes via de centrale ontvangen, elk met de bewering informatie te hebben over de identiteit van Morgana's moordenaar. Zoals vaak het geval was, bleek een groot aantal van hen tijdverspilling. Er was echter één telefoontje naar de centrale geweest dat interessant was. Een vrouw uit Southend had een man uit het water zien komen op de ochtend van Morgana's dood, volledig gekleed en bedekt met zand, die vaag aan de beschrijving van de verdachte voldeed. Zoals Tomek en Chey al hadden vermoed, was de figuur enkele honderden meters van Southend Pier opgegaan in de mensenmassa. Sean, die geluksvogel, was eropuit gestuurd om met haar te praten.

Dat kwam Tomek wel goed uit. Hij vond dat het team hun tijd verspilde door met meer sleutelgetuigen te spreken. Zijn focus lag op Andrei Pirlog. In zijn hoofd was de man nog steeds vermoord, ook al was Victoria het daar niet mee eens en had ze al geconcludeerd dat zijn dood zelfmoord was. Ze wachtten nog steeds op de resultaten van de lijkschouwing en het DNA-onderzoek, maar iets aan de dood van de man verontrustte hem. Waarom zou hij zelfmoord hebben gepleegd? Was de aanblik van een dood lichaam te veel voor hem geweest? Of was hij tot zwijgen gebracht, vermoord voor wat - en wie - hij die ochtend had gezien?

Tomek duwde zichzelf weg van zijn bureau en liep naar de keuken. Toen hij binnenkwam, pinkte zijn telefoon. Het was een sms-bericht van Nick.

Ben je op kantoor? Ik zie je auto. Ik sta buiten.

———

Een arctische windvlaag sloeg hem in het gezicht zodra hij de deur naar de parkeerplaats opende. Overblijfselen van Storm Alisha waren nog aanwezig, terwijl bladeren van de ene naar de andere kant werden geblazen.

Tomek zag Nick een moment later, zittend in zijn auto, zijn gezicht nauwelijks zichtbaar achter de weerspiegeling van de grauwe lucht in de voorruit. Hij liep naar het voertuig en stapte in. De verwarming stond op volle kracht, als het binnenstappen van een sauna.

'Denk niet dat je hem heet genoeg hebt staan,' zei Tomek, waarbij hij meteen wenste dat hij zijn jas niet had meegenomen.

'Je voelt de kou veel meer als je mijn leeftijd bereikt.'

'Dat en de zwakke blaas.'

'Oké. Dat is genoeg. Klootzak.' Nick wees naar het gebouw. 'Hoe is het leven zonder mij?'

'Hangt ervan af wie je het vraagt. Sommigen zouden zeggen dat het beter is en dat ze de tijd van hun leven hebben. Anderen zouden toevallig zeggen dat het nog nooit zo slecht is geweest.'

'In welk kamp zit jij?'

'Het laatste.'

'Zo erg?'

Toen legde Tomek aan Nick uit wat er allemaal was gebeurd sinds zijn schorsing. De CCTV-beelden, het incident buiten bij de Redgraves, Andrei's dood en het krantenlek.

'Mag ik aannemen dat jij helemaal bovenop dat pisfeestje zat?' vroeg Nick.

'Als een dik kind op een cupcake.'

'En zij weet dat?'

'Nou, ze vermoedt het. Ze *weet* niets.'

Nick zuchtte, lang en diep. 'Kom niet te dicht bij het vuur, maat. Je kunt jezelf in veel meer problemen brengen als ik er niet ben om je te verdedigen.'

Dat was het probleem. Tomek wilde niet dat Nick hem verdedigde. Niet meer. Hij was oud genoeg om voor zichzelf te zorgen en om te gaan met de gevolgen van zijn acties - totdat ze te ver gingen, natuurlijk, dan zou hij misschien een helpende hand nodig hebben. Maar op dat punt hoopte hij te weten waar de grens lag.

'Hoe bevalt het vervroegde pensioen?' vroeg Tomek.

'Saai als de neten. Begrijp me niet verkeerd, ik vind het geweldig dat ik de hele dag met Lucy, Maggie en Nella kan doorbrengen, maar Lucy heeft maar zoveel zorg nodig. Ze zit alleen maar tv te kijken. We moeten er gewoon voor zorgen dat we in de buurt zijn als ze ons nodig heeft. De rest van de tijd zijn het gewoon Maggie en ik in huis terwijl Daniela op school zit.'

'Hoe gaat dat allemaal?' vroeg Tomek.

'Klote. Misschien zelfs erger. Zeker niet beter dan voorheen.'

'Het is pas een paar dagen.'

'Precies. Dat is wat me zorgen baart. Als ik me nu al zo verveel, als ik nu al opzie tegen naar huis gaan na minder dan een halve week, wat zegt dat dan over ons huwelijk? Wat betekent dat voor onze toekomst?'

Tomek had geen antwoord op die vraag. 'Geef het wat tijd. Heb je er met Isabel over gesproken?'

Nick schudde zijn hoofd en zuchtte opnieuw, deze keer dieper. 'Ze zit volgeboekt. Moet nog steeds haar achterstand wegwerken. Daarom ben ik naar jou gekomen. Om m'n gedachten te verzetten. Mijn hart te luchten bij een oude vriend.'

Shit.

'Ik weet niet hoeveel hulp ik kan bieden. Ik heb zelf ook dingen aan mijn hoofd: Kasia verzwijgt iets voor me, en ik kan maar niet achterhalen wat het is.'

'Heb je geprobeerd het haar te vragen?'

'Ja. Natuurlijk. Heb *jij* geprobeerd met *jouw* vrouw te praten?'

Nick staarde in de verte. Zijn stem klonk vlak, bijna leeg. 'Niet veel. Ik ga vaak wandelen om mijn hoofd leeg te maken, mijn gedachten te ordenen. Hoewel ik dat tijdens de storm niet kon doen, dus was ik gedwongen binnen te blijven. We hadden toen een goede dag.'

'Omdat je gedwongen was en nergens anders heen kon?'

Nick knikte. Het zag er niet goed uit. Hun persoonlijke problemen bespreken was allemaal leuk en aardig, misschien zelfs therapeutisch, maar Tomek wilde van onderwerp veranderen.

'Wat denk je van Andrei's dood?' vroeg Tomek.

Als Nick beledigd was door de plotselinge verandering van gesprek, liet hij dat niet merken. In plaats daarvan leek hij bijna opgelucht. Ze waren immers kerels. Twee mannen die niet in staat waren zichzelf te uiten en hun emoties onder ogen te zien.

'Het lijkt verdomd toevallig dat hij zelfmoord pleegt de dag nadat hij de belangrijkste getuige is in een moordzaak,' zei Nick. 'En hij was zo vriendelijk om de deur voor je open te laten.'

'Heb je ooit meegemaakt dat iemand die zelfmoord pleegt dat doet?'

Nick doorzocht zijn geheugen. 'Ik heb een paar vergelijkbare gevallen meegemaakt. Mensen die niemand in hun leven hadden. Die hoopten dat ze op een gegeven moment gevonden zouden worden. Die het makkelijker maakten voor wie dan ook die hen zou vinden. Maar het is niet gebruikelijk. Vooral niet als het om een sleutelgetuige gaat, zoals ik al zei. En nog ongebruikelijker wanneer andere belangrijke getuigen hebben gemeld dat er een figuur voor hun raam stond.'

'Precies wat ik ook denk, maar Victoria vindt dat het te vroeg is om een richting te bepalen in zijn dood. Ze wil wachten tot we DNA-resultaten en de lijkschouwing hebben.'

'Je zou haar voor kunnen zijn. Een voorsprong nemen. Mijn theorie zou zijn dat hij het zwijgen is opgelegd. Dat wie Morgana heeft vermoord, terug is gekomen voor hem. De vraag die je jezelf moet stellen is *hoe*, en *waarom*, en of er nog iets anders is dat die twee met elkaar verbindt.'

Tomek sloot zijn ogen terwijl hij nadacht over wat Nick had gezegd. Maar voordat hij er te lang bij stil kon staan, trok een figuur zijn aandacht, die over de parkeerplaats liep, in een donkere jas, met zwart haar, een dunne zwarte baard, en een sjaal om zijn nek. Dampwolken kwamen snel uit zijn mond, hoewel hij niet aan het rennen was. Of hij was ernstig onfit, of hij was nerveus over iets; zijn hartslag was om een reden verhoogd.

'Excuseer me,' zei Tomek terwijl hij de deurklink vastpakte.

'Waar ga je heen?'

Tomek wees naar de man. 'Iemand die verdacht veel lijkt op onze hoofdverdachte is net het politiebureau binnengegaan.'

HOOFDSTUK
ZESENTWINTIG

De man heette Mariusz Stanciu. Vierendertig jaar oud, Roemeens, met kort zwart haar en een dunne zwarte baard. Kort nadat Tomek hem vanuit de passagiersstoel van Nicks auto had gespot, was hij over de parkeerplaats gerend en had de man aangesproken, hulp aangeboden, ervan uitgaande dat hij verdwaald was.

De man had geantwoord: 'Ik ben gekomen om mezelf aan te geven.'

Dat had zijn hart sneller doen kloppen. De potentiële verdachte die zijn werk voor hem deed. Nu, twintig minuten later, zaten ze samen in een kleine kamer. Onopvallend, leeg, afgezien van een tafel en twee stoelen tegen de muur gedrukt. In de bovenhoeken aan Tomeks linkerkant hingen twee camera's die elke beweging registreerden. Mariusz had gekozen voor een vrijwillig verhoor, zonder professionele ondersteuning, en Tomek was maar al te blij om daaraan tegemoet te komen.

'Bedankt dat u vandaag bent gekomen,' begon hij. 'Hoewel ik u moet herinneren dat, hoewel dit een vrijwillig verhoor is, ik het recht heb u te arresteren. U heeft ook recht op juridisch advies gedurende dit proces, hoewel u dat al heeft geweigerd. Wilt u nog steeds zonder doorgaan?'

Mariusz keek hem uitdrukkingsloos aan. Zijn ogen waren glazig, alsof hij diep in gedachten was over iets in Roemenië.

'Ik wens geen juridische ondersteuning aanwezig te hebben,' antwoordde hij, met een zwaar accent.

De zin klonk gepolijst, bijna ingestudeerd, alsof hij het uit zijn geheugen opdiepte in plaats van natuurlijk en in het moment te spreken.

'Goed. Dan zou ik graag willen dat u begint,' zei Tomek. 'Waarom bent u hier vandaag gekomen, Mariusz?'

'Ik zag... ik zag...' Hij pauzeerde om zichzelf te kalmeren. Keek naar zijn vingers en begon ze met elkaar te verstrengelen. 'Ik zag op de televisie. Het nieuws. Over de vrouw die stierf bij de haven. Ik zag... ik zag de beschrijving van wie u zocht.'

'Dus waarom bent u hier? Omdat u daadwerkelijk daar was, of omdat u voldoet aan de beschrijving van iemand die daar was?'

'Omdat ik daar was en ik voldoe aan de beschrijving.'

'En u komt nu pas omdat u beseft dat de politie naar u op zoek is?'

'Ik... ik...' Mariusz keek weer naar zijn handen en bleef ermee spelen. 'Vergeef me, mijn Engels...'

'Dat is prima,' zei Tomek kalm. 'Neem zoveel tijd als u nodig heeft.'

Hij was niet bereid deze kans zo snel te verpesten.

'Ik was daar,' zei Mariusz langzaam, bijna robotachtig. 'Maar ik had niets te maken met haar dood.'

Tomek knikte en leunde achterover in zijn stoel. Nu was het tijd om Mariusz al het praten te laten doen. Voor hemzelf om zijn mond te houden en te luisteren. Om gaten in zijn verhaal te vinden, dingen die hij later verder kon uitbuiten en onderzoeken.

'Vertel me alles,' zei hij, en pakte vervolgens zijn denkbeeldige popcorn en legde die naast zijn pen en papier.

Voordat hij begon, schraapte Mariusz zijn keel. 'Kijk, ja, ik was die ochtend bij de haven. Ja, ik vond het lichaam van de vrouw - hoe heette ze, Morgana? Ja, dat klopt. Maar ik had niets te maken met haar dood. Ik vond haar alleen maar. Toen de andere mensen bij de haven kwamen, raakte ik in paniek, liet haar op de grond vallen en rende toen weg. Ik weet niet wat me bezielde. Ik wilde niet dat ze dachten dat ik iets te maken had met haar dood. Ik raakte in paniek.'

Mariusz kwam tot een natuurlijke stop en keek verwachtingsvol naar Tomek, wachtend op een reactie, maar toen er niets kwam, voelde de man zich gedwongen om door te gaan.

'Ik ging de verkeerde kant op. Ik zag niet waar ik heen ging. En toen kwam het getij op. Het was heel snel. Sneller dan ik had verwacht, en toen kwam ik bij de pier. U weet wel, Southend Pier. Daarna rende ik naar de kust, bedekt met zand, modder en water. Toen ging ik naar huis waar ik mezelf waste en mijn kleren schoonmaakte. Ik wist niet wat ik moest doen, dus bleef ik de rest van de dag binnen.'

Weer een natuurlijke stop. Weer een verwachtingsvolle blik. Deze keer besloot Tomek hem tegemoet te komen. Tot nu toe klopte alles wat hij had gehoord. Maar het klonk ingestudeerd. Sommige details die Mariusz had genoemd, zoals de pier, zoals het wassen van het zand en de modder van zijn kleren, klonken gefabriceerd. Alsof hem was verteld dit te zeggen of hij het herhaaldelijk had geoefend. Tomek wilde het gesprek een richting geven die Mariusz niet verwachtte.

'Wat doet u voor de kost, Mariusz?'

'Voor de kost? Hoe bedoelt u?'

'Wat doet u voor werk? Wat is uw baan?'

'Oh. Ik begrijp het. Ik... ik ben vrachtwagenchauffeur. Ik werk voor een transportbedrijf.'

Tomek glimlachte om de verkeerde uitspraak van het woord 'transportbedrijf' door de man. Het klonk als "hoo-liar". Als hij niet vijfendertig jaar in het land had gewoond, geloofde Tomek dat hij dezelfde fout zou hebben gemaakt.

'Mag ik de naam van het bedrijf weten,' zei hij, meer als een mededeling dan een vraag.

'Natuurlijk. Het heet...' Een korte pauze terwijl hij ongemakkelijk op zijn stoel schoof. 'Het heet DWG Logistics.'

'Hoe lang werkt u daar al?'

'Drie maanden. Ik zit nog in, hoe zegt u dat, proeftijd?'

'Proeftijd, ja. Wat heeft u gedaan in de dagen sinds u het lichaam vond?'

'Gewerkt. Ik heb het hele land door moeten rijden. Bestellingen afleveren bij mijn klanten.'

'Omdat u nog in uw proeftijd zit?'

'Ja. Mijn baan is erg belangrijk voor me. Ik moet hem zo lang mogelijk behouden, begrijp je. Ik heb iets belangrijks gepland.'

Zoals de moord op iemand anders?

Tomek zag de wortel van die uitspraak voor zich bungelen en hapte toe. 'Wat?'

'Ik ga mijn vriendin ten huwelijk vragen.'

Tomek wierp een blik op de rechterhand van de man. In Roemenië, net als in Polen en andere Europese landen, werd de trouwring aan de rechterhand gedragen, in plaats van aan de linker.

'Als ik me niet vergis, lijkt het erop dat je al getrouwd bent?'

Mariusz keek naar zijn vingers, bedekte ze, en begon ze te masseren. 'Dit is geen trouwring. Deze heb ik van mijn grootvader gekregen voordat hij overleed. Ik draag hem hier om hem te herinneren.'

Tomek waardeerde het sentiment. Hij had zijn grootouders nooit echt gekend. Zijn grootmoeder van vaders kant was overleden voordat hij werd geboren, terwijl zijn grootvader van moeders kant een paar maanden na zijn geboorte was gestorven. Zijn broers, Michał en Dawid, hadden meer tijd doorgebracht met hun Poolse grootmoeder voordat ze haar uiteindelijk in Polen achterlieten toen ze naar het Verenigd Koninkrijk emigreerden. Hij had haar sindsdien slechts een handvol keren gezien, tijdens vakanties, jubilea en begrafenissen. Wat betreft zijn resterende Britse grootvader, die was naar Schotland verhuisd voor de liefde. Het was uitgekomen dat, terwijl zijn oma op sterven lag, zijn opa een verhouding had met een andere vrouw en wachtte tot zij zou overlijden voordat hij naar Schotland zou verhuizen met zijn nieuwe geliefde. Natuurlijk had dit veel ruzies binnen de familie veroorzaakt, en Tomek had hem sindsdien niet meer gezien of van hem gehoord. Hij betwijfelde of de man nog in leven was.

'Waar is je vriendin nu?' vroeg Tomek.

'Ze... ze is... terug naar huis in Roemenië. Ze moest terug voor wat familie... wat familiekwesties.'

'Juist. En weet ze wat er is gebeurd?'

Mariusz schudde onschuldig zijn hoofd. 'Ik wilde haar niet ongerust maken,' legde hij uit. 'Ga je me niet vragen waarom ik bij de haven was?'

De vraag van Mariusz verraste Tomek.

'Dat was ik van plan,' antwoordde hij. 'Ga je het me vertellen?'

'Natuurlijk. Ik wil het onderzoek zoveel mogelijk helpen. Het is belangrijk voor me. Jullie moeten de moordenaar vangen!'

Tomek hield zijn gezichtsuitdrukking neutraal terwijl hij wachtte tot de psychologische angst van de man de overhand zou nemen.

'Ik bezocht de haven omdat ik daar ga aanzoeken, zoals ik al zei. Ik wilde, hoe zeg je dat, *verkennen*. Ik wilde een proefrondje doen en zien hoe het is voor mij en mijn vriendin om daar naartoe te gaan wanneer ik haar ten huwelijk vraag. Ik moest zien of het modderig of nat was, en hoe het met het getij zit. Ik had niet verwacht daar een lijk te vinden.'

'Zeker niet,' antwoordde Tomek vlak. 'Kun je je herinneren hoe laat je op de plaats delict aankwam?'

Mariusz keek naar de tafel alsof hij daar het antwoord hoopte te vinden. Toen zei hij: 'Half tien 's ochtends. Net erna. Ik denk dat ik na elven terug op het strand was.'

'Meer dan een uur later? Dat is een lange tijd om terug te komen...'

De kleine lampjes in Tomeks hoofd begonnen te knipperen.

'Ik moest rennen en de plassen ontwijken. Bovendien ging ik de verkeerde kant op. Ik heb je dit al verteld.'

'Je hebt gelijk. Dat heb je gedaan. Mijn excuses. Heb je, tijdens je eerste reis naar de haven die ochtend, iemand vreemd zien doen of iets ongewoons gezien? Heb je iemand zien vluchten van de plaats delict? Heb je de moord zien plaatsvinden?'

Mariusz schudde zijn hoofd. Langzaam. 'Het spijt me,' zei hij, 'maar ik heb niets gezien. Ik was daar alleen. Ik wou dat ik meer kon helpen.'

'Je wilt het onderzoek echt op alle mogelijke manieren helpen, nietwaar?'

Mariusz leunde voorover in zijn stoel, zijn rug enigszins rechter. 'Natuurlijk. Het is belangrijk voor me. Wat je ook nodig hebt.'

Tomek had genoeg gehoord.

'In dat geval, Mariusz Stanciu, arresteer ik je op verdenking van de moord op Morgana Usyk. Je hoeft niets te zeggen, maar het kan je verdediging schaden als je bij ondervraging iets niet vermeldt waarop je je later in de rechtbank beroept. Alles wat je zegt, kan als bewijs worden gebruikt.'

HOOFDSTUK
ZEVENENTWINTIG

Tomek had geen andere keuze gehad dan Mariusz te arresteren en hem in een cel te plaatsen. Hij had bekend dat hij aanwezig was op de plaats delict en de enige was in de omgeving ten tijde van Morgana's dood. Voor de komende vierentwintig uur hadden Tomek en zijn team in ieder geval de luxe om zijn connectie met Morgana's dood te onderzoeken zonder het risico dat hij zou vluchten of bewijs zou vernietigen. Het enige probleem dat nu nog resteerde, was het bevestigen van zijn verblijfplaats, zijn werk en zijn bewegingen na haar dood. Het was een race tegen de klok, maar gelukkig dacht Tomek dat ze het juiste team hadden om dit te doen.

Kort na zijn arrestatie was Mariusz naar de boekingsbalie gebracht – of zoals Tomek het graag noemde, de arrestatiebalie – waar hij zijn bezittingen had ingeleverd, een trainingspak had gekregen om zich om te kleden, en zijn vingerafdrukken en DNA-monsters waren afgenomen. Tomek had er ook voor gezorgd dat hij een kopie van de politiefoto van de man had bewaard. Vervelend genoeg zag Mariusz er opmerkelijk knap uit op de foto. Er was niets te zien van die uitgebluste blik, geen van die verweerde en vermoeide uitdrukking op het gezicht van de man. In plaats daarvan zag hij er jeugdig en levendig uit, alsof hij wist dat hij zich nergens zorgen over hoefde te maken.

Tomek liet de foto door zijn vingers glijden terwijl hij wachtte tot de voordeur openging. Naast hem stond Rachel, die er vandaag voor had gekozen haar haar los te laten hangen. Een moment later ging de deur open, en werden ze begroet door de grote man. Hij was zo groot dat zijn lichaam nauwelijks door de deur paste. Deze ochtend was hij gekleed in een korte rugbybroek die strakker zat dan een eendenachterwerk en op alle verkeerde plekken uitpuilde. Op zijn bovenlijf droeg hij een oud, gescheurd en versleten rugbyshirt dat eruit zag alsof het hem al twintig jaar niet meer paste.

'Tomek...' zei Warren schaapachtig. 'En...?'

'DC Rachel Hamilton,' antwoordde ze.

'U klinkt niet alsof u van hier komt.'

'Dat is omdat ik dat niet ben. Al draag ik dat specifieke etiket met trots. Ik ben een meisje uit Noord-Londen.'

'Wat brengt je hier? Het waren zeker niet Tomeks leiderschapskwaliteiten, dat weet ik wel. Ik heb hem op het rugbyveld gezien op school. Hij wist niet wat voor en achter was.'

Warren plaatste zijn hand op de bovenkant van het deurkozijn en leunde tegen de zijkant, waarbij hij zijn grote triceps en latissimus dorsispieren toonde, de spieren op de rug die het lieten lijken alsof hij vleugels had. De overduidelijke flirtpoging en zijn poging om zijn veren als een pauw uit te spreiden waren lovenswaardig, maar vergeefs. Tenzij Rachel in de afgelopen weken plotseling en drastisch van gedachten was veranderd, was ze nog steeds homoseksueel en speelde ze duidelijk in hetzelfde team als zij beiden. Maar Tomek wilde hem dat niet vertellen. Hij genoot ervan om de auto te zien afstevenen op de onpasseerbare boom.

'Eigenlijk wel,' zei Rachel. 'Ik had zulke geweldige dingen over hem gehoord, en toen was ik bitter teleurgesteld toen ik hem eindelijk in levenden lijve ontmoette.'

'Ze zeggen dat je je helden nooit moet ontmoeten,' onderbrak Tomek.

Rachel rolde met haar ogen en wendde zich toen tot Warren, waarbij ze vroeg of ze binnen mochten komen. De man stapte opzij om hen door te laten. Terwijl Tomek zich langs hem heen wurmde, zich door de opening persend als een vos die door een dassenhol probeert te komen, zei Warren: 'Laat de grappen maar aan mij over, maat.'

'Dacht je dat dat mijn poging was om te flirten?'

'Was dat het niet?'

'Natuurlijk wel. Sorry, ja. Verschrikkelijk, je hebt gelijk. Sterker nog, ik denk dat ik het aan jou overlaat. En als je tips nodig hebt, ze houdt echt van grappen over het volledig afkraken van ABBA.'

'ABBA?'

Haar favoriete band.

Tomek knikte, terwijl hij de grijns onderdrukte die op zijn gezicht dreigde te verschijnen. 'Haat ze. Kan ze niet uitstaan. Vindt die virtuele show die ze op dit moment hebben de grootste geldverspilling die de mensheid ooit heeft gekend.'

Warrens gezicht lichtte op als een alcoholist die een drankje krijgt aangeboden. 'Geweldig, bedankt! Ik haat ABBA ook!'

Even later voegden Tomek en Warren zich bij Rachel in de woonkamer. Ze had zich al thuis gemaakt door een plekje te vinden op de bank tegenover de televisie. Warren bood een drankje aan, maar beiden weigerden.

'Klinkt serieus,' zei hij terwijl hij naar het midden van de kamer schuifelde.

'We hebben vanochtend iemand gearresteerd op verdenking van de moord op de vrouw uit de haven,' zei Rachel, bot en recht op het doel af.

'Al iemand gearresteerd? Wie?'

'Daarom zijn we hier,' zei Tomek, terwijl hij in zijn zak tastte.

Zodra Tomek de beweging maakte, stapte Warren achteruit, met zijn hand voor zich uitgestoken alsof hij een rugbytackle van een tegenstander afweerde. Zijn ogen waren wild van angst.

'Ik? Is dit een of andere zieke manier om te zeggen dat jullie me komen arresteren?'

Tomek en Rachel keken elkaar aan. Toen barstten ze in lachen uit.

'Ik denk dat we daar met z'n tweeën niet genoeg voor zijn,' zei ze.

'Al zou ik misschien de enige zijn die je kan vangen als je ervandoor gaat,' voegde Tomek toe.

Dat leek Warrens angsten te verlichten. Hij liet zijn handen zakken en liet zijn schouders enkele centimeters zakken.

'We wilden kijken of je de identiteit kunt bevestigen van de persoon die we hebben gearresteerd, of het overeenkomt met de beschrijving van de persoon die je die ochtend hebt gezien?'

'Zijn jullie al bij de Amerikanen geweest?'

'We komen er net vandaan.'

'En?'

'Dat ga ik je niet vertellen. Ik wil dat je eerst naar deze foto kijkt en me vertelt of het overeenkomt met de beschrijving die je hebt gegeven.'

Tomek stak zijn hand in zijn zak en haalde de politiefoto van Mariusz Stanciu tevoorschijn. Hij gaf deze aan Warren, die hem behoedzaam van Tomek aannam en het gezicht van een afstand bekeek, met toegeknepen ogen. Toen besefte hij dat hij niemand voor de gek hield en haastte zich naar de keuken om een leesbril te halen. Toen hij terugkwam, bestudeerde hij de foto. Het kostte hem slechts drie seconden om tot een conclusie te komen.

'Ik kan het niet met zekerheid zeggen,' zei hij. 'Ik heb het gezicht van die kerel niet zo goed gezien. De enige die hem het beste heeft kunnen zien, was de man die er voor ons was. Je zou het aan hem moeten laten zien.'

'Dat zouden we graag doen,' antwoordde Tomek terwijl hij de politiefoto van Warren terugnam. 'Maar hij is dood.'

'Dood?'

'Helaas.'

'Hoe?'

'Zelfmoord. Zogenaamd. Maar we onderzoeken het.'

Warrens blik wendde zich naar de erkerramen. 'Als hij vermoord is... betekent dat dan dat hij misschien gedood is omdat hij het gezicht van die man heeft gezien?'

'Als dat het geval is, dan hoeven jij en de rest van de tourgroep je geen zorgen te maken,' antwoordde Rachel.

'Hebben zij hem ook niet duidelijk genoeg gezien?'

Rachel schudde haar hoofd.

'Het lijkt erop dat de enige persoon die met zekerheid kan bevestigen of dit de man is die van de plaats delict vluchtte, dood is.'

'Het spijt me,' antwoordde Warren.

'Waarvoor bied je je excuses aan?' vroeg Tomek.

Wijzend naar het document in Tomeks hand, zei hij: '*Dat.* Ik wou dat ik kon bevestigen of hij het was. Maar ik heb zijn gezicht gewoon niet gezien. Alles wat ik zag was zijn jas. Ik was te druk bezig met het helpen van Kirsty's man achteraan de groep. Die dikke klootzak bleef in de modder vastzitten.'

'Geen probleem,' antwoordde Rachel koeltjes. 'Je bent tot nu toe toch al een grote hulp geweest bij dit onderzoek.'

'Natuurlijk.' Warren knipte met zijn vingers, alsof hem net iets te binnen schoot. 'Hé, hebben jullie overwogen dat dit misschien een ABBA-geobsedeerde huurmoordenaar is? Want als dat zo is, beleeft hij de tijd van zijn leven.'

Stilte. Rachels gezicht betrok. Tomek kon zijn lachen nauwelijks inhouden.

'Wat?' vroeg Rachel.

'Wat?'

'Wat?' zei Tomek, zich ermee bemoeiend.

Plotseling kromp de gigantische rugbyspeler tot de helft van zijn formaat en zag eruit als een kind dat net op het schoolplein voor schut was gezet. 'ABBA... "Dancing Queen"... Nee?'

'Nee. Niet echt.'

Rachel wierp hem een vernietigende blik toe en draaide zich toen naar Tomek, hem woedend aankijkend. Op dat moment verloor Tomek de controle en barstte in lachen uit, dubbel gebogen, zich vasthoudend aan de zijkant van de bank voor steun.

'Het spijt me. Ik heb het hem gezegd. Ik dacht dat je misschien eens een ABBA-grap zou waarderen die niet van mij kwam...'

'Je hebt me erin geluisd?' stamelde Warren. 'Je hebt me erin geluisd? Klootzak.'

'Ja, ik sluit me daarbij aan,' zei Rachel, terwijl ze naar Warrens kant schoof zodat ze samen tegenover hem stonden. 'Waarschijnlijk de grootste klootzak die ik ken. Zo niet de grootste ter wereld.'

Zijn zelfbeheersing hernemend, glimlachte Tomek zelfvoldaan naar hen en maakte toen een spottende buiging. Rachel maakte snel een einde aan het bezoek. Tomek was meer dan bereid om te blijven en nog meer van Warrens kwaliteits-ABBA-grappen te horen, maar volgens Rachel was daar geen tijd voor. Hun kans om bewijs tegen Mariusz Stanciu te vinden slonk snel.

'Je moet me nog steeds meenemen naar de plaats delict,' zei Tomek tegen Warren terwijl ze naar de voordeur liepen.

'Niet na die kleine val die je me zette.'

'Geweldig. Zullen we morgen afspreken, op dezelfde tijd als onze hardloopsessie?'

'Wil je weer gaan hardlopen?'

'Als je dat goed vindt? Mijn lichaam voelde het de dag erna wel, maar zodra ik er weer in kom, ben ik er zeker van dat het wel goed komt.'

Warrens gezicht straalde bij het vooruitzicht van een hardlooppartner. Op de lange termijn.

'Kom op, Mo Farah,' zei Rachel, terwijl ze Tomek op zijn schouder tikte, 'we moeten terug naar kantoor. Er is een moordonderzoek dat geleid moet worden, weet je nog?'

HOOFDSTUK
ACHTENTWINTIG

Tomek trok de stoel onder de tafel vandaan en ging zitten. Naast hem zat Chey, die er in de loop van een paar uur uitzag alsof hij was veranderd in een vader van vijf kinderen, allemaal onder de tien jaar. Zijn ogen waren ingevallen, hij had wat kleur op zijn wangen verloren, en de ondeugende glimlach die Tomek gewend was, was verdwenen. Hij zag er gebroken uit, verslagen.

'Lange dag?' vroeg Tomek.

'Zoals je verdomme niet zou geloven.'

'Je ziet eruit alsof je wel wat Adderall kunt gebruiken.'

'Wat is dat?'

'Geen idee,' antwoordde Tomek. 'Het is een van die dingen die Amerikanen zeggen als ze iemand zien die er moe uitziet.'

'Als het Amerikaans is, hoef ik het niet. Ik heb de Netflix-documentaires gezien.'

Tomek stond op het punt hem om uitleg te vragen, maar Victoria kwam net de kamer binnen, dus hield hij zich in. Toen ze langs hem liep, voelde Tomek de sfeer dalen.

'Zo, iedereen,' begon ze, 'ik wil dit kort en bondig houden. Ik wil updates van jullie allemaal, en ik wil bevestigen of we Mariusz Stanciu formeel kunnen aanklagen voor de moord op Morgana Usyk.'

Ze smeet een map met documenten onnodig hard op het bureau en draaide zich toen naar het whiteboard aan het hoofd van de kamer.

Naast haar stond haar trouwe hond, Sean, met de trainingsband nog steeds om zijn nek en een whiteboard-marker in zijn hand.

'Chey,' begon Rachel. 'Wil jij het spits afbijten?'

Alle ogen richtten zich op Chey.

'Denk niet dat ik een keuze heb,' mompelde hij binnensmonds. Hij rommelde wat met papieren om het te maskeren, maar het was nog steeds hoorbaar. Als Victoria het hoorde, liet ze het niet merken. 'Waar wil je dat ik begin?'

'Met de belangrijkste feiten.'

'Oké. Prima. Dus, ik heb alles gedaan wat ik kon qua het doornemen van de CCTV-beelden van de pier en de omliggende boulevard. Nu we weten waar en wanneer Mariusz zegt dat hij weer aan land is gekomen, heeft dat het zoekgebied verkleind, maar ik kan nog steeds geen beelden van hem langs de boulevard vinden. Er is niets dat wijst op dat gedeelte van het water op dat tijdstip van de dag. Dus, hij zou op dat specifieke moment uit het water kunnen zijn gekomen, maar ik kan er niets van zien.'

'Of hij loog,' merkte Tomek op.

Zijn opmerking werd genegeerd.

'Martin? Wat heb jij?'

Nu was het de beurt aan DC Martin Brown om te spreken. Hij zag er, in compleet contrast met Chey, fris uit, alsof het zijn eerste werkdag was en hij er pas tien minuten was. Wat, vergeleken met de rest van het team, ook zo was; samen met Victoria was hij een paar maanden geleden uit Colchester overgekomen. Hij was zich nog aan het inwerken in het team, maar de nauwe banden met de inspecteur waren nog steeds duidelijk zichtbaar.

Voordat hij begon te spreken, streek hij een verdwaalde haar achter zijn oor. 'Ik heb gesproken met zijn werkgever, DWG Logistics, en zij hebben bevestigd dat Mariusz voor hen werkt. Ze hebben zijn werkvergunning opgestuurd, een kopie van zijn paspoort - alles. Ze hebben zelfs bevestigd dat hij de afgelopen dagen aan het werk was, en hebben de leveringsbonnen voor zijn ritten door het land opgestuurd.'

'Chey...' begon Victoria. 'Kun je die controleren op ANPR en CCTV, alsjeblieft?'

'Zou iemand anders dat niet kunnen doen?' antwoordde hij, op zijn beleefdste toon. 'Het is gewoon dat ik overstelpt ben met de andere beelden die je me wilt laten vinden.'

'Maar je hebt al vastgesteld dat je hem niet kunt vinden. Nu vraag ik je om hem bij een andere gelegenheid te vinden.'

De agent liet zijn hoofd zakken, knikte afwezig en krabbelde een notitie in zijn boek.

'Tomek...' vervolgde Victoria, terwijl ze zich tot hem wendde met een vleugje minachting in haar stem.

'Ja, inspecteur?'

'Wat hadden de belangrijkste getuigen te zeggen over Mariusz?'

'Ze kennen hem van geen kant,' antwoordde hij. 'Of, in dit geval, Andrei.'

'Wat?' vroeg Sean abrupt, wat Tomek en iedereen in de kamer verraste.

'Ze konden niet met zekerheid zeggen dat het dezelfde man is. De enige persoon die hem het beste heeft kunnen zien was Andrei Pirlog.'

'En nu is hij dood...' zei Victoria zachtjes, alsof ze tegen zichzelf praatte.

'Denkt u nog steeds dat het zelfmoord is, inspecteur?' vroeg Tomek, maar zijn vraag werd met stilte beantwoord. 'Oh, en voordat we verder gaan, ik heb de Redgraves verteld dat u nog een week verblijf in hun Airbnb heeft goedgekeurd.'

'Waarom in godsnaam zou je dat doen?'

'Nou, ik dacht dat we ze misschien nog nodig zouden hebben voor het onderzoek, en ze zouden morgen terug naar Amerika vliegen. Ik dacht dat we het ons niet konden veroorloven om ze te verliezen.'

'Dus je vertelde hen dat ze nog een week konden blijven?'

'Alle kosten betaald. Eten, accommodatie, beveiliging. Ze zijn erg dankbaar.'

Victoria's ogen vernauwden zich terwijl ze haar kaken op elkaar klemde. 'Ik geloof je verdomme niet. Wat verwacht je dat ik doe?'

'Ik verwacht dat u uw woord houdt, inspecteur.'

'Ik heb hier nooit mee ingestemd.'

'Wilt u degene zijn die hen teleurstelt, of zal ik liever de boodschap overbrengen?'

'Ik heb nu verdomme geen andere keuze dan de kosten goed te keuren, of wel?'

Victoria had een moment nodig om haar woede te beheersen voordat ze de rest van de vergadering voortzette. Haar gezicht was rood opgezwollen van woede. Ze wendde zich tot DC Anna Kaczma-rek, de familieliaisonofficier.

'Kun jij dit alsjeblieft afhandelen? Geef ze een budget. Ik wil niet dat ze leven alsof ze in de dodencel zitten.'

Anna bevestigde dat ze dat zou doen. Daarna richtte Victoria zich tot DC Oscar Perez. De Kapitein, zoals hij liefkozend werd genoemd op kantoor, vanwege zijn voortdurende correctie van alles wat iemand ooit zei, was de hele conversatie stil gebleven. Niet zoals hij gewoonlijk was. Hij had altijd wel iets te zeggen. Hij was een goede detective, en Tomek had veel respect voor hem. Hij wist waarover hij sprak. Hij was gron-dig, nuchter en efficiënt. Alles wat het team kon wensen.

'Ik heb door Mariusz' sociale media gespit, en het lijkt erop dat hij pas recent naar het land is gekomen. Voor zover ik kan nagaan, is hij iets meer dan drie maanden geleden hier aangekomen. Hij post niet veel, maar genoeg voor mij om inzicht in zijn leven te krijgen. Meer helaas niet. Niets wat erop wijst dat hij daar was op de ochtend van de moord.'

'Iets dat een verband met Morgana suggereert?'

'Nog niet. Maar ik zoek nog steeds.'

'Geweldig. En zijn vriendin?' vroeg Victoria. 'Wat weten we over haar?'

'Zij is actiever op sociale media. Post veel content. Of eigenlijk deed ze dat. Tot ze naar het land kwamen, postte ze bijna elke dag. Nu niet meer zo veel.'

'Kun je met haar spreken? Uitzoeken of ze iets weet over waar haar vriend zich bevindt.'

Martin knikte. 'Ik zal proberen contact met haar op te nemen.'

Victoria klapte in haar handen. 'Uitstekend. Goed werk, team. Echt, goed werk. Ik ben trots op jullie allemaal. Maar er valt nog veel te doen. Veel te doen in de komende negentien uur. Er wordt van jullie allemaal veel hard werk, met volle concentratie en toewijding verwacht. En ik wil Mariusz Stanciu kunnen aanklagen voor Morgana's moord vóór het einde van het aftellen.'

———

Tomek vond Victoria's oppepmotivatie meer Boris Johnson dan Winston Churchill. Verwaand, saai, en weinig inspirerend. Misschien was dat gewoon haar manier van doen. Of misschien kwam het door zijn snel groeiende minachting jegens haar.

Toen hij als een van de laatsten door de deuropening glipte, voelde hij een hand op zijn rug.

Sean.

'Zou je...' hij pauzeerde. 'Zou je het erg vinden als we even praten?'

'Oké...' antwoordde Tomek, twijfelend in de deuropening. 'Klinkt onheilspellend.'

Sean gebaarde Tomek opzij te gaan en sloot de deur achter hem alsof hij in een spionagefilm zat.

'Je gaat toch niet dood, hè?' vroeg Tomek.

'Nee. Nou ja, we gaan allemaal dood. Alleen in verschillende tempo's.'

'Briljant.'

'Maar nee, ik ga niet dood. Niet binnenkort in ieder geval. Ik wilde alleen...' Sean stak zijn handen in zijn zakken en keek naar de grond. Tomek voelde zich alsof hij gevraagd zou worden voor het eindbal. 'Er gebeuren thuis wat dingen.'

'Oh?'

'Ja. Niets ernstigs. Ik heb... ik heb een paar keer de huur niet betaald en nu zet de huisbaas me eruit. Bovendien wil hij het pand ook verkopen, wat niet helpt.'

'De huur op tijd betalen zou waarschijnlijk wel helpen,' merkte Tomek op. Zo was hun relatie - of liever, wat ooit hun vriendschap was geweest - dat ze zo openhartig tegen elkaar konden spreken, zonder behoefte aan slijmen of pamperen. Alles wat ze tegen elkaar zeiden was onserious - zelfs de serieuze stukken. Zoals het hoort. 'Wat is er gebeurd?'

'Ik ben gewoon in wat financiële problemen terechtgekomen,' antwoordde Sean.

'Je hebt toch geen automaat gekocht, hè?'

Tomek verwees naar hun gemeenschappelijke vriend, de eigenaar van een pub die ze vroeger vaak bezochten, die het slachtoffer was geworden van een potentieel lucratieve zakelijke onderneming met een automaat in de pub, voorraad die zichzelf zogenaamd aanvulde (en in de eerste plaats verkocht werd), en een passief inkomen dat nooit stopte. Sinds Tomek voor het laatst met hem had gesproken, was alleen het eerste punt waargemaakt - tegen hoge aanvangskosten.

Een glimlach flitste over Seans gezicht. De eerste die Tomek in lange tijd had gezien.

'Nee,' antwoordde hij, 'zo dom ben ik niet.'

'Dat zal ik beoordelen, afhankelijk van hoe je je geld bent kwijt-geraakt.'

'Ik ben het gewoon kwijtgeraakt. Te veel uitgaven. Te veel uitgaan. Te veel onnodige aankopen.'

'Zoals wat?'

Tomek realiseerde zich niet dat hij zijn vriend aan het verhoren was, maar Sean deed niets om hem te stoppen.

'Ik heb een computer gekocht die ik niet gebruik. Een nieuwe kopte-lefoon. Een nieuw horloge. Een nieuwe auto.'

Een nieuwe auto? Nu voelde Tomek zich echt buiten de loop. Dat was het soort ding dat ze met elkaar zouden hebben gedeeld. Ook al had Tomek weinig interesse in motorvoertuigen, hij zou nog steeds gevraagd hebben om een ritje met hem te maken. Binnen de grenzen van de wet, natuurlijk.

'Wat heb je gekocht?'

'Tesla. Splinternieuw.'

'Hoe lang heb je die al?'

'Ongeveer zes weken. Vroeg kerstcadeau.'

'Op afbetaling?'

Sean liet zijn hoofd nog verder zakken. 'Alles was op afbetaling.'

'Dus je hebt een betaling gemist.'

'Er was een probleem met mijn bank. Ze hebben het verkloot.'

Dat hadden ze altijd in dit soort situaties. Altijd de schuld van de bank. Of van iemand anders. Maar nooit van het slachtoffer, nooit van degene wiens naam op de financieringsovereenkomsten stond.

'Nu word je uit je huis gezet?'

'Dat, en de huisbaas gaat verkopen.'

Hoe kon hij dat vergeten?

'Wat bezielt je om al die troep te kopen?' vroeg Tomek.

'Ik weet het niet! Ik dacht dat ik het wilde.'

'Je wilde het allemaal binnen een paar weken?'

Het menselijk brein, en de manier waarop het was geconditioneerd naar het nieuwste ding, het hipste ding, het glimmendste ding, bleef hem verbazen. Tijdens zijn jeugd hadden hij en zijn broers nooit het geld om te kopen wat ze wilden. In plaats daarvan werden ze altijd gedwongen om te etalagekijken, te hopen, te verlangen, dat op een dag de dingen zouden veranderen. En zelfs toen dat voor hen als gezin begon te veranderen, toen zijn ouders hun respectievelijke bedrijven in het VK hadden opgezet, hielden ze het geld nog steeds krap, hielden ze het nog steeds bij zich. Alleen het noodzakelijke. Ze wisten niet welke problemen er in de toekomst lagen, dus waren ze er voorzichtig mee. Ze waren slim, behoudend, en het hielp hem te waarderen hoe het was om niets te hebben.

Interessant genoeg gold hetzelfde voor Sean. Als kind had Sean ook geweten hoe het was om niets te hebben, vooral toen zijn vader was overleden, en daarom was hij gedwongen ondernemend te worden op school, door snoep en snacks te verkopen met een flinke winstmarge. Hij had de winst vervolgens gebruikt voor de eerste levensbehoeften. Voedsel. Water. Verwarming. Huur. Net als Tomeks ouders was Sean verstandig geweest. Maar nu was er iets veranderd. De dopaminereceptoren in zijn hersenen waren verstoord geraakt. En Tomek dacht dat hij wist waarom.

Victoria. Ofwel deed hij het om haar te imponeren, of zij was de drijvende kracht erachter.

'Weet zij het?'

Sean schudde zijn hoofd. 'En ik zou dat graag zo houden. Het is gênant.'

'Gênant voor wie? Jou of haar?'

Sean opende zijn mond maar kon de vraag niet beantwoorden.

'Heb je met HR gesproken?' vroeg Tomek. 'Ze moeten het waarschijnlijk weten, zodat er later geen onaangename verrassingen zijn. We willen je niet dood in een sloot vinden omdat je een lening bij een woekeraar niet kon terugbetalen.'

'Nee, nee. Alleen de deurwaarders in plaats daarvan.'

'Geweldig.'

Een moment van stilte ging door hen heen. Sean masseerde zijn gezicht terwijl hij worstelde om de juiste woorden te vinden. Het geluid van zijn huid die langs zijn stoppels streek, klonk oorverdovend in de bijna stille kamer. Dertig seconden verstreken voordat hij eindelijk zei wat hij moest zeggen.

'Ik vroeg me af of ik een paar nachten, misschien weken, bij jou zou kunnen logeren? Ik heb alleen een bank nodig-'

'Mooi, want dat is alles wat je krijgt.'

'En ik kan voor mijn eigen eten betalen en alles. Ik zal niet te veel ruimte innemen.'

Tomek bekeek hem van top tot teen. 'Je hebt je eigen omvang toch wel gezien, hè? Je mag blij zijn als de helft van je op de bank past. Laat het aan mij over. Ik moet het even dubbelchecken met Kasia, kijken of zij ermee akkoord gaat.'

'Natuurlijk.'

'En Abigail.'

'Abigail?' Er klonk pijn door in zijn stem, alsof hij zich op de tweede plaats voelde staan. 'Waarom moet je haar om toestemming vragen?'

'Ze logeert vrij vaak. Ze zou het misschien ongemakkelijk vinden.'

'Je kent haar pas twee seconden.'

Tomek deed een stap terug en hief een hand op naar Sean. 'Wil je de bank nou of niet?'

HOOFDSTUK
NEGENENTWINTIG

De geur van spek en plantaardige olie was hetzelfde, vertrouwd, maar tegelijkertijd anders, vreemd. Als in hetzelfde type bed stappen, om vervolgens te ontdekken dat het niet je eigen bed is.

Net als Goudlokje die inbrak bij het huis van de drie beren, voelde er iets niet juist aan Iliana's Café. De sfeer klopte niet. Er waren minder klanten, en de ruimtes tussen de tafels waren te krap, waardoor je bijna bovenop elkaar zat en alles kon horen wat er om je heen werd gezegd. Als klap op de vuurpijl smaakte de koffie afschuwelijk.

Terwijl Victoria en het team zich volledig richtten op het vinden van bewijs om Mariusz Stanciu te beschuldigen van de moord op Morgana Usyk, had Tomek andere ideeën. Om te beginnen dacht hij niet dat de man iets te maken had met haar moord (hij had hem alleen gearresteerd om de hechtenis-klok te laten lopen en ervoor te zorgen dat hij geen vluchtgevaar zou vormen). Er zaten gaten in Mariusz' verhaal, om nog maar te zwijgen van het feit dat Chey zijn verblijfplaats niet kon bevestigen en dat geen van de belangrijkste getuigen hem positief kon identificeren. Zelfs als Andrei nog in leven was geweest, was Tomek er vrijwel zeker van dat de sleutelgetuige hem niet zou hebben herkend.

In plaats daarvan vermoedde Tomek dat er iets anders aan de hand was. Dat iemand Mariusz had aangezet tot de taak. Zijn antwoorden en monoloog klonken te gepolijst, te ingestudeerd. En het kleine gat in zijn verhaal waar hij had gezegd dat hij Morgana terug op de grond had laten vallen, terwijl de getuigenverklaringen hadden gezegd dat hij haar in het water had laten vallen. Om nog maar te zwijgen van zijn gretigheid om te behagen en hun onderzoek te helpen, wat Tomek deed vermoeden dat het iets was dat iemand hem had opgedragen te zeggen. Waarom, en wie, wist hij niet. Maar hij was van plan erachter te komen.

En dus was hij naar Iliana's Café gegaan langs de boulevard van Southend, te midden van een kleine promenade met winkels die uitkijken op het water, een paar kilometer verwijderd van het zustercafé, Morgana's, in Hadleigh. Het restaurant was eigendom van haar echtgenoot, Antòn Usyk, een man die Tomek graag voor een tweede keer wilde ontmoeten. Er was zeer weinig vooruitgang geboekt in het onderzoek naar hem, en voor zover Tomek wist, was dat nodig. De eerste plek waar ze bij dit soort onderzoeken doorgaans keken was de dichtstbijzijnde familie van het slachtoffer, vooral de echtgenoot. En tot nu toe had Victoria hem laten glippen.

Tomek was er op gebrand om de man beter te leren kennen. En hij merkte vaak dat een vertrouwde omgeving de beste resultaten opleverde.

'Goede... middag,' zei de serveerster. 'Kan ik... u... iets brengen?'

Haar manier van doen klopte niet. Onsamenhangend, nerveus. Er was geen zelfvertrouwen in haar expressie, noch in haar glimlach. Helena, de serveerster in Morgana's, zag er tenminste gelukkig uit om daar te werken. Deze, het naamplaatje op haar borst vermeldde Gina, was ongelukkig. Maar toen ze de vraag herhaalde, besloot Tomek haar wat ruimte te geven. Ze was Pools, en haar Engels was minder dan voldoende. Dus, om haar op haar gemak te stellen, sprak hij in hun moedertaal.

'*Dzień dobry*,' zei hij. Goedemiddag.

'Je spreekt Pools?'

'Ik *ben* Pools, dus dat hoop ik wel.'

Dat ontlokte een lach. Hoewel die niet lang duurde. Zodra het geluid uit haar mond was gebarsten, draaide ze haar hoofd snel naar de achterkant van het restaurant.

Iliana's had bijna exact dezelfde indeling als Morgana's, met zithoeken aan de zijkanten van de ruimte, de kassa helemaal rechts achterin, en de open keuken achterin met de koks zichtbaar boven een metalen aanrecht. Nieuwsgierig draaide Tomek zich in zijn stoel, in de hoop een glimp op te vangen van waar ze naar keek, maar zij leidde hem af.

'Uit welk deel van Polen kom je?' vroeg ze.

'Katowice. Jij?'

Nog een blik naar de keuken. 'Gdańsk.'

'Leuk. Ik ben er nooit geweest. Hoe lang woon je hier al?'

'Drie maanden.'

'Mooi. Hoe bevalt het je?'

Gina aarzelde, keek naar de keuken, en haalde toen haar schouders op. 'Is oké...' Deze keer sprak ze in het Engels.

'Wat heeft je doen besluiten om weg te gaan uit Polen?' vroeg hij.

Maar voordat ze kon antwoorden, kwam er een figuur naar haar toe, die een hand op haar schouder legde.

'Is alles in orde hier?' vroeg de man bot. Toen, zodra Anton Usyk Tomek herkende, zei hij: 'Ah, rechercheur. Goed om u weer te zien.'

Hij sprak vlak, zonder emotie. Zijn gezicht was leeg, blank. Moeilijk te lezen. Tomek haatte het om te praten met mensen uit zijn deel van de wereld. Ze gaven nooit iets weg. Lieten de ander nooit weten wat ze dachten of voelden. Het was alsof ze allemaal Russische spionnen waren die terechtstonden.

'Goed om u ook weer te zien,' zei Tomek.

'Ik hoop dat u hier bent onder betere omstandigheden dan de vorige keer?'

'Ik ben hier niet om u te vertellen dat er nog een dierbare dood is, als dat is wat u bedoelt.'

'Dat is beter nieuws dan geen nieuws.' Anton wendde zich tot de serveerster en toen weer tot Tomek. 'Wat onbeleefd van me. U was bezig met bestellen. Excuses. Wat kan ik voor u halen?'

'Een flat white is prima.'

'Perfect. Iets te eten?'

Tomek weigerde het aanbod. Anton wendde zich tot Gina en fluisterde tegen haar in het Oekraïens. Vervolgens haastte ze zich naar de achterkant van het café, waar ze meteen begon met haar taken. Zonder iets te zeggen, nam Anton plaats op de stoel tegenover hem, zijn borstspieren zichtbaar onder het strak zittende Hugo Boss designer T-shirt. 'Ik hoop dat u het gezelschap niet erg vindt?'

'Niet tenzij u heel luid slikt?'

Anton grinnikte. 'Alleen als ik praat met iemand met wie ik niet wil praten.'

Een moment later arriveerden hun drankjes. Gina zette ze aarzelend

op tafel, voorzichtig, en morste bijna Tomeks flat white op het oppervlak. Terwijl hij zijn blik strak op Tomek gericht hield, bracht Anton
Usyk het kopje naar zijn mond en dronk. Het geluid was onhoorbaar.

'Zie je wel,' zei hij. 'Ik heb daar niet over gelogen, toch?'

'Nee,' antwoordde Tomek maar vroeg zich af of er iets was waar hij
wel over had gelogen.

'Hoe gaat het onderzoek?' vroeg Anton. 'Ik heb nog niets gehoord.'

'Langzaam. Maar we maken goede vorderingen.'

'Hebben jullie al arrestaties verricht?'

'Nog niet,' loog hij. 'We zijn er nog mee bezig. Het gebied waarin de
moordenaar van de plaats delict is gevlucht, is zo groot dat het moeilijker blijkt dan we hadden verwacht. Tot nu toe hebben we een idee dat
de dader mogelijk bij de pier aan de boulevard tevoorschijn is gekomen.
We onderzoeken momenteel camerabeelden en getuigenverklaringen
uit die tijd en dat gebied. Ons team denkt dat ze mogelijk een
screenshot van hem hebben vastgelegd op een van de camera's. Het
plan is om deze informatie binnenkort vrij te geven aan het publiek.'

Antons gezicht was leeg, uitdrukkingsloos. Hij gaf nog steeds niets
prijs. Tomek had geprobeerd hem te provoceren om iets te laten door-
schemeren, maar de man had een pokerface als een professional.

'Ik vertrouw erop dat u en uw team alles doen wat mogelijk is. Als er
iets is waarmee ik kan helpen, laat het me dan alstublieft weten.'

Een alarmbel begon te rinkelen in Tomeks hoofd.

'U zou inderdaad kunnen helpen,' zei hij, terwijl hij in zijn zak tastte
om zijn notitieboekje tevoorschijn te halen. 'Ik vroeg me af of u me kunt
vertellen wat u deed op de ochtend van de moord op uw vrouw.'

Voor het eerst bewoog Antons hoofd. Subtiel, bijna onzichtbaar voor
het blote en ongetrainde oog. Maar niet voor dat van Tomek.

'Ik heb al een getuigenverklaring afgelegd. Ik heb u al verteld waar
ik was.'

'Het verstrijken van de tijd stelt ons soms in staat anders na te
denken over situaties en ze in een nieuw licht te zien,' legde Tomek uit,
opzettelijk filosofisch en vaag. 'Bovendien vertelde u het aan mijn *collega's*. U vertelde het niet aan *mij*.'

'Ik begrijp het...' Anton nam een slokje van zijn drankje. 'Wat wilt u
weten?'

'Alles. Maar laten we beginnen met uzelf, uw verhaal, het verhaal
van uw vrouw.'

'Kunt u specifieker zijn?'

'Hoe lang bent u al in het VK?'

'Dertien jaar,' antwoordde hij zonder aarzeling. Wanneer Tomek zelf met die vraag geconfronteerd werd, moest hij altijd nadenken en zijn leeftijd berekenen voordat hij een antwoord gaf. Terwijl het antwoord bij Anton kwam als een vingerknip. Ofwel kende hij de informatie uit zijn hoofd. Of het was een leugen. 'Morgana en ik zijn overgekomen toen we midden twintig waren. Sindsdien is Southend ons thuis.'

'En jullie hebben samen enkele zeer succesvolle bedrijven opgezet, zo te zien?'

Anton gaf een lichte knik met zijn hoofd. 'We hebben hard gewerkt om te komen waar we nu zijn.'

'Dat geloof ik graag.' Tomek dronk wat van zijn flat white en likte het schuim van zijn lip. 'Vertel eens,' vervolgde hij, 'waarom heeft u twee restaurants?'

'Omdat we, zoals u zegt, succesvol zijn.'

'Opereren de twee bedrijven afzonderlijk van elkaar, of ziet u zich-zelf als onderdeel van een keten?'

'Afzonderlijk. Morgana beheert Morgana's. Ik beheer Iliana's. Het zijn twee aparte bedrijven.'

'Veroorzaakte dat ooit wrijving tussen jullie twee, ruzies, concurren-tie, meningsverschillen? Als een van jullie het zoveel beter deed dan de ander, kan ik me zeker voorstellen hoe dat zou kunnen. Eerlijk gezegd ben ik alleen maar in Morgana's geweest. Ik wist niet eens dat deze plek bestond tot een paar dagen geleden. En ik denk dat het voor veel mensen hetzelfde is.'

'Het spijt me dat u de ontdekking niet eerder hebt gedaan.'

'Mij niet. Morgana's was veel beter.'

Nog een hoofdbeweging. Een moment voor Anton om zijn reactie te overwegen. 'Dat is uw mening.'

En die van enkele duizenden anderen, als de Google- en Tripadvi-sor-recensies iets te betekenen hadden.

'Bent u hier gekomen om me te beledigen, rechercheur? Ik hou er niet van om beledigd te worden. Vooral niet door een man van uw beroep.' Plotseling vernauwde Antons blik, zijn wenkbrauwen gefronst. Nu gaf hij veel prijs in zijn uitdrukking. Eén emotie in het bijzonder: woede.

'Ik ben hier niet gekomen om zoiets te doen,' antwoordde Tomek. 'Ik ben gewoon nieuwsgierig, hebben jullie twee nooit ruzie gemaakt over de concurrentiestrijd binnen jullie bedrijf?'

'Nee. We zijn een team.'

'Dus de toestand van de bedrijven kwam nooit tussen jullie in?'

'Nee.'

'Wat vond u van de flirterige kant van Morgana? Ik hoor dat ze erg vriendelijk was met veel van haar klanten.'

'Dat is waarom haar restaurant veel succesvoller was. Ze wist hoe ze vriendelijk moest zijn tegen haar klanten. Ik probeer liever grappiger te zijn.'

Want je bent tot nu toe zo'n vrolijke Frans geweest.

'Seks verkoopt, zoals ze zeggen,' voegde Anton toe.

Dat deed het zeker. En Tomek moest beschaamd toegeven dat hij er een beetje voor was gevallen. De mooie ogen, de glimlach. Met huid en haar. Als het niet de plek was geweest waar hij Abigail op semi-professionele basis had ontmoet, zouden dat zijn enige redenen zijn geweest om terug te keren.

'Jullie moeten het erg druk hebben,' zei hij, het gesprek voortzettend.

'Ja. Ik begin om zeven uur 's ochtends en vertrek na acht of negen uur op sommige avonden. Voor Morgana was het vrijwel hetzelfde. Soms bleven we zelfs langer. Er zijn veel dingen te regelen.'

'Ik stel me voor dat jullie weinig tijd samen doorbrachten.'

'Dit is het offer dat je moet brengen als je een succesvol bedrijf wilt.'

'Dat kan ik me voorstellen. Jullie komen laat thuis, moe van de dag. Het moet een echte belasting voor jullie huwelijk zijn geweest. Gefrustreerd raken met elkaar. De kleine dingen die je op de zenuwen werken. Maar geen van beiden zegt iets omdat je moe en gestrest bent. Dan beginnen die kleine dingen je meer en meer te irriteren. En nog steeds zeg je niets omdat je weet hoe het is. Tot op een dag dat kleine ding een groot ding wordt. En iets knapt.'

'Nee, rechercheur. U hebt het mis. We weten hoe het is om helemaal niets te hebben behalve elkaar. We weten wat het is om helemaal onderaan te staan. En nu we aan de top staan, is dat tussen ons nooit veranderd. We zijn bescheiden, eenvoudig. Niets is tussen ons gekomen. Niets van wat u zegt is waar.'

Tomek geloofde het niet. Er was nog steeds een kiem van twijfel in zijn hoofd over Antons bewegingen en gedrag. Hij was een gespierde, goed gebouwde man, die duidelijk aan fitness deed. De afgeronde schouders, de uitpuilende biceps. Tomek keek naar Antons handen. Hij had het niet opgemerkt, maar ze omvatten de mok met gemak. Sterk en krachtig, maar toch was er een delicate aanraking. Het zou voor hem heel gemakkelijk zijn geweest om zijn vrouw te wurgen met die handen.

'U hebt nog steeds mijn vraag niet beantwoord,' zei Tomek, terwijl hij het laatste van zijn drankje opdronk. 'Wat deed u op de ochtend van de dood van uw vrouw?'

Antons mondhoek ging omhoog. 'Dat is niet de vraag die u mij oorspronkelijk stelde. U vroeg *waar* ik was op de ochtend van haar dood. Maar ik zal beide vragen tegelijk voor u beantwoorden. Ik was hier, aan het werk, op kantoor. Zoals ik al zei, ik begin om zeven uur en ik verlaat het kantoor pas laat. Er is belangrijke administratie waar ik voor moet zorgen.'

'Elke ochtend?'

'Elke ochtend.'

'Zonder uitzondering?'

'Zonder uitzondering.'

'Wie verliet het huis als eerste op die ochtend?'

'Ik.'

'En u weet niet waar uw vrouw naartoe ging?'

'Nee.'

'En u weet niet waarom ze daar was?'

'Nee. Ik weet niet waarom ze daar was.'

Tomek draaide zich om naar Gina en begon toen de omgeving te bewonderen, het klantenbestand te bekijken. Inmiddels was het aantal gegroeid tot vijf.

'Nog één ding,' zei hij, 'voor ik het vergeet.'

'Ja.'

'Waar komt de naam Iliana vandaan?'

'Het is de naam van onze dochter. Ze overleed tijdens Morgana's zwangerschap, tien jaar geleden. Zij is de reden dat we dit restaurant zijn begonnen. Eerst was er Iliana's, daarna Morgana's.'

Tomek betuigde zijn medeleven. Anton liet zijn hoofd zakken. Hij zag pijn op het gezicht van de man, voor het eerst een emotie. En ook een beetje schaamte. Misschien omdat het restaurant vernoemd naar haar niet zo succesvol was. Dat hij haar nagedachtenis op de een of andere manier had teleurgesteld.

Toen drong het tot hem door dat Morgana haar baby tijdens de zwangerschap had verloren. Hoe verschrikkelijk dat moest zijn geweest. Hoe traumatisch. Drie maanden geleden zouden deze gedachten niet bij hem zijn opgekomen; nu Kasia in zijn leven was, waren de dingen veranderd.

Daarop haalde Tomek zijn portemonnee tevoorschijn en legde een briefje van tien op tafel. Anton pakte het op en gaf het terug. Van het huis, zei hij. Een speciale gunst, voor al zijn harde werk. Tomek bedankte de man en verliet het café.

Het team verwachtte hem kort daarna terug, maar er was nog ergens anders waar hij eerst naartoe wilde gaan.

Iemand van wie hij zeker wist dat die niet aan het werk was toen die er had moeten zijn op de ochtend van Morgana's dood.

HOOFDSTUK
DERTIG

Vlad Boyko woonde in een eenkamerappartement op de begane grond in de buurt van Leigh Cemetery. Tomek wist erg weinig over de man die daar woonde. Het rapport van Sean over hem, dat gemakkelijk beschikbaar was in de politiedatabank, was vaag geweest, en het snelle onderzoek dat hij Nadia had gevraagd te doen, had weinig informatie opgeleverd.

Tomek klopte op de deur en wachtte. Van boven, uit het appartement erboven, kwam het geluid van harde muziek en zware bas.

Een moment later ging de deur open en daar stond Vlad, gekleed in een simpel wit T-shirt dat meerdere maten te klein was en een grijze joggingbroek.

Tomek had erop gegokt dat Vlad thuis zou zijn. Hoewel wat de adjunct-manager van een café waarvan de eigenaar en manager vermist was, thuis deed, wist Tomek niet.

Dat wilde hij uitzoeken.

'DS Tomek Bowen,' zei hij, terwijl hij zijn legitimatiebewijs voor het gezicht van de man flitste. 'Mag ik binnenkomen?'

'Is er iets mis?'

'Nog niet. Ik heb gewoon nog wat vragen voor u over de ochtend van Morgana's dood. Het is een beetje koud buiten, en ik zou het vervelend vinden als u alle warmte zou verliezen. Kan ik binnenkomen?'

Met tegenzin stapte Vlad opzij. Hij had geen macht in deze situatie, tenzij hij zichzelf verdacht wilde maken door de toegang te weigeren.

Toen Tomek naar binnen stapte, werd het geluid van de muziek boven luider. Het plafond en de muren trilden hevig, en hij voelde zijn huid kriebelen op het ritme van de beat.

'Attente buren heeft u daar.'

'Ja.'

'Hoe lang duurt het meestal?'

'De hele dag. Soms de hele nacht.'

'U zou moeten klagen,' zei Tomek.

'Ik ben eraan gewend.'

Tomek twijfelde daar niet aan, maar het was nog steeds een ongemak. Gelukkig was hij gezegend met een geweldige buurvrouw in de vorm van een gepensioneerde zeventiger die het geluid tot een minimum beperkte en veel van hem en Kasia tolereerde, inclusief zijn zware voetstappen over de vloerplanken in de vroege ochtenduren wanneer hij niet kon slapen.

Vlad nam Tomek vervolgens mee naar het keukengedeelte, waar hij thee of water aanbood. Tomek weigerde beide.

'Als ik nog meer cafeïne neem, zal ik de hele nacht op en neer sprinten langs de boulevard.'

'Juist,' zei Vlad, half geïnteresseerd terwijl hij zich bezighield met de waterkoker voor zijn eigen drankje.

'Heb je het ooit gedaan? Langs de boulevard rennen, bedoel ik?'

'Nee.'

'Dat zou je moeten doen. Het is fantastisch. Opwindend. Hou je van hardlopen?'

'Nee. Kan niet zeggen dat ik dat doe.'

'Ik merkte wel dat je een mooi paar Hoka hardloopschoenen bij de deur had staan. Vergeef me...'

'Die zijn alleen voor het comfort. Veel van de recensies die ik online las, zeiden dat het is alsof je op wolken loopt.'

'Ik hou al een tijdje een paar in de gaten, maar kan de kosten niet rechtvaardigen. Ze zijn echt duur.'

Vlad haalde zijn schouders op, wat impliceerde dat hoewel de kosten voor Tomek hoog waren, dat voor hem zeker niet het geval was. Kort daarna was de waterkoker klaar met koken en maakte de adjunct-manager zijn kopje thee.

'Hoe heb je het nieuws de afgelopen paar dagen verwerkt?' vroeg Tomek.

'Het is een schok geweest. Zwaar.'

'Hoe komt het dat je niet in het restaurant bent?'

'Het is mijn vrije dag.'

'En hoe gaat het met iedereen in het restaurant? Lijden zij er ook onder?'

'Natuurlijk. We hielden allemaal van Morgana. We kunnen niet geloven dat ze weg is.'

Aan Tomeks rechterhand stond een kleine, ronde, houten eettafel. Hij wees ernaar en vroeg of het veilig was om te zitten. Vlad bevestigde dat het veilig was.

'Hoe lang ken je Morgana al?' vroeg Tomek.

'Sinds we zeven waren.'

Interessant.

'En hoe lang werk je al met haar?'

'Verschillende jaren. Ze gaf me de baan toen ik net was overgekomen. Ze hielp me toen ik het het meest nodig had. Ik zou haar nooit pijn hebben gedaan.'

'Niemand zegt dat je dat hebt gedaan,' antwoordde Tomek.

Antwoorden als dat waren altijd alarmerender dan de meeste. Veelzeggend eigenlijk. Er zat altijd een verborgen betekenis achter.

'Je zegt dat jullie vrienden waren sinds jullie kindertijd,' vervolgde hij. 'Zijn jullie altijd close geweest?'

'Ja.'

'Geen ruzies of meningsverschillen tussen jullie twee?'

Vlad schudde zijn hoofd en vouwde zijn armen over zijn borst.

'Ik stel me voor dat jullie elkaar vertrouwden, toch? Ik bedoel, jullie kennen elkaar al sinds jullie zeven waren. Ik wed dat ze je waarschijnlijk dingen vertelde die je beloofde met niemand anders te delen, en dat jij waarschijnlijk dingen met haar deelde die je niet wilde dat iemand anders te weten zou komen.'

Tomek had een pikhouweel in zijn hand en was aan het graven in de stenen muur van Vlads uitdrukking. Er zat een diamant onder zijn harde uiterlijk, dat kon Tomek vertellen, en hij zou hem te pakken krijgen.

'We vertrouwden elkaar, ja.'

'Heeft ze je ooit verteld over meningsverschillen die ze met Anton had? Momenten waarop hij haar misschien had geslagen, of wanneer het geweld was geëscaleerd?'

Vlad glimlachte spottend en liet een kleine grinnik horen. 'U denkt dat u zo slim bent,' zei hij. 'Maar u heeft het helemaal mis. Anton sloeg haar nooit, hij sloeg nooit iemand.'

'Misschien vertrouwde ze je niet zo veel als je denkt.'

Een mengeling van bezorgdheid en verwarring flitste over Vlads gezicht. 'Waar heb je het over? Ik ken Morgana beter dan de meeste mensen. Ze is als een zus voor me.'

'Geen minnaar?' vroeg Tomek, terwijl hij bleef hameren in een poging de juiste hoek te vinden om de steen open te breken.

'Pardon? Wat bedoelt u?'

'Zijn uw gevoelens ooit verder gegaan dan vriendschap? Weet u zeker dat u haar nooit als meer dan een vriendin hebt gezien?'

Tomek moest denken aan zijn jeugdrelatie met Saskia Albright. Zij was de enige persoon die op zijn eerste schooldag in Engeland naar hem toe was gekomen op het schoolplein. Daarna waren ze beste vrienden geworden. Hoewel hun relatie in de loop der jaren verwaterd was, was Saskia nu terug in zijn leven en Tomek was vastbesloten haar daar te houden. Hun vriendschap was sterk geweest, maar Tomek had zich altijd afgevraagd of er niet meer tussen hen zou kunnen zijn, iets wat ze samen zouden kunnen verkennen, maar hij was altijd bang geweest om hun relatie in gevaar te brengen. Het was een moeilijke lijn om te bewandelen. Een waarvan hij niet zeker wist of hij de uitkomst wel wilde weten.

'Ik... ik weet niet wat je bedoelt,' zei Vlad. Maar de intonatie in zijn stem en zijn trillende gezichtsuitdrukking vertelden een ander verhaal.

'Heb je haar nooit op enig moment gevraagd om je vriendin te worden of met je op date te gaan?'

'Nee...'

'Heb je het nooit geprobeerd waarna ze je afwees?'

'Nee...'

'Dat deed pijn, nietwaar? Stel je voor, haar elke dag zien, wetend dat ze met een andere man was, mogelijk een man die je niet goedkeurt. Ik wed dat je denkt dat ze veel beter kan krijgen dan hem, toch? Wens je dat jij degene was met wie ze getrouwd was?'

'Ik begrijp niet waar je het over hebt...'

'Wat gebeurde er voor haar dood?' vroeg Tomek. 'Heb je haar gevraagd om haar man te verlaten? Heb je beloofd dat ze gelukkiger zou zijn met jou, dat jullie samen in het restaurant konden leven? Maar toen zei ze nee-'

'Je hebt het mis,' snauwde Vlad.

'En dat beviel je niet, hè? Dus je wilde ervoor zorgen dat als jij haar niet kon hebben, niemand haar kon hebben.'

'Genoeg!' Vlads stem bulderde door het hele benedenappartement en overstemde de muziek van boven. Hij sloeg met zijn vuist op zijn been, zijn lichaam gespannen, zijn borstkas die diep op en neer ging.

Tomek glimlachte inwendig. Hij had net de diamant gevonden waar hij naar op zoek was.

'Waarom was je te laat op je werk op de ochtend van Morgana's moord, Vlad?'

'Omdat ik me had verslapen,' siste de man door opeengeklemde tanden. 'Dat heb ik je al verteld.'

'Niet aan mij. Kun je je herinneren hoe laat je precies wakker werd?'

'Het was na elven.'

'Dat is behoorlijk uitslapen. Hoe laat word je normaal wakker voor je werk?'

'Zes uur.'

'Hoe laat moet je beginnen?'

'Acht uur.'

'Is het je ooit eerder overkomen?'

'Nee.'

'Maar je kwam pas rond lunchtijd bij het restaurant aan.'

'Waarom duurde het zo lang?'

'Het kost me tijd om me klaar te maken.'

Twee uur. Dat was behoorlijk lang.

'Wat deed je de avond ervoor?'

'Waarom?'

'Ik wil gewoon weten waarom iemand die nooit te laat komt, plotseling drie uur later op zijn werk verschijnt dan hij zou moeten.'

'Ik was moe,' antwoordde hij. 'Werken in het restaurant is intensief. Het put me uit. Aan het eind de dag ben ik moe. Het enige wat ik doe is naar mijn werk gaan, thuiskomen en slapen. Ik eet niet. Ik douche niet. Maar ik doe het nog steeds. Weet je waarom? Omdat ik ervan hou.'

En omdat je van Morgana houdt.

'Ik had niets te maken met haar moord, en ik weet er ook niets van. Dus je kunt stoppen met al die vragen aan mij te stellen.'

Tomek zag dat als zijn teken om te vertrekken; met de diamant die hij had opgegraven, voorzichtig in zijn zak gestoken. Hij schudde Vlads hand en zei dat hij zichzelf wel zou uitlaten. Behoorlijk achterdochtig (en Tomek kon hem dat niet kwalijk nemen), negeerde Vlad het aanbod en volgde Tomek naar de deur. Terwijl hij door de gang liep, met muziek die nog steeds door de muren galmde, viel er iets op. Een moddervlek op de vloer bij een kleine kast, en de kleine, maar duidelijk herkenbare afdrukken van voetstappen.

'Wat is dat?' vroeg Tomek.

'Modder,' kwam het vlakke antwoord. Net als Anton Usyk verraadde Vlad niets in zijn gezichtsuitdrukking.

Zonder toestemming te vragen, opende Tomek de kast. Binnenin hing een selectie jassen - van dun tot dik, waterdicht tot modieus - en stond een kleine verzameling schoenen. Het meest opvallend was een paar rode sportschoenen met plastic spikes die uit de neuzen staken.

'Wat zijn dit in godsnaam?'

'Christian Louboutin. Ze zijn van een designer.'

'Probeer je hiermee contact te maken met buitenaardse wezens?'

'Nee.'

'Vind je het erg als ik ze meeneem?'

'Waarvoor?'

'Bewijsmateriaal. Er wat tests op uitvoeren.'

Vlad aarzelde. 'Ik heb geen keuze, toch?'

'Natuurlijk heb je die. Je kunt nee zeggen, en me achterdochtig laten vertrekken over waarom je ze niet wilde afstaan. Of je kunt ze inleveren en je nergens zorgen over maken.'

Hoe dan ook, het was geen goed teken voor Vlad.

Uiteindelijk, na wat gegrom en minachtende blikken, gaf Vlad toe en liet Tomek de schoenen meenemen. Gelukkig had hij een grote bewijszak in de achterkant van zijn auto voor precies zulke gelegenheden.

Terwijl Tomek wegreed, had hij een glimlach op zijn gezicht. Succes. Niet alleen had hij een diamant meegenomen in de vorm van Vlads oneindige liefde voor Morgana, maar hij was ook vertrokken met een fysieke, tastbare diamant. En die zat nu naast hem op de passagiersstoel, vastgegespt met de veiligheidsgordel.

HOOFDSTUK
EENENDERTIG

Tomeks laatste bestemming op zijn lijst voor die dag was Red Birch Farm in South Woodham Ferrers. De boerderij lag op iets meer dan twintig minuten rijden, maar het was spitsuur, waardoor de reis frustrerend langer duurde. Tegen de tijd dat Tomek aankwam, begon het al donker te worden.

Red Birch Farm was eigendom van en werd gerund door Stanley Hutchinson. Eerder die ochtend had Tomek de verdachtenlijst doorgenomen en zijn naam helemaal onderaan gevonden. Hij leverde, met veel hulp van de dieren op zijn boerderij, het vlees en de producten aan Morgana en Anton voor hun bedrijf. Normaal gesproken werd dit goedkoper uit het buitenland geïmporteerd, maar op de een of andere manier konden Stanley en zijn vee het tegen een belachelijk lage prijs aan Morgana en Anton leveren. Tomek wist niet wat hun winstmarges waren, maar als het stel vijf pond kon rekenen voor een volledig Engels ontbijt, dan werd iemand ergens opgelicht, en het voelde niet alsof dat de klant was.

Tomek vond het de moeite waard om te spreken met de man die nauwe zakelijke relaties onderhield met het echtpaar. Zijn kijk op hun relatie zou meer subjectief zijn. Er waren misschien dingen - achterbakse opmerkingen, beslissingen waar de ander niets van wist - die hij had opgemerkt en voor zichzelf had gehouden. Hij zou waardevolle inzichten kunnen hebben die Victoria en haar team over het hoofd hadden gezien.

Tomek draaide de auto de ingang van de boerderij in. Een enorm spandoek met de tekst 'Red Birch Farm and Petting Zoo' domineerde een kleine rij heggen aan de linkerkant. Toen Tomek een groot grindterrein opreed dat als parkeerplaats werd gebruikt, reed hij door een kuil. Zijn lichaam stuiterde en schoot van links naar rechts, en hij kromp ineen bij de gedachte aan de schade aan de onderkant van zijn auto. Het klonk duur, maar het was niet anders dan de talloze kuilen in de hele provincie. (Hij was er alleen al op weg hiernaartoe door meer dan een dozijn gereden.)

Het eerste wat Tomek opviel toen hij uit de auto stapte was de geur. Mest, vermengd met de geur van vers gemaaid gras. Een unieke, maar vreemd genoeg best aangename combinatie. De boerderij bestond uit vier grote hangarachtige gebouwen en een paar kleinere bakstenen gebouwen die op enige afstand van elkaar stonden. Tractoren en andere zware machines stonden verspreid over het voorterrein. Daarachter strekten zich uitgestrekte groene vlaktes uit, bezaaid met dieren zo klein als mieren. In de verte was de omtrek van het land omzoomd door dikke rijen bomen.

Toen Tomek het portier dichtsloeg, liep een man met laarzen en een dunne fleece over het voorterrein van het ene gebouw naar het andere.

'Alles goed, maat?' riep hij naar Tomek met een zwaar Essex-accent. 'Kinderboerderij is nu gesloten voor vandaag, kerel.'

'Gelukkig ben ik daar niet voor,' antwoordde hij, terwijl een windvlaag hem van opzij beukte. 'Ik zoek de eigenaar.'

De man tikte op de borstzak van zijn fleece. 'Die staat voor je. Is er een probleem?'

Stanley Hutchinson zag er heel anders uit dan Tomek had verwacht. In zijn hoofd had hij zich een zwaarlijvige, arrogante man voorgesteld, met een buik groter dan zijn portemonnee en een bloeddruk die suggereerde dat hij nooit zwaar werk deed. De man voor hem was echter het tegenovergestelde: lang, slank maar gespierd in zijn bovenlichaam, en veel jonger. Tomek schatte hem begin dertig, en de handdruk van de man verraste Tomek ook. Dat kwam ongetwijfeld door het sjouwen van tientallen hooibalen per dag.

'Nee, er is geen probleem,' antwoordde hij. 'Ik ben van de politie van Essex.'

'Gaat dit over Morgana?'

Tomek knikte licht.

'U kunt beter binnenkomen.'

Stanley doelde op zijn kantoor, een ultramoderne ruimte met een sta-bureau, iMac-computer en strakke inrichting. In de hoek van de kamer, met bijbehorend koffiezetapparaat, bevond zich een klein zitgedeelte, uitgerust met twee zwartleren banken en een kleine salontafel.

'Hier houden we onze ochtendbesprekingen,' zei Stanley. 'Niets zo goed als wat cafeïne om me wakker te maken in de vroege uurtjes.'

'Of om u door de nacht heen te helpen.'

'Precies. De zomer is onze drukste tijd met alle oogsten, daarom hebben we de kinderboerderij als extra inkomstenbron die het hele jaar open is. Kinderen vinden het geweldig om hier door de modder te lopen en alle dieren te zien. De ouders wat minder.'

Tomek herinnerde zich de keer dat hij op de basisschool tijdens een schoolreisje naar Marsh Farm was geweest. Zijn herinnering was vaag, maar de geur was levendig en was wat hem na al die jaren was bijgebleven.

Aan de muur links van Tomek hing een kleine rij prijzen en schilden, gericht aan Stanley en de boerderij. Tomek schoof dichterbij voor een betere blik. Ze waren van verschillende liefdadigheidsinstellingen uit het hele land, die Stanley feliciteerden en bedankten voor zijn mecenaat en fondsenwervingsactiviteiten.

'Wat is dit allemaal?' vroeg Tomek.

'Gewoon mijn manier om iets terug te doen voor de mensen,' zei hij.

'De zaken gaan blijkbaar goed.'

'Het gaat wel. We hebben het moeilijk gehad sinds de Brexit, maar dat willen ze je niet laten horen.'

Stanley bood hem een kop koffie aan, maar Tomek weigerde. Hij had er genoeg gehad voor één dag.

'Ik begrijp dat een van mijn collega's u heeft bezocht sinds Morgana's dood eerder deze week?'

'Ja. Aardige vrouw. Rachel, geloof ik dat ze heette. Het is verschrikkelijk wat er met haar is gebeurd. We zijn allemaal nog een beetje geschokt, maar we hebben geen tijd gehad om te rouwen of het te verwerken, want hier staat niets stil. Ik wou dat het zo was, maar u weet vast hoe het is. Constant, constant, constant. Als een hamster in een loopwiel.'

'Of een kip die eieren legt,' voegde Tomek toe, wat een waarderend lachje van Stanley opleverde. 'Kende u Morgana goed?'

Stanley haalde zijn schouders op. 'Ik zou zeggen van wel. We zijn al meer dan tien jaar haar en Antons leverancier, sinds ze met het bedrijf begonnen. Anton regelt alle logistiek, terwijl Morgana verantwoordelijk is voor de financiën.'

'Echt waar? Dus zij is de baas van het bedrijf?'

Stanley knikte. 'Het stereotype is bij haar omgedraaid. Ze is een echte zakenvrouw, een heuse ondernemer. Ze weet hoe ze moet afdingen, onderhandelen en krijgen wat ze wil. Dat is waarschijnlijk waarom veel van de jongens hier zo dol op haar waren. Ze komt altijd langs om te zien hoe haar vlees wordt bereid, hoe het met de eieren gaat, hoe de zaken lopen.'

'Is dat hoe ze ermee wegkwam om zo weinig voor haar producten te betalen?' vroeg Tomek. 'Omdat ze met haar oogleden naar u fladderde?'

Stanley waardeerde de onderhuidse opmerking niet. 'Zoals ik al zei, we doen veel zaken met haar,' zei hij, met een zweem van minachting in zijn stem. 'Ze was een van mijn eerste klanten toen ik het bedrijf overnam van mijn vader na zijn overlijden, en sindsdien heb ik nooit een reden gezien om haar meer te rekenen dan nodig. We leveren ongeveer twee ton producten per jaar aan hen, meestal onze beste stukken vlees. Begrijp me niet verkeerd, we maken nog steeds winst op haar bestellingen, maar de marges zijn flinterdun.'

'Hoe kunt u het zich dan veroorloven om deze zaak te runnen?'

'We hebben andere klanten. We doen veel groothandel naar de kruideniers en andere restaurantketens, daar verdienen we het meeste geld mee, maar we bieden gewoon onze beste prijzen aan onze beste klanten. Zo heeft het altijd gewerkt.'

'Ziet u dat in de toekomst veranderen?' vroeg Tomek.

'Dat hangt allemaal af van wat Anton besluit te doen met de zaak. Hij zou Morgana's kunnen sluiten, of open kunnen houden. Ik geloof dat er zelfs gesprekken waren over het openen van een derde.'

'Wie zou die dan runnen?'

Stanley aarzelde, haalde zijn schouders op, zonder zich ergens aan te verbinden. 'Ik probeerde me buiten die gesprekken te houden. Het had niets met mij te maken, en wanneer ik hoorde dat de gemoederen tussen hen verhit raakten, trok ik me terug.'

Interessant, dacht Tomek. Iets dat Anton had verzuimd te vermelden. Misschien was dat de onenigheid geweest die hen over de rand had geduwd. Misschien was het de onenigheid die ertoe had geleid dat Anton haar had vermoord. Tomek maakte een aantekening.

'En hoe zat het met uw persoonlijke relatie met Morgana?' vroeg hij.

'Wat bedoelt u?'

'Ik begrijp dat ze vrij flirterig was. U hebt zelf net gezegd dat alle jongens hier van haar hielden. Hebt u ooit iets met haar geprobeerd?'

Stanley's verontwaardiging veranderde in woede. 'Absoluut niet! Waarom zou ik onze zakelijke relatie in gevaar brengen voor zoiets stoms?'

'Omdat sommige dingen belangrijker zijn dan zaken.'

Hij schudde heftig zijn hoofd, bijna tot het punt waarop Tomek zich misselijk voelde door alleen al naar hem te kijken. 'Nooit. Ik zou nooit zoiets onzedelijks en verwaands doen.'

'Ik neem aan dat er dan geen mevrouw Hutchinson is?'

Hij schudde zijn hoofd. 'Vroeger wel. Ze besloot dat ze de stank van stront niet meer kon verdragen. Dat en de lange uren. Ze beschuldigde me ervan meer getrouwd te zijn met de boerderij dan met haar, hoewel die wel hielp betalen voor haar Range Rover en juwelen, nietwaar? Ze was niet erg blij om dat te horen. Hoe dan ook, het is geweest en voorbij - *zij* is geweest en voorbij - en ik ben verder gegaan.'

Tomek knikte en stuurde het gesprek een andere kant op.

'Heeft mijn collega u gevraagd naar uw verblijfplaats van de andere dag?'

'Ja. En ik vertelde haar dat ik hier was. Vroeg. Waarschijnlijk voordat u wakker was.' Stanley's toon was plotseling gedaald, ongetwijfeld geholpen door Tomeks beschuldiging dat de man ook verliefd was geworden op Morgana.

'Kan iemand dat bevestigen?'

'Wat dacht u van de vijftien mensen die voor mij werken?' Stanley wees naar de deur. Toen, bijna alsof het was ingestudeerd, liep er een figuur langs het glazen raam van vloer tot plafond. 'En vergeet niet de vijfentwintig koeien, de honderdvijftig schapen, de zevenendertig kippen, en de negen varkens - sorry, *acht*, we hebben er net een naar de slacht moeten brengen.'

'Mag ik een kijkje nemen?' vroeg Tomek.

'Op de boerderij? Is dat omdat u de dieren wilt zien of omdat u ze wilt ondervragen over mijn verblijfplaats?'

'Beide.'

Tomek begon Stanley wel aardig te vinden. De man had gevoel voor humor, en het was prettig om te maken te hebben met iemand die er niet uitzag alsof hem net was verteld dat de prijs van zijn melk met nog eens twintig procent zou stijgen. Misschien was het omdat hij een echte Essex-jongen was - van de manier waarop hij sprak tot de manier waarop hij zich kleedde, zelfs tot zijn haar dat naar achteren was gekamd - dat Tomek een bepaalde affiniteit met hem voelde.

De wandeling naar de dieren was kort. De eerste die ze tegen-kwamen waren de varkens. Acht in totaal, allemaal in verschillende staten van vuiligheid, allemaal bijna zo groot als Tomeks auto. Toen hij bij de rand van hun hok kwam, stormden ze op hem af, knorrend en snuivend als bezetenen. Daar legde Stanley uit dat ze zich zo gedroegen omdat ze waarschijnlijk hongerig waren aangezien ze een paar dagen geleden voor het laatst hadden gegeten. Hij probeerde ze zo mager mogelijk te houden, aangezien dat goed was voor het vlees wanneer ze uiteindelijk naar de slacht gingen, voegde Stanley toe.

Daarna kwamen de kippen, waar Tomek niet veel tijd voor had. Hij wist niet waarom, maar ze hadden hem altijd bang gemaakt. Zijn lichaam spande zich aan en de haren op zijn armen tintelden elke keer als hij er een zag. Misschien was het de manier waarop ze liepen of de manier waarop hun hoofden bij elke stap heen en weer wiebelden, maar er was gewoon iets aan hen dat hem van streek maakte. Hij was erop gebrand om daar zo snel mogelijk weg te komen, maar niet voordat Stanley hem had gevraagd zich voor te stellen hoe het zou voelen om doodgepikt te worden. En met dat huiveringwekkende beeld in zijn hoofd, begaven ze zich naar de koeien. Vanavond waren ze naar binnen gebracht en stonden ze allemaal op een rij, aangesloten op melkmachi-nes. Het geluid van zware machines was oorverdovend en verraste Tomek. Toen ze vertrokken, met het geluid nog steeds naklinkend in Tomeks oren, gingen ze direct over een klein veld naar een reeks hokken. De echte kinderboerderij, had Stanley het genoemd. Daar vonden ze een kleine kudde schapen, lammeren, ezels, lama's, geiten, konijnen en een stekelvarken, wat Tomek een beetje in verwarring bracht. Tijdens de rondleiding luisterde Tomek beleefd, maar zijn hersenen waren druk bezig met het observeren en scannen van de gezichten van degenen die op de boerderij werkten, en ze te vergelijken met de beschrijving van hun hoofdverdachte. Hoewel Stanley misschien niets te maken had met de moord op Morgana, als zijn collega's echt zijn verblijfplaats konden bevestigen, was er niets dat zei dat iemand anders op de boerderij de misdaad niet had gepleegd. En tot nu toe had hij niemand gezien.

'Bedankt voor de rondleiding en het beantwoorden van mijn vragen,' zei hij tegen Stanley net voordat hij vertrok. 'Ik moet mijn dochter misschien meenemen als de dierentuin weer open is.'

'Oh, is ze nog klein?'

'Ze is dertien. Dus niet zo klein. Maar ik bedoelde niet dat ze zou komen om ze te zien,' antwoordde hij. 'Ik bedoelde als een baan. Iets voor haar om te doen. Ik kan niet anders dan denken dat het scheppen van wat stront haar net zo zou kunnen vermaken en opwinden als de kinderen. Ik weet dat het mij zeker gelukkig zou maken om haar van haar telefoon te krijgen. Ze zou wel wat afleiding kunnen gebruiken.'

HOOFDSTUK
TWEEËNDERTIG

Tegen de tijd dat Tomek thuiskwam, was de glimlach van zijn gezicht verdwenen. Tijdens de twintig minuten durende rit naar huis had Tomek een telefoontje van zijn moeder ontvangen, de eerste in lange tijd, waarin ze hem, Abigail en Kasia uitnodigde voor het avondeten de volgende avond. Tomek had zo lang mogelijk geaarzeld en uitgesteld tot zijn moeder hem om een antwoord had gevraagd. Aan het einde van het gesprek had hij toegezegd haar die avond te laten weten of ze kwamen.

Het was niet dat hij zijn ouders niet wilde zien; het was gewoon dat de laatste paar keren niet goed waren geëindigd. Om nog maar te zwijgen van hun moeizame relatie die al bijna dertig jaar duurde. Sinds de dood van zijn broer hadden zijn ouders (vooral zijn moeder) hem buiten de familie gehouden, maar de laatste tijd waren ze allemaal begonnen het goed te maken. Tomek had Kasia aan hen voorgesteld, wat als een schok was gekomen. Hij kon het hun niet kwalijk nemen. 'Hé mam, hier is een tienerdochter waar ik tot een paar weken geleden niets vanaf wist.' Dat was het soort nieuws dat wat voorbereiding en een ongezonde dosis alcohol nodig had.

Daarvoor had Tomek een keer een ex-partner meegenomen naar een maaltijd, ter herdenking van de sterfdag van zijn broer. Het was geëindigd in een enorme ruzie waarbij Tomek tijdens het hoofdgerecht was weggestormd.

En dat was wat Tomek zorgen baarde. Abigail meenemen. Zijn nieuwe vriendin. Haar voorstellen aan de familie.

Het was een grote stap in hun relatie. Het betekende een verbintenis voor de lange termijn, dat hij dit serieus bedoelde. Tomek kon zich maar twee andere vriendinnen herinneren die hij aan zijn familie had voorgesteld. De ene bleek de moeder van zijn kind te zijn, de andere een seriemoordenaar. Het was geen beslissing die hij lichtvaardig nam. En op de rit naar huis was hij beland in de wijk Overmatig Gepiekerland, waar hij elk detail van zijn relatie met Abigail had overdacht. Hield hij van haar, of was het daarvoor nog te vroeg? Zag hij een toekomst met haar, of was het gewoon wat plezier voor nu? Wilde hij langdurig bij haar zijn? Ze was een paar jaar jonger dan hij, en hoewel ze het er niet over hadden gehad, wist hij dat zij kinderen wilde. Zou Kasia genoeg zijn, of wilde ze meer? Was hij er klaar voor om nog een Tomek Bowen-spruit in de wereld te verwelkomen? Hij was veertig jaar oud, op een comfortabel punt in zijn carrière. Had hij het in zich?

Hij wist het niet. En hij was nog niet klaar om dat soort vragen onder ogen te zien. Dus, zoals hij altijd deed, duwde hij de vragen - en antwoorden - naar de achterkant van zijn geest, waar hij er later mee zou omgaan.

Wanneer dat ook mocht zijn.

Gelukkig werd hij, toen hij thuiskwam, afgeleid door Kasia. Zijn dochter had zich omgekleed in vrijetijdskleding en lag midden in een tv-programma languit op de bank, haar gezicht verdiept in haar telefoon, toen hij door de voordeur stapte.

'Hoe was school?'

'Prima.'

'Zeker weten?'

'Ja.'

'Zou je het me vertellen als dat niet zo was?'

'Ja.'

Leugenaar. Het had hem veel moeite gekost om de informatie uit haar te krijgen in het café laatst, en zelfs toen was ze niet eerlijk tegen hem geweest.

'Je raadt nooit waar ik vandaag ben geweest,' zei hij.

'Oké.'

'Wil je weten waar?'

'Ja.'

'Raad dan.'

Ze kreunde en rolde met haar ogen, haar gezicht nog steeds versmolten met haar mobiele telefoon. 'Ik weet het niet. Kun je het niet gewoon vertellen?'

'Nee. Je moet raden.'

'Ik weet het niet. Je werk?'

'Ja. Ik ben inderdaad naar mijn werk geweest, daar heb je gelijk in. Maar dat is niet waar ik het over heb. Ik ben vandaag naar een kinderboerderij geweest. Vlakbij oma en opa.'

'Waarom?'

'Voor werk. Het is open voor publiek. Ik dacht dat je er misschien heen zou willen?'

'Naar de kinderboerderij? Ik ben geen vijf, pap.'

Tomek grijnsde. 'Ik bedoelde niet dat je er heen zou gaan voor de lol. Ik bedoelde dat je er zou kunnen werken - koeien melken, kippen voeren, de varkenshokken schoonmaken.'

'Bah, nee!' Ze ging rechtop zitten en zwaaide haar benen vol afschuw over de rand van de bank. 'Waarom zou ik dat willen doen? Dat klinkt verschrikkelijk.'

Het voorstel viel precies zoals hij had verwacht.

'Bovendien,' vervolgde ze, 'ben ik dertien. Ik mag nog niet werken. Dat is tegen de wet.'

'Ik bén de wet.'

Kasia rolde opnieuw met haar ogen. 'Je bent soms zo irritant,' zei ze, en verloor toen snel haar interesse en richtte haar aandacht weer op haar telefoon.

'Zullen we morgen in plaats daarvan naar oma en opa gaan voor een etentje?' vroeg hij terwijl hij naar de eettafel liep.

'Allemaal?'

'Ik heb het Abigail nog niet gevraagd. Ik wilde eerst kijken of jij zin had om te gaan, en of je het goed vindt dat zij erbij is.'

Kasia liet haar telefoon op haar borst zakken. 'Waarom zou ik haar er niet bij willen hebben?'

'Vraag het maar.'

Hij was de laffe weg ingeslagen. De beslissing bij haar leggen. Op deze manier hoefde hij het ongemakkelijke gesprek achteraf niet te voeren; Abigail zou niet kunnen ruziën of vechten met Kasia omdat die haar er niet bij wilde hebben. Zij zou de slechterik zijn.

'Ik heb er geen probleem mee als ze meegaat,' antwoordde Kasia. Het was voor hem beslist. 'En ik heb geen plannen met vrienden, dus we kunnen gaan.'

Maar Tomek luisterde al niet meer. Zijn aandacht was gericht op de stapel brieven op de eettafel die haastig daar waren neergelegd, verspreid over het oppervlak. Zijn ogen zochten naar zijn naam in het handgeschreven schrift, naar de HMP Wakefield-stempel bovenaan het document.

Maar er was niets.

Niet vandaag.

'Pap?' Kasia's stem trok hem weg van zijn gedachten.

'Ja,' antwoordde hij halfhartig.

'Hoorde je me?'

'Ja, schat,' zei hij, nog steeds naar de brieven starend, voor het geval zijn geest het op de een of andere manier over het hoofd had gezien.

'Wat zei ik dan?'

'Dat... dat je geen vrienden hebt.'

'Wat? Nee! Ik zei dat ik niets met mijn vrienden doe, dus dat we kunnen gaan. Ik kan niet geloven dat je zei dat ik geen vrienden heb.'

Fuck.

Nu had hij geen andere keuze dan Abigail mee te vragen. Hij hoopte alleen dat ze het te druk zou hebben.

HOOFDSTUK
DRIEËNDERTIG

Het was aardedonker toen Tomek zich iets voor zes uur 's ochtends bij Warren bij de boothelling voegde. De man was goed uitgerust voor de tocht: een cagoule die tot onder zijn knieën reikte, een dikke korte broek met een thermische laag eronder en een hoofdlamp die Tomek verblindde toen hij ermee in Tomeks ogen scheen.

Tomek was in vergelijking hiermee schromelijk ondervoorbereid en te dun gekleed. Zijn enige redding was echter de hoofdlamp die hij in de kast onder de gootsteen had gevonden. Verder droeg hij zijn beste sportschoenen, een dunne hoodie en een hardloopshort - zonder de thermische laag. Een vergissing, in zijn haast en vermoeide toestand.

'Ik hoop niet dat je verwacht dat die schoenen nog bruikbaar zijn tegen de tijd dat we terugkomen,' merkte Warren op.

'Als dat niet zo is, stuur ik je reisbureau de rekening voor een nieuw paar.'

Warren grinnikte en gebaarde toen dat ze konden vertrekken. Toen Tomek vanachter de zeewering de zandvlakte betrad, werd hij in zijn gezicht getroffen door een windvlaag. De laatste vlagen van de storm hadden de hele nacht tegen zijn raam gebeukt en hem van zijn slaap beroofd. Dat, en de opwinding dat hij eindelijk naar de haven zou gaan.

Aan de voet van de helling bleef Tomek staan en bekeek zijn omgeving. Overal duisternis. Welke kant hij ook opkeek. De wolken boven hun hoofd vormden een dik dek, er was geen teken van de zon aan de horizon, en het enige licht dat hij in de verte kon zien waren de kleine speldenprikjes van straatlantaarns uit Kent aan de andere kant van het estuarium.

Er was echter één bepaald licht dat Tomeks aandacht trok. Rood, ritmisch knipperend in de verte.

'Is dat waar we naartoe gaan?'

'Je kunt erop rekenen.'

'Goed dat we de hoofdlampen hebben.'

'Geloof me,' antwoordde Warren, 'je zou ze niet willen missen.'

Daar had hij gelijk in. De eerste paar honderd meter waren wankel en zenuwslopend. Tomek keek voortdurend naar zijn voeten terwijl hij zich door de stroompjes en groeven in het zand worstelde, bang om te struikelen en zijn enkel te verzwikken. Hoe verder ze de veiligheid van de kust achter zich lieten, hoe donkerder het werd, en Tomek was dankbaar dat hij een vriend bij zich had, iemand die wist wat hij deed. Warren daarentegen zag er ontspannen uit, een natuurtalent. Hij jogde in zijn gebruikelijke tempo, met zijn hoofd rechtop, en verlichtte steeds het pad een paar meter voor hem. Zijn voeten stampten methodisch in het zand. Hij had moeiteloos het ritme van het hardlopen gevonden, terwijl Tomek bij elke stap probeerde te vechten tegen het ritme.

Het kostte hem nog een paar honderd meter om in het ritme te komen, en halverwege vond hij uiteindelijk zijn cadans. Vanaf dat moment kon hij Warren bijhouden, en ze renden schouder aan schouder, waarbij ze elkaars benen bespatten met het laatste van het getij. Ze jogden in stilte, zich concentrerend op hun bestemming en het ritme van hun ademhaling.

Ruim dertig minuten later kwamen ze aan. De diepe geulen op het strand hadden hen gedwongen om er slingerend omheen te lopen, waardoor er nog een mijl bij hun reis kwam. Toen het silhouet van de haven eindelijk zichtbaar werd tegen de zwarte achtergrond, voelden Tomeks knieën als pudding. Het ploeteren door het zachte zand en de modder had zijn spieren zwaarder belast dan hij had verwacht. Hij moest gaan zitten. Maar daar was geen tijd voor. Voor vertrek had Warren hem gewezen op het belang van zo snel en efficiënt mogelijk te zijn. Volgens zijn schattingen hadden ze iets meer dan dertig minuten voordat ze terug moesten om het opkomende getij voor te blijven. Normaal gesproken gaf hij zijn klanten minder tijd. Maar dankzij Tomeks reden om er te zijn, kreeg hij meer.

Zwaar hijgend boog Tomek voorover en liet zijn handen op zijn knieën rusten. 'Ik ben zo blij dat je bij me was hiervoor,' zei hij. 'Ik zou geen idee hebben gehad waar ik heen moest.'

'Ik begin te twijfelen of ik je wel moet laten betalen,' antwoordde Warren terwijl hij naar hem toe kwam, Tomeks hand pakte en hem rechtop trok. 'Je moet rechtop staan en je borst openen als je op adem wilt komen.' Toen gaf hij een klap op Tomeks wat dikkere buik dan normaal. 'En adem door je buik. Dan vullen je longen zich beter.'

Tomek deed wat hem gezegd werd, en binnen een paar minuten voelde hij zich weer normaal. Veertigjarige mannen hoorden niet dat soort inspanningen te doen, vooral niet als ze dat al maanden niet hadden gedaan. (En de hardloopsessie van de dag ervoor had hem nauwelijks voorbereid.)

Met zijn handen in zijn zij bekeek Tomek de haven. Het was groter dan hij had verwacht, maar bij dit lichtniveau was het bijna onmogelijk om de plek te doorzoeken. En de hoofdlamp kon maar zoveel doen.

Terwijl ze wachtten tot de zon over de horizon kroop, stelde Tomek zich de gebeurtenissen voor die tot Morgana's dood hadden geleid. Warren had de plek aangewezen waar ze haar lichaam hadden gevonden, en Tomek had zich voorgesteld hoe ze daar stond, wachtend in de kou, huiverend tegen de wind en regen. Toen was er een figuur verschenen. De twee begonnen te praten, zachtjes, vriendschappelijk in het begin. Toen veranderde er iets. Het werd verhit. Iemand gooide een vuistslag, miste. Toen werd Morgana in het zand geduwd. Er volgde een worsteling. Ze vocht tegen haar aanvaller, maar het was tevergeefs. Hij overweldigde haar, was sterker dan zij, en gebruikte al zijn gewicht om haar naar beneden te duwen. Om haar te verdrinken. Tomek stelde zich Morgana's strijd voor: gezicht ondergedompeld onder het wateroppervlak, bubbels die uit haar mond ontsnapten terwijl ze schreeuwde dat haar moordenaar moest stoppen, haar handen die naar het gezicht van de aanvaller maaiden - en *misten*, aangezien er geen DNA-bewijs onder haar vingernagels was gevonden.

Wie haar ook had vermoord, had het snel en efficiënt gedaan, zonder enig spoor achter te laten.

Twintig minuten later maakte de zon eindelijk zijn opwachting, waardoor de omgeving tot leven kwam. Nu kon Tomek de haven en al zijn details duidelijk zien. Het enige probleem was dat ze nog maar tien minuten hadden om het te doorzoeken.

Tomek wist niet wat hij verwachtte te vinden, als er al iets te vinden was. Er bestond een zeer reële en verontrustende mogelijkheid dat hij te laat was. Dat alles wat de moordenaar onbedoeld had achtergelaten al ten prooi was gevallen aan de storm en het woeste getij, inclusief Morgana's telefoon.

Tomek waadde door de kleine gracht van water tot het aan zijn knieën kwam. Toen reikte hij boven zijn hoofd, zijn vingers zoekend naar een groef of klinknagel, iets om houvast te krijgen op het beton. Toen hij het vond, zette hij zijn voet tegen de muur en hees zichzelf op de bovenkant van de haven. Hij kon zich de kracht niet voorstellen die nodig was om iemand anders daarop te tillen, laat staan een dood lichaam. Andrei en de Redgraves, en zelfs Morgana zelf, hadden geluk dat Warren bij hen was geweest.

Zodra Tomek over de rand klom, werd hij overvallen door een overweldigend gevoel van teleurstelling. De binnenkant van de haven was verdeeld in gigantische holle vierkanten, drie bij vier zoals een nieuwe versie van Sudoku. Hij keek naar beneden. Water kabbelde zachtjes tegen de binnenkant van de structuur.

Maar er was niets. Niets dat daar dreef, niets dat vastzat in een van de hoeken en gaten die in de loop der decennia waren ontstaan.

Alle hoop om iets te vinden was volledig verdwenen.

'En je zegt dat dit is waar je haar lichaam hebt opgetild?' riep Tomek naar Warren beneden.

'Precies waar jij staat.'

'En toen?'

'De kinderen schreeuwden, waardoor het moeilijk was om me te concentreren. We probeerden haar te reanimeren, maar Andrei had dat al gedaan. Toen belde ik de kustwacht omdat ik mijn walkietalkie bij me had, en we wachtten. Eerst beneden, maar toen het getij opkwam, gingen we verder naar boven. Na ongeveer tien minuten wachten gingen Andrei en ik naar die pyloon en begonnen we met onze armen te zwaaien zodat ze ons konden zien.'

Tomek draaide zich naar de pyloon. Het felrode licht bleef elke paar seconden knipperen. Terwijl hij ernaartoe liep, trilde zijn telefoon in zijn broekzak.

Het was Rachel.

Hij nam op.

'Goedemorgen, Sarge,' zei ze. 'Hoop dat ik u niet wakker heb gemaakt.'

'Helemaal niet.'

Een windvlaag blies door de telefoon. 'Verdorie, waar bent u?'

'Aan de voet van Mulberry Harbour. Mijn benen en kont bevriezen.' Op dat moment besefte hij dat hij de onderste helft van zijn lichaam niet meer had gevoeld sinds ze waren aangekomen. 'Wat is er aan de hand? Wat is er zo belangrijk dat je me tijdens mijn meditatieperiode moest bellen?'

'Sommigen van ons hebben de hele nacht doorgewerkt om bewijsmateriaal tegen Mariusz te verzamelen,' legde Rachel uit, met een vleugje sarcasme. 'Terwijl u aan het mediteren was, heeft Lorna net gemeld dat ze DNA-bewijs heeft gevonden onder Andrei Pirlogs nagels.'

'Van wie?'

'Andrei Pirlog,' zei ze. 'De man die u in het bad hebt gevonden.'

'Nee, niet hij. Ik weet wie hij is. Ik bedoelde, wiens DNA?'

Een zacht gegrinnik. 'Ik weet wat u bedoelde. Ik maakte een grapje. Ik denk dat u terug moet naar het mediteren, uw hoofd is nog steeds verward.'

Tomek zuchtte. Het gevoel in zijn benen verslechterde terwijl de wind hem bleef geselen. 'Vertel het me gewoon,' schreeuwde hij in de hoorn.

'Het DNA onder Andrei Pirlogs nagels behoort toe aan Mariusz.'

HOOFDSTUK
VIERENDERTIG

Tomek liep met een zelfvoldane grijns door de onderzoeksruimte, een grijns van rechtvaardiging. En aan Victorias gezicht te zien, wilde ze op dat moment niets liever dan die grijns van zijn gezicht vegen.

Zijn eerste woorden aan haar deden niets om dat verlangen te stoppen.

'Wat zei je ook alweer over Andrei's dood die zelfmoord zou zijn? Ik kreeg de indruk dat je er zeker genoeg van was om je huis erop te verwedden.'

'Wat zei *jij* ook alweer over dat Mariusz niets te maken had met Morgana's moord?' kaatste Victoria terug.

'Dat weten we nog steeds niet zeker.'

'De doodsoorzaken zijn hetzelfde.'

Tomek haalde zijn schouders op. 'Dat bewijst niets. Het DNA bewijst dat mijn theorie juist was. Die van jou is nog steeds maar een theorie.'

'Genoeg.'

'Ik zeg het alleen maar.'

'Nou, doe dat dan niet. Niemand wil horen wat jij te zeggen hebt.'

Tomek had dat in zijn leven zo vaak gehoord dat hij begon te denken dat het misschien waar was. Maar nu hij net zo duidelijk gelijk had gekregen, hoe kon hij dan stoppen?

'Waar is Mariusz nu?' vroeg Tomek, zich plotseling bewust van de andere mensen in de kamer.

Martin Brown antwoordde door te wijzen naar het flatscreen-televisietoestel aan de aangrenzende muur. Tomek was zo bezig geweest met het sarren van Victoria, dat hij de man op het scherm niet eens had opgemerkt, die in een verhoorkamer zat, met een advocaat erbij. Tegenover hem zaten Sean en Oscar.

'Twintig minuten bezig,' voegde Martin toe. 'Net op tijd. Hij staat op het punt om over het DNA te horen.'

Geboeid trok Tomek een stoel van de tafel, zijn aandacht volledig op het scherm gericht.

'Herken je deze man?' vroeg Sean aan Mariusz, en schoof toen een foto van Andrei over de tafel. 'Deze man werd een paar dagen geleden in zijn flat in Southend gedood. Herken je hem?'

'Nee... geen commentaar,' antwoordde Mariusz, op zijn hoede.

Tomek merkte meteen de aarzeling in zijn stem op. De man op het scherm was volledig anders dan degene waar hij slechts vierentwintig uur eerder tegenover had gezeten. Zijn schouders waren gebogen, zijn rug gekromd als een gebochelde, en zijn hoofd hing laag. Hij speelde met zijn vingers en wiebelde hevig met zijn knie. Tomek had niets daarvan opgemerkt. Eerder was hij het toonbeeld van kalmte geweest. Maar nu was hij vervuld van angst. Tomek vermoedde dat het niet alleen kwam door de afbeelding voor hem. Tomek vermoedde dat er iets anders de schuld had.

'Zijn naam is Andrei Pirlog,' vervolgde Oscar. 'Herken je die naam?'

'Nee... geen commentaar.'

Mariusz kon zijn ogen niet afhouden van de foto voor hem. Hij staarde er intens naar, alsof die tegen hem sprak.

'We hebben reden om aan te nemen dat je hem kent,' zei Oscar. 'Sterker nog, we hebben reden om aan te nemen dat je ook weet waar hij woont. Weet je zeker dat je deze man nog nooit eerder hebt ontmoet?'

'Ik... ik weet niet wat ik moet zeggen. Ik... ik...' Mariusz wendde zich tot zijn advocaat. De man naast hem hief zijn hand licht op en liet hem weer zakken. Daarop werd Mariusz' zware ademhaling rustiger, en hij zei: 'Geen commentaar.'

'Interessant.' Nu was het Seans beurt om het roer over te nemen. 'Vanochtend vonden we jouw DNA onder Andrei's vingernagels. We vonden ook wat van jouw DNA in zijn badkamer en rond zijn keel. Het bewijs suggereert dat jij daar was toen hij werd gedood. Misschien was jij de persoon die hem heeft gedood.'

'Nee... ik...' Weer een blik naar zijn advocaat. 'Alstublieft, help me.'
De man bood geen reactie.

'Je zou ons moeten helpen, Mariusz,' vervolgde Sean. 'Nu is het moment om ons te vertellen wat er is gebeurd. Je hebt hem gedood, nietwaar, Mariusz?' Seans stem dwong gezag en aandacht af in de kleine ruimte van de verhoorkamer. 'Je hebt hem gedood en het toen laten lijken op zelfmoord.'

'Nee. Alstublieft. Ik niet. Mijn vriendin, zij... ik...'

'Werkte je samen met je vriendin?'

'Nee! Nooit. Nee.'

'Had zij iets te maken met de moord op Andrei? Was zij je handlanger?'

Mariusz schudde wild zijn hoofd. 'Nee. U moet begrijpen, zij had hier niets mee te maken. Zij is onschuldig. Net als ik. Ik weet niet wat ik moet doen.'

'Het bewijs wijst anders uit,' onderbrak Oscar. 'Het DNA-bewijs is onweerlegbaar. Je kunt je er niet achter verschuilen.'

'Wat zal... Wat zal er met me gebeuren?' vroeg Mariusz.

Plotseling vertraagde zijn snelle ademhaling, en zijn been stopte met wiebelen.

'We gaan je aanklagen voor de moord op Andrei Pirlog,' antwoordde Oscar. 'Kort daarna word je naar de gevangenis gestuurd waar je in voorlopige hechtenis zult blijven. Is er nog iets anders wat je wilt zeggen?'

'Help me. Alstublieft. Ik weet niet wat ik moet doen. Mijn vriendin.' Mariusz' stem was leeg, emotieloos, bijna robotachtig. Het maakte Tomek nerveus, waardoor de haren in zijn nek overeind gingen staan. Toen voegde Mariusz toe: 'Ik heb het niet gedaan. Ik heb Morgana niet vermoord. U moet me geloven.'

———

Helaas voor Mariusz geloofde niemand in het team hem. In plaats daarvan hadden ze het allemaal op hem gemunt, allemaal gretig om het bewijs te vinden dat ze nodig hadden om te bewijzen dat hij degene was die Morgana had verdronken. Zoals Victoria al had opgemerkt, als hij het kon doen bij een volwassen man in zijn badkuip, dan zou hij geen enkele moeite hebben om het bij een vrouw te doen midden op het open strand, omringd door niets anders dan water.

Iedereen in het team geloofde dat Mariusz verantwoordelijk was voor Morgana's moord.

Iedereen behalve Tomek.

Hij wist niet waarom, maar er was iets dat hem niet lekker zat. Dat Mariusz naar het midden van het estuarium was gegaan om de perfecte locatie voor zijn aanzoek te vinden, Morgana had gevonden, haar had vermoord, was gevlucht, en vervolgens Andrei Pirlog op dezelfde manier had vermoord. Het bewijs tegen hem voor Andrei's moord was onweerlegbaar. Tomek kon dat niet ontkennen. Het bewijs plaatste hem in de badkamer op het tijdstip van Andrei's dood. En wat betreft het motief achter zijn moord, was het denkbaar dat Mariusz hem had gevolgd en hem had gedood omdat hij op het verkeerde moment op de verkeerde plaats was. Dat had allemaal logisch voor Tomek. Maar wat voor hem geen steek hield, was de connectie tussen Mariusz en Morgana. En voor zover hun eerste onderzoeken hadden bevestigd, was die er niet.

Tomek voelde aan dat hij het moeilijk zou hebben om het team daarvan te overtuigen. Victoria in het bijzonder.

Hij had het geprobeerd, kort nadat het verhoor was afgelopen, maar ze had hem afgewimpeld en hem herinnerd aan het bewijs tegen Mariusz: verschillende ooggetuigenverklaringen, waarvan er nu één dood was; een figuur dat aan zijn beschrijving voldeed buiten het Airbnb-pand van de Redgraves; en een dekmantel die meer gaten bevatte dan een vergiet. Kortom, het zag er niet goed uit voor de vrachtwagen-chauffeur.

Maar Tomek was er nog steeds van overtuigd dat er iets anders aan de hand was. En als het team niet bereid was om uit te zoeken wat het was, dan zou hij het alleen moeten doen.

Maar eerst moest hij een telefoontje plegen.

Al dit gepraat over gevangenissen en arrestaties had hem aan één ding herinnerd. Aan één persoon.

Nathan Burrows.

De brief.

De zaken waren zo druk geweest met het onderzoek dat hij helemaal was vergeten de gevangenis te bellen. Na het verlaten van de incident-kamer, sloop Tomek weg naar een kleine ruimte die meestal werd gebruikt voor één-op-één gesprekken en privégesprekken. Of, als je Rachel of Martin was, wat rustige tijd om je hoofd er even bij te houden en je te concentreren op belangrijke taken.

Tomek deed de deur zachtjes dicht en pakte zijn telefoon. Terwijl hij aan tafel ging zitten, belde hij de lijn voor HMP Wakefield. Hij verwachtte dat het telefoontje snel zou zijn, maar gevangenisbureaucratie en bezuinigingen hadden daar een stokje voor gestoken. De eerste horde was het robotachtige geautomatiseerde systeem dat hem acht verschillende opties bood. Daarna, na het navigeren door de eerste reeks keuzes, kreeg hij er nog eens vijf om uit te kiezen. Uiteindelijk, na door het geautomatiseerde labyrint te zijn gevorderd, kon hij met een mens spreken.

'Is dit iemand van het postteam binnen de gevangenis?' vroeg hij, twijfelend.

'Nee, je bent bij het verkeerde team terechtgekomen, schat,' antwoordde de vrouw met een sterk Yorkshire accent.

Godverdomme. Hoe moeilijk kon het zijn?

'Kun je me doorverbinden met hen?'

'Sorry, schat.'

Toen viel de lijn dood. Tomek klemde de telefoon in zijn vuist en knarste met zijn tanden.

Hij probeerde het opnieuw. Bij de tweede keer kwam hij door naar de hoofdcentrale.

Bij de derde keer lukte het hem.

'Eindelijk verdomme,' zei hij tegen de persoon aan de andere kant van de lijn.

'Sorry, maat,' zei de stem. 'Ze maken deze dingen expres moeilijk, ik zweer het. Ik denk niet eens dat een van die gasten van NASA de eerste keer bij ons zou doorkomen als ze het probeerden.'

Tomek kalmeerde onmiddellijk, zijn frustratie nam af terwijl hij luisterde naar de aangename klanken van de man die hem op zijn gemak stelden.

'Hoe kan ik je helpen?'

Voor één keer was het prettig om met iemand aan de telefoon te spreken die niet klonk alsof hij een hekel had aan zijn baan. Het was een aangename afwisseling vergeleken met sommige conglomeraten en banken waarmee hij in het verleden had gesproken.

'Mijn naam is DS Tomek Bowen, van Essex Police. Ik heb onlangs een bezoek gebracht aan een gedetineerde genaamd Nathan Burrows.'

'Ah, meneer Burrows... We kennen hem hier allemaal.'

Dat deed weinig om Tomek's angsten weg te nemen.

'Nou, eerder deze week ontving ik een brief, bezorgd op mijn thuis-adres, van Nathan.'

'Ik begrijp het.'

'Wat ik wil weten is hoe hij mijn adres heeft achterhaald. Deze man heeft dertig jaar geleden mijn broer vermoord. Ik wil niet dat hij gemak-kelijk toegang heeft tot mijn adres. Hij weet ook over mijn dochter en partner, wat iets is dat ik hem zeker nooit heb verteld. Die informatie hoort niet algemeen bekend te zijn.'

De man aan de andere kant van de lijn pauzeerde even.

'Wanneer zei je dat je op bezoek was?'

Tomek vertelde het hem.

'En hoe laat?'

'Drie uur.'

Nog een pauze. Nog een moment van wachten.

'Ik heb net het bezoekerslogboek gecontroleerd, en ik zie dat je gege-vens hierin staan.'

'Inclusief mijn adres?'

De man bevestigde dat zijn thuisadres erin stond. 'Maar dit is een beveiligd systeem. Er is geen manier waarop hij er toegang toe zou hebben kunnen krijgen.'

'Wat dacht je van iemand uit jouw team?' vroeg Tomek, zich realise-rend hoe slecht de vraag klonk nadat hij hem had gesteld.

'Wat bedoel je? Suggereer je dat een van onze gevangenisbewakers je adres aan hem heeft gelekt?'

Het was een reële mogelijkheid. Eentje die hij niet wilde negeren omdat een huidige gevangenismedewerker hem van het tegendeel probeerde te overtuigen.

'Ik weet dat je misschien denkt dat we allemaal corrupt zijn, maar dat zijn we niet,' zei de man, die plotseling in de verdediging schoot.

'Hé,' antwoordde hij, 'ik weet hoe het is. Ik ben een agent. We krijgen dat soort commentaar de hele tijd. Hoort bij het werk. Maar wat ik bedoelde was dat iemand in de dienst het hem misschien onbedoeld heeft gegeven, zonder het te beseffen. Misschien keken ze een keer weg van de computer en zag Nathan het. Of...'

Of iemand die omgekocht was, noteerde het en schoof het onder de deur door. Hij kon zich alleen maar voorstellen wat voor vergoeding de bewaker zou hebben ontvangen. Drugs, geld? Het zou niet veel kosten.

'Helaas laten onze systemen me niet zien wie, als er al iemand is, toegang heeft gehad tot je informatie. Ik zal dit verder moeten onderzoeken.'

'Jij persoonlijk?'

'Nou, nee. Ik bedoel, iemand zal dit moeten onderzoeken. Ik kan in de tussentijd rondvragen.'

Tomek was sceptisch. De kans dat iemand zou toegeven zijn privé- en vertrouwelijke informatie te hebben gelekt aan een veroordeelde moordenaar was zo klein als de envelop waarin de brief was gekomen. En hij dacht niet dat de verantwoordelijke persoon bereid was om plotselinge veranderingen in hun carrièrevooruitzichten te maken en naar voren te komen. Het was een verloren zaak.

'Alles wat je kunt doen om te helpen zou enorm worden gewaardeerd,' zei Tomek, terwijl hij over zijn voorhoofd wreef.

'Prima. Is er nog iets anders waarmee ik je kan helpen?'

HOOFDSTUK
VIJFENDERTIG

De rest van de middag vloog voorbij. Tomek had die tijd besteed aan het verwerken van Mariusz' verhoor, hij bekeek het keer op keer opnieuw. Na de derde keer was hij er nog steeds van overtuigd dat er iets niet klopte. Het enige probleem was dat hij niet wist wat. De sfeer op kantoor was er een van gejubel en triomf. Ze hadden hun man gevangen en velen zouden aan het eind van de dag naar de kroeg gaan om het te vieren. Gelukkig voor Tomek had hij een excuus.

Een rit van veertig minuten naar het huis van zijn ouders voor een etentje waar hij niet echt zin in had.

Tomek had ervoor gekozen om te rijden. Deels omdat hij de weg kende, en deels omdat Abigail niet graag in het donker reed. Tijdens de rit hadden ze gedrieën bijgepraat over hun dag. Die van Kasia was, zoals altijd, prima geweest, en verder niets. Die van Abigail was ook relatief rustig geweest. Er was geen breaking news om te melden, geen spannende verhalen om met de gemeenschap te delen. Haar gezicht straalde nadat Tomek haar het nieuws over Mariusz had verteld. Hoewel hij haar had gevraagd de informatie voorlopig voor zichzelf te houden. Of in ieder geval te wachten tot het officieel met de krant zou worden gedeeld.

'Waarom moet ik wachten?' vroeg Abigail terwijl hij de auto door een smalle landweg stuurde.

'Ik ben er niet van overtuigd dat hij onze man is,' antwoordde hij.

'Je spinnen-zintuig tintelt zeker?'

'Bah!' kwam de reactie van Kasia op de achterbank. Haar gezicht werd verlicht door een blauwe gloed van haar telefoon. 'Dat is walgelijk. Zeg zulke dingen alsjeblieft niet als ik erbij ben.'

Tomek keek haar fronsend aan in de achteruitkijkspiegel. 'Je weet dat ze dat niet zo bedoelde, Kash.'

'Nee, dat weet ik niet. Ik weet hoe jullie twee zijn. Het is walgelijk.'

'Het is natuurlijk,' onderbrak Abigail. 'Je bent nog wat te jong om je met dat soort dingen bezig te houden, maar het is belangrijk dat je ervan weet en begrijpt hoe natuurlijk het is.'

Tomek kon niet geloven wat hij hoorde. Het laatste wat hij nu wilde was zijn dochter en vriendin het seksgesprek horen voeren net voordat hij zijn ouders zou ontmoeten. Maar hij was te verbijsterd om iets te zeggen.

'Ik weet hoe het allemaal werkt,' antwoordde Kasia venijnig. 'Je hoeft me niets te leren.'

'Dus je weet over orgasmes en ejaculatie?'

'Wat?'

'Abi!' schreeuwde Tomek, en draaide zich naar haar. Ze keek hem verward aan, alsof ze net de startlijn van een race was overgestoken en niet wist wat ze vervolgens moest doen.

'Wat is er aan de hand?' vroeg Abigail.

'Ze is *dertien*.'

'En? Ik wist op die leeftijd ook al van dat soort dingen. Het is belangrijk om je lichaam te kennen en comfortabel genoeg te zijn om het te ontdekken. Ik heb een goed boek dat je kunt-'

Tomek sloeg met zijn hand op het stuur. 'Oké, genoeg. Geen woord meer. Jullie beiden zeggen niets meer tot we er zijn.'

Gelukkig duurde de rest van de reis maar tien minuten. Tomek was nog steeds in shock toen hij uit de auto stapte. Terwijl ze met z'n drieën naar de voordeur liepen, ging er een beveiligingslamp aan, en Tomek zag pijn en bezorgdheid op Kasia's gezicht, en een gevoel van trots op dat van Abigail. Intussen was het zijne er een van shock en ontzetting.

'Tomek, Kasia!' schreeuwde zijn moeder, Izabela, toen ze de deur opende. '*Cześć*!' Ze boog voorover om haar kleindochter te omhelzen en reikte toen naar Tomek voor een knuffel. Toen ze hem losliet, keek ze hem achterdochtig aan. 'Gaat het wel? Je ziet erg bleek.'

'Een beetje beschaamd, maar het komt wel goed.' Toen herinnerde hij zich zijn vriendin die ongemakkelijk naast hem stond. 'Mam, dit is Abigail. Abigail, dit is mijn moeder.'

'Aangenaam kennis te maken,' zei Abigail, terwijl ze haar hand uitstak om die van Izabela te schudden.

'Het genoegen is geheel mijnerzijds.' Izabela wuifde Abigails hand weg en sloeg in plaats daarvan haar armen om haar heen. 'Wij zijn knuffelaars in deze familie,' zei ze. 'Ik moet zeggen, je bent erg mooi. Ik wed dat er een hoop mannen voor je in de rij staan. Wat is er mis met jou? Wat heeft je ertoe gebracht om mijn zoon te kiezen?'

De opmerking ontlokte een kleine lach aan de meisjes, maar Tomek was de enige die niet meedeed.

'Nou, ik-'

'Beantwoord die vraag niet echt!' zei hij tegen Abigail, greep toen zijn moeder bij de schouders, draaide haar om en duwde haar naar binnen. Zodra hij binnen was, haastte hij zich op zoek naar zijn vader, Perry. De man zou hem kunnen redden van een samenzwering door de drie belangrijkste vrouwen in zijn leven.

Tomek vond hem in de keuken, waar hij net de laatste van een fles wijn in vier aparte glazen schonk. 'Hoop dat je van wit houdt,' zei Perry.

'Ik ben met alles tevreden,' antwoordde Tomek.

'Niet jij. Je date.' Perry keek langs Tomek heen en hield een glas uit voor Abigail, die vlak achter hem aan liep. Nadat ze zich aan elkaar hadden voorgesteld, zonder nog meer verbale aanvallen op Tomek te lanceren, deelde Perry een glas uit aan de volwassenen. Daarna richtte hij zijn aandacht op Kasia. 'En voor de aangewezen chauffeur van vanavond, een flesje Fentimans cola.'

'Dat heb je onthouden?' Kasia's gezicht lichtte op.

'Natuurlijk.'

'Wauw, bedankt! Papa laat me dit nooit hebben.'

'Omdat het een fortuin kost,' antwoordde Tomek. 'Misschien als je die baan had aangenomen die ik voor je bij de dierentuin had geregeld, zou je zoveel Fentimans kunnen kopen als je maar wilt.'

'Een baan? Bij een *dierentuin*?' De ontsteltenis in Izabela's stem was voelbaar terwijl ze met haar perfect gemanicuurde nagels door haar haar wreef.

'Het is geen echte baan,' antwoordde Kasia geërgerd. 'Het was gewoon papa's idee van een grap.'

'Daar is hij goed in,' antwoordde Perry met een klap op Tomeks rug. 'Ik geloof dat ik ongeveer op jouw leeftijd begon met werken, Kasia. In een werkplaats met een van de zonen van mijn vaders collega's.'

'Weet je zeker dat het geen schoorsteen was? Ze stuurden nog steeds kinderen naar boven in die tijd, toch?'

Perry knipoogde en gaf Tomek speels een klap op zijn arm. 'Zie je, daar heb je weer die humor van je vader. Geen idee waar hij het vandaan haalt. Want die van mij is veel beter dan die van hem, vind je niet, Kash?'

'Ja,' antwoordde Kasia terwijl ze van haar drankje nipte. 'Die van papa is eerder beschamend dan grappig.'

'Ik blijf haar vertellen dat het mijn taak is. Het was altijd jouw taak bij mij.'

'Maar jij nam het altijd zo serieus,' zei Izabela terwijl ze haar hand op zijn onderarm legde. 'Je was er zo gevoelig voor. Weet je nog die keer dat je huilde toen papa je vertelde dat je ogen vierkant zouden worden als je naar de tv bleef staren en dat ze uiteindelijk uit je hoofd zouden vallen?'

'Ik was zeven!' Tomek schudde zijn hoofd en draaide zich naar Abigail, die een enorme grijns op haar gezicht had. Het was duidelijk te zien dat ze genoot. Dat ze zich helemaal niet ongemakkelijk voelde. En dat het allemaal ten koste van hem was gegaan. 'Mijn ouders, dames en heren,' voegde hij toe, 'terroriseren een zevenjarige.'

'Je was niet bijzonder. Je broers kregen dezelfde behandeling.'

En dat was het precies. Hij was niet bijzonder. Niet in de ogen van zijn ouders. Niet vergeleken met zijn broers. Hij had zich nooit de favoriet gevoeld tijdens zijn jeugd. Als jongste had hij dat wel verwacht. Dat was wat alle sitcoms en televisieseries je deden geloven. Maar het was niet zijn werkelijkheid geweest. En dat gevoel was alleen maar versterkt na Michałs dood.

Gelukkig had iemand anders een nieuw gespreksonderwerp aangesneden - mogelijk Abigail, mogelijk zijn moeder - maar hij lette niet op. Zijn gedachten waren afgedwaald naar Michał en Nathan Burrows. Naar de brief. Naar het gesprek dat ze een paar weken geleden hadden gehad.

Het bespreken van Michałs dood eindigde nooit goed tussen hen drieën. Het was een pijnlijk onderwerp, om voor de hand liggende redenen, maar het werd erger gemaakt door het feit dat Tomek zijn ouders, in het bijzonder zijn moeder, nooit afsluiting had kunnen geven over wat er met hem was gebeurd. De mogelijkheid dat er een tweede moordenaar ergens rondliep, die al die jaren aan gevangenneming was ontkomen, en niemand behalve Tomek die hem kon identificeren, had een kloof tussen hen gecreëerd. Tomek geloofde geen woord van wat Nathan had gezegd. Hij wist wat hij had gezien, en hij zag een tweede figuur die over het dode lichaam van zijn broer gebogen stond. Maar moest zijn moeder dat weten? Kon hij de zaken herstellen en de kloof tussen hen overbruggen door eindelijk toe te geven dat het allemaal deel uitmaakte van zijn kwetsbare en verwrongen verbeelding na al die tijd? Zou ze hem geloven? Zou het haar eindelijk de afsluiting geven die ze nodig had na meer dan dertig jaar pijn?

Tomek was er niet zo zeker van. Maar er was maar één manier om erachter te komen.

Voor het avondeten had Izabela de familiefavoriet gemaakt: *pierogi*. Een eenvoudige maaltijd bestaande uit dumplings gevuld met vlees, geserveerd in een ongezonde hoeveelheid jus.

'Voor Abigail heb ik iets anders gemaakt, voor het geval je ze niet lekker vindt,' zei Izabela met een warme glimlach.

'Ik sta open voor alles,' zei Abigail terwijl ze er een naar binnen werkte met haar vork.

Het geluid dat uit haar mond kwam, verraadde de uitdrukking op haar gezicht. Net als haar woorden. 'Heerlijk,' zei ze.

Iedereen in de kamer voelde aan dat ze loog, maar net als zij waren ze allemaal te beleefd om er iets van te zeggen.

Even aten ze in stilte. Het duurde niet lang voordat het gesprek op werk terechtkwam. Tomek had gehoopt dat ze Abigail wat beter zouden leren kennen, maar hij had meer geluk gehad bij de loterij.

'Heb je momenteel grote zaken?' vroeg zijn vader.

'Slechts een paar.'

'Kunnen we ergens mee helpen?'

'Abigail heeft alles gedaan wat ik nodig heb.'

'O ja?'

Tomek gaf haar een duwtje om uitleg te geven. Dat was veiliger. Ze kon alleen de informatie doorgeven die ze van Tomek of Anna had gekregen. Op die manier zou niets belangrijks wat ze nog niet wist, naar buiten komen.

Abigail kauwde met moeite haar hap door en zei: 'Je weet wel die vrouw die laatst in het estuarium is gevonden?'

'Nee?'

'Nou, ze werd ongeveer anderhalve kilometer verderop vermoord. Verdronken. Ik heb het signalement van de verdachte verspreid.'

'*En*?' vroeg Perry, met zijn ogen strak op Tomek gericht.

'We hebben vanmorgen iemand aangehouden in verband met de dood,' antwoordde Tomek vlakjes.

'Waarom heb ik het gevoel dat er een "maar" aankomt?'

'Omdat ik niet denk dat hij het heeft gedaan. Ik denk dat we de verkeerde hebben of dat er op de een of andere manier iemand anders bij betrokken was.'

Perry lachte. 'Het verhaal van je leven, hè, jongen?'

Tomek kauwde op zijn onderlip. Hij had de opmerking van zijn moeder verwacht, maar niet van zijn vader. Misschien was dat waarom Perry het had gezegd, omdat hij wist dat Tomek niet zou terugvechten.

'Als we het er toch over hebben,' begon Tomek, zijn keel schrapend. 'Een paar weken geleden ben ik Nathan gaan bezoeken.'

'Nathan?' herhaalde Perry. 'Wie is Nathan?'

'Je hebt niet...' zei Izabela, haar stem ongewoon diep.

'Jawel, mam.'

'Wie is Nathan?' vroeg Perry, maar niemand antwoordde.

Het gesprek tussen Tomek en zijn moeder ging door.

'Waarom zou je dat doen? Hoe kon je?'

'Ik moest het weten.'

'Niet op die manier. Hij verdient dat niet.'

'Gaat iemand me vertellen wie Nathan is?' vroeg Perry.

Het geluid van een vork die op tafel werd gesmeten, leidde hen allemaal af. 'De persoon die Michał heeft vermoord!'

Alle ogen draaiden zich naar Kasia. Zowel haar mes als vork lagen op tafel en lieten vegen jus achter op het spierwitte en recent gestreken tafelkleed.

'Dank je, Kasieńka.' Perry draaide zich naar Tomek, zijn gezicht betrokken. '*Die* Nathan? Echt waar? Waarom ben je daarheen gegaan?'

'Zoals ik al zei, ik moest het weten. Ik had antwoorden nodig.'

'En heb je die gekregen?'

Tomek liet zijn blik zakken, hief hem toen op naar Kasia, toen naar Abigail, voordat hij uiteindelijk terugkeerde naar zijn ouders.

'Ja.'

'Ga je het ons vertellen, of ga je in raadsels praten?'

Tomek haalde diep, langzaam adem. 'Er was niemand,' zei hij. 'Er was geen andere moordenaar. Hij vertelde me dat ik het helemaal verkeerd had. Al die jaren zat het in mijn hoofd.'

HOOFDSTUK
ZESENDERTIG

Tomek schrok wakker.

Niet omdat hij een nachtmerrie had. Niet omdat hij beelden van Nathan Burrows en de tweede moordenaar in zijn gedachten opriep. Maar omdat zijn telefoon naast zijn hoofd begon te rinkelen. Het klonk als een geweerschot, trillend op het IKEA-meubilair.

Met halfgeopende ogen reikte hij naar het apparaat. Zag Seans naam bovenaan het scherm. Kreunde. Het was net voor zes uur. Zijn wekker zou over twintig minuten afgaan. Maar iets vertelde hem dat hij na dit telefoontje niet meer in slaap zou kunnen vallen.

'Ja?' zei hij.

'Goedemorgen, kampioen,' klonk het irritant opgewekte antwoord. 'Ik heb je toch niet wakker gemaakt, hè?'

'Vliegen vliegtuigen in de lucht?'

'Wat? O. Ik snap het. Goeie. Slim.'

'Niet mijn beste. Maar wat kun je verwachten als ik net wakker ben?'

Terwijl hij dat zei, bewoog Abigail naast hem. Ze was normaal gesproken een lichte slaper en was bij verschillende van zijn wekkers wakker geworden sinds ze aan het daten waren, maar de drie glazen wijn en verschillende borden eten hadden daar een stokje voor gestoken. Hij glipte uit bed en haastte zich naar de woonkamer.

'Ga ik blij zijn met wat ik nu te horen krijg?' vroeg hij.

'Waarschijnlijk niet. Mariusz Stanciu is dood. Vermoord. Gedood in zijn gevangeniscel gisteravond.'

HOOFDSTUK
ZEVENENDERTIG

Volgens het rapport van de gevangenisbewakers was Mariusz doodverklaard om 22:39 uur, ongeveer tien minuten nadat hij voor de nacht in zijn cel was geplaatst. De doodsoorzaak was toegeschreven aan messteken. Achtendertig keer. Zijn moordenaar was uit zijn cel ontsnapt, had de bewakers overmeesterd en was Mariusz' cel binnengeslopen. Mariusz was alleen geweest, bezig te wennen aan zijn nieuwe gevangenisleven zonder iemand die hem kon troosten, toen de moordenaar binnengestormd kwam. Tegen de tijd dat de bewakers hadden gereageerd en een andere sleutel hadden gevonden, ongeveer drie minuten later, was Mariusz doodgebloed op de vloer. Ondertussen stond zijn moordenaar achterin de cel, zijn gezicht tegen de muur gedrukt, armen boven zijn hoofd alsof hij voor de eerste keer gearresteerd werd. Hij gaf zich over, erkende zijn nederlaag. Maar dat weerhield de bewakers er niet van hem tegen de muur te beuken, zeven gewapende lichamen die hem tegen het beton drukten. Het weerhield hen er ook niet van hem herhaaldelijk met hun wapenstokken te slaan en hem op de grond te gooien als een stuk vlees.

De man heette Denis Danyluk, en hij zat momenteel een levenslange gevangenisstraf uit voor moord.

Tomek en Sean waren gestuurd om hem te interviewen. Het besluit was genomen door Victoria. Als de grootste en fysiek meest indrukwekkende figuren van het team waren ze de perfecte kandidaten voor deze klus. Het hielp ook dat ze gezamenlijk tweede in rang waren, direct onder haar.

Ze werden beiden naar een kleine, kale ruimte gebracht die Tomek deed denken aan de verhoorruimtes op het politiebureau. In het midden stond een kleine tafel, nauwelijks groot genoeg voor één persoon, laat staan drie. Onderuitgezakt in zijn stoel, tegenover hen, zat een forse, zwaargebouwde kale man met schouders bijna zo breed als de tafel zelf. Hij had een diep ongeïnteresseerde uitdrukking op zijn gezicht. Boven zijn linkeroog zat een vijf centimeter lange snee die tot op het bot leek te gaan. Zijn ogen hadden dezelfde kleur als het plafond, en zijn neus was op minstens twee plekken gebroken. Denis was niet dik, maar hij had ook bepaald geen vijf procent lichaamsvet. Ondanks dat hij vierentwintig uur per dag in een gevangenis woonde, zag hij eruit alsof hij goed at - zeer goed zelfs.

Toen ze naderden, stond Denis op uit zijn stoel en stak zijn hand uit. Tomek was verbijsterd door de pure omvang van de man. Het was alsof hij John Coffey uit *The Green Mile* in het gezicht keek. Nu begreep hij waarom zij tweeën de beste mensen voor deze klus waren. Hij zette een dapper gezicht op.

'Mijn naam is Denis,' zei hij met een zwaar Oost-Europees accent. 'Fijn u te ontmoeten. Ik heb gewacht.'

Noch Tomek, noch Sean koos ervoor zijn hand te schudden. In plaats daarvan trokken ze hun stoelen naar achteren en gingen zitten. In de bovenhoeken van de ruimte knipperden rode lampjes terwijl de videocamera's elke beweging vastlegden. Het was een schrale troost te weten dat bescherming slechts enkele seconden verwijderd was, al voelde Tomek zich er zeker van dat de man hen beiden kon uitschakelen voordat versterkingen zouden arriveren - en nog met enkele seconden te sparen met zijn gezicht tegen de muur en zijn handen boven zijn hoofd zou kunnen staan.

'We willen dat u ons alles vertelt wat er gebeurde in de aanloop naar Mariusz' dood,' zei Sean.

Denis haalde zijn schouders op, 'Het is simpel. Ik brak in zijn cel in. Toen heb ik hem gedood.'

'Hoe bent u in zijn cel gekomen?'

'De bewaker kwam binnen. Ik stal zijn sleutel.'

'Hoe?'

'Ik nam hem van de bewaker af.'

'En?'

'Ik deed alsof ik maagproblemen had.'

'Wat gebeurde er toen?'

'Ik stal de sleutel, ging naar Mariusz' cel, toen heb ik hem gedood.'

'Hoe?'

Zonder iets te zeggen duwde Denis zichzelf van de tafel af en stond op. Tomek spande zich onmiddellijk aan, klaar voor een confrontatie. Maar die kwam niet. In plaats daarvan begon Denis uit te beelden hoe hij Mariusz had gedood.

'Ik stormde naar binnen,' begon hij, 'greep hem bij zijn shirt en duwde hem tegen de muur. Toen stak ik hem neer. Achtendertig keer. Ik heb geteld. Eén voor elk jaar van Morgana's leven. Hij was al dood voordat hij de grond raakte. Toen liet ik het mes vallen en ging bij de muur staan. Zo.' Denis drukte zijn lichaam tegen een kant van de muur en plaatste zijn handen boven zijn hoofd.

'Kort daarna kwamen de bewakers. Klopt dat?'

'Dat klopt,' antwoordde Denis, sprekend tegen de muur.

'U kunt nu terugkomen,' zei Tomek.

Een diepe lach. 'Vergeef me. Ik ben gewend aan deze positie.'

Tomek twijfelde daar niet aan. Hij twijfelde ook niet aan de versie van de gebeurtenissen van de man. Het kwam overeen met wat hij had gelezen in het rapport. Dat hij naar binnen was gestormd en hem zonder aarzeling had gedood. Dat het met voorbedachte rade was. Dat Denis wist dat Mariusz naar de gevangenis kwam, dat hij wist in welke cel hij zou zitten.

De vragen die Tomek bezighielden waren hoe, en waarom?

'Waarom hebt u hem gedood?' vroeg hij toen Denis weer was gaan zitten.

'Wraak.'

'Wraak waarvoor?'

'Omdat hij Morgana heeft vermoord.'

'Waarom zou dat u raken?'

'Omdat zij mijn zus is.'

HOOFDSTUK
ACHTENDERTIG

Tomek was compleet overrompeld door het nieuws en had tijd nodig gehad om de informatie te verwerken, maar dat was tijd die hij zich niet kon veroorloven. Gelukkig was Sean hem te hulp geschoten en had het resterende deel van het verhoor afgenomen tot Tomek voldoende gekalmeerd was om zich weer bij hem te voegen. Hij kon het niet geloven. Of eigenlijk, hij geloofde het niet.

Het was de eerste keer dat Tomek en het team hoorden dat Morgana familie had buiten haar echtgenoot, laat staan een broer die in de gevangenis zat. Hij was in geen enkel deel van hun onderzoek, getuigenverklaringen of research naar voren gekomen. Hij had niet bestaan. Maar nu wel. Misschien was dat precies wat Morgana had gewild. Misschien was ze zo gedegouteerd en teleurgesteld in de daden van haar broer dat ze hem volledig had afgesloten, hem had opgesloten in haar gedachten en de sleutel had weggegooid, en iedereen had opgedragen hetzelfde te doen. Het zou niet het ergste zijn wat ze had kunnen doen.

Sean had de geldigheid van zijn beweringen in twijfel getrokken. Maar om dat te weerleggen had Denis ingestemd met het afstaan van een DNA-monster, en tegen de tijd dat Tomek en Sean vertrokken, was het verpakt en klaar om opgestuurd te worden voor onderzoek. Alleen de tijd zou uitwijzen of Denis de waarheid sprak.

Desondanks had de man nog steeds Mariusz vermoord, hem afgeslacht, en daarvoor keek hij tegen een nog langere straf aan. Opgeteld bij zijn huidige straf, zag het ernaar uit dat Denis nooit meer uit de gevangenis zou komen. Hij zat al vast voor de moord op een vijfentwintigjarige man bij een willekeurige geweldsincident, en het was duidelijk dat Denis zou sterven binnen de vier muren van zijn cel. En er was niets wat hij kon doen om dat feit te veranderen. Geen enkele DNA-test, geen aantal bekentenissen.

Toen hij veertig minuten later de meldkamer binnenkwam, borrelde Tomeks hoofd van de ideeën en gedachten. Hij moest ze allemaal verwerken, en voordat hij iets anders deed, liep hij rechtstreeks naar zijn bureau en begon ze op een notitieblok te krabbelen. Toen hij klaar was, waren de aantekeningen nauwelijks leesbaar:

Morgana's
Iliana's
Denis en Mariusz link - wat verbindt hen?
Denis - alles vanuit de gevangenis organiseren?
Mariusz en Andrei - connectie?
Misschien helemaal geen verband?
Willekeurig?
Andrei, Andrei's adres - Mariusz
Connectie?

Lange tijd staarde Tomek naar de lijst. Tot de woorden betekenisloos werden, niets meer dan krabbels en lijnen op een pagina. In zijn hoofd leek het allemaal logisch, maar er ontbrak iets. Iets achterin zijn gedachten dat hij niet kon bereiken, niet kon vastpakken en op papier kon zetten.

Hij staarde nog een moment naar de lijst.

Besluiteloosheid bekroop hem, en plotseling had hij geen idee waar hij moest beginnen.

Gelukkig werd de beslissing voor hem genomen.

'Brigadier,' klonk de aarzeling in de stem van Chey.

'Ja, meneer Pepper?'

'Noem me dokter.'

'Nee. Dat ga ik niet doen.'

Chey haalde zijn schouders op en zei toen: 'Je mist hier een kans op hoogwaardige humor.'

'Dat risico neem ik. Waarvoor heb je me nodig?'

Chey trok de stoel naast Tomek naar achteren en liet zich erop vallen. Terwijl hij het ene been over het andere sloeg, zei hij: 'Ik was aan het kijken...'

'Pas op waar je kijkt en naar wie, vriend. Ik wil je niet laten arresteren als gluurder.'

'Grappig. Maar dat bedoelde ik niet. Wat ik bedoelde was, ik was aan het *denken*-'

'Sommigen zouden beweren dat dat nog gevaarlijker is.'

De eerdere opwinding op Cheys gezicht verdween geleidelijk naarmate Tomek er meer van wegnam.

'Sorry,' zei hij, terwijl hij de agent speels op de arm sloeg. 'Ik zit alleen maar te dollen, probeer de creatieve sappen te laten vloeien, dat is alles. Je hebt mijn volledige aandacht.'

Chey keek onzeker. 'Nou, terwijl u weg was, heeft het team Denis onderzocht, alles wat ze over hem konden vinden. Maar ik wilde nog een beetje bij Mariusz blijven.'

'Oké.'

'Ik heb weer camerabeelden langs de boulevard bekeken, op zoek naar enig teken van hem rond het tijdstip van Morgana's moord. Ik heb zelfs naar beelden van de ochtend gekeken om te zien of ik hem kon vinden toen hij op weg was om Morgana te vermoorden.'

'En?'

'Nog steeds niets.'

'Hebben we al een verband gevonden tussen Mariusz en Morgana?' vroeg Tomek. Zijn geest probeerde de gedachten en ideeën te wissen en opnieuw te beginnen met de informatie van Chey.

'Nee, maar het team zoekt nog steeds.'

'Oké. Is er nog iets anders, of is dat alles wat je me wilde vertellen?'

Chey schudde zijn hoofd. 'Natuurlijk niet. Ik heb iets gevonden dat u misschien interessant vindt.'

Tomek wreef in zijn handen. 'Ga door.'

'Wel, ik dacht terug aan iets wat u zei over die figuur buiten de Airbnb van de Redgraves. Hoe kon die figuur, aangenomen dat het de moordenaar was, achter die informatie zijn gekomen? Die is alleen beschikbaar in onze systemen, of hij kende de Redgraves goed genoeg om te weten waar ze verbleven. De enige die aan dat profiel voldoet is Warren Thomas.'

Tomek verschoof ongemakkelijk op zijn stoel.

'Maar hij past dan weer niet bij het profiel en de beschrijving die ze allemaal gaven van de aanvaller. Ik bedoel, ik heb Warren *gezien*, en je zou het *verschil* weten tussen hem en Mariusz. Dus toen begon ik te denken. De andere mogelijkheid is dat hij op de een of andere manier toegang heeft gekregen tot het adres van de Redgraves via onze systemen.'

'Of hij heeft ze naar huis gevolgd nadat ze hun getuigenverklaringen op het bureau hadden afgelegd?' zei Tomek.

Chey klikte met zijn vingers en vormde een pistool. 'Ik hoopte al dat u dat zou zeggen. Sterker nog, ik wist dat u dat zou doen. Ik kan u lezen als een boek, brigadier. Eigenlijk was u degene die mij de-'

'Je was bezig?' onderbrak Tomek.

'Ja. Juist. Sorry. Ik hoopte al dat je dat zou zeggen, want ik heb Mariusz' betrokkenheid bij Andrei onderzocht. Nogmaals, voor zover we kunnen nagaan, is er geen directe relatie of connectie tussen die twee.'

'Wat impliceert dat Mariusz Andrei heeft vermoord omdat hij op de verkeerde plaats op het verkeerde moment was.'

'Inderdaad, ja. Dat is in ieder geval de implicatie. En de enige manier waarop hij had kunnen ontdekken waar Andrei woonde, is ofwel door toegang te krijgen tot de informatie in onze systemen, of door...'

'Of door Andrei naar huis te volgen na zijn getuigenverklaring.'

Nog een vingergebaar als een pistool. 'Precies! Dus, dankzij jouw wijze en professionele inspiratie, heb ik de CCTV-beelden van het bureau bekeken rond de tijd dat hij binnenkwam voor zijn verklaring en toen hij vertrok. Ik heb ook gekeken naar CCTV-beelden rond zijn flat boven het Chinese afhaalrestaurant kort daarna, en alle auto's vergeleken die het bureau hadden verlaten en langs de dichtstbijzijnde camera waren gereden.'

'En?' Tomek voelde dat hij enigszins naar voren schoof.

'En niets.'

'Wat bedoel je met niets?'

'Er is geen spoor van Mariusz buiten het bureau. Ik kon ook geen overeenkomende voertuigbeschrijvingen of kentekens vinden van zowel hier als bij Andrei's flat, wat betekent dat hij ook niet met de auto naar huis is gevolgd.'

'Dus hoe wist Mariusz waar Andrei woonde?' vroeg Tomek, hoewel hij weer in diepe gedachten verzonken raakte.

'Is het niet overduidelijk?'

Dat was het. Maar Tomek moest de implicaties overwegen.

'Het is de tweede mogelijkheid,' vervolgde Chey. 'Mariusz is erin geslaagd om toegang te krijgen tot de informatie in onze systemen. Of iemand heeft het voor hem gedaan.'

Tomek draaide zich langzaam naar hem toe, zijn ogen werden groot van wanhoop.

'Weet je... weet je wie?'

Chey kon de opwinding niet van zijn gezicht houden. 'Ik wachtte tot u terug zou komen, Sarge,' zei hij. 'Victoria gaf me een andere taak om me op te focussen terwijl u weg was.'

Logisch.

Tomek keek naar Chey's bureau. 'Heb je het nu open?'

Chey knikte. Tomek klom uit zijn stoel vóór Chey en haastte zich naar zijn bureau. Hij tikte herhaaldelijk op zijn pols, alsof hij de jonge man wilde opschieten.

De agent voelde de urgentie en sloeg de laatste paar stappen over. In zijn stoel logde hij in op zijn computer en laadde het scherm. Bovenaan stond een kleine zoekbalk. Chey voerde de naam van Andrei Pirlog in en drukte op enter.

Een moment later verscheen er een kleine log op het scherm. Tomeks ogen scanden snel de informatie, eerst kijkend naar de datums en vervolgens naar de naam van het account dat toegang had gekregen tot zijn dossier.

En toen zag hij het.

HOOFDSTUK
NEGENENDERTIG

Gelukkig herkende Tomek de naam op het scherm niet. Hij wilde er niet aan denken hoe het gesprek zou zijn verlopen als het iemand van het team was geweest. Dat iemand die hij goed kende de privégegevens van Andrei had gelekt aan een moordenaar.

De naam die op het scherm verscheen was van een zekere Gavin Barker.

Een snelle zoekactie naar Gavins naam in de interne politiedatabase wees uit dat hij werkte voor het team Veiliger Politiewerk, in hetzelfde kantoor als de Commissaris voor Politie, Brandweer en Misdaad, Brendan Door. Bij het zien van de naam van de CPBM begon Tomeks hoofd te tollen. Een paar weken geleden was Brendan, samen met enkele van de elite en meest gerespecteerde figuren van de stad, waaronder de lokale parlementariër, de burgemeester, een prominente zakenman en het hoofd van Abigails krant, de *Southend Echo*, aangeklaagd voor het verhandelen van vrouwen uit Oost-Europa zodat ze als hun decadente en verdorven speeltjes konden dienen in hun exclusieve besloten club in het hart van Southend. Hij zat momenteel in voorlopige hechtenis terwijl het onderzoek vorderde.

Tomek en Chey zaten geduldig te wachten in een kleine receptieruimte. Ze zaten op een paar ongemakkelijke stoelen gemaakt van een grof materiaal dat Tomek deed denken aan de bank van zijn grootouders in Polen. Achter de balie zat een vrouw die eruitzag als iemand die de controle zou verliezen bij een brandveiligheidsoefening, iemand die als eerste zou gillen en uit het raam zou springen als de situatie erom vroeg - een beetje neurotisch en gespannen. Zodra ze begreep wie Tomek en Chey waren en waarvoor ze kwamen, greep ze direct naar de telefoon, belde ze Gavin, en verontschuldigde ze zich uitvoerig terwijl ze wachtten.

Vijf seconden voor hij opnam.

Vijf minuten voor hij verscheen.

Gavin was een kleine, onopvallende man, met een grote mond en kort stekelig haar dat veel te veel gel bevatte en sinds het begin van de jaren 2000 niet meer in de mode was geweest. Ondanks zijn formaat had hij een verpletterende handdruk.

'Ik neem aan dat dit niet lang duurt?' vroeg hij terwijl hij zijn handen liet zakken.

'Waarschijnlijk niet,' antwoordde Tomek. 'U kunt beter alle afspraken of vergaderingen die u gepland heeft afzeggen.'

Zonder iets te zeggen draaide Gavin zich om en verdween door een stel dubbele deuren. Zijn kantoor was een korte wandeling verderop, maar de man was hen ver vooruit, en tegen de tijd dat ze hem inhaalden, zat Gavin al achter zijn bureau, wachtend op hen als een schoolhoofd die een paar spijbelende kinderen verwacht.

'Als dit over het onderzoek naar Brendan gaat, heb ik al alle vragen beantwoord die er te beantwoorden vallen.'

'We hebben nog een paar vragen, als u zo vriendelijk wilt zijn.'

'Zo vriendelijk zijn? Wat bedoelt u daarmee?'

'We hebben gewoon nog een paar vragen die antwoorden vereisen.'

'Ik heb u al gezegd, ik heb alles besproken wat er te bespreken valt over Brendan.'

'Wie had het over Brendan?'

'U...?' Hij leek nu onzeker van zichzelf.

'Nee, dat hadden wij niet. Als dat is wat de receptioniste u heeft verteld, dan spijt het me, maar dan bent u verkeerd geïnformeerd.'

'Als het niet over hem gaat, waarover dan wel?'

'Dat weet u denken wij wel.'

Tomek ging op de rand van zijn stoel zitten, legde een hand op tafel en gebaarde naar Chey. De agent tastte in zijn zak en haalde er een stuk papier uit.

'Heeft u gehoord over het lichaam dat de andere dag bij Mulberry Harbour is gevonden?'

Gavins ogen schoten heen en weer tussen Tomek en Chey. 'Ik denk dat ik er iets over heb gezien.' Zijn stem was beverig, nerveus, alsof hij wist waar dit naartoe ging.

'Wel,' zei Tomek, 'kort nadat dit allemaal gebeurde, werd een van de belangrijkste getuigen gedood. Zeg hier niets over, we houden dit deel tamelijk geheim. Het is zo'n schande, want hij was echt een aardige kerel. Net als de vrouw werd hij veel te vroeg van ons weggenomen. Kun je geloven dat de klootzak die het deed, zomaar uit het niets naar voren kwam?'

'Uit het niets,' herhaalde Chey.

'Nou, niet helemaal uit het niets. Hij kreeg een beetje hulp van de *Southend Echo*. Nadat ze zijn signalement aan het publiek hadden vrijgegeven, voelde hij zich gedwongen om zich te melden, begrijpt u? Maar dat is niet de enige helpende hand die onze moordenaar kreeg, toch, Chey?'

'Nee, Sarge.'

'Nee, zeker niet,' vervolgde Tomek, terwijl hij zijn hoofd schudde. 'Ziet u, Gavin, iemand heeft onze moordenaar de locatie van de ooggetuige gegeven. Kunt u dat geloven?' Tomek leunde dichterbij. Gavin voelde zich verplicht hetzelfde te doen. De lijntjes rond zijn ogen waren verdiept en zijn voorhoofd was gefronst. Tomek dacht dat hij ook een zweetdruppeltje zag vormen aan de rand van zijn dunner wordende haarlijn.

'En... het gekke is...' vervolgde Tomek. De spanning op Gavins gezicht groeide. 'Het kwam van ergens in *dit* kantoor.'

De opluchting op Gavins gezicht was zo plotseling en krachtig, dat Tomek het bijna op zijn wang voelde.

Tomek verlaagde zijn stem. 'En we denken dat *u* ons misschien kunt helpen uitzoeken wie...'

Gavins ogen werden groot. 'U denkt... u denkt dat iemand van dit kantoor het adres van iemand heeft gelekt aan een... aan een moordenaar?'

'O, ja.'

'En u denkt dat ik u kan helpen ontdekken wie dat gedaan zou kunnen hebben?'

'Ja, maar we hebben wel nodig dat u hier heel stil over bent. We kunnen niet hebben dat het uitlekt. Er zijn gevaarlijke mensen in deze wereld. Het is een jungle daarbuiten, en wie weet waartoe ze in staat zijn.'

'Juist. Ja. Ik begrijp het. Dat is... dat is interessant. Heel interessant.' Gavin leek plotseling in diepe gedachten verzonken, tikkend tegen zijn kin, zijn hoofd wegdraaiend van Tomek. 'Heeft u... heeft u enig idee wie het zou kunnen zijn?'

'Tim van de financiële afdeling.'

'Tim van de boekhouding? Echt waar? Ik... ik had nooit gedacht dat hij daartoe in staat was.'

'Dat komt omdat hij niet bestaat,' zei Tomek abrupt. 'Er is geen Tim van de boekhouding. We hebben hem verzonnen. Maar jij verzon het adres van Andrei Pirlog niet, toch? Je vond dat precies waar je het nodig had, en je gaf het rechtstreeks door aan zijn moordenaar, nietwaar?'

Gavins gezicht vertrok in een knoop van protest. 'Waar heb je het over? Hoe durf je te beschuldigen-'

Tomek bracht hem tot zwijgen met het stuk papier dat hij had achtergehouden om op het juiste moment te onthullen.

'Dat is jouw naam daar, nietwaar? En dat is het IP-adres van deze computer - maak je geen zorgen, we hebben IT het laten controleren voordat we langskwamen. We hebben ook je agenda gecontroleerd, en de beveiligingscamera's in het gebouw, en ze geven allemaal aan dat je precies hier zat, aan dit bureau, toen je het profiel van Andrei in het systeem bekeek.'

Gavin opende en sloot zijn mond om te spreken, maar er kwam niets uit.

'Ik kan niet geloven dat je een onschuldige, zij het fictieve man, de schuld wilde geven voor iets wat hij niet heeft gedaan. Arme Tim van de boekhouding. Heb je geen schaamte, Gavin?'

'Je kunt me dit niet aandoen,' antwoordde de man. 'Je hebt geen bewijs.'

'Ik heb het je net laten zien. Ben je waanzing?'

'Nee, ik-'

'Wie vroeg je om het adres te lekken?'

'Niemand, ik-'

'Wie vroeg het je?'

'Ik weet het niet. Ik ontving gewoon een sms-bericht.'

'Waarin stond?'

'Er werd alleen om het adres gevraagd. Dat was alles.'

'Heb je het bericht nog?'

'Nee. Ik heb het verwijderd zodra ik de informatie had verzonden.'

'Waarom? Waarom jij?'

'Ik weet het niet. Ik... ik wou dat ik het u kon vertellen.'

'Je liegt.'

'Nee! Ik beloof het u, dat doe ik niet!'

'Dan stel ik voor dat je ons alles vertelt wat we moeten weten.'

Vanuit zijn ooghoek zag hij Chey een kleine audiorecorder uit zijn zak halen en op tafel leggen. Gavin bekeek het wantrouwig, en terwijl hij sprak, gingen zijn ogen er steeds naar.

'Luister, ik...' begon hij, onsamenhangend babbelend, niet in staat zijn woorden eruit te krijgen. Hij haalde scherp adem en herpakte zichzelf. 'Ik weet hoe het eruitziet. Echt, dat weet ik. Maar ik heb niets verkeerds gedaan. Echt niet. Laatst was ik in Leigh, wandelend over Broadway met mijn vrouw en twee dochters, gewoon met onze eigen zaken bezig, toen ik deze sms kreeg. Het was van een onbekend nummer, met een foto van mijn familie die over straat liep. Die moet ongeveer vijf minuten eerder zijn genomen. Ze stonden voor de Co-op te wachten terwijl ik even naar de cadeauwinkel aan de overkant was gegaan. Ik keek om me heen of er nog iemand was, maar ik had geen idee naar wie ik moest zoeken. En het was ook druk, dus ik had geen kans om ze te vinden.'

'Wat stond er in het bericht?' vroeg Tomek.

'Zoiets als: "We weten alles over jou, we weten alles over je familie. Antwoord met het adres van een zekere Andrei Pirlog" - ik weet niet of ik dat correct uitspreek-'

'Ik denk niet dat hij erom zal geven,' onderbrak Tomek. 'Hij is dood door jouw toedoen.'

Gavin kromp ineen bij die opmerking, maar ging desondanks verder. '"Geef ons het adres van Andrei Pirlog, anders zullen we je familie vermoorden." Natuurlijk zou ik niet werkloos toekijken.'

'Dus je liet in plaats daarvan iemand anders vermoorden.'

'Ik heb niemand vermoord!' Gavin sloeg met zijn palm op tafel. De enige die schrok was Gavin zelf.

'Nee, je hebt gelijk,' zei Tomek, zijn toon enigszins verzachtend. 'Hij werd gewoon in zijn eigen badkuip verdronken terwijl jij er praktisch bij stond te kijken.'

Gavin kauwde op zijn onderlip. Een dunne laag tranen begon zich te vormen in zijn ogen terwijl het besef doordrong.

'Was dat het enige wat je werd gevraagd te doen?'

Ze waren hem kwijt. Gavin staarde leeg naar het midden van het bureau, verloren in zijn diepe, neerwaartse gedachten.

'Gavin, ik heb antwoord nodig.'

Uiteindelijk, na wat een lange tijd leek, hief hij zijn hoofd op. 'Ze zeiden dat ik ook naar de gevangenis moest gaan.'

'Wanneer?'

'Gisteren. Ik moest erheen voordat een nieuwe gevangene aankwam.'

'Met wie sprak je?' vroeg Chey.

'Een man genaamd Denis. Ik... ik kreeg de opdracht uit te zoeken wanneer iemand binnen zou komen, iemand die Mari-*oosh* heette, of hoe zijn naam ook was. Ze... ze wilden dat ik de boodschap zou doorgeven.'

'Welke boodschap?'

'Moet ik het echt uitspellen?'

'Dat is wel het minste wat je deze mensen verschuldigd bent,' antwoordde Tomek bot.

Gavin schraapte zijn keel. 'Ze wilden dat Denis Mari-*oosh* zou vermoorden. Hij zou die avond de gevangenis in gaan, en ze wilden dat Denis hem zou vermoorden.'

'En daar ging je in mee?' vroeg Chey.

Gavin draaide zich langzaam naar de agent. 'Heb jij familie, maat? Nee, natuurlijk niet. Kijk naar je, je bent hooguit twaalf. Wat weet jij ervan? Je kunt geen oordeel vellen tenzij je weet hoe het is om je dierbaren bedreigd te zien. Ik deed wat ik moest doen om mijn familie te beschermen.'

'Zelfs als dat betekende dat er twee mensen werden gedood?'

Gavins gezichtsuitdrukking veranderde plotseling. 'Ik deed wat ik moest doen om mijn familie te beschermen.'

Deze keer was er geen berouw in zijn stem, alsof hij plotseling vrede had met zijn beslissing en de daaropvolgende straf die zou volgen.

Tomek was woedend op de man. Als hij alleen eerst naar de politie was gegaan, hadden ze Gavin en zijn familie kunnen beschermen en mogelijk twee levens kunnen redden. Maar de man had het heft in eigen handen genomen, en nu zou hij de ultieme prijs daarvoor betalen.

HOOFDSTUK
VEERTIG

De sfeer in de incidentenkamer was somber, neerslachtig. Hoop en verwachtingen waren gekelderd, en veel verwarde gezichten staarden leeg naar de tafel en de muren. Het optimisme, ondanks een succesvolle aanklacht voor de moord op Andrei Pirlog, ebde weg zo snel als het terugtrekkende getij.

'Ik ben bedroefd en geschokt door het nieuws van Mariusz' moord,' zei Victoria langzaam, kalm, met een zekere bedachtzaamheid in haar stem. Ze stond rechtop met haar hoofd omhoog. Deze keer was er geen trouwe hond aan haar zijde; in plaats daarvan zat Sean tussen de anderen aan tafel. 'Maar dankzij de zorgvuldigheid van Tomek en Chey hebben we een reden kunnen vinden waarom hij dood is. Heren, willen jullie het uitleggen?'

En dat deden ze. Maar niet voordat Tomek de opvallende fout in Victoria's oorspronkelijke verklaring had aangewezen: dat de acht-endertig steekwonden in Mariusz' lichaam de *werkelijke* reden waren dat hij dood was, niet hun grondigheid in het uitvoeren van hun werk. Desondanks had Tomek Chey de kans gegeven om Gavins actieve betrokkenheid bij de dood van de man aan het team uit te leggen. Het was een gelegenheid voor de agent om zich te ontwikkelen en meer zelfvertrouwen te krijgen in zijn rol. Toen hij klaar was, stelde Victoria de ruimte open voor vragen, die Chey bondig en zonder aarzeling had kunnen beantwoorden.

'Ik wil deze tijd gebruiken om door te nemen wat we weten, wat we niet weten, en wat we willen weten. Ik denk dat we allemaal moeten begrijpen wat er in godsnaam de afgelopen dagen is gebeurd, zodat we er allemaal wijs uit kunnen worden en het eindelijk kunnen afsluiten.'

Een zacht gemompel ging door het team.

Met de troepen gemobiliseerd, begon Victoria de strijd en draaide zich naar de borden achter haar. In de loop van de afgelopen dagen had het team documenten, informatie, feiten, afbeeldingen, foto's van de plaats delict en bewijsmateriaal op de muur geplaatst om een complete mindmap van het onderzoek te maken. In de linkerbovenhoek stond een kleine foto van Mulberry Harbour, met enkele beknopte feiten over het monument. Ernaast was een afbeelding van Morgana, genomen van haar sociale media; de achtendertigjarige vrouw glimlachte uitbundig in de camera. 'Om 9:52 uur ontvingen we de noodoproep van Warren Thomas bij Mulberry Harbour dat ze het lichaam van Morgana hadden gevonden. Op dat moment waren Andrei Pirlog, nu overleden, Warren Thomas zelf, Kirsty Redgrave en haar gezin van vier aanwezig.' Hun namen stonden onder de afbeelding van Morgana, en Victoria wees naar elk van hen terwijl ze sprak. 'Een verdachte, van gemiddelde bouw, met kort zwart haar en een dunne zwarte baard, gekleed in een zwarte jas en sjaal, werd gezien terwijl hij Morgana's lichaam vasthield. Hij vluchtte later van de plaats delict, in westelijke richting, naar Southend Pier, waar hij later ergens rond hier weer opdook.'

Met haar pen tekende Victoria een pijl op een kaart van Southend van de haven naar de pier, en vervolgens nog een lijn die omhoog wees. Ze stopte toen ze land raakte.

'Op dat tijdstip in de ochtend kwam het getij snel op, waardoor onze belangrijkste getuigen geïsoleerd raakten. Als gevolg daarvan werden ze gedwongen het lichaam, en zichzelf, op de haven te tillen, waar ze op redding wachtten. Zodra ze aan wal waren gebracht, werden ze naar het bureau gebracht voor verklaringen. De enige persoon die het beste zicht had op onze verdachte was Andrei Pirlog.' Victoria prikte met de pen op de naam van de man. 'Kort daarna werd Andrei dood in zijn badkamer gevonden. Oorspronkelijk werd gedacht aan zelfmoord, maar DNA-bewijs dat later onder Andrei's vingernagels werd gevonden, bevestigt dat Mariusz Stanciu, een vrachtrijder voor DWG Logistics, aanwezig was. We weten nu dat Mariusz Andrei heeft gedood, het bewijs is onweerlegbaar, en we weten ook dat hij degene was die van de plaats delict van Morgana is gevlucht.'

'Nee, dat weten we niet,' onderbrak Tomek.

Victoria wierp hem de blik toe van iemand die net was tegenge-houden bij het bereiken van de finishlijn van een marathon. Woede kroop langs de lijntjes van haar gezicht.

'Jawel, dat weten we.'

Tomek schudde zijn hoofd. 'We hebben alleen zijn woord ervoor. Hij meldde zich uit het niets omdat hij voldeed aan de beschrijving in de kranten.'

'Die jij hebt gelekt.'

'Dat heeft er niets mee te maken.'

'Dus je geeft het toe?' drong Victoria aan.

'Nee. Laat je me nu uitpraten? Dank je. Zoals ik al zei, Mariusz meldde zich omdat hij voldeed aan de beschrijving in de krant. Toen hij met me sprak, vertelde hij me dat hij niets te maken had met Morgana's dood, dat hij het lichaam zo had gevonden, en dat hij van de plaats delict was gevlucht omdat hij wist hoe het eruit zou zien. Toen ik zijn foto aan de Redgraves en Warren Thomas liet zien, konden ze niet met zekerheid zeggen dat hij het was. De enige persoon die dat kon, was Andrei.'

'Die hij heeft vermoord.'

'Ja, maar dat wil niet zeggen dat hij degene was die Morgana heeft vermoord, of dat hij er zelfs maar was.'

'Het komt er wel op neer,' mengde Martin zich erin. 'Hij was daar bij de haven, hij werd gezien, hij vluchtte, en toen doodde hij de persoon die hem het beste had gezien. Het ziet er niet goed uit.'

'Ik weet hoe het eruitziet,' antwoordde Tomek met een diepe zucht. 'Maar jullie zaten niet tegenover hem in die verhoorkamer. Jullie hoorden hem niet. Jullie hoorden niet hoe kalm en... robotachtig hij klonk.' Nog een zucht, deze keer dieper, langer. 'Ik geloof wat ik geloof, en ik geloof niet dat hij Morgana heeft vermoord.'

'Wat is er met zijn vriendin?' vroeg Martin, die zich bleef mengen in het gesprek.

'Wat is er met haar?' vroeg Tomek.

'In zijn verklaring zei hij dat hij daar was om een perfecte plek te vinden om zijn vriendin ten huwelijk te vragen. Waar is zij? Bestaat ze überhaupt?'

'Ja,' kwam het botte antwoord van Oscar. Hij hees zichzelf uit zijn stoel en wees naar een foto aan de andere kant van de muur. Er stond een levendig ogende vrouw op, glimlachend achter een dikke sjaal die om haar nek en kin was gewikkeld. Op de achtergrond was een trap en een gebouw te zien. 'Ze bestaat,' vervolgde hij, 'maar ik heb geen contact met haar kunnen opnemen omdat ze terug is in Roemenië.'

'Wat overeenkomt met wat Mariusz over haar zei,' voegde Tomek toe. 'Hij zei dat ze terug naar huis was gegaan om haar familie te bezoeken.'

'Dat is allemaal niet relevant,' onderbrak Sean. 'Wat wel relevant is, is waarom Mariusz, een man die uit het niets opduikt - letterlijk, in dit geval - Andrei zou vermoorden als hij niets te maken had met de moord op Morgana. Waarom zou hij een onschuldig man doden als hij zelf onschuldig was?'

Tomek had niet meteen een antwoord, dus stelde hij in plaats daarvan een eigen vraag. 'Heeft iemand al een verband gevonden tussen Mariusz en Morgana?'

Alle ogen wendden zich naar een van de borden. In het midden stonden twee afbeeldingen, van Mariusz en Morgana, met een lijn ertussen en een groot vraagteken dat meerdere keren onderstreept was.

'Nee, kortom,' antwoordde Rachel.

Tomek haalde zijn schouders op en wierp een zelfingenomen blik naar de rest van het team. 'Punt bewezen.'

'Verder,' begon Victoria. 'We kunnen later terugkomen op Mariusz en Morgana. Maar nu we het toch over Mariusz hebben, hij is net in de gevangenis vermoord door Morgana's broer, Denis Danyluk. Wie heeft het laatste nieuws over hem?'

'We zijn nog bezig met onderzoek naar hem,' antwoordde Rachel. 'We hebben nog niet genoeg tijd gehad om veel samen te stellen.'

'Helemaal niets?'

'Nou, hij komt uit Oekraïne, net als Morgana. Hij zat gevangen voor de moord op een vijfentwintigjarige man. Hij heeft hem doodgestoken. Er was bezorgdheid dat het stamgerelateerd, drugs-, bende- of zelfs territoriumgerelateerd was, maar er was geen bewijs om dat te ondersteunen. Op een dag raakte Denis in een woordenwisseling, verloor zijn zelfbeheersing en stak een man dood. We weten pas of hij familie is van Morgana als de DNA-resultaten binnen zijn.'

'Er is geen vermelding van haar in zijn dossiers? Nooit haar opgegeven als naaste verwant? Of andersom?'

Rachel schudde haar hoofd. Toen liep Victoria naar een leeg gedeelte van het whiteboard en begon een korte to-do lijst te schrijven. De eerste taak op de lijst was om met Morgana's echtgenoot en kennissen te praten om erachter te komen of Denis Danyluk's bewering klopte. De mensen die het dichtst bij haar stonden, zouden weten of ze een broer had of niet. Vooral haar echtgenoot, Anton.

Daarna verschoof het gesprek kort naar Gavin Barker's betrokkenheid bij de gevangenismoord op Mariusz, en hoe hij de gevangene had geïnformeerd over Mariusz's aanstaande komst.

'Iemand zei tegen Gavin dat hij Andrei's adres moest lekken,' legde Tomek uit. 'Toen, zodra Mariusz was aangeklaagd, vertelden ze Gavin dat hij Denis Danyluk moest waarschuwen voor zijn komst. Iemand, wie er ook achter die berichten zit, wilde duidelijk dat Andrei en Mariusz dood zouden gaan. Begrijp je nu waarom ik niet denk dat Mariusz Morgana heeft vermoord? Iemand anders deed het, ze stuurden Mariusz om te bekennen, en ze hebben sindsdien hun sporen uitgewist.'

Niemand reageerde. Alle ogen vermeden elkaar, totdat Martin moedig genoeg was om weer te spreken. Hij streek een pluk haar uit zijn ogen en schoof het achter zijn oor. 'Misschien staan ze los van elkaar. Misschien is de moord op Mariusz een afzonderlijke gebeurtenis. Er is nog veel dat we niet weten over Mariusz. Misschien had hij vijanden.'

Tomek snoof spottend. 'Alsjeblieft. Hij is pas drie maanden in het land. Blijf dat maar denken als je wilt, maar ik denk dat we ons moeten richten op het ontdekken wie die sms-berichten heeft verstuurd. En ik ben van plan dat te doen terwijl digitale forensische experts hetzelfde proberen.'

'Zodat je hen voor kunt zijn?' vroeg Victoria, met een zweem van verontwaardiging in haar stem.

'Nee, zodat we klaar kunnen staan met een arrestatiebevel wanneer het moment daar is.'

HOOFDSTUK
EENENVEERTIG

'Teflon Tommy!'
De kreet kwam van achter hem toen hij uit de incidenten-kamer stapte, en het duurde even voordat hij besefte dat hij werd aangesproken.

Hij had die bijnaam al een tijdje niet meer gehoord. Teflon Tommy. Zo genoemd omdat shit niet aan hem bleef plakken. Er was een periode geweest, in de beginfase van zijn carrière, waarin hij een paar mensen had geschoffeerd, wat veren had opgeschud, een paar keer de regels had overtreden, en toch was er niets blijven plakken. Grotendeels te danken aan Nick. De hoofdinspecteur was er altijd geweest om hem te verdedigen, en de bijnaam was tussen hen beiden ontstaan. Het ironische was dat de naam in het begin was blijven hangen, maar na verloop van tijd, toen hij volwassener was geworden en zich had ontwikkeld tot een competentere en meer regelvolgende detective (die termen werden losjes gebruikt om hem te beschrijven), was de naam trouw gebleven aan zijn vorm en in onbruik geraakt.

'T-Bone!'
Nog een roep, nog een bijnaam. Deze keer verwijzend naar zijn liefde voor T-bone steak. Tomek had zichzelf deze bijnaam gegeven, maar niet iedereen had zich eraan gehouden.

Verward draaide Tomek zich om naar de eigenaar van de stem. Hij had half verwacht een voormalige collega te zien, iemand die bij elke gelegenheid naar hem toe was geschuifeld, aan zijn heup had gehangen en om al zijn grappen had gelachen. Hij had in zijn tijd wel wat van die bloedzuigers gekend, die het bloed uit zijn gevoel voor humor zogen. In plaats daarvan was het Sean. Hij hield de deur open met zijn hand, vingers gespreid over het oppervlak als een bloedvlek.

'Alles goed, maat?'

Tomek antwoordde langzaam. 'Ja... Wat is dat met al die bijnamen? Ben je met me aan het flirten, of wil je iets van me?'

'Beetje van beide. Wat het beste werkt.'

'Gaat dit over de kamer?'

Sean werd plotseling verlegen en verlaagde zijn stem. 'Ja. Ik vroeg me af of je al met de meiden had gesproken, of je hun goedkeuring had gekregen?'

Tomek krabde aan zijn wang. 'Sorry, maat. Nog niet. Het is me volledig ontschoten - een beetje zoals mijn naam, hè!' Maar Sean zag de humor er niet van in. Zijn ogen zakten en hij knikte langzaam. 'Luister, laat me vanavond met ze praten. Ik geef je morgen antwoord, hoe klinkt dat?'

'Ja. Geweldig, bedankt.'

'Wanneer moet je eruit zijn?'

'Zo snel mogelijk eigenlijk. Ik zou uit pure rancune graag zo lang mogelijk blijven - ik bedoel, die klootzak zet me eruit, tenslotte. Maar het wordt een beetje giftig om daar te blijven, en ik denk dat het meer zin heeft om er eerder dan later weg te gaan, als je begrijpt wat ik bedoel?'

Tomek begreep het volkomen. Hij legde een hand op Seans schouder. 'Laat het aan mij over, maat. We vinden wel iets voor je.'

Seans gezicht vulde zich met warmte. 'Bedankt, maat. Echt bedankt. Je bent een goede vriend. Dat weet je toch, hè?'

HOOFDSTUK
TWEEËNVEERTIG

S inds hij voor het eerst de naam Gavin Barker op het scherm had zien verschijnen, had Tomeks gedachten meteen naar één man geleid die er mogelijk bij betrokken was. Brendan Door, de commissaris van politie, brandweer en misdaadbestrijding van Essex. Brendan was een kwaadaardig man die weinig berouw had getoond voor zijn daden, en Tomek kon niet anders dan aan hem denken.

De man zat momenteel in voorarrest in de gevangenis HMP Bedford terwijl het onderzoek en het proces over zijn betrokkenheid bij mensenhandel vorderde. Tomek had kort nadat Victoria klaar was met de noodbriefing geprobeerd een gesprek te regelen, maar het was te laat geweest. De bezoekuren waren voorbij en er was geen kans meer om die avond met hem te spreken. Dus had Tomek het moeten uitstellen tot de volgende dag.

Hij was voor zonsopgang vertrokken naar HMP Bedford, waardoor hij zijn ochtendloop met Warren had gemist. De reis was lang en vermoeiend geweest, omdat het leek alsof de hele wereld en zijn moeder besloten hadden om precies op hetzelfde moment als hij het huis te verlaten, en hij had de hele weg bumper aan bumper gereden. Het enige positieve dat hij uit de ervaring had gehaald, was dat hij naar een paar afleveringen had kunnen luisteren van een nieuwe podcast die hij aan het uitproberen was. *De Misdaaddetectives* heette het, waarin een echtpaar zichzelf als amateurdetectives beschouwde en de hele aflevering besteedde aan het bespreken van onopgeloste zaken. Elke week deden ze onderzoek en kwamen ze terug met nieuwe feiten, waardoor het onderzoek geleidelijk vorderde. Tomek bewonderde hun vindingrijkheid en volharding, en na de twee afleveringen die hij had beluisterd, was hij jaloers op de vooruitgang die ze hadden geboekt. Hij wist uit eerste hand hoe moeilijk het soms was om een onderzoek uit te voeren en de moordenaar te vinden, en hij bewonderde hen niettemin enorm. Hij wist echter niet zeker of hij naar de podcast zou blijven luisteren. Niet omdat hij niet kon waarderen hoeveel vooruitgang ze boekten en het hem overbodig deed voelen, maar omdat hij zo betrokken was geraakt bij hun discussies en het horen van hun stemmen, dat hij meerdere keren bijna een ongeluk had veroorzaakt. Het bleek dat hij niet in staat was om tegelijkertijd zware machines te bedienen en naar een podcast te luisteren. Hij vond dat ze dat op de verpakking hadden moeten vermelden, net zoals ze dat bij medicijnen doen.

Na aankomst bij de gevangenis en het doorlopen van verschillende controles, was Tomek naar een aparte vergaderruimte geleid, weg van de algemene gevangenispopulatie, waar hij op Brendans komst had gewacht. De gevangene had de ontmoeting moeten goedkeuren voordat Tomek tegenover hem kon zitten, en tot zijn verbazing had Brendan ingestemd. Uiteindelijk, na tien minuten wachten, kwam de man de kamer binnen, en Tomek kreeg meteen een indruk van wat de gevangenis met hem had gedaan. In zo'n korte tijd was zijn gezicht vermagerd, zijn wangen ingevallen door het plotselinge en drastische gewichtsverlies. Hij liep langzaam, zijn rug gebogen, schouders naar voren, hoofd omlaag. Hier was een man die, bij de weinige gelegenheden dat Tomek hem had ontmoet, trots en arrogant had gestaan, met de kracht van anonimiteit en status achter zich. Nu zag hij er gebroken en verweerd uit. De arrogante uitstraling was uit hem geslagen en gestolen. Politieagenten, zelfs de corrupte, behoren nog steeds tot de meest gehate gevangenen, na verkrachters en pedofielen. Maar ondanks dit alles hing er nog steeds een dun sluier van macht om hem heen, alsof die niet volledig uit hem was geslagen.

Brendan trok de stoel onder de tafel vandaan en ging zitten.

'Ik heb de hele nacht wakker gelegen denkend aan vandaag,' zei hij met zijn gebruikelijke diepe, ruwe stem.

'Ik ook,' antwoordde Tomek.

'Al vermoed ik om heel andere redenen. Ze wilden me niet vertellen waar dit over ging, dus mijn verbeelding sloeg op hol.'

Tomek dacht even na over die uitspraak.

'Hopelijk stel ik je niet teleur.'

Net toen hij wilde uitleggen waarom hij op bezoek kwam, onderbrak Brendan hem.

'Hoe gaat het met mijn vriend?'

'Welke?'

'Nick. Mijn vriend, Nick. Hoe houdt hij zich?'

'Geschorst, dankzij jou.'

'Echt waar?'

Tomek knikte licht. 'Geschorst, in afwachting van een volledig onderzoek naar elke connectie met jou en waar jij en je vriendjes mee bezig waren.'

Een vleugje van een grijns flitste over Brendans gezicht. Een deel van de macht keerde terug. 'Ah, ja. Er was die ene keer dat ik hem uitnodigde om lid te worden van de Southend Seven.'

Dat was nieuws voor Tomek.

'Gelukkig heeft hij nee gezegd,' antwoordde hij, terwijl hij probeerde de verrassing in zijn stem te verbergen.

De grijns groeide uit tot een veelzeggende glimlach. 'Is dat wat hij je verteld heeft?'

Tomeks ogen vernauwden zich. 'Wat moet dat betekenen?'

'Niets,' antwoordde Brendan. 'Ik ben er zeker van dat je heilige hoofdinspecteur zich nergens zorgen over hoeft te maken. Ik weet zeker dat hij tegen etenstijd weer terug is.'

Dat maakte Tomek lichtelijk ongerust. Dat de mogelijkheid bestond dat een van zijn naaste vrienden bij de politie had ingestemd om lid te worden van een club die direct betrokken was bij mensenhandel. Bovendien dat Nick tegen hem had gelogen. Hij had hoog en laag gezworen dat er niets anders was dat Tomek moest weten, alleen dat hij bij een paar bijeenkomsten was geweest en absoluut geen betrokkenheid had bij de club.

Nu was Tomek daar niet meer zo zeker van.

'Hoe dan ook,' zei Brendan, 'nu die kleine parasiet in je hoofd rondzwemt, wil je misschien uitleggen waarom je hier bent?'

Tomek schraapte zijn keel. 'Zegt de naam Morgana Usyk je iets?'

'Bedoel je die vrouw die onlangs in de haven is overleden? Is dat waarom je hier bent?'

Tomek zei niets.

'Wat heeft dat met mij te maken? Ik heb hier de hele tijd gezeten. Erewoord.' Brendan stak drie vingers in de lucht.

'Dus je hebt die naam nog nooit eerder gehoord?'

'Alleen op het nieuws.'

'Wat dacht je van Mariusz Stanciu?'

Brendan doorzocht zijn geheugen voor een volle seconde. 'Nee. Sorry.'

'Geen probleem. Deze zou je geheugen kunnen opfrissen,' ging Tomek verder. 'Wat kun je me vertellen over Gavin Barker?'

'Wie?'

'Gavin Barker, van uw kantoor... het hoofd van het team Veiliger Politiewerk.'

'O, je bedoelt Gammele Gavin! Waarom? Wat heeft hij gedaan? Heeft hij toch niet iets te maken met die mensen die je noemde?'

Tomek perste zijn lippen op elkaar. Dit ging niet zoals hij had verwacht. Gisteravond had hij een plan opgesteld - kort en eenvoudig - om de informatie te krijgen die hij nodig had. Maar het werkte niet. De man wist niets. Misschien had Tomek zo graag gewild dat Brendan erbij betrokken was dat hij zichzelf er bijna van had overtuigd, maar er was iets aan de reactie van de man dat suggereerde dat hij niets te maken had met Morgana, Mariusz, of wat dan ook.

'Wat kun je me vertellen over Gavin?' vroeg Tomek, terwijl hij probeerde zijn teleurstelling te verbergen.

'Wat zou u willen weten?'

'Zijn persoonlijkheid. Hoe is hij op kantoor?'

'Een doetje. Een lafaard. Verder, kom op, ik kan aan je gezicht zien dat je me eigenlijk iets anders wilt vragen, maar iets weerhoudt je. Kom op, Tomek, wat is het? Het is niets voor jou om te aarzelen bij het zeggen wat er echt op je hart ligt.'

Tomek dacht niet dat de man hem goed genoeg kende om zo'n oordeel te vellen, maar alles bij elkaar genomen, was het behoorlijk accuraat.

'Wat weet je over een man genaamd Andrei Pirlog?' vroeg Tomek, met een licht wankelende stem.

'Nooit van gehoord.'

Bijna net zo snel als het vorige antwoord.

'Weet je het zeker?'

Brendan sloeg zijn armen over elkaar. 'Absoluut. Nooit van gehoord. En dat is het soort naam dat je zou onthouden, nietwaar? Net als die middenvelder. Als je niet gaat zeggen waar je voor gekomen bent, kunnen we er net zo goed een punt achter zetten. Een gevangenis kan soms een drukke plek zijn, en ik heb genoeg dingen te doen.'

'Zoals het plannen van iemands moord?'

Tomek was oorspronkelijk van plan geweest die opmerking voor zich te houden, maar het was zonder aarzeling over zijn lippen gekomen, alsof het een eigen wil had.

Opwinding verscheen op Brendans gezicht, en hij leunde voorover in zijn stoel.

'Daar hebben we het. Bingo. Je denkt dat ik iets te maken had met een moord? Laat me raden, je denkt dat ik, om wat voor reden dan ook, deze Morgana heb laten vermoorden, en dat het iets te maken had met Gavin en die twee andere kerels die je noemde? O, Tomek. Je hebt hier niet echt over nagedacht, hè? Ik ken geen van die mensen. Ik heb nog nooit van mijn leven van ze gehoord. En je weet dat ik ze niet ken, of niet? Je hebt geen enkel bewijs dat suggereert dat ik dat wel doe, en dat weet je. Je kwam hier binnen in de veronderstelling dat ik zou omvallen en je alles zou vertellen wat je wilde horen. Maar het liep niet zoals je wilde. Grappig hoe het leven zo werkt. Alle kaarten die je had liggen nu open op tafel, en je hebt verloren. Het is de slechtste hand die ik ooit heb gezien. Je zou slim moeten zijn, een rechercheur nota bene. Ik had meer van je verwacht.'

En hij had meer van zichzelf verwacht. Hij had dat hele interview volledig verknald. Hij was ingestort. Hoewel het nog steeds mogelijk was dat Brendan loog, dat hij wel wist van Morgana, Andrei of Mariusz, en dat hij wist van de berichten aan Gavin, wist Tomek wanneer hij verslagen was.

Hij verliet de verhoorkamer met een brok in zijn keel en een zware last op zijn borst. Zodra hij in de auto sprong, verbond zijn Bluetooth automatisch met zijn telefoon en begon de podcast af te spelen. Hij reikte naar het apparaat en zette het uit. Het laatste waar hij aan herinnerd wilde worden was dat een echtpaar, zonder enige ervaring, zonder training, zonder wat dan ook, beter werk leverde dan hij in het vak dat hij al bijna twintig jaar uitoefende.

Voordat hij de parkeerplaats verliet, veranderde Tomek het adres in zijn navigatiesysteem. Hij moest een omweg maken.

HOOFDSTUK
DRIEËNVEERTIG

Nick woonde aan de rand van Rochford, een klein stadje op korte rijafstand van het CID-hoofdkwartier. Tijdens de rit erheen was Tomek minstens een half dozijn pelotons gepasseerd. Ongeveer twintig mensen die midden op de dag, midden in de week aan het fietsen waren. Wat deden ze de rest van de week? Hadden ze geen baan? Of waren ze misschien allemaal zo goed betaald dat ze het zich konden veroorloven om vier uur per dag vrij te nemen om door het platteland te fietsen.

Tomek was nooit echt een fietser geweest. Hardlopen, voetbal, rugby, ja. Sporten met lichamelijk contact, of het nu met zijn voeten op het asfalt was of een schouder in iemands buik. Bovendien dacht hij niet dat hij het juiste lichaam ervoor had. Hij was langer dan één meter tachtig, had benen zo dik als boomstammen, en afgaande op de gemiddelde omvang van degenen die hij passeerde, was hij net zo breed als drie van hen bij elkaar. Hij was topzwaar en zou bij de eerste de beste windvlaag omvallen.

De fietsers waren echter niet het ergste deel van de reis. Rechtstreeks komen van HMP Bedford had langer geduurd dan hij had verwacht, dit keer dankzij een ongeluk op de M25. Hij had overwogen het bezoek uit te stellen en het voor de dag erna te bewaren, maar hij wilde niet wachten, zijn gedachten en verdenkingen niet laten sudderen in zijn hoofd.

Beter om het zo te doen.

Tomek reed van de weg af, de oprit van Nick op. Daar, midden op de grindoprit, stond Nicks jongensachtige Range Rover en Maggies stille, bescheiden Citroën Berlingo. Sinds het ongeluk van hun dochter hadden ze de gezinsauto moeten aanpassen om Lucy en haar rolstoel erin te kunnen vervoeren. Dezelfde aanpassingen waren niet aan de Range gedaan, merkte hij op.

De voortuin stond vol met stenen beelden en ornamenten. Een paar meter van de voordeur was een kleine vijver. Een marmeren beeld van een jongen met vleugels, met water dat uit zijn mond gutste, stond trots in het midden. Het geluid van het water dat in de vijver viel, kalmeerde hem, en terwijl hij wachtte tot de deur openging, sloot hij zijn ogen en concentreerde zich op zijn ademhaling.

In. Uit. In. Uit.

Het gesprek in zijn hoofd aan het verwerken.

'Tomek?' klonk een opgewonden stem, die hem uit zijn gedachten haalde. 'Wat doe jij hier? Wat een aangename verrassing!'

Tomek opende zijn ogen en zag Maggie, Nicks vrouw, voor hem staan. Ze leek kleiner dan hij zich herinnerde, ouder, kwetsbaarder. In korte tijd waren de wallen onder haar ogen groter geworden en hingen ze nu op haar gezicht. Haar ogen waren bloeddoorlopen en haar wangen hadden hun kleur verloren. De zorg voor hun nu gehandicapte dochter was niet vriendelijk voor haar geweest, en Tomek voelde een steek van medeleven in zijn maag opkomen.

Hij stak zijn armen uit en omhelsde haar.

'Ik dacht, ik kom even langs om gedag te zeggen,' loog hij. 'Het is een tijdje geleden.'

'Geen Kasia?'

Tomek schudde zijn hoofd en keek toen achter zich of ze niet op wonderbaarlijke wijze was verschenen zonder dat hij het doorhad. 'Ik kom rechtstreeks van mijn werk,' zei hij. 'Maar ik kan haar altijd een andere keer meebrengen.'

'Oh, dat zou geweldig zijn. Dat zouden we leuk vinden. We kunnen dan allemaal samen dineren. Sunday roast. Dat is onze gezinsfavoriet.'

Tomek grijnsde. 'Klinkt perfect. Geef me een tijd en datum en ik zorg ervoor dat we beschikbaar zijn.'

'Oh, reken maar!'

De opwinding in Maggies stem was overweldigend. Alsof het de eerste keer was dat ze hem ontmoette nadat ze zoveel over hem had gehoord. Alsof het de eerste keer was dat ze iemand anders dan haar man en dochters in meer dan tien jaar had gezien of ontmoet. Ze trok hem gretig het huis in, vertelde hem in niet mis te verstane bewoordingen dat hij zijn schoenen aan kon houden als hij dat wilde, dat het haar of wie dan ook niet uitmaakte, dat ze het daarna wel kon schoonmaken, en nam hem toen mee naar de keuken. De ruimte was precies zoals hij zich herinnerde. Stenen tegelvloer, houten eettafel en stoelen, eiland in het midden van de keuken, gietijzeren Aga aan de zijkant. Rustiek, ouderwets, als iets uit een aflevering van *Escape to the Country*.

Maggie haastte zich naar een kast en pakte een glas.

'Water? Wijn? Whisky? Wat je maar wilt, we hebben het.'

'De minder bekende wie, waar, wat, waarom, wanneer,' grapte hij. 'Water is prima. Wil niet onder invloed naar huis rijden. Bedenk eens wat voor voorbeeld dat zou zijn!'

Maggie grinnikte luid. 'Ha! Natuurlijk. Wat dom van me.'

Toen ze hem het glas overhandigde, masseerde ze onopvallend zijn arm. Mogelijk het eerste stukje menselijk contact dat ze in een tijd had gehad.

'Hoe gaat het met je?' vroeg ze.

'Oh, je weet wel, druk met werk. Druk met Kasia.'

'Houdt ze je bezig?'

'Dat kun je wel zeggen. Wie had gedacht dat tieners zo verwarrend konden zijn?'

'Probeer er eens twee te hebben.'

'Hoe gaat het met hen?' vroeg Tomek. 'Gaat het goed met Daniela op school?'

'Oh, ze vliegt. De beste in al haar klassen. Ze vindt het geweldig. We zijn zo trots op haar.'

De manier waarop ze het zei, deed het lijken alsof ze niet trots waren op Lucy, degene die momenteel ergens in een van de kamers van het huis zat, naar de televisie staarde, en de enorme kloof in Nicks en Maggies huwelijk veroorzaakte.

'Fijn om te horen,' zei Tomek. 'Heb je recent nog iets van Robbie gehoord?'

Bij het horen van de naam van haar zoon verdween de opwinding van Maggies wangen. Na jaren van onenigheid en gekibbel was Robbie op zijn zestiende bij de marine gegaan. Hij had de familie in de steek gelaten en hield het contact tot een minimum beperkt. Zijn vertrek was zwaar geweest voor hen als gezin, en Tomek was er geweest om samen met Nick de stukken op te rapen, hem te troosten in zijn kantoor en de weinige woorden van wijsheid aan te bieden die hij kon verzamelen. Toevallig had Tomeks ervaring met het gevoel een buitenstaander te zijn in zijn eigen familie Nick geholpen om de dingen vanuit Robbies perspectief te bekijken, vanuit een hoek die hij mogelijk niet had overwogen, en zo enige vooruitgang te boeken in het verbeteren van hun relatie.

Maggie liet haar hoofd zakken en plaatste een hand op het keukenblad voor steun. 'Nee,' antwoordde ze zwakjes. 'We hebben een tijd niets van hem gehoord. Hoewel we wel weten dat hij veilig is en goed verzorgd wordt.'

'Ik hoorde laatst op het nieuws dat ze misschien de dienstplicht weer invoeren als het ooit tot een crisis komt. Gelukkig zal ik net buiten de leeftijdscategorie vallen tegen de tijd dat het zover is.'

Tomek wist niet waarom hij dat had gezegd. Om de leegte te vullen, de stilte te maskeren, misschien.

'Ja, je mag jezelf gelukkig prijzen.'

Een korte pauze.

'En...' begon hij. 'En hoe gaat het met *jou*? Zorg je goed voor jezelf?'

Maggie opende haar mond, maar werd onderbroken door de keukendeur die openging. Daar stond Nick, verstijfd in de deuropening.

'Tomek... Wat doe jij hier?' Hij zag eruit alsof hij zojuist betrapt was met zijn broek op zijn enkels.

'Tomek is even langsgekomen om gedag te zeggen.'

'Gedag?' herhaalde Nick. 'Niemand komt zomaar even langs om gedag te zeggen. Dit zijn de jaren tachtig niet meer. En Tomek komt al *helemaal* niet zomaar langs om gedag te zeggen. Hij wil iets. Wat wil je, Bowen?'

Nick liet de deurklink los en kwam de kamer in.

'Praat niet zo tegen onze gast,' zei Maggie, die het voor Tomek opnam. 'Zie je, dit is waarom we geen mensen over de vloer krijgen.'

'Nee, we krijgen geen mensen over de vloer omdat we niemand uitnodigen.'

'En wiens schuld is dat?' zei ze. 'Jij bent degene die altijd weg is. Jij bent degene die meer mensen kent dan ik.'

Maggie sloeg haar armen over elkaar en zuchtte diep. Dat moest wel in de familie zitten.

Tomeks hoofd bewoog heen en weer tussen hen terwijl ze begonnen te ruziën. Hij had niet de bedoeling gehad om onenigheid te veroorzaken, maar nu begreep hij waarover Nick had geklaagd. Het gekibbel, de kleinste dingen die buiten proportie werden opgeblazen, de zure nasmaak die het bij iedereen achterliet. Er was veel wat ze niet tegen elkaar zeiden, en een deel daarvan kwam nu naar buiten in zijn bijzijn.

'We gaan dit hier niet doen,' zei Nick, die de ruzie snel de kop indrukte. 'Niet nu.' Hij draaide zich naar Tomek. 'Je bent hier om mij te zien, neem ik aan?'

'Nou, ik-'

'Je hoeft niet meer te liegen, jochie.'

Tomek draaide zich langzaam naar Maggie, die een verslagen uitdrukking op haar gezicht had. 'Zou ik Lucy kunnen zien voordat we naar boven gaan?'

'Je wilt haar *zien*?' vroeg Nick.

'Ja, als dat goed is?'

'Waarom zeg je dat alsof het iets slechts is, Nick?' vroeg Maggie, met hoorbare minachting in haar stem.

Nick wierp haar onmiddellijk een blik toe die zei: 'begin niet'. Daarna zei hij: 'Ik had gewoon niet verwacht dat je helemaal hierheen zou komen om haar ook te willen zien.'

Tomek haalde zijn schouders op. 'Het is helemaal geen probleem. Ik weet zeker dat ze wat gezelschap kan gebruiken, en Kasia vraagt altijd naar haar.'

Een halve leugen. Kasia had Lucy's naam twee keer genoemd sinds het incident, maar dat hoefden ze niet te weten.

Een glimlach die Tomek al een tijdje niet had gezien, verscheen op het gezicht van zijn vriend. 'In dat geval, kom maar mee.'

Tomek volgde Nick door de gang naar hun tweede woonkamer aan de achterkant van het huis, waar Lucy aan de andere kant van de deur zat. Door de muren hoorde Tomek het geluid van de televisie die luid speelde. Iets met ingeblikt gelach.

Toen Tomek bij de deur kwam, legde Nick een hand op zijn borst.

'Ik moet je waarschuwen, ze is niet meer zoals ze vroeger was,' zei hij.

'Ik weet het,' antwoordde Tomek. 'Dat heb je me verteld. Verschillende keren. Maar ik ben niet bang. Ze is niet besmettelijk. Bovendien heb ik ergere dingen gezien. Veel ergere, weet je nog?'

Nick bromde en opende toen de deur. Het duurde even voordat Lucy hun komst registreerde, en toen ze dat deed, draaide ze langzaam haar hoofd. Berekeningen speelden op haar gezicht terwijl ze probeerde zich te herinneren wie Tomek was. Met een beetje hulp van Nick herinnerde ze het zich.

'Hoe gaat het met je, kleintje?' vroeg Tomek terwijl hij naar het televisiescherm keek. Ze keek naar *Friends*.

'Afgezien van een enorm gat aan de zijkant van mijn hoofd, gaat het prima,' antwoordde Lucy opgewekt. 'Hoewel papa je waarschijnlijk vertelt dat ik de pest heb of zoiets.'

Tomek grinnikte. 'Hij maakt zich gewoon zorgen omdat hij oud wordt. Hij denkt dat de volgende keer dat hij griep krijgt, het misschien wel einde verhaal is voor hem.'

Nu was het Lucy's beurt om te lachen. Haar stem overstemde het geluid van de tv en droeg door de rest van het huis. Tomek vroeg zich af hoe lang het geleden was dat de zestienjarige voor het laatst zo had gelachen. Sinds ze voor het laatst zelfs maar een sprankje geluk had gevoeld. Als Nicks verhalen iets zeiden, dan was het helemaal niet meer gebeurd sinds het ongeluk.

'Hebben je leraren je huiswerk en aantekeningen gestuurd?' vroeg Tomek.

Maar ze antwoordde niet. Tenminste, niet meteen. Haar hersenen waren uitgeschakeld en richtten zich weer op het programma voordat ze uiteindelijk naar hem terugkeerde.

'Huiswerk?'

'Ja. Kasia kreeg stapels huiswerk en lesaantekeningen toen ze een week of twee afwezig was. De leraren zeiden dat het was om haar bezig te houden, maar dat was het laatste wat ze wilde doen.'

'Oh... Nee... Ik denk het niet.' Ze draaide zich naar Nick. 'Krijg ik... papa?'

'Nee, liefje, dat krijg je niet. En zelfs als je het kreeg, zou ik het je niet geven. Schoolwerk is het laatste waar je je zorgen over zou moeten maken.'

'Oh... Oké.'

'Je mag jezelf gelukkig prijzen,' vertelde Tomek haar. 'Ik was niet zo aardig voor mijn dochter.'

'Ja...'

En toen verloor hij haar volledig. Haar ogen werden wazig en haar aandacht keerde geleidelijk terug naar de televisie, als een windwijzer op een windstille dag. Nick nam dat als hun signaal om te vertrekken en trok Tomek de kamer uit. Terwijl hij de deur achter zich sloot, zei hij: 'Bedankt dat je dat deed. Dat hoefde je niet te doen.'

'Ik deed het niet voor jou. Ik deed het voor haar. Ik zou Kasia graag een middag mee willen nemen. Het zou haar kunnen opvrolijken, haar gedachten op een andere manier laten werken. Bovendien denk ik dat Kasia waarschijnlijk uit elkaar barst van de roddels van school.'

'Maar ze zitten in verschillende jaarlagen.'

'Kinderen roddelen sowieso, Nick. Jij bent toch ook naar school geweest, toch? Of werden ze net aan het grote publiek voorgesteld toen jij die leeftijd had?'

'Rot op.'

Daarop nam Nick hem mee naar boven, naar zijn kantoor. De kamer was donker, maar niet op een deprimerende manier. Er was weinig licht en wat er door de ramen naar binnen viel, werd geabsorbeerd door het donkere houten meubilair van de boekenkasten en het grote bureau in het midden. Het leek meer op een studeerkamer uit een Agatha Christie-roman dan op de werkplek van een hoofdinspecteur.

Nick nam niet de moeite om achter zijn bureau te gaan zitten.

'Waar gaat dit over, Tomek? Moet ik me zorgen maken dat je hier onaangekondigd bent gekomen?'

'Dat hangt af van wat je me vertelt.'

'Waarover?'

'Over Brendan.'

'Wat heb jij daarmee te maken?'

'Ik heb net met hem gesproken. Iemand van zijn kantoor heeft informatie gelekt.'

'Waarover?'

'De havenzaak. Hij vertelde Andrei Pirlogs moordenaar waar Andrei woonde, en nu is zijn moordenaar ook vermoord, dankzij iemand van het PFCC-kantoor die die informatie ook heeft gelekt. Er is veel om je bij te praten.'

'Dus iemand heeft aan de touwtjes getrokken en de juiste knoppen ingedrukt om de nodige mensen te laten vermoorden?' vroeg Nick, terwijl de berekeningen in zijn hoofd op zijn gezicht te lezen waren.

'Ik zie dat je nog niet helemaal achter de oren droog bent,' merkte Tomek op.

'En jij denkt dat Brendan er iets mee te maken had?'

'Dat *dacht* ik. Maar nu ben ik niet meer zo zeker.'

'Dus hoe pas ik in het plaatje?'

Tomek hield zijn adem in.

'Hij zei iets dat verdenkingen opwekte. Over jouw betrokkenheid bij de Southend Seven.'

Nick zuchtte diep en streek met zijn hand over zijn hoofd. 'En jij geloofde hem?'

'Ik moet gewoon weten of het waar is.'

'Wat zei hij?'

'Is het waar?'

'Vertrouw je me niet?'

'Is het waar, Nick?'

De openlijke ontwijking van de hoofdinspecteur verontrustte hem.

'Ik ga die vraag niet beantwoorden tenzij ik weet waarvan ik beschuldigd word.'

'Hij was vaag,' antwoordde Tomek. 'Hij liet me twijfelen aan jouw versie van de gebeurtenissen. Hij zinspeelde erop dat je wél lid was geworden van de club en dat je bij een paar evenementen bent geweest...'

Nog een zucht, deze keer met minder wanhoop.

'En jij geloofde hem?'

'Op dit moment weet ik niet wat ik moet geloven. Je beloofde dat de IOPC niets zou vinden.'

'Geloof dan wat ik je nu ga vertellen.' Nick stopte met het strijken over zijn hoofd en ging rechtop staan. 'Ja, hij heeft gelijk, ik ben naar de Southend Seven geweest - *één keer!* - maar ik heb niets gezien en ik heb niets gedaan. Er waren geen drugs en er was zeker geen prostitutie gaande toen ik er was. Het was een rustige avond, zou je kunnen zeggen. Daarna ben ik nooit meer teruggegaan.'

'Waarom ben je weggebleven?'

Nick liet zijn hoofd zakken. 'Het stond te... te ver af van het leven - *mijn* leven - van de samenleving. Al die mensen daar haten zichzelf, ze haten hun leven, hun huwelijken, hun kinderen. Ze leven in hun eigen kleine bubbels waarin ze de enigen zijn die ertoe doen. Ze zitten daar allemaal elkaars ego's op te poetsen, en daar wilde ik geen deel van uitmaken. Dat ben ik niet, daar sta ik niet voor. Dus heb ik beleefd bedankt. En nu lijkt het erop dat Brendan mijn naam door het slijk haalt, die kleine klootzak.'

'Aarzel niet om te zeggen wat je echt van hem vindt, chef,' antwoordde Tomek met een zwakke glimlach op zijn gezicht.

De twee lachten, maar het was gekleurd met een vleugje ongemak. Tomek geloofde de hoofdinspecteur, zijn *vriend*, natuurlijk deed hij dat, maar Brendans zaadje van twijfel was nog steeds stevig in zijn gedachten geplant, en hij wist niet wat er nodig zou zijn om het te onderdrukken.

HOOFDSTUK
VIERENVEERTIG

Tomek drukte het zaadje van twijfel naar de achtergrond van zijn gedachten terwijl hij langs het vliegveld van Southend richting het stadscentrum reed. De wind was aangewakkerd, en een lichte regenbui trommelde op het metalen dak. Hij zette het zachte, doffe geluid van de ruitenwissers die door zijn gezichtsveld sneden uit. Zijn geest was volledig gericht op de volgende taak.

Anton Usyk.

Morgana's zogenaamd liefhebbende echtgenoot.

Rachel had Tomek gebeld toen hij bij Nick was en had gevraagd of ze elkaar om vier uur bij het huis van de familie Usyk konden ontmoeten. Maar door Maggie's zorgzame karakter had zij erop aangedrongen dat hij nog een glas water dronk en wat langer bleef kletsen. Daardoor had hij Rachel moeten verzoeken om hun afspraak naar vijf uur te verplaatsen. Tegen de tijd dat hij eindelijk aankwam, zat ze op hem te wachten in haar Ford Fiesta, die in een onhandige hoek langs de stoeprand geparkeerd stond.

Tomek parkeerde zijn auto een paar wagens achter de hare en benaderde haar langzaam. Haar gezicht werd in de zijspiegel verlicht met een zachte blauwe gloed. Afgeleid door haar telefoon. Zich niet bewust van zijn bewegingen. Toen opende hij plotseling haar autodeur en deed een stap naar achteren. De gil die uit haar mond ontsnapte, galmde door de straat en trilde nog enkele seconden na in zijn trommelvliezen.

'Godverdomme!' schreeuwde ze, terwijl ze zich losmaakte en de auto uit sprong. 'Je had me verdomme een hartaanval kunnen bezorgen, jij stomme chinobroek-dragende klootzak!'

Tomek grinnikte en keek toen naar zijn broek. 'Hé, wat is er mis met mijn chinobroek?'

'Niets, ik had alleen die kleur niet voor je uitgekozen,' zei ze kalm. Toen herinnerde ze zich dat ze eigenlijk boos op hem moest zijn en sloeg hem op zijn borst. 'Waarom deed je *dat* in godsnaam?'

'Grappig.'

'Je zult niet meer lachen als ik het je tien keer zo hard terugbetaal.'

'Dat klinkt als een bedreiging. Heeft je moeder je nooit geleerd om je meerderen met respect te behandelen?'

'Niet als ze zich als klootzakken gedragen.'

Toen Rachel een minuut of twee later tot bedaren was gekomen, liepen ze naar het huis van Anton en Morgana. Onmiddellijk na haar dood was een team van agenten in uniform en forensisch onderzoekers langsgekomen om monsters en DNA-bewijsmateriaal te verzamelen, dus Anton was gewend aan politieagenten in zijn huis. Toen hij echter de deur opende, leek hij bezorgd hen daar te zien staan.

'Waar gaat dit over?' vroeg hij. 'Laat me raden, jullie hebben nog een paar vragen?'

'Ze zijn belangrijk,' antwoordde Rachel. 'We zouden het op prijs stellen als u ons binnen zou laten,' voegde ze beleefd toe, hoewel uit haar intonatie bleek dat hij geen keuze had.

De binnenkant van het huis van de Usyks stond in schril contrast met dat van Nick. Er was geen identiteit, geen gevoel dat er de afgelopen dertien jaar iemand had gewoond. De muren waren kaal, de keukentegels eenvoudig, het meubilair leek rechtstreeks uit een IKEA-catalogus te komen. Voor een stel dat duidelijk succesvol was, met zowel Morgana's als Iliana's winstgevende zaken (volgens het onderzoek dat Nadia had gedaan bij de Kamer van Koophandel), was het huis van Anton en Morgana bescheiden, ingetogen, ruim onder de radar blijvend. Er was niets extravagants aan, niets opzichtigs, niets overdadigs. Ze leefden ruim binnen hun mogelijkheden, en dat was te zien. Misschien was het omdat ze nauwelijks thuis waren dat ze het geen karakter hadden gegeven, of misschien was het gewoon een weerspiegeling van hun persoonlijkheden. In plaats daarvan was het duidelijk te zien dat Anton al hun winst besteedde aan designerkleding. Tomek was wel blij dat het huis niet overeenkwam met de schreeuwerige spiegels met nepdiamanten en het roze meubilair van hun respectievelijke restaurants.

Anton bracht hen naar de keuken. De kamer was compleet met een kleine eettafel en stoelen, en was gescheiden van de rest van het huis. Een klein raam keek uit op de zijkant van het naastgelegen pand.

'Ik zou u een warme drank aanbieden, maar ik heb er vandaag al genoeg van gezien,' zei Anton, al aangevend dat hij minder dan coöperatief zou zijn.

'Ik vermoed dat je je aan het eind van de dag waarschijnlijk ook zo voelt over eten?' spotte Tomek terwijl hij een stoel van de eettafel trok en zijn benen over elkaar sloeg.

'Ik stel me voor dat u aan het einde van uw dag niet tegen *mensen* kunt,' zei Anton, zijn stem somber.

'Dit wordt dan vast een interessant gesprek.'

Rachel, die de spanning in de lucht voelde, kuchte en ging tussen hen in staan. In situaties als deze was zij de meer professionele vertegenwoordiger, en in dit geval was Tomek maar al te blij om haar de leiding te laten nemen. 'Meneer Usyk, een paar dagen geleden is er een man gedood in de gevangenis. Hij was gearresteerd en aangeklaagd in verband met de moord op uw vrouw.'

'Goed zo.'

'Pardon?'

'Het is goed.'

Tomeks intuïtie begon te tintelen. Net als die van Rachel, want haar gezicht verstarde.

'Wat bedoelt u met "goed"?'

'Hij heeft gekregen wat hij verdiende.'

'U zegt dat alsof u iets weet over wat er met hem is gebeurd?'

Anton, met een strak gezicht, zijn doordringende zwarte ogen starend naar Rachel, schudde zijn hoofd. 'Denkt de pinguïn dat het slecht is als de orka een zeehond eet?'

Tomek grinnikte om het cryptische, Eric Cantona-achtige citaat en vroeg toen: 'Welke ben jij? De pinguïn, de orka of de zeehond?'

Het was voor iedereen in de kamer duidelijk dat Mariusz de zeehond was geweest, wat slechts twee opties overliet voor Anton: de orka of de pinguïn. En op dit moment vertelde Tomeks intuïtie hem dat Anton Usyk de zwart-witte orka was, de vier ton wegende roofdier.

Maar dat liet de voor de hand liggende vraag open: wie was het derde lid? Wie was de pinguïn?

'*Ik* ben de pinguïn,' antwoordde Anton. 'De man die gedood is, is de zeehond, en de man die hem doodde is de orka.'

Rachel en Tomek wisselden een ongemakkelijke blik uit.

'De man die het slachtoffer heeft vermoord - de man die je in deze bizarre, verwarrende analogie de orka noemt - was iemand die je volgens ons kent. Iemand die je volgens ons heel goed kent.'

'Wie?' Antons stem bleef vlak, statisch.

'Een man genaamd Denis Danyluk.'

'We spreken zijn naam niet uit in dit huis.'

'Je kent hem?'

'Ja.'

'Wie is hij?'

'Morgana's broer.'

'Waarom mag je hem niet noemen?' vroeg Tomek, terwijl hij naar voren leunde in zijn stoel.

'Omdat Morgana dat verboden heeft. Hij heeft haar en haar familie- naam verraden toen hij die man doodde.'

'Maar hoe zit het nu? Heeft hij zichzelf niet gerehabiliteerd nu je weet dat hij de man heeft gedood die gearresteerd werd in verband met de moord op je vrouw?'

Anton gaf geen antwoord.

'Hij moet toch vergelding hebben gevonden in jouw ogen? Hij heeft gerechtigheid gebracht voor de man die Morgana vermoordde.'

Antons gezicht bewoog niet. Net als de laatste keer dat ze elkaar ontmoetten, verried zijn gezichtsuitdrukking niets.

'Wat hij die man aandeed was onacceptabel-'

'Welke? De man die hij jaren geleden doodde of degene die hij pas geleden vermoordde?'

'Beide.'

'Dus moorden in het algemeen is slecht in jouw ogen?'

Anton verplaatste zijn gewicht van de ene voet naar de andere. Rachel deed een stap terug om de ruimte tussen hen vrij te maken. 'Ben je het daar niet mee eens? Doden in welke vorm dan ook is niet toegestaan.'

'Waarom niet?'

'Omdat het tegen God is,' antwoordde Anton.

Tomek grijnsde. 'Ik begrijp het. Waar past God dan in je kleine voedselketen-hiërarchie?'

Anton spande zijn spieren aan. Het was slechts een kleine, minieme beweging, maar Tomek zag de man verkrampen. 'Nergens,' antwoordde Anton.

'Interessant.' Tomek leunde achterover in zijn stoel.

'Wanneer heb je voor het laatst met Denis gesproken?' onderbrak Rachel, die graag het gesprek wilde voortzetten en wegleiden van wat er ook gaande was tussen Tomek en Anton.

'Niet meer sinds voordat hij veroordeeld werd.'

'En wanneer was dat precies?'

'Ik... ik herinner me de exacte datum niet.'

'Wat dacht je van de maand?'

'Ik... ik herinner het me niet. Het is zo lang geleden.'

'Zou je ons op zijn minst het jaar kunnen geven?'

Antons gezicht vertrok, diep in gedachten. 'Acht jaar geleden, denk ik. Zoals ik al zei, we praten niet over hem. We hebben het niet over hem gehad sinds hij naar de gevangenis ging. Het maakte Morgana te veel van streek. Ze huilde altijd wanneer hij ter sprake kwam.'

'Ik begrijp het. Dat kan ik begrijpen. Het moet heel zwaar zijn geweest voor haar en haar familie.'

'Dat was het. Ze huilde maandenlang daarna.'

Rachel bewoog naar de andere kant van de keuken en leunde tegen het aanrecht. Ze streek de voorkant van haar jasje glad en vouwde haar armen. 'Waarom heb je niet eerder aan ons verteld dat ze een broer had?'

'Wat bedoel je?' vroeg Anton, duidelijk tijd rekkend.

'Als je wist dat ze een broer in de gevangenis had, waarom heb je dan niets gezegd toen we je voor het eerst spraken over haar moord?'

'Wat voor verschil zou dat hebben gemaakt? Hij had niets te maken met haar dood. Er was geen reden om hem te vermelden. Voor zover het ons betreft, bestaat hij niet. Daarom heb ik niets tegen jullie gezegd.'

Rachel knikte, schraapte haar keel. Ze had geen antwoord. Tomek ook niet. Er was niets meer te bespreken. Tomek bedankte de man voor zijn tijd, verontschuldigde zich voor de storing en vertrok toen. Toen hij de keuken verliet, vroeg hij of hij het toilet mocht gebruiken.

'Nee,' antwoordde Anton. 'Het toilet spoelt momenteel niet door. Ik heb vanmiddag geprobeerd het te repareren.'

'Wat heb je in de tussentijd gebruikt?'

'Het restaurant.'

'Dat is een verdomd lange reis alleen voor een plas. Je zou wel willen dat je echt een pinguïn was, nietwaar? Dan kun je gewoon gaan wanneer je maar wilt.'

De mondhoeken van Anton bewogen in een geforceerde grijns terwijl hij de deur voor hem openhield.

'Fijn om jullie te zien, rechercheurs,' zei hij. 'Pas goed op jezelf.'

Toen ze het huis uit stapten, draaide Tomek zich naar Rachel en fluisterde: 'Iets zegt me dat hij dat niet in het minst meent.'

HOOFDSTUK
VIJFENVEERTIG

E r ontbrak iets. Iets waar Tomek zijn vinger niet precies op kon leggen.

De sfeer. De geur. Het uiterlijk. De locatie.

Iliana's was in alle opzichten compleet anders dan Morgana's, behalve als je het terugbracht tot de basis, dan waren ze precies hetzelfde. Ze serveerden allebei hetzelfde eten. Ze waren allebei op een vergelijkbare manier ingericht. En ze hadden allebei uitstekende locaties in hun respectievelijke gebieden - sterker nog, Iliana's had meer voorbijgangers langs de boulevard. Tomek begreep niet waarom Morgana's dan financieel het succesvoller restaurant was. Hij dacht niet dat het alleen kwam doordat zij klanten met een warme glimlach begroette. Er moest iets ontbreken.

Hoewel hij een idee had, een verklaring voor de aanzienlijke omzetverschillen.

De mogelijkheid dat Morgana en haar man drugs verkochten via hun restaurants was kort bij hem opgekomen nadat het verband tussen Gavin Barker en Brendan Door was gelegd. Het was geen geheim dat drugs, vooral cocaïne, veelvuldig aanwezig waren geweest op de feestjes in de Southend Seven Gentlemen's Club. Het was uitgebreid gedocumenteerd in de kranten na het onderzoek, en Tomek had het met eigen ogen gezien op een foto die aan een van de muren in het gebouw hing. Maar de drugs waren daar op de een of andere manier terechtgekomen, wat betekende dat er een leverancier nodig was geweest. De theorie was dat Richard Stafford, jarenlang gezocht en onderzocht door de narcoticabrigade, ze had geleverd, maar daar was niets uit voortgekomen.

Tomek was gaan denken dat er misschien een verband was. Een vaag verband, maar niettemin een verband.

Misschien waren Morgana en haar man benaderd door Richard Stafford. Misschien hadden ze ermee ingestemd om drugs te verkopen via het restaurant, het geld wit te wassen en vervolgens een deel van het product aan de herenclub te geven. In ruil daarvoor zouden ze beschermd worden door de politie via Brendan Door. Misschien was er een meningsverschil ontstaan na de arrestatie van Brendan. Misschien hadden de Usyks gevreesd dat hun namen naar buiten zouden komen. Misschien hadden Brendan en Richard Stafford opdracht gegeven om Morgana te laten vermoorden, dat Mariusz was ingehuurd en dat hij Gavin onder druk had gezet om de losse eindjes achteraf weg te werken. Misschien was de moord op Morgana een boodschap aan Anton: blijf de drugs verkopen, blijf onze bevelen opvolgen en stuur het geld naar ons, anders vermoorden we je.

Tomek vond het een beetje vergezocht, maar hij had vreemdere situaties meegemaakt. En het zou in ieder geval enigszins verklaren waarom Anton zo'n ellendige klootzak was, afgezien van het voor de hand liggende feit dat het kwam omdat zijn vrouw dood was.

Tomek koesterde deze gedachten, jongleerde ermee, terwijl de serveerster zijn tafel naderde. Het was hetzelfde meisje als eerder. Gina. Ze droeg dezelfde outfit als de laatste keer dat Tomek haar had gezien, behalve dat deze keer haar kleding iets strakker zat, korter was in het midden, en ze aanzienlijk meer make-up droeg, in een poging, vermoedde hij, om meer klanten binnen te halen.

'Je bent terug,' zei ze.

'Ik heb me de vorige keer zo vermaakt, ik kon niet wachten om terug te komen.'

Ze doorzag de leugen, maar gaf hem toch een ingehouden, geforceerd lachje. Terwijl ze hem de menukaart overhandigde, wierp ze een snelle blik naar de keuken.

'Werkt de baas deze ochtend?' vroeg Tomek.

'Ja. Hij is achter.'

'Is het hem gelukt om zijn toilet te laten repareren?'

Verwarring trok over haar gezicht. 'Het toilet? Er is er een daarginds aan je linkerhand.'

'Nee, ik bedoelde dat Anton's toilet heeft-' Tomek keek naar haar op, glimlachend. 'Weet je wat? Laat maar.' Hij legde de menukaart neer. Hij wist al wat hij wilde bestellen. 'Hoe lang werk je al voor Anton?'

Gina keek opnieuw achterom. Tomek voelde de neiging om hetzelfde te doen, maar hield zijn blik op haar gericht.

'Een paar weken nu,' antwoordde ze, haar stem zo zacht als een fluistering.

'Vind je het leuk?'

'Het is oké, denk ik.'

'Wat deed je voordat je hier werkte?'

'Ik werkte in een andere koffieshop.'

'Morgana's?'

Bij het horen van haar naam werden Gina's ogen iets wijder en haar pupillen verwijdden zich.

'Het is oké,' zei hij. 'Je mag haar naam gewoon zeggen.'

'Ja. Natuurlijk. Dat weet ik. Het is alleen...'

Tomek nam even de tijd voordat hij antwoordde. Ze wiegde van de ene voet op de andere, krabde aan haar dij met vingernagels die zo ver waren afgebeten dat er bijna niets meer van over was.

'Zou je liever in het Pools praten?' vroeg hij in die taal.

Aarzeling. 'Alsjeblieft,' antwoordde ze op dezelfde wijze.

'Kende je haar? Morgana?'

'Ik heb haar maar één keer ontmoet, misschien twee keer. Ze...' Nog een blik naar achteren. 'Ze kwam op een dag binnen, boos, maar-'

En toen stopte ze, trok zich in zichzelf terug, en ging door met krabbelen op het stukje papier tussen haar vingers.

Een moment later verscheen Anton, die een hand op haar schouder legde. Ze begon te trillen, het papier en de pen schudden heen en weer terwijl ze plotseling door zenuwen werd gegrepen.

'Dus dat is een kop koffie en eieren op toast?' zei ze.

Tomek was even verbaasd, maar toen begreep hij wat ze deed.

'Ja, graag, dat zou geweldig zijn.'

Ze vertrok. Anton keek haar na, en toen ze uit het zicht was, ging hij tegenover hem zitten.

'Goedemorgen, Anton,' zei Tomek terwijl hij zichzelf een glas kraanwater inschonk uit de kan die was neergezet. 'Alles goed, maat? Hoe is het met de loodgieterij? Alles gerepareerd?'

'Niet helemaal,' antwoordde Anton droogjes. 'Ik verwacht vanmiddag iemand op bezoek.'

'Geweldig. Nou, zoals ik gisteravond al zei, het is maar goed dat je deze plek hebt, anders had je buiten moeten poepen als een wilde vos, of in jouw geval, een wilde pinguïn. Of was het een orka?'

Anton zei niets en bleef hem aanstaren. Hij zat met zijn vingers in elkaar gevlochten, zijn handen rustig op het tafelblad. Vandaag had hij gekozen voor een Prada-top en een bijpassende broek.

'Waarom bent u hier, rechercheur?'

Tomek schoof zijn lichaam opzij, zodat zijn benen uit het hokje staken, en legde toen het ene been over het andere.

'Ik ben hier natuurlijk om nog wat van je uitstekende eten te proeven. Na het zien van de laatste jaarrekeningen bij de Kamer van Koophandel dacht ik dat deze zaak wel wat klandizie kon gebruiken.'

'Dank u,' zei hij, 'maar we stellen uw klandizie hier niet op prijs.'

'Nu begrijp ik waarom deze zaak het niet zo goed doet. Ik weet niets van de horeca, maar ik zou niet aanraden om al je klanten te beledigen. Denk eens aan de Tripadvisor-recensies!'

Het onopvallende, onverzettelijke gezicht zei niets.

Voordat Tomek hem nog verder kon provoceren, kwam Gina terug met twee kopjes en schoteltjes in haar handen. Ze zette het kopje voorzichtig voor Tomek neer, glimlachend naar hem terwijl ze dat deed, en daarna het andere voor Anton.

'Bedankt.'

'*Nie ma za co.*'

'Ja, dank je. Je kunt nu gaan,' instrueerde Anton haar met een afwijzend handgebaar.

Zonder iets te zeggen verliet de vrouw haastig de ruimte, terug naar de keuken. Zodra ze buiten gehoorsafstand was, pakte Tomek een zakje suiker uit het kleine bakje op tafel, wapperde ermee tussen zijn vingers, en goot het vervolgens in zijn drank. Terwijl hij de inhoud roerde, voelde hij Antons onophoudelijke blik op hem branden. De man had zich in de afgelopen vijf minuten niet verroerd, en het enige teken dat hij niet dood was, was het regelmatige op en neer gaan van zijn borstkas.

'Ik kijk altijd uit naar onze gesprekken, Anton,' zei Tomek. 'Als we het toch over gesprekken hebben, ik ben eigenlijk blij dat je langskwam. Jij... jij zou toevallig de naam Brendan Door niet kennen, of wel?'

Antons gezicht verraadde niets.

'Nee? Je zou toevallig ook niets weten van de geruchten die rondgaan, toch?'

Tomek kon aan het gezicht van de man zien dat hij wilde happen naar de opmerking. Tomek hoefde hem alleen maar genoeg tijd te geven om zichzelf ervan te overtuigen dat het de juiste beslissing was.

'Welke... welke geruchten?'

Haak. Lijn. Zinker.

'Sommige mensen zeggen dat jullie drugs verhandelen via de restaurants - allebei. Dat zou je toch niet doen, hè Anton?'

'Natuurlijk niet. Je mag het controleren als je wilt. We hebben niets te verbergen.'

Tomek dacht dat hij dat misschien wel zou doen, toen Anton hem bedankte voor zijn bezoek, zei dat hij niet meer welkom was, en opstond om te vertrekken.

'Nu al?' vroeg Tomek. 'Ik hoopte meer over je te weten te komen.'

Maar toen kwam het eten, en de behoefte om Anton te provoceren en te ondervragen verdween snel. De volgende tien minuten nam hij de tijd voor zijn eten, sneed zijn toast zorgvuldig in kleine vierkantjes, kauwde langzaam, pauzeerde na elke hap, en staarde naar de kustlijn beneden. Genietend van het uitzicht. Het was de eerste keer dat hij het water aan de horizon opmerkte, glinsterend onder het zwakke zonlicht terwijl de rimpelingen hun willekeurige en doelloze pad richting Londen vervolgden. In de verte dacht Tomek de kleine vlek van Mulberry Harbour te zien. Toen dwaalden zijn gedachten af naar de ochtend van Morgana's dood. Was ze langs Iliana's huis gereden op weg naar de sleephelling? Had ze naar de haven gestaard terwijl ze langs de boulevard reed? Had ze geweten dat ze op weg was naar haar dood?

Tomeks gedachten werden verstoord door een klant die het café binnenkwam. Hij richtte zijn aandacht snel weer op zijn eten. Nadat hij de laatste paar happen had genomen, schoof hij het bord opzij en dronk de laatste slok van zijn drank. Veel te zoet naar zijn smaak, maar aanvaardbaar. Toen hij het voor zich schoof, merkte hij een klein, wit stukje papier op met een bruine tint, dat eronder was geklemd. Om zich heen kijkend, zich ervan verzekerend dat Anton buiten zicht was, kneep hij zijn vingers samen en haalde het voorzichtig tevoorschijn.

Het was een briefje. Handgeschreven.
Van Gina.
In het Pools.
Buiten. Vanavond. 10 uur. Er is iets dat u moet weten.

HOOFDSTUK
ZESENVEERTIG

Zodra Tomek door de ingang stapte, werd hij tegengehouden door een zachte, vriendelijke stem die hem aansprak.

'Goedenavond, Tomek.'

Zijn buurvrouw. Edith. De gepensioneerde vrouw die onder hen woonde.

'Hallo,' zei hij. 'Is alles in orde? Is het al weer tijd om de watermeterstand door te geven?'

'Nee. Niets van dat alles.' Ze sloot de deur achter zich. Ze droeg een dikke jas en een donkergroene wollen muts. Ze woonden in een verbouwd huis, en de enige ruimte die ze deelden was de kleine hal die hun twee appartementen van elkaar scheidde. Het was krap, en er kwam een koude tocht door een spleet in een bakstenen muur. 'Ik ga eigenlijk uit eten met een oude vriendin,' vervolgde ze.

'Dat is gezellig.'

De aftelling in zijn hoofd tot tien uur tikte door.

Tikkend.

Tikkend.

Hij dwong zichzelf om niet op zijn horloge te kijken.

'Ja, het wordt vast fijn. Ze is een oude collega. Het is een paar jaar geleden dat we elkaar voor het laatst zagen. Te lang, eigenlijk. Veel te lang. Dit hadden we maanden geleden al moeten doen, zo niet jaren. Maar... u weet hoe dat gaat. Het leven komt ertussen. We raken allemaal zo druk met ons eigen leven dat we soms vergeten om andere mensen erin te betrekken.'

'Ja,' zei Tomek, terwijl zijn gedachten afdwaalden naar Sean en Warren.

'En aan het eind brengt u uw laatste jaren alleen door, terwijl u probeert de verloren tijd in te halen.'

Tomek legde een hand op haar schouder. 'U bent niet alleen,' vertelde hij haar. 'U hebt altijd Kasia en mij. Elke keer dat u zich eenzaam voelt, kunt u altijd aankloppen en kijken wat zij aan het doen is.'

'O, je bent te aardig, wat lief van je, maar ik stel me zo voor dat zij op haar leeftijd zoveel vrienden heeft dat die haar van de ene op de andere dag bezig houden.'

Tomek was niet zeker van dat "zoveel". Een of twee, ja, maar wat voor kwaad kon één meer? Misschien zou het Kasia goed doen om met iemand buiten haar leeftijdsgroep te praten. Misschien kon ze zich aan Edith toevertrouwen. Misschien kon de gepensioneerde het rustige, kalme, ervaren oor zijn dat Kasia nodig had. De moederfiguur die Kasia niet had.

'Onzin,' zei hij. 'Ik stuur haar dit weekend langs. Ik geef haar een van onze bordspellen mee dat jullie kunnen spelen, en als ik vrij ben, kom ik ook meedoen, als dat goed is?'

Ediths gezicht klaarde op. 'Dat zou ik leuk vinden. Dank je wel.'

Zodra ze weg was, stak Tomek zijn sleutel in het slot en rende de trap op, twee treden tegelijk. Hij stormde door de deur aan de bovenkant van de trap en vond Kasia weer op de bank zitten, scrollend, starend in haar telefoon.

'Daar ben je,' zei hij. 'Precies degene die ik zoek.'

'Hey.'

'Heb ik post gekregen?'

Zonder te antwoorden, volledig gefocust op haar scherm, wees ze naar de tafel. Een grote bruine doos was in een scheve hoek op het oppervlak achtergelaten.

'Ga je hem niet openmaken?'

'Waarom zou ik?' vroeg ze. 'Hij is aan jou geadresseerd.'

'Ja. Maar hij is *voor* jou.'

Nieuwsgierig geworden rolde Kasia haar benen van de bank en, als een voorzichtig dier dat de prooi van een andere roofdier benadert, pakte ze de doos behoedzaam en begon hem te openen. Ze hakte met haar nagels aan het plakband en de hoeken voordat ze uiteindelijk toegaf en om een schaar vroeg. Tomek gaf die aan haar, en ze sneed er moeiteloos doorheen.

Toen ze hem eindelijk openmaakte, lichtte haar gezicht op. Binnenin, onder het karton en het papieren verpakkingsmateriaal, was het zalm-roze van de fles waar ze laatst om had gevraagd. Een Winston-beker. Bijna dertig centimeter hoog en een paar centimeter breed, groot genoeg om iemand mee bewusteloos te slaan.

'Jeetje mina,' zei hij. 'Kijk eens hoe groot hij is. Je krijgt in ieder geval waar voor je geld.'

'En als er brand uitbreekt, zal dit ding nog steeds overeind staan - dát is pas waar voor je geld.'

Tomek nam hem van haar over om hem zelf te inspecteren. 'Nou, laten we hopen dat die er niet snel komen. Tenminste niet hier in de buurt.'

De beker was zwaar, als een betonblok, en had een matte afwerking. Hij schroefde de dop eraf (na een paar mislukte pogingen) en keek naar binnen. De inhoud van de container was van staal en op de bodem zag hij zijn spiegelbeeld, vergroot op alle verkeerde plekken dankzij het holle ontwerp. Tomek greep het handvat stevig vast en begon ermee te zwaaien, met een neerwaartse beweging. 'Als ik erover nadenk, kun je dit ding altijd gebruiken voor zelfverdediging.'

Terwijl Tomek het boven zijn hoofd hief om de laatste klap aan zijn denkbeeldige tegenstander uit te delen, greep Kasia in en nam het van hem af. 'Nou, laten we hopen dat zoiets ook niet gebeurt.'

'Ja,' zei hij. 'Je hebt gelijk.'

Er verstreken een paar momenten, en hij keek hoe Kasia met de beker omging. Inmiddels was de opwinding verdwenen en was het gewoon een levenloos voorwerp geworden. Hoewel hij niet dacht dat er veel opwindends was aan een beker - het was immers geen iPhone - had hij gedacht dat ze een beetje blijer zou zijn.

'Wat is er?' vroeg hij. 'Is het niet de juiste?'

'Nee. Ja! Ja, dat is het wel. Ik vind hem geweldig. Dank je.'

Ze schuifelde naar hem toe en gaf hem een knuffel.

'Waarom kijk je dan alsof je niet blij bent?'

'Dat ben ik. Eerlijk waar. Dank je, maar dat had je niet hoeven doen.

Ik voel me nu schuldig, slecht dat ik er zelfs om heb gevraagd. Je had gelijk, het is stom.'

'Niet als het je gelukkig maakt. Onthoud dat.'

De levensles ging aan Kasia voorbij, terwijl ze hem een geforceerde glimlach gaf, nogmaals bedankte en toen terugkeerde naar haar plek op de bank.

Tomek keek op zijn horloge. 20:30 uur. Hij had nog iets minder dan twee uur tot de afspraak, maar hij was nerveus, bezorgd om op tijd te komen, om er zeker van te zijn dat hij het niet zou missen. Hij wist niet wat Gina hem te vertellen had, maar als het iets was dat ze hem niet met vertrouwen of op haar gemak in persoon wilde vertellen - onder de alhorende oren van Anton - dan moest het belangrijk zijn.

Tomek bracht het volgende uur gespannen door, constant op zijn horloge kijkend en de tijd op zijn telefoon controleren. Hij zat in dat frustrerende wachtstadium. Zoals op het vliegveld, wachtend op het vliegtuig. Of bij een doktersafspraak. Wanneer je niets anders kunt doen dan wachten, en niets wat je als afleiding probeert werkt. Uiteindelijk hield hij zichzelf bezig met voor Kasia te zorgen. Haar eten geven, samen televisie kijken, doen alsof hij geïnteresseerd was in haar hersendodende programma's.

Hij probeerde af te schakelen, maar tevergeefs.

Toen het eindelijk tijd was om te vertrekken, realiseerde hij zich dat hij haar niets over zijn dag had verteld; hij was zo gefocust geweest op de afspraak dat het volledig aan zijn aandacht was ontsnapt.

'Ik ben vandaag bij Lucy langs geweest.'

'Lucy wie?'

Tomek keek haar uitdrukkingsloos aan. Hij hoopte dat de teleurstelling op zijn gezicht duidelijk was. 'Je vriendin, Lucy. Lucy Cleaves.'

'O, ja. Sorry, ik dacht dat je iemand anders bedoelde.'

'Hmmm. Hoe dan ook, ik heb gezegd dat we een keer als gezin bij haar langs zullen gaan.'

'Waarom?'

Tomek kon niet geloven wat hij hoorde. 'Omdat ze je vriendin is en ze je steun nodig heeft. Ze is eenzaam sinds haar incident.'

'Maar ik zou dit weekend met iemand anders afspreken.'

'Wie?'

'Yasmin.'

'Yasmin, die er diezelfde avond op het strand bij was?'

'Ja.'

'Niet meer. Je gaat mee, en daarmee uit. Geen discussie meer hier-over. Als jij in haar positie zou zijn, zou je het gezelschap waarderen. Wees niet zo egoïstisch.'

Kasia liet haar telefoon op haar borst zakken. 'Komt Abigail ook?'

Tomek aarzelde voordat hij antwoordde. 'Ik heb haar niet uitgeno-digd. En ik was dat ook niet van plan, als je het moet weten.'

Hij legde zijn hand op de deur. Nog een laatste blik op de tijd.

'Voordat ik ga,' zei hij, 'herinner je je Sean, mijn collega?'

'Die grote kerel?'

'Ja.'

'Ja, ik herinner me hem.'

'Nou, hij wordt uit zijn huis gezet en heeft een plek nodig om te blij-ven. Hij heeft gevraagd of hij een paar nachten op de bank kan slapen totdat hij een meer permanente woonplek heeft gevonden, maar ik zei dat ik het eerst aan jou zou vragen.'

'En wat vind jij van de situatie?'

'Ik vind het geen prettig idee, maar ik ga alleen akkoord als jij je er comfortabel bij voelt dat hij er is.'

'Dus *nu* raadpleeg je me. Als het gaat om jouw vrienden. Maar als het gaat om het zien van mijn vrienden en mijn plannen, heb je al voor me beslist.'

'Dat doe ik niet.' Tomek haalde diep adem. 'Het is niet hetzelfde, en dat weet je.'

Het was niet hetzelfde, toch?

HOOFDSTUK
ZEVENENVEERTIG

En lichte motregen was begonnen vrijwel op het moment dat hij uit de auto stapte. Na vijf minuten wachten was het harder gaan regenen, en nog harder, totdat hij uiteindelijk gedwongen was terug te keren naar de veiligheid en beschutting van zijn bestuurdersstoel, waar hij zou moeten wachten op Gina vanuit het comfort van zijn lederen bekleding.

Maar ze was er niet.

Na tien minuten was er nog steeds geen spoor van haar.

Toen werden tien minuten twintig.

Twintig werden dertig.

Tegen minuut eenendertig was de regen horizontaal geworden en geselde de auto van alle kanten. De ruitenwissers, ondanks hun beste pogingen, vochten een verloren strijd. En Tomek voelde zich al snel net zo.

Wat hem het meest irriteerde, was dat hij geen telefoonnummer van haar had, geen manier om contact te zoeken en discreet met haar te spreken.

Al dat wachten. Voor niets.

Hij probeerde niet te denken dat er iets ergs met haar was gebeurd. Hij hoopte eerder dat ze koudwatervrees had gekregen, of zich had bedacht. Of misschien zelfs gewoon was afgeleid door iets thuis. Een familienoodgeval, een familiegebeurtenis die ze dubbel had geboekt in haar agenda. Maar uit de manier waarop Anton zich rond haar had gedragen, de manier waarop hij tegen haar had gesproken, haar had aangeraakt, de manier waarop hij heimelijk intimideerde... en die snelle, zenuwachtige blikken terug naar de keuken - Tomek vond die niet prettig.

Het gevoel dat Anton elk moment kon verschijnen, kroop de auto in, en zijn verbeelding nam de overhand; toen hij in de achteruitkijkspiegel keek, dacht hij de man op de achterbank te zien zitten, met zijn ondoordringbare blik die hem achtervolgde.

'Christus op een fucking fiets!' riep hij, terwijl zijn hartslag omhoog schoot.

Het was slechts een lichtreflectie die vreemd weerkaatste op een veiligheidsgordel. Maar toen hij zich omdraaide om op adem te komen, viel zijn oog op iets anders. Een gestalte. Slank, klein, met dezelfde bouw als Gina, gekleed in een lichte jas met een capuchon over haar hoofd. Het zag eruit alsof ze slecht was uitgerust om de regen te trotseren.

Onzeker of zij het was, opende Tomek voorzichtig de deur en liep naar de gestalte toe.

'Hallo...' zei hij behoedzaam.

Bij het horen van zijn stem draaide de vrouw zich om. Het zwakke licht van de straatlantaarn niet ver van de ingang van het café onthulde dat het iemand anders was, een vreemde.

Ze liet een klein gilletje horen. 'Wat moet je?' siste ze, met een zwaar Essex-accent. 'Wie ben jij?'

'Niemand. Laat maar.' Tomek draaide zich om om weg te gaan. 'Sorry dat ik u stoorde. Nog een fijne-'

'Help! Iemand help me!'

Haar stem werd door de wind gedragen. Zodra Tomek het hoorde, raakte hij in paniek, vergat dat hij een politieagent was en haastte zich naar zijn auto. Tegen de tijd dat hij er was, was ze al verdwenen; ze was weggerend in het donker van de boulevard, een paar honderd meter verderop. Tomek besloot dat hij niet langer wilde blijven, dat het de moeite niet waard was, en dus reed hij naar huis.

Morgen, zei hij tegen zichzelf terwijl hij door de straten van Southend scheurde, op zijn hoede. Morgen. Hij zou morgen terugkomen en dan met haar spreken.

HOOFDSTUK
ACHTENVEERTIG

Tomek zat op dezelfde parkeerplaats. Het was net voor acht uur 's ochtends, en er was geen teken van leven buiten Iliana's. De stoepen waren echter druk met forenzen die zich naar het treinstation haastten, dwars door de verschillende steegjes en sluiproutes, maar nog steeds geen spoor van Gina.

Eigenlijk niemand die hij kende.

Kort na achten benaderde een vrouw die Tomek niet kende het restaurant. Ze liep met het zelfvertrouwen van iemand die wist wat ze deed, niet als een klant die voorzichtig naar het restaurant sluipt om te zien of het al open is.

Toen Tomek haar sleutels zag, sprong hij uit de auto en liep snel naar haar toe.

'Sorry, we zijn nog niet open,' zei ze zonder hem aan te kijken. 'Een momentje alstublieft.'

Tomek opende zijn mond, maar er kwam niets uit. Iets had hem overspoeld, zijn gedachten uitgeschakeld, en hij wist niet wat hij moest zeggen. Uiteindelijk besloot hij met: 'Natuurlijk. Ik wacht wel even.'

Vervolgens bracht hij de volgende tien minuten door met buiten staan als een boze klant die iets wilde terugbrengen dat hij de dag ervoor had gekocht, maar toen hij naar binnen ging, stormde hij niet naar de kassa om het item neer te gooien alsof het de schuld van de medewerker was dat het niet paste. In plaats daarvan liep Tomek recht-streeks naar zijn vaste hoekje aan de zijkant van de ruimte. Deze keer zat hij de andere kant op en keek hij naar de keuken. Hij nam de gezichten in zich op. Hij herkende niemand. Het was een compleet nieuwe ploeg medewerkers: allemaal mannen, allemaal met dezelfde witte schort. Tomek was er zeker van dat hij geen van hen eerder had gezien.

Die gedachte herinnerde hem aan iets.

Terwijl hij daar zat, wachtend tot een personeelslid naar hem toe zou komen, pakte hij zijn telefoon en opende Iliana's website. Bovenaan de pagina stond een witte banner met het Tripadvisor-logo erop. Tomek klikte op de banner en werd doorgestuurd naar Iliana's pagina op de recensiesite.

Net onder het logo van het café stond hun sterrenbeoordeling: 2,4/5.

Niet bepaald aantrekkelijk voor potentiële klanten of toeristen die op zoek waren naar een leuke plek om te bezoeken. Morgana's daarentegen stond er trots voor met een gezonde 4,3/5. Zeker niet perfect, maar veel beter dan Iliana's. Anton was het café de grond in aan het boren, en toen hij enkele klantenrecensies las, te beginnen met de laagste, begreep hij waarom. Een hele reeks berichten waarin stond dat de klantenservice waardeloos was, dat het personeel onbeleefd was en dat ze nooit twee keer dezelfde medewerker zagen. Enkele van zijn favoriete reacties waren: "Je krijgt waarschijnlijk betere service in een Russische gevangenis", "Ik schijt nog liever in een kopje en eet het op dan dat ik hier terugkom - het smaakt waarschijnlijk beter", "Er is daar om de vijf minuten iemand nieuws, ze moeten een hoger verloop hebben dan de slaapkamer van een prostituee". En zijn persoonlijke favoriet: "Zou hier zelfs mijn ergste vijand niet meenemen. Deze plek is erger dan de hel." Tomek vond het misschien wat overdreven, maar mensen hadden recht op hun mening, en hij was niet van plan om online met hen in discussie te gaan. Dat was wanneer de waanzin begon.

Gelukkig werd hij weggetrokken van de vernietigende recensies door de vrouw die hij bij de voordeur had ontmoet. Haar gezicht stond strak, en haar houding was navenant. Ze waren pas vijf minuten open en ze zag er nu al uit alsof ze er genoeg van had.

'Wat wil je?' vroeg ze. Oost-Europees, hoewel ze met een Amerikaans accent sprak.

'Waar is de vrouw die hier gisteren was?' vroeg hij.

'Welke vrouw?'

'Gina.'

'Ik... ik weet het niet. Dit is mijn eerste dag.'

'Oké,' zei hij verward. 'Ik wil nu niets drinken of zo. Ik ben voorlopig oké. Ik wacht wel.'

'Je wilt wachten?'

'Ja.'

'Je gaat gewoon daar zitten?'

'Ja.'

'Je wilt niets drinken of zo?'

'Voorlopig niet, bedankt.'

'Oké...'

Daarmee draaide ze zich van hem weg en liep richting de keuken. Voor lange tijd was hij de enige persoon daar, en aangezien hij niets had besteld, had het keukenpersoneel niet veel te doen, dus stonden ze in een groepje bij elkaar, discussiërend onder elkaar, constant naar hem kijkend. Tomek probeerde niet paranoïde te worden en het persoonlijk op te vatten - dat ze de spot dreven met zijn haar, of hem belachelijk maakten om de manier waarop zijn baard niet helemaal aansloot op zijn wang - in plaats daarvan probeerde hij te luisteren, te observeren. Door de jaren heen had hij de kunst van luisteren zonder te luisteren ontwikkeld, en hij dacht dat hij dingen van een afstand kon oppikken (hoewel Abigail het daar niet mee eens zou zijn). Van wat hij kon ontcijferen, spraken ze Roemeens. Maar hoewel de talen erg op elkaar leken, kon hij er geen betekenis uit halen.

Het was pas toen een tweede klant binnenkwam dat hij de serveerster weer naar zich toe wenkte.

'Waar is Anton?' vroeg hij haar.

'Anton?'

'De man die je heeft aangenomen.'

'Ja...' Ze werd plotseling gespannen, bang. 'Ik ken Anton. Ik... ik weet niet waar Anton is. Niemand heeft hem sinds gisteren gezien.'

'Wie?'

'Pardon?'

Tomek besefte dat hij in volledige zinnen moest spreken als hij een antwoord van haar wilde krijgen.

'Wie van het keukenpersoneel dat vandaag werkt heeft hem sinds gisteren niet gezien?'

De radertjes draaiden langzaam in haar hoofd terwijl ze moeite had om de vraag te verwerken. *Fuck dit*, dacht hij. Hij had geen tijd om te wachten. Niet wanneer er nog steeds geen spoor van Gina was. Hij schoof uit het hoekje, trok zijn kont en benen los van het kunstleer, en stormde naar de keuken. Hij sloeg met zijn vuist om de aandacht van de koks te trekken, en toen hij die had, zei hij: 'Weet iemand waar Anton is?'

Vijf verwarde en perplex gezichten staarden hem aan, alsof hij een vreemde taal sprak. Het ontging hem niet dat velen van hen hem waarschijnlijk niet begrepen.

'Anton. Jullie baas,' herhaalde hij. 'Weet iemand waar hij is?'

Nog steeds niets. Toen stapte een van hen naar voren. Hij zag er moe uit, verslagen, met een kapotte bril die losjes aan het einde van zijn haakneus hing.

'Anton werkt vandaag niet,' zei de man in bijna perfect Engels.

'Weet je waar hij is?' vroeg Tomek.

'Nee. Hij zei niet waar.'

'En *jij* hebt met hem gesproken, toch?'

'Ja.'

'Wanneer?'

'Vanochtend. Op zijn mobiel. Hij belde om het te zeggen.'

'Juist.' Tomek draaide zich om om de informatie te verwerken. Noch Anton noch Gina was komen opdagen. Het was net na negen uur 's ochtends en er was nog steeds geen spoor van haar, en Tomek begon te denken dat ze niet zou komen. Had Anton ontdekt dat ze een geheime afspraak hadden? Had hij iets verschrikkelijks met haar gedaan?

Tomek begon het ergste te vrezen. Voordat hij er iets aan kon doen, trilde zijn telefoon in zijn zak. Hij stak zijn hand erin en haalde het apparaat tevoorschijn. In zijn haast nam hij de oproep aan zonder naar de nummerweergave te kijken.

'DS Bowen,' zei hij.

'Tomek? Het is Rachel.'

Tomek liep weg bij de keuken en ging terug naar zijn plaats. Inmiddels was de serveerster doorgelopen naar een andere klant.

'Ah, mevrouw Hamilton. Als u namens een bepaalde inspecteur vraagt waarom ik nog niet op kantoor ben verschenen, dan kunt u haar vertellen dat ik bezig ben met belangrijk werk.'

'Wat? Hou op. Het heeft daar niets mee te maken. Het gaat over Mariusz' telefoon.'

Tomek begon met het mes in het servet te prikken, waarbij hij door de stof heen sneed. 'Ik luister,' zei hij.

'Digitale forensische opsporing is net klaar met het doorzoeken ervan. Ik heb hun rapport hier voor me liggen.'

'En?'

'En ze vonden een foto op Mariusz' telefoon die hij op de ochtend van Andrei's dood naar een afgeschermd nummer had gestuurd.'

Tomek wist al wat er zou komen.

'De foto was van Andrei Pirlog, dood in zijn badkamer. Er was geen tekst bij, geen context achter de afbeelding. Het was bijna alsof het-'

'Bewijs was,' maakte Tomek haar zin af. 'Bewijs dat Andrei dood was.' Hij zwaaide zijn benen uit het hoekje en begon zich weer naar buiten te wurmen. 'Ik kom er nu aan. Ik ben er binnen vijf minuten.'

Hij haastte zich het restaurant uit en sprintte naar zijn auto. Toen hij de deur achter zich dichttrok, begon zijn telefoon opnieuw te trillen. Opnieuw nam hij in zijn haast op zonder te controleren.

'Zeg me niet dat je nog een foto hebt gevonden,' zei hij.

'Ehm...' klonk het verwarde antwoord. Tomek keek naar zijn telefoon, zag de nummerweergave en vloekte binnensmonds. 'Is dit Detective Bowen? Met Kirsty Redgrave. Waar bent u? Kunnen we afspreken? We hebben iets wat u misschien wilt horen...'

HOOFDSTUK
NEGENENVEERTIG

Tomek had voor Morgana's gekozen.

Tegen de tijd dat hij twintig minuten later aankwam, zaten de Redgraves al op hem te wachten. Kirsty sprong op van haar stoel en schudde zijn hand zodra ze hem zag.

'Heel erg bedankt dat u bent gekomen,' zei ze, met dankbaarheid in elke lettergreep.

'Geen enkel probleem,' antwoordde Tomek. 'Sorry dat ik laat ben. Het verkeer was een regelrechte hel.'

'O, ja. Dat weten we. Veel verkeerslichten hier. Maar dat is iets waar wij Amerikanen erg goed in zijn. Je had ons moeten zien toen we bij onze eerste rotonde kwamen.'

Tomek glimlachte beleefd, hoewel hij ernaar verlangde om dit zo snel mogelijk achter de rug te hebben. Het nieuws over de foto had hem tijdens de rit hiernaartoe beziggehouden.

Kirsty stelde hem voor aan haar familie.

'Dit is Jimmy, mijn man. Patricia, mijn dochter. Annabel, mijn schoonmoeder, en Nelson, mijn zoon.'

Tomek moest meteen denken aan de pestkop uit *The Simpsons* - ha-ha! - en hij moest toegeven dat de gelijkenis bijna onmiskenbaar was. Zijn haar was in een kuif naar achteren gekamd, met een scheiding aan weerszijden van zijn voorhoofd, zijn schouders waren een combinatie van vet en de eerste tekenen van spieren, en zijn mollige neus was té treffend.

Tomek nam plaats tegenover de jonge man, tussen Kirsty en haar man in. Annabel, de schoonmoeder, sloeg een arm om Nelson heen.

'Wilt u iets drinken?' vroeg Kirsty aan Tomek.

Hij stond op het punt nee te zeggen toen hij besefte dat ze het toch op de onkostendeclaratie zouden zetten voordat ze terug naar Amerika vlogen, en dus zou hij een dwaas zijn om nee te zeggen als hij er eentje op Victoria's kosten kon nemen.

'Ik zou wel een moord doen voor een drankje, dank je.'

Nadat hij besteld had, vroeg hij: 'Hoe bevalt uw extra lange verblijf? Ik neem aan dat alles geregeld is met de accommodatie en de huurauto?'

'Ja,' zei ze terwijl ze een hand op zijn schouder legde. 'Alles is geweldig. Iedereen is zo behulpzaam geweest. En Anna - o mijn god, we *houden* van Anna.'

'Ja, ze is een goed mens.'

'Niet alleen dat, maar ze is zo vriendelijk en meelevend. We zouden wel iemand als zij kunnen gebruiken op de universiteit.'

'Nou, ze is van ons,' zei Tomek, 'en jullie mogen haar niet hebben.'

De familie Redgrave gniffelde, fluisterend tegen elkaar alsof hij buiten een grapje stond dat alleen Anna zou begrijpen. Een deel van hem vroeg zich af of ze misschien lid waren van een sekte, en of dit een onderdeel was van hun initiatieproces om hem te laten toetreden. Eerst hadden ze Anna te pakken gekregen, nu waren ze bij hem aangekomen.

Hij schoof de gedachte naar de achtergrond.

'Hoe zit het met die figuur die u heeft gezien?' vroeg hij, om het gesprek voort te zetten. 'Nog meer waarnemingen sindsdien?'

Kirsty legde een hand op de zijne. 'Gelukkig niets. We hebben geen piep meer gezien of gehoord van andere buren, of geluiden uit de tuin, of zelfs maar iemand aan de overkant van de straat. Er lijkt iets te zijn dat ze heeft afgeschrikt.'

Ja, een kerel genaamd Denis Danyluk zou daar wel eens iets mee te maken kunnen hebben, dacht Tomek.

'Blij om dat te horen. Maar als dat niet is waarvoor u mij hebt laten komen, wat dan wel?'

Kirsty antwoordde niet. In plaats daarvan wees ze naar haar zoon.

In het begin kon de jonge knaap Tomeks blik niet beantwoorden. Hij keek naar zijn vingers en speelde ermee. Toen Nelson zijn moeder aankeek voor steun, en zij hem die gaf met een zachtje knikje, verzamelde hij genoeg moed om te spreken.

'Nou, laatst - ik bedoel gisteravond...'

Ha-ha! Tomek hoorde dat iconische geluid in zijn hoofd zodra de tiener begon te praten.

Nelson aarzelde. Hij liep vast en wist niet hoe hij verder moest gaan.

'Het is oké, Nels. Je kunt het hem vertellen. Je zit niet in de problemen,' zei Kirsty, hem te hulp schietend.

Dat leek de jongen gerust te stellen. 'Nou, het was gisteravond. We liepen langs de boulevard. We hadden net gegeten in de hoofdstraat en ik wilde een kijkje nemen bij de arcades. Eerst gingen we naar die bij de Kursaal en toen liepen we verder. Toen we uit een van de zaken langs de strip kwamen, viel er iets me op.'

Strip, alsof Southend-on-Sea de grimmige, armere tegenhanger van Vegas was.

'Het was een man, gekleed in het zwart,' vervolgde Nelson.

'Juist.'

'Dezelfde kleren als de man die van de plaats delict op het strand vluchtte.'

'Juist.'

'Het deed me aan hem denken.'

'Aan wie?'

'De persoon die wegrende!'

'Oké... Denk je dat hij het was?'

'Ik weet het niet.'

'Oké.'

Tomek wist niet waar dit heen ging. Ze hadden alleen maar een man gezien die leek op de figuur die van de plaats delict was gevlucht - Mariusz, die dood was.

'Vertel hem de rest,' drong Kirsty aan, terwijl ze over de tafel reikte naar de arm van haar zoon. 'Er is iets wat hij je niet vertelt,' zei ze tegen Tomek.

Nelson werd weer verlegen en liet zijn hoofd zakken. 'Ik... ik dacht destijds niet dat het belangrijk was, zie je, en omdat niemand anders ze had opgemerkt, dacht ik dat ik ze me misschien had ingebeeld op het strand.'

'Wat had je opgemerkt, Nelson?'

'Gisteravond droeg de man van de boulevard dezelfde schoenen. Dat is wat me deed herinneren...'

'Welke schoenen?'

'Hij droeg een paar rode Christian Louboutins.'

Tomek keek de jongen niet-begrijpend aan.

'Designerschoenen,' zei Patricia, Kirsty's dochter, terwijl ze haar telefoon voor zijn gezicht duwde. Op het scherm stond een afbeelding van rode hoge sneakers met studs die eruit zagen alsof ze afkomstig waren van een BDSM-seksspeeltje op de neuzen.

Tomek herkende ze onmiddellijk.

HOOFDSTUK
VIJFTIG

Z e had dit nooit verwacht. Dit was niet hoe haar leven had moeten zijn. Dit was niet wat ze had gepland. Ze had gehoopt op een meer vervullend, vruchtbaarder bestaan, voor zowel haarzelf als haar familie in Roemenië. Maar alles was zo snel veranderd, zo duizelingwekkend snel, dat ze nauwelijks tijd had gehad om het te bevatten en te verwerken.

Ze zat in een kleine ruimte. Dat wist ze zeker. Het was pikdonker, dat was ook duidelijk. Maar ze had geen idee hoe lang ze hier al zat. Tijd was ongrijpbaar geworden, buiten bereik, maar ze wist dat ze er lang genoeg was om de doos te kennen. De hoeken en richels. De gladde, solide oppervlakken. Zo goed zelfs dat het bijna een vriend was geworden.

In het begin had ze geschreeuwd, gehuild. Met haar vuisten gebeukt en haar voeten tegen de betonnen muren geschopt. Tot de pijn te ondraaglijk werd om door te gaan.

Ze wist niet wat ze had gedaan om dit te verdienen, welke reeks ongelukkige gebeurtenissen haar hier had gebracht. Evenmin wist ze hoe ze hieruit zou komen.

Het leek een zekerheid dat ze zou sterven. Geen water, geen voedsel. Al snel zou er geen lucht meer zijn.

Ze zou of verhongeren, uitdrogen, of stikken. Wat het eerst kwam.

Maar ze dacht er liever niet aan. In plaats daarvan vulde ze haar gedachten met thuis, haar man, haar moeder en vader. Hoe ze voor haar hadden gezorgd tijdens haar jeugd, hoe dankbaar ze was voor alles wat ze hadden gedaan, de offers die ze hadden gebracht. Ze vroegen zich waarschijnlijk allemaal af waar ze was, net als de laatste keer dat zoiets was gebeurd. Toen ze jonger was. Een peuter. Ze had met haar zus op het strand gespeeld tijdens een vakantie. Ze waren samen op zoek gegaan naar een toilet. Nadat ze herhaaldelijk hadden geweigerd naar hun vader te luisteren die hen meerdere keren had gezegd de zee als toilet te gebruiken - 'Pap! Dat is smerig!' - waren ze uiteindelijk vertrokken, hand in hand, het zand bewegend onder hun tenen. Ze hadden een geschikt hokje gevonden, een paar honderd meter landinwaarts, maar het was vies, zweterig, bedekt met pis en met gebruikt toiletpapier op de vloer. De klink was roestig en vergde veel moeite om open te krijgen, en graffiti bedekte de muren als de binnenkant van een gekkenhuis. Alles in een vreemde taal. Niets ervan was begrijpelijk. Maar misschien was dat maar goed ook; ze had weleens gezien wat vandalen en kinderen tegenwoordig op muren schreven en het walgde haar.

Het hokje was nauwelijks groot genoeg voor één van hen, laat staan voor twee, en als jongste had haar egoïstische oudere zus haar eerst naar binnen gestuurd. Ze had zo nodig moeten plassen dat ze de rommel had kunnen negeren, en was zelfs vergeten toiletpapier op de bril te leggen zodat er minder bacteriën in contact zouden komen met haar huid. Toen ze klaar was, drong de viezigheid van de plek tot haar door en probeerde ze zo snel mogelijk te ontsnappen. In haar haast had ze echter de klink van de deur afgebroken, waardoor ze zichzelf had opgesloten. Ze had herhaaldelijk op de deur gebonkt, schreeuwend tot haar longen barstten en ze geen lucht meer had. Haar zus had ook geschreeuwd, hun kreten gescheiden door slechts een dun stuk metaal.

Toen had haar zus gezegd dat ze hulp zou halen, dat ze beloofde terug te komen. Een paar seconden later was ze weg, en liet haar alleen achter in het smerige hokje.

De eerste tien minuten waren gevuld met optimisme en hoop dat haar zus ondersteuning zou vinden en snel zou terugkeren. Maar naarmate de tijd verstreek, verflauwde dat gevoel en begon de paniek toe te slaan. Wat als ze niet terugkwamen? Wat als haar zus haar was vergeten, of een of andere uitgebreide grap met haar uithaalde? Wat als er iets met haar zus was gebeurd?

Schreeuwen. Op de deur bonken.

Net zoals ze nu deed.

Hoewel de hoop nu zo goed als verdwenen was.

Na wat had gevoeld als twee uur in het hokje, maar slechts dertig minuten was geweest, keerde haar zus terug met hulp. En enkele minuten later was ze gered. Ze had haar familie nog nooit zo stevig omhelsd.

Maar nu was er niemand om te omhelzen. Niemand om haar te redden. Niemand om haar uit de duisternis te bevrijden.

Ze zocht naar de hoek van de kamer, haar vingers gleden over het gladde oppervlak. Toen ze die vond, gleed ze naar de vloer, kromp ineen tot een bal, en trok haar knieën tegen haar borst. Toen begon ze te snikken, dikke tranen stroomden over haar gezicht. Lang duurden ze niet. Haar lichaam was zo uitgedroogd dat ze niets meer had, niets meer te geven had. In plaats daarvan liet ze haar hoofd op haar knieën zakken en kneep haar ogen stijf dicht. Haar delirische en uitgedroogde verbeelding begon wilde scenario's en beelden in haar hoofd te creëren - cowboys, bergen, vissen die ze alleen op een televisiescherm had gezien, haar favoriete winkel die ze mocht bezoeken.

En toen hoorde ze een geluid.

Eerst dacht ze dat het de kassa was die in haar gedachten openging. Maar toen hoorde ze het opnieuw en besefte ze dat het dat helemaal niet was. Het was *iets*.

Iets in de echte wereld.

Iets dichtbij, buiten de grenzen van de kleine doos.

Even later hoorde ze het geluid van metaal dat tegen metaal klinkt.

Toen stroomde het licht binnen. Verblindend.

Het duurde lang voordat ze haar ogen weer kon openen. Toen ze dat deed, zag ze een figuur voor haar staan, een solide zwarte demon tegen een achtergrond van puur wit.

'Sta op,' zei het. 'Kom met me mee.'

HOOFDSTUK
EENENVIJFTIG

Tomek had de man die hij zocht gevonden in Morgana's café, zittend in de achterkamer, waar hij deed alsof hij druk bezig was. Met de hulp van twee agenten in uniform had Tomek hem gearresteerd op verdenking van de moord op Morgana Usyk.

De man zat nu tegenover hem in verhoorkamer één. Naast hem zat zijn advocaat, en naast Tomek zat Rachel. Ze hadden hem gewezen op zijn rechten en waren nu klaar om te beginnen.

Tomek schraapte zijn keel voordat hij begon.

'Vlad, er zijn nog een paar dingen die we graag willen weten over uw verblijfplaats op de ochtend van Morgana's dood.'

De man zei niets.

'In een eerdere verklaring aan ons zei u dat u zich had verslapen en nog in bed lag. Herinnert u zich dat u dat zei?'

'Geen commentaar.'

'U zei later dat u net na elven wakker was geworden. Klopt dat?'

'Geen commentaar.'

'Blijft u daarbij?'

'Geen commentaar.'

'Kunt u zich herinneren hoe laat u die ochtend in het café bent aangekomen?'

Vlads gezichtsuitdrukking bleef uitdrukkingsloos. 'Geen commentaar.'

'Laat me u dan helpen.' Tomek opende een kleine map en legde er een vel papier bovenop. 'Ons team was er om 12:45 en u was toen nog nergens te bekennen. Volgens de rapporten van ons team verscheen u pas net na enen. Begrijpt u waar ik naartoe wil?'

'Geen commentaar.'

Tomek slaakte een kleine zucht.

'Is er iemand die uw verblijfplaats voor die ochtend kan bevestigen?' vroeg Rachel. 'Want op dit moment hebben we alleen uw woord ervoor. En gezien hoe de zaken ervoor staan, maakt dat u de hoofdverdachte van moord.'

Vlads ogen vernauwden zich terwijl hij zijn hoofd langzaam naar Rachel draaide. 'Geen. Commentaar.'

'Heel goed,' antwoordde ze.

Tomek opende de map opnieuw en haalde er twee nieuwe vellen uit. Daarop stonden vier stilstaande beelden van verschillende CCTV-hoeken langs de boulevard van Southend. Na de ontdekking van de Redgraves over de schoenen had Chey nog eens naar de CCTV-beelden van de boulevard gekeken, dit keer op zoek naar een paar rode Christian Louboutins, en had hun belangrijkste verdachte gevonden, opduikend uit het water bij de pier. Het gezicht van de figuur was echter nog steeds vervormd en bedekt door de capuchon en sjaal. Maar het was duidelijk te zien wie ze dachten dat het was.

In de foto's die voor Vlad lagen, had Tomek besloten om de schoenen weg te knippen.

Voorlopig.

'Herkent u de man op deze foto's?' vroeg Rachel terwijl ze de afbeeldingen naar hem toeschoof.

Vlad negeerde ze volledig.

'Geen commentaar.'

'Dit is de persoon die we verdenken van het doden van uw baas, uw beste vriend. Herkent u deze persoon?'

Rachel tikte er herhaaldelijk met haar vingers op, wat een snelle blik van de man ontlokte. Een flikkering van zijn ogen.

'Geen commentaar,' zei hij, en keek toen nog eens goed terwijl hij achterover leunde in zijn stoel. Een kleine hint van herkenning flitste in zijn ogen.

Nog een vel. Nog een foto. Dit keer was het de afbeelding die Mariusz had gemaakt van Andrei in de badkuip.

'En deze afbeelding? Herkent u de persoon op deze?'

Nu kon Vlad zijn blik er niet van afhouden. Hij pakte het vel op en bestudeerde de foto van de dode man.

'Geen commentaar.'

Tomek zuchtte opnieuw. Het zou een lange middag worden.

'Hebt u deze foto eerder gezien?' herhaalde Tomek.

'Geen commentaar.'

'Kent u iemand die dat wel heeft?'

Vlads ogen flikkerden naar de muur.

'Geen commentaar.'

'Waar was u afgelopen donderdag?' vroeg hij, de dag van Andrei's dood. 'Neem ons eens stap voor stap mee door wat u deed.'

'Geen commentaar.'

Doodlopende weg. Hij gaf niets prijs. Ze zouden harder hun best moeten doen. Tomek haalde opnieuw zijn hand in de map en produceerde zijn troefkaart: dezelfde beelden van de man op de boulevard, maar met een subtiel verschil. De rode schoenen, verbeterd en verzadigd om ze nog duidelijker te maken op de pagina.

'Wat vindt u van de man op *deze* foto's?' vroeg Tomek. 'Herkent u nu iets aan hem?'

Tomek schoof het papier met de boulevardbeelden naar Vlad. Eindelijk brak de man en wierp een blik op de foto's. Hij pakte ze op en hield ze direct voor zijn gezicht zodat noch Tomek noch Rachel zijn reactie konden zien. Toen, een paar momenten later, legde hij het papier neer en fluisterde iets in het oor van zijn advocaat.

'Mijn cliënt zou graag een pauze willen aanvragen, als dat mogelijk is? Hij moet naar het toilet, en we hebben een aantal zaken die we moeten bespreken voordat we hiermee verder gaan.'

———

Tomek gaf hen vijftien minuten. Terwijl ze wachtten, gingen hij en Rachel terug naar de meldkamer. De ruimte was gedempt, stil toen ze terugkwamen, alle aandacht was op hen gericht voor een update.

'We houden een kleine siësta,' verklaarde Tomek. 'De pauze is over in vijftien minuten.'

Toen Tomek naar zijn bureau terugkeerde, riep een stem hem.

'Sarge!'

Het kwam van Cheys bureau. De jonge agent klom uit zijn stoel en strompelde naar hem toe.

'Wat is er met jou aan de hand?' vroeg hij.

'Buiten gestruikeld. Compleet ongeluk.'

'Nee... want het expres doen zou raar zijn. Tenzij je ons wilt aanklagen, in dat geval, alle macht aan jou.'

'Bedankt voor het idee,' zei Chey. 'Heb je even?'

'Voor mijn vriend? Natuurlijk.'

Chey grijnsde, en trok Tomek mee naar zijn bureau.

'Je neemt pauze op het juiste moment,' zei hij. 'Ik wilde je niet storen, maar de compositieanalyse van de schoenen die bij Vlad zijn gevonden is binnen.'

'En?'

'Er is een match tussen Vlads schoenen en de modder- en zandmonsters die op Morgana's kleding zijn gevonden.'

'Wat betekent dat?'

'Dat die schoenen aanwezig waren op de plaats delict op de moddervlakten.'

'Wat betekent dat Vlad degene was die Andrei had gezien terwijl hij Morgana's hoofd vasthield.'

'Wat betekent dat Vlad misschien weet wat er met haar is gebeurd,' voegde Chey toe.

'Of het misschien zelf heeft gedaan.'

Tomek werd plotseling overspoeld door euforie. De schoenen. Die verdomde, schreeuwerige, verschrikkelijke schoenen. Hij had gelijk gehad om ze te wantrouwen. Hij kon niet anders dan een beetje trots voelen.

Na de vijftien minuten verlieten Tomek en Rachel de incidentkamer. Voordat Tomek de lift kon bereiken, sprak Sean hem aan.

'Kan het wachten, maat?' vroeg hij. 'We gaan zo weer naar beneden.'

'Ja. Het is maar kort - de kamer.'

'Wat is ermee?'

'Heb 'm toch niet meer nodig,' zei hij. 'Ik ga bij Victoria intrekken.'

'Dat is goed. Bespaart ons een ongemakkelijk gesprek.'

'Oh?'

'Ja. Kasia was niet zo enthousiast over het idee van een vreemde man die in ons huis woont,' loog hij. Kasia had er geen probleem mee.

Nadat hij bij haar had aangedrongen op een ja of nee antwoord, had ze gezegd dat het prima was zolang zij 's ochtends eerst kon douchen. Maar dat hoefde Sean niet te weten.

Tomek was de laatste die de verhoorkamer binnenkwam.

'Excuses,' zei hij terwijl hij haastig weer op zijn stoel ging zitten. 'Ik hoop dat ik niets heb gemist.'

'Nog niet,' antwoordde Rachel. 'We wachtten op jou. Ik begrijp dat Vlad iets wil delen?'

'Ja,' antwoordde de advocaat terwijl ze zich naar Vlad wendde.

Tomek maakte zich klaar. Ging hij bekennen? Of zou hij proberen zich er op de een of andere manier uit te werken?

Tomek zat bijna op het puntje van zijn stoel.

Vlad leunde naar voren, plaatste zijn ellebogen op tafel en zei: 'Ik weet wat jullie gaan zeggen. De schoenen. Degene die jullie de andere dag hebben laten testen. Ik weet dat ze een match zullen opleveren. Ik weet dat jullie dezelfde modder en zand zullen vinden als op Morgana's lichaam.'

Tomek nam een moment om zichzelf te herpakken. 'Hoe weet je dat, Vlad?'

'Nou, er is maar één mogelijke manier, toch? Omdat het erop lijkt dat ik haar heb vermoord.'

'Klinkt ongeveer juist,' antwoordde Tomek, terwijl hij zijn best deed om zijn kaarten tegen de borst te houden.

'Maar ik wil iets volkomen duidelijk maken. Voor de registratie.'

Tomek zei niets. Wachtte tot de man verder zou gaan.

'Ga door...' reageerde Rachel.

'Ik had niets te maken met haar moord. Op de ochtend dat ze stierf, heb ik me verslapen, zoals ik jullie al vertelde. Maar ik heb haar niet vermoord.'

'Leg uit, alsjeblieft.'

'Ik weet niets van wat er die ochtend op het strand is gebeurd. Dat is een feit. Maar ik weet wel wat er met die schoenen is gebeurd.'

Tomek had moeite om het bij te houden. 'Ik heb nodig dat je het voor me uitlegt.'

Vlad zuchtte. 'De schoenen. Ze zijn niet van mij. Ik heb ze gekregen, met de opdracht om ze te bewaren.'

'Van wie?'

Vlad pauzeerde en staarde Tomek en Rachel enkele momenten aan voordat hij antwoordde.

'Ze zijn van Anton Usyk. En ik kan het bewijzen.'

HOOFDSTUK
TWEEËNVIJFTIG

V olgens Vlads "bewijs" had Anton de schoenen op een ochtend afgegeven en hij had alles vastgelegd met zijn beveiligingscamera bij de voordeur. Na het interview hadden Tomek en Chey op afstand toegang gekregen tot de videobeelden vanaf Vlads telefoon, op zoek naar het bewijs. Ze hadden het een uur later gevonden: Anton die bij de voordeur stond, gekleed in een dikke zwarte jas met een sjaal strak om zijn nek gewikkeld, met de rode schoenen in zijn handen, die hij aan Vlad overhandigde. Vervolgens ging hij het huis binnen, nam de schoenen mee naar binnen, en vertrok twintig minuten later haastig naar zijn auto.

De video bevestigde zo goed als zeker dat Anton op de plaats delict was geweest, dat hij degene was die Andrei had gezien, dat hij uit de haven was gevlucht. Als gevolg daarvan werd hij verdacht van de moord op zijn vrouw. Het enige probleem was nu om hem te vinden. Volgens de berichten was hij die ochtend nog steeds niet op zijn werk verschenen, en niemand had hem sinds gisteravond gezien.

'Dus dat is het dan,' zei Anna, nadat Tomek een vergadering had bijeengeroepen en Chey de videobeelden aan het team had laten uitleggen. 'Anton heeft Morgana vermoord. Hij is degene die het heeft gedaan?'

'Mogelijk, ja,' zei Tomek. Hij hief zijn handen in overgave om de woedende blikken te bedaren. 'Maar we zijn nog niet klaar. Er is nog veel dat geen steek houdt.'

'Zoals wat?' siste Victoria, alsof het zijn schuld was dat het onderzoek zo complex was.

'Zoals het feit dat Morgana *alleen* naar de haven reed. Ze was daarheen gegaan om iemand te ontmoeten, of misschien gewoon voor een wandeling - we weten het niet. Maar toen ze daar aankwam, liep ze tegen haar man aan, waarna hij haar vermoordde. Hij wordt vervolgens op heterdaad betrapt, vlucht van de plaats delict, geeft zijn zanderige schoenen aan de adjunct-manager van een van zijn restaurants voor "veilige bewaring", en stuurt dan Mariusz als zondebok om de schuld op zich te nemen. Wat ik wil weten is, wat is de connectie tussen die twee? Wat is ook de connectie met Gavin? Was het Anton die hem opdracht gaf om de informatie te lekken, of was Vlad er op de een of andere manier bij betrokken?'

'Denkt u dat Anton deze hele zaak van begin tot eind heeft georkestreerd?' vroeg Victoria. Ze had niet dommer kunnen klinken als ze het had geprobeerd, alsof je een Gen-Z'er vraagt naar de eerste priemgetallen en die denkt dat het iets te maken heeft met de klantenservicegegevens van de streamingdienst.

'Dat is mijn hypothese,' antwoordde Tomek. 'Anton vermoordde zijn vrouw, vluchtte van de plaats delict en gaf het bewijsmateriaal door aan Vlad. Toen besefte hij dat het net zich al snel rond hem zou sluiten, aangezien hij de echtgenoot is en de voor de hand liggende verdachte, dus hij liet Mariusz Andrei in zijn flat vermoorden en zichzelf vervolgens aangeven om te bekennen dat hij in de haven was. Hij had waarschijnlijk niet verwacht dat wij zo snel achter de waarheid over de nepzelfmoord zouden komen.'

'Dus de foto's op Mariusz' telefoon werden naar Anton gestuurd?'

'Dat zou ik denken,' antwoordde Tomek met een knikje.

'En de berichten naar Gavin, onze klokkenluider?' Victoria begon rond de whiteboards te lopen, terwijl ze met haar stift op ieders naam en gezicht tikte terwijl ze sprak. 'Denkt u dat Anton druk uitoefende op Gavin om hem de informatie te laten lekken naar Denis Danyluk in de gevangenis?'

'Zoals ik het zie.'

'Maar als Denis de broer van Morgana is, waarom ging hij dan niet rechtstreeks naar Denis voor de moord op Mariusz in de gevangenis?'

Tomek dacht daar even over na. 'Misschien wist hij dat dat de voor de hand liggende route zou zijn die wij zouden onderzoeken. Hij betrok

Gavin erbij om zijn sporen te wissen en ons op een dwaalspoor te brengen. Hij is slim. Hij heeft niets van dit alles zelf gedaan. In alle gevallen, behalve de moord op zijn vrouw, heeft hij iemand anders het vuile werk laten opknappen: Mariusz om Andrei te doden; Denis om Mariusz te doden; en ik vermoed dat als we Vlad en Gavin naar de gevangenis sturen, hij ze op de een of andere manier ook zal laten vermoorden.'

De sombere gedachte zorgde voor een moment van bezinning bij het team.

'Ik zal ervoor zorgen dat Gavin in de beschermde afdeling wordt geplaatst, net als Vlad als we genoeg bewijs vinden om hem te vervolgen.'

'Genoeg bewijs?' herhaalde Tomek. 'We hebben bewijs dat hij heeft geholpen een moord te verdoezelen. Hij heeft tegen de politie gelogen over wat er die dag is gebeurd. Hij wist veel meer dan hij ons vertelde, en ik denk dat hij nog veel meer weet dat hij ons nog moet vertellen. Er is niets "als" aan. We hebben vierentwintig uur om meer concreet bewijs tegen hem te vinden, en ik zeg dat we elke laatste seconde daarvan gebruiken.'

Tomek duwde zichzelf uit zijn stoel, wurmde zich langs zijn collega's rond de oversized tafel, en nam de whiteboard marker van Victoria. Hij pakte de gum, veegde wat onnodige krabbels uit en maakte een enorme cirkel in het midden van de ruimte. Daarin schreef hij Antons naam, en voegde vervolgens vijf afzonderlijke draden toe aan het spinnenweb met in elk een naam.

Mariusz Stanciu.
Gavin Barker.
Vlad Boyko.
Brendan Door.
Denis Danyluk.

Terwijl hij de dop weer op de pen klikte, tikte hij de namen aan in wijzerzin.

'We moeten verbanden vinden tussen Anton en al deze mannen. Hoe passen ze bij elkaar, wat heeft Anton ertoe gebracht om hen te kiezen? Afgezien van de voor de hand liggende - Vlad, de adjunct-manager, en Denis, zijn vermeende zwager - moeten we ons afvragen wat hen verbindt.'

Tomek pauzeerde en keek de kamer rond. Hij keek neer op een stel toegewijde, gretige en klaarstaande gezichten. Hij kon zich niet herinneren wanneer hij dat voor het laatst had gezien. In dat korte moment, in die korte pauze, voelde het alsof het onderzoek van hem was, en dat hij vanaf nu het team leidde.

Helaas zou de realiteit iets anders zijn.

Net toen Tomek op het punt stond naar zijn stoel terug te keren, stak Chey aarzelend zijn hand op. 'Ik kan nog een stap verder gaan en enkele van die vragen beantwoorden.'

Tomek deed een stap achteruit, terwijl hij zijn waargenomen positie van autoriteit behield.

'Ga uw gang, meneer Pepper, het woord is aan u.'

Chey schraapte zijn keel. 'Ten eerste, Denis Danyluk loog toen hij zei dat hij familie was van Morgana.'

'Pardon?'

'Ik heb haar sociale media-accounts gecheckt en documenten opgevraagd uit Oekraïne, en er is nergens een vermelding van Denis Danyluk. Ze delen niet eens dezelfde achternaam. Niets op sociale media. Niets over naaste familie. Niets op geboorteaktes, stambomen of medische documenten. Niets dat erop wijst dat ze ook maar enigszins verwant zijn.'

Tomek draaide zich naar het bord en onderstreepte de naam van Denis. 'Dat maakt vier verbanden die we moeten vinden,' zei hij, en draaide zich toen weer naar de jonge agent. 'Goed werk, kerel. Nog iets anders?'

De man ging rechtop zitten, opgewekt door de positieve feedback. 'Nou, nu we het toch over sociale media hebben, ik heb mogelijke verbanden onderzocht tussen de Usyks en Gavin en Mariusz, met de accounts van het restaurant als basis. Het lijkt erop dat ze zijn opgezet door Morgana, aangezien zij veel meer aanwezig was op Instagram en TikTok dan haar man. In een paar posts heb ik gezien dat Gavin meerdere keren bij Iliana's is geweest. Hij wordt behoorlijk vaak op hun pagina's getoond en heeft zelfs een van de positievere recensies op Tripadvisor achtergelaten.'

Tomek wees naar Oscar en zei tegen de man dat hij moest noteren dat Gavin hierover op een bepaald moment ondervraagd moest worden.

'Nog iets anders?'

'Ik heb ook kort door Vlads telefoon gekeken voordat we die naar digitale forensica stuurden, en ik denk niet dat hij degene is die de berichten naar Gavin heeft gestuurd, en ook denk ik niet dat hij de foto's van Andrei in het bad heeft ontvangen.'

'Dus Vlad is buiten verdenking?' merkte Anna op.

'Niet helemaal,' corrigeerde Tomek. 'Zoals ik eerder zei, hij is niet brandschoon in dit alles, en ik garandeer je dat er nog steeds dingen zijn die hij voor zichzelf houdt. Laten we dus alles wat we nodig hebben bij elkaar krijgen, alle ducks op een rij zetten en zo, en het hem dan op het laatste moment voorleggen.' Hij wendde zich tot Victoria. 'Zouden we kunnen kijken naar een verlenging van de hechtenis?'

Victoria dacht even na. 'Ik kan ernaar kijken.'

'Geweldig, bedankt.'

Tomek kon voelen hoe het tij van het onderzoek snel in zijn voordeel keerde. Als Victoria niet oppaste, zou ze bij de haven vast komen te zitten en verdrinken.

Toen schoot hem iets te binnen. 'Wat is er bekend over een verband tussen Anton Usyk en Mariusz Stanciu?' vroeg hij aan Chey, maar de vraag was open voor de rest van de kamer.

Martin greep de kans met beide handen aan. 'Ik heb misschien iets voor u, Sarge,' zei hij. 'Het blijkt dat het transportbedrijf waar Mariusz voor werkt, DWG Logistics, het voedsel en de benodigdheden aan de cafés levert.'

'Is dat zo?'

'Ja, Sarge.'

De radertjes begonnen te draaien in Tomeks brein.

'Dat is onze focus.' Hij tekende een grote cirkel tussen de namen van Anton en Mariusz op het bord. 'We moeten uitzoeken hoe goed deze twee elkaar kennen. Houd in gedachten dat Mariusz pas drie maanden in het land is... En nog iets waar we naar moeten kijken: weet iemand waar Anton in godsnaam is?'

HOOFDSTUK
DRIEËNVIJFTIG

Nu Mariusz in de gevangenis was overleden en Anton van de aardbodem was verdwenen, bleef er nog maar één persoon over met wie Tomek kon spreken die hen beiden kende.

Red Birch Farm was nog steeds open, en tot zijn verbazing, nog steeds druk. Het liep tegen het einde van de openingstijden, en er stonden minstens tien auto's op de parkeerplaats. Na ternauwernood verschillende kuilen te hebben ontweken, parkeerde Tomek, stapte uit de auto en begaf zich naar Stanley's kantoor.

Tomek klopte op het raam maar kreeg geen antwoord. Met zijn handen aan weerszijden van zijn gezicht drukte hij zijn neus tegen het glas. Leeg. Daarna keek hij een paar momenten rond op zoek naar iemand die hem kon helpen. Toen dat niet lukte, ging hij zelf op zoek.

'Pardon, vriend,' riep Tomek naar een man met een bezem, die net uit de paardenverblijven kwam. Hij droeg een overall die in een paar laarzen was gestopt. Zijn haar was vlammend rood en hij had een dikke rossige baard die erbij paste.

'Hallo...' zei hij voorzichtig.

'Weet je waar ik Stanley kan vinden?'

De man wees zonder te kijken. 'Bij de varkens,' zei hij, en ging verder met zijn karwei.

'Spek aan het binnenhalen, hè?' zei Tomek tegen de man, maar het viel in dovemansoren.

Op weg naar het varkenshok passeerde hij een jong gezin van vier, die de twee kinderen bij de schapen vandaan sleepten. Ze schreeuwden, smekend om te blijven, maar de ouders moesten terug voor het avondeten, zeiden ze.

Uiteindelijk kwam hij bij het varkenshok aan en vond de man die hij zocht.

'Detective...' zei Stanley streng, met een zweem van voorzichtigheid in zijn stem. 'U bent niet gekomen om me te vertellen dat er weer iemand dood is, toch?'

Vandaag droeg hij een bodywarmer van een andere kleur. Zijn broek en laarzen waren kaki maar waren bevuild met modder. In zijn handen hield hij een groene emmer met een paar handschoenen.

'Miljoenen mensen zijn gestorven sinds we elkaar voor het laatst spraken,' zei Tomek.

'Nou, dat is... Ik denk... Ik denk dat u gelijk hebt.'

Tomek wees naar de emmer.

'Wat bent u aan het doen?'

'Voedertijd.'

Tomek wendde zich tot de varkens. Zeven in totaal. Eén minder dan de vorige keer, hoewel je geen genie hoefde te zijn om te begrijpen waarom. Het waren lelijke, smerige beesten. Harig, vies, bedekt met hun eigen uitwerpselen. Tomek had nooit van ze gehouden. Maar hij at ze wel graag. Hij dacht graag dat ze de belichaming waren van het idee dat schoonheid altijd van binnen zit.

'Wilt u het proberen?' vroeg Stanley, terwijl hij Tomek de emmer aanbood. 'Ze zijn al behoorlijk vol, maar ik denk dat ze nog wel een paar happen aankunnen.'

Tomek hief zijn handen op en deed een paar stappen achteruit, schuddend met zijn hoofd. 'Dat kan ik niet. Nee, dank u. Niets voor mij.'

'Weet u het zeker?'

'Ja. Dit pak... het is echt mooi. Van een ontwerper. Moet elke paar weken chemisch gereinigd worden. Ik zou het niet vies willen maken. Bovendien zou ik ze niet willen overvoeren.'

Stanley snoof. 'Het zijn varkens. Ze eten alles wat je ze geeft zolang ze maar hongerig genoeg zijn. Ze smaken beter op die manier.'

Tomek draaide zich weer naar ze toe. Een van de beesten was net naar hem toe gekomen, knorrend en snuffelend als een zombie in een rampenfilm.

'Hij vindt iets leuks aan uw broek,' zei Stanley.

'Ja. Het heet geld,' antwoordde Tomek, terwijl hij zijn been wegtrok. Terwijl hij dat deed, viel zijn oog op iets dat oplichtte tussen het vuil. Een groene juwelen oorbel, glinsterend in het licht. Tomek was te bang om het op te pakken, dus wees hij ernaar. 'Volgens mij heeft iemand iets verloren.'

Verward hurkte Stanley om het te inspecteren. Hij stak zijn hand met gemak in het hok en weerde de nieuwsgierigheid van de varkens af met een stevige duw.

'Daar is hij!' riep hij uit. 'Daar is dat kleine ding. Een van onze klanten heeft dit eerder verloren. We hebben overal naar gezocht. U had ons moeten zien. Ik kreeg modder op plekken waarvan ik niet eens wist dat het mogelijk was.'

Tomek dacht aan een grap maar besloot deze voor zichzelf te houden. Niet de juiste tijd, noch plaats, noch gezelschap.

Stanley stopte de oorbel in zijn zak en stond op. 'Ik zal haar later bellen. In de tussentijd, hoe kan ik u helpen?'

'Zouden we in uw kantoor kunnen spreken?'

'Ergens meer privé? Absoluut.'

Op weg naar het kantoor zag Tomek de rossige man met de bezem weer. Hij knikte naar hem, maar kreeg geen knik terug.

'Maak u geen zorgen over hem, hij is gewoon chagrijnig omdat ik hem verteld heb dat hij de rest van de week buiten het terrein werkt,' zei Stanley terwijl hij de deur voor Tomek openhield. 'Iets te drinken? Thee? Koffie?'

'Iers?'

Stanley keek geschokt. 'Alleen als u dat wilt!'

Tomek schudde zijn hoofd en bestelde een kop thee. De gloeiend hete vloeistof verwarmde zijn lichaam en verzachtte de pijn die die ochtend in zijn keel was begonnen.

'Dus...' begon Stanley terwijl hij in de leren stoel tegenover hem neerplofte. 'Heeft u een update over wat er met Morgana is gebeurd?'

'Ja. Dat is deels waarom ik hier ben.'

'Oké.'

'Eigenlijk twee redenen. De eerste is of u recent iets van Anton heeft gehoord. Heeft hij op enigerlei wijze contact met u proberen op te nemen?'

De ogen van de man werden groot. 'Anton? Heeft Anton dit gedaan?'

'We zijn het aan het onderzoeken,' antwoordde Tomek, de vraag ontwijkend. 'Maar op dit moment kunnen we hem niet lokaliseren. Weet u waar hij zou kunnen zijn?'

Stanley schudde langzaam zijn hoofd, starend naar het landbouw-tijdschrift op de salontafel, diep in gedachten. 'Nee, ik heb niets van hem gehoord sinds de ochtend van haar dood.'

'En zou u bereid zijn om bewijs te leveren om dat te ondersteunen?'

'Natuurlijk. Hier.'

Stanley stak zijn hand in zijn borstzak, haalde zijn telefoon tevoor-schijn en gaf deze aan Tomek - ontgrendeld en klaar voor gebruik. Tomek nam de telefoon aan en begon door de laatste sms-berichten, e-mails, WhatsApp en zelfs sociale media-accounts van de man te scrol-len. Het voelde als een inbreuk op de privacy, wat het in wezen ook was, maar de man had ermee ingestemd. En er was niets te vinden. Niets dat Tomek direct opviel. Geen berichten van een onbekend nummer, zeer weinig recente gesprekken die in het tijdsbestek sinds Morgana's dood pasten, en er waren geen foto's in zijn verwijderde album of recent verwijderde map. Tomek had voorzichtig naar de foto's gekeken, bang dat hij meer zou vinden dan hij had verwacht. In plaats daarvan vond hij close-ups van enkele boerderijdieren. Sommige schat-tig, andere wat minder. Terwijl hij de telefoon teruggaf, bedankte hij de man.

'Geen probleem. Mag ik vragen waarom u naar Anton zoekt? Puur uit nieuwsgierigheid. U hoeft het niet te zeggen als u dat niet kunt.'

Tomek aarzelde. 'Laten we zeggen dat we denken dat er dingen zijn die hij ons niet vertelt.'

'Hopelijk is hij niet te ver weg gegaan.'

'U hebt hem niet toevallig zien rondhangen bij een van de dierenver-blijven, of wel? Ik zou zeggen dat hij waarschijnlijk goed tussen de ezels past.'

Stanley barstte in luid gelach uit. 'We hebben een bepaalde lama die hem nooit mocht als hij op bezoek kwam. Spuugde altijd naar hem.'

'Hij is waarschijnlijk niet de enige. Sommige Tripadvisor-recensies gaven de indruk dat ze ook naar hem zouden spugen als ze konden.' Tomek nam een slokje van zijn drankje en zette het neer.

'Als ik iets zie, neem ik meteen contact met u op. Hetzelfde geldt voor mijn team. We willen uw onderzoek op alle mogelijke manieren helpen.'

'Dat is geweldig. We waarderen het echt. Hebt u tijd voor nog wat vragen?'

'Natuurlijk. Alles wat u wilt.'

Tomek haalde zijn notitieboekje tevoorschijn en zette zijn pen op het papier. 'Zegt de naam Mariusz Stanciu u iets?'

'Kleine Mario?' Stanley's stem vulde zich met blijdschap. 'Hij is onze koerier. Hij haalt onze producten op en levert ze af bij al onze leveranciers. Hij bezorgt ook andere spullen voor ons.'

'Zoals wat?'

'Saaie dingen. Hooi. Zaden. Mest. Alles wat we nodig hebben om de boerderij te runnen.'

Tomek wist niets van landbouw en kon dus niet bevatten wat er allemaal voor nodig was, maar hij stelde zich voor dat het veel was.

'Ik denk dat we ongeveer vijf jaar geleden zijn begonnen met DWG Logistics,' vervolgde Stanley.

'En hoe lang doet Mariusz al bezorgingen?'

Stanley blies hete lucht tussen zijn tanden door. 'Een paar maanden? Misschien drie? Maar hij is hier al een absolute favoriet. Heeft een behoorlijk gevoel voor humor.'

Jammer, dacht Tomek, dat hij die kant van Mariusz niet had meegemaakt. In plaats daarvan had hij te maken gehad met een bange en paniekerige kleine man. Een bange en paniekerige kleine man die was opgedragen om Andrei Pirlog te doden en het vervolgens te documenteren.

'Weet u toevallig iets over zijn relatie met Anton?'

'Werkrelatie of persoonlijk?'

'Allebei,' zei Tomek met een schouderophalen.

'Ik weet dat Mario veel bezorgingen voor mij bij Anton deed. Ik weet dat hij altijd aan de telefoon met hem leek te hangen, waarschijnlijk om werkkwesties te bespreken, en soms over voetbal, maar verder kan ik u eigenlijk niets vertellen. Sorry.'

'Geen zorgen,' zei hij terwijl hij op zijn knie sloeg en aanstalten maakte om te vertrekken. 'Ik verwachtte niet veel.'

HOOFDSTUK
VIERENVIJFTIG

Twee dagen waren verstreken en nog steeds geen spoor van Anton Usyk. Er was een arrestatiebevel tegen hem uitgevaardigd, en Abigail en het team van de *Southend Echo* hadden online een foto van hem geplaatst. Het nieuws had zelfs de nationale krantenkoppen bereikt, waardoor hordes journalisten en verslaggevers als een groep rockbandfans naar het hoofdkwartier waren toegestroomd. Elke keer dat Tomek probeerde door de menigte te komen, was het alsof hij tegen de varkens op de boerderij vocht. En tot nu toe was het allemaal tevergeefs geweest.

Ze hadden elke beschikbare mogelijkheid uitgeput. Contacten in zijn adresboeken, vrienden op sociale media, zelfs andere zakelijke leveranciers en klanten die ze in de boeken hadden gevonden. Twee ongelukkige zielen binnen het team, Chey en Anna, hadden zelfs de ondankbare taak gekregen om alle voormalige werknemers te bellen en degenen te ontmoeten die nog in het land woonden. Velen waren ofwel teruggekeerd naar hun thuisland of waren onbereikbaar.

Ondertussen zat Vlad nog steeds in een cel. In Nicks afwezigheid had Victoria goedkeuring gevraagd om de klok tot zesendertig uur te verlengen. Volgens Tomeks berekeningen hadden ze nog iets minder dan twee uur over. Het team verzamelde nog steeds zoveel mogelijk informatie, en het gevoel was dat ze genoeg hadden om hem aan te klagen voor het belemmeren van de rechtsgang. Er waren verschillende pogingen gedaan om hem te laten doorslaan en een barst in zijn façade te veroorzaken, maar hij had niet toegegeven. Hij hield nog steeds vol dat hij geen idee had waar Anton was.

De telefoon van de man stond uit. Hij had zich al drie dagen niet aangemeld bij zijn sociale media-accounts of zelfs zijn e-mail, sinds de avond voordat Tomek de serveerster Gina zou ontmoeten, en niemand leek te weten waar hij was. Er was een waarschuwing uitgegaan naar alle havens en luchthavens met zijn naam en gezicht, dus als hij het land probeerde te ontvluchten, zou hij dat niet kunnen. Sommigen, niet Tomek, hadden geopperd dat hij misschien op de achterkant van een vrachtwagen naar Oekraïne was gevlucht. Maar als dat het geval was, konden Tomek en het team weinig tot niets doen, behalve met de Oekraïense autoriteiten spreken en hen waarschuwen voor zijn terugkeer.

Hij moest *ergens* zijn. Hij moest zich verschuilen, afwachten, hopend dat dit allemaal zou overwaaien. Daar was Tomek van overtuigd.

Wat Gina betreft, ook zij leek van de aardbodem te zijn verdwenen. Tomek had met zoveel mogelijk medewerkers van Iliana gesproken, maar niemand had haar gezien, van haar gehoord of haar zelfs maar herinnerd. Het was alsof ze nooit had bestaan.

Tomek reed de parkeerplaats op en stapte uit de auto. Voor hem lag Iliana's. Door de ramen van vloer tot plafond, waar condensatie langzaam omhoog kroop, zag hij dat het leeg was. Er was geen manager, geen assistent-manager. Tomek was nieuwsgierig hoe de zaak functioneerde. Er moest ergens een leider zijn, een tweede in bevel die wist wat ze deden maar misschien onder de radar was gebleven, zichzelf al die tijd verborgen had gehouden. Tomek durfde er geld op in te zetten dat die persoon zou weten waar Anton zich verstopte.

Hij sloeg het portier dicht en liep naar het restaurant. De sfeer binnen was zoals altijd. Het geluid van vet en olie die sissend in de keuken aan de achterkant bakten, de muziek die op de achtergrond speelde, de koffiemachine die bromde terwijl hij koffiebonen maalde, het geluid van Oost-Europees gebabbel, allemaal door elkaar pratend. Het enige verschil waren de medewerkers. Tomek herkende geen van de gezichten van de andere dag. Zelfs de serveerster die hem benaderde was anders dan de dame die Gina had vervangen.

Waar de fuck blijven ze vandaan komen? vroeg hij zich af. Het was alsof ze in een laboratorium achter in het pand werden gekweekt.

'Goedemorgen, meneer,' zei ze, vrolijker en enthousiaster dan haar voorgangers. 'Tafel voor één?'

'Graag,' zei Tomek, zijn aandacht uitsluitend gericht op het keukengedeelte.

Iets had zijn blik getrokken, hem afgeleid. Een bos rood haar, met een bijpassende baard. Gekleed in een schort. Terwijl de vrouw hem naar zijn plaats dirigeerde, negeerde hij haar en liep door naar de keuken. Daar ging hij om de toonbank heen en waadde door de lichamen. De man die hij zocht stond met zijn rug naar hem toe, druk bezig met het omdraaien van twee eieren tegelijk, met een techniek en een spatel die Tomek nog nooit eerder had gezien.

Hij tikte de man op zijn schouder.

De man schrok, draaide zich om en liet een van de eieren op de vloer vallen. Vet en eigeel spatten op Tomeks schoenen en de manchetten van zijn broek. Het zou ongetwijfeld een vlek achterlaten, maar Tomek maakte zich daar geen zorgen over. Hij was meer gefascineerd door de man voor hem. Met het rode haar en de baard. De jukbeenderen en de lege blik. De man die nog maar achtenveertig uur geleden een bezem in plaats van een spatel vasthield. Een man die stront aan het scheppen was in plaats van eieren aan het bakken.

'U zou hier niet moeten zijn, meneer,' zei hij, met een lege, verdwaalde uitdrukking. 'Dit is alleen voor personeel.'

Toen kwamen de rest van de kreten. De handen die hem terugtrokken. De boze gezichten die voor hem stonden. Tomek, verbijsterd en verbaasd, voelde hoe hij hardhandig de keuken uit werd gemanoeuvreerd.

Lange tijd stond hij daar, bevroren, aan de andere kant van de keukentoonbank, starend in het gezicht van de chef. Het duurde even voordat hij uiteindelijk bijkwam en besefte wat hij moest doen.

Tomek stak zijn hand in zijn zak en haalde zijn politielegitimatie tevoorschijn. Toen wees hij naar de man met het rode haar.

'Kan ik met u spreken over-'

De man vluchtte. Hij gooide de spatel in Tomeks richting, miste hem op kilometers, pakte toen een koekenpan van het aanrecht en smeet die achter hem aan. Tomek zette de achtervolging in, stormde naar de ingang van de keuken, duwde zich door de stilstaande lichamen die hem in de weg stonden. De man was klein, lenig en veel sneller dan

Tomek die, ondanks de twee hardloopsessies die hij recentelijk had gedaan, moeite had om bij te blijven.

Hij achtervolgde hem door de achterkant van het gebouw en naar de kleine personeelsparkeerplaats die slechts groot genoeg was voor twee auto's. De rest van de ruimte werd ingenomen door afvalcontainers op wielen. Zodra hij in het daglicht kwam, greep de chef een van de containers en rolde deze voor Tomek om hem te vertragen. Het had weinig effect aangezien Tomek er gemakkelijk omheen kon springen - een overblijfsel uit zijn rugbydagen. Toen rende de man om de hoek van het gebouw en ging richting de boulevard. Tomek bleef achtervolgen, zijn benen stampend, voeten bonkend op het asfalt. Hij hield zijn ademhaling regelmatig en ritmisch, in door de neus, uit door de mond. Hopend, biddend dat de man de boulevard niet zou bereiken. Het was er druk, vol obstakels - mensen - die niet altijd opzij gingen.

Het enige voordeel dat Tomek had, was dat hij de boulevard goed kende, er honderden keren langs had gerend, en dus wist hoe hij zijn tempo moest bepalen, hoe hij in de race moest blijven. Die vaart, dat voordeel, zou echter verloren gaan als de aanvaller het strand op zou gaan. Wat precies was wat hij deed.

'Stop!' schreeuwde Tomek. 'Stop onmiddellijk!'

Een groep mannelijke hardlopers, gekleed in felgekleurde neonkleding en korte broekjes die naar Tomeks smaak te veel toonden, kwam hen tegemoet. Stom genoeg luisterden ze naar zijn bevel en stopten ze met rennen, waardoor de chef om hen heen kon schuifelen en voet op het strand kon zetten.

Tomek vloekte naar hen toen hij passeerde, hopend dat elk van hen hun enkel zou verzwikken of een knie zou verrekken.

De ondergrond onder zijn voeten veranderde van solide, stevig asfalt in zwaar, ongelijk en onvoorspelbaar zand. Stukjes steen en schelpen vlogen achter de chef op en werden door de wind in Tomeks gezicht geblazen. Hij spuugde en sloot zijn ogen om te voorkomen dat ze naar binnen kwamen, maar het hielp niet.

Hij won echter terrein, meer tot zijn eigen verbazing dan die van iemand anders. Ofwel de loop met Warren naar de haven had effect gehad, ofwel de chef had de benodigde inspanning om op zand te rennen zwaar onderschat. Ze naderden de pier en kwamen dichter bij de waterlijn. Tomek wist niet wat de strategie van de man was, maar deze was niet goed doordacht. En binnen een paar honderd meter, terwijl zijn lichaam schreeuwde om te stoppen, haalde hij de man in en sprong op zijn rug.

De landing was grotendeels zacht; tijdens de val voelde Tomek een knie tegen zijn kruis knallen. Pijn flitste door dat gebied en zwol snel aan naar zijn maag. Hij schreeuwde het uit van pijn, maar dit was niet het moment. Hij kon het zich niet veroorloven om de man te laten gaan, en dus ging hij schrijlings op de man zitten, hem tegen de grond drukkend, met één hand zijn kruis vasthoudend en de andere drukkend op de achterkant van het hoofd van de man.

'Ik heb niets gedaan!' riep de man, terwijl hij zand en zeewier uitspuugde.

'Onschuldige mensen rennen niet weg, vriend.'

HOOFDSTUK
VIJFENVIJFTIG

Tomek zat al twintig minuten in de vergaderruimte, terwijl hij rustig ademde en probeerde de pijn in zijn buik te overwinnen, toen Chey en Rachel binnenkwamen.

'Voel je je al wat beter, chef?'

'Nee. Het is nu naar mijn borst gestegen. Ik voel het in mijn keel.'

Rachel snoof. '*Mannen*. Jullie blazen alles altijd zo op. Mannengriep-'

'Dat is trouwens echt iets!'

Ze ging verder: 'Bij het minste pijntje verwacht je dat we voor je klaarstaan en alles voor je doen.'

'Is dat waarom je voor vrouwen koos in plaats van mannen?'

'Natuurlijk. Dat is de enige reden waarom ik lesbisch ben.'

Cheys ogen werden groot, en hij draaide zich naar Rachel als een tekenfilmfiguur. 'Ben jij een-?'

'Ja, Chey. Dat ben ik. Ik val op vrouwen, en ik had niet gehoopt dat het zo naar buiten zou komen, maar blijkbaar is dat nu gebeurd. Maar we hebben het nu niet over mij, we hebben het over Tomek en de kleine tik die hij tegen zijn edele delen heeft gekregen. Daartegen zeg ik: welkom in onze wereld. Probeer dat eens één week per maand, maar in plaats van een eenmalige pijn, stel je voor dat je herhaaldelijk in je ballen wordt geslagen. Keer op keer.' Ze deed alsof ze een boksbal sloeg.

'Ik heb er bewondering voor,' zei hij. 'Echt waar. Kasia vertelt me er alles over. Soms iets te veel. Maar ik denk dat je aan je rechtse hoek moet werken.'

'Zelfs als je pijn hebt, blijf je een klootzak.'

Hij schoot met zijn vinger en duim een denkbeeldig pistool op haar af. 'Niets gaat me veranderen, schat. Wat zegt onze Usain-Bolt-wannabe?'

De agenten keken elkaar aan. 'Eigenlijk, chef, is wat Vlad zegt op dit moment belangrijker.'

'Op welke manier?'

'Nou, hij weet dat zijn tijd bijna op is en hij denkt dat het tijd is om te onderhandelen.'

'Wil hij een uitweg?'

'Nou, daar is geen kans op,' antwoordde Rachel. 'Hij wil eigenlijk van twee walletjes eten. Hij beweert dat hij iets weet wat wij misschien willen weten.'

'Als het is wat ik denk dat het is, hebben we hem niet nodig,' zei Tomek, terwijl hij voorzichtig opstond. Zijn knieën kraakten toen hij zijn benen strekte.

'Dan denk ik dat je even met Victoria moet praten,' zei Chey. 'Het verhoor is al begonnen.'

Godverdomme.

Tomek schuifelde langs hen heen en wurmde zich door de deur, hinkend terwijl hij naar de ruimte voor grote incidenten liep. Daar, in het midden van de kamer, stonden Victoria en de rest van het team, die naar Martin keken die het verhoor op het televisiescherm uitvoerde alsof ze in de bioscoop zaten.

'Ga nergens mee akkoord,' zei hij.

Victoria draaide zich naar hem om, met minachting in haar ogen. 'Pardon?'

'Ga nergens mee akkoord wat hij wil. Nog niet.'

'Waarom zouden we wachten? Dit is bijna voorbij.'

'De kerel die ik heb gearresteerd,' zei Tomek tussen het hijgen door. De wandeling naar het verhoor had hem uitgeput. 'Ik herkende hem van de boerderij. Ik denk dat er daar iets gaande is, en ik denk dat hij ons misschien kan vertellen wat precies.'

'Wat stel je dus voor?'

'Dat we Vlads bluf doorprikken. Vertel hem dat we iemand van de boerderij hebben gearresteerd - het is belangrijk dat je dat specifieke punt vermeldt - en dat we gewoon alles wat we nodig hebben van hem gaan krijgen. Vlad gaat toch al voor een heel lange tijd naar de gevangenis, er is niets wat hij kan doen om dat tegen te houden. Zodra we de informatie hebben die we nodig hebben van die roodharige gast beneden in de cel, leggen we het aan Vlad voor en kunnen we hem mogelijk vragen om enkele hiaten op te vullen indien nodig.'

Victoria dacht even na. Hij kon aan haar gezicht zien dat ze niet bereid was om welke deal dan ook te sluiten met Vlad voor informatie die hij misschien wel of niet bezat. Maar hij kon ook zien dat ze niet wilde dat Tomek gelijk had.

Ze moest een moeilijke keuze maken. Ego of de levens van onschuldige mensen.

Uiteindelijk wonnen de levens van onschuldige mensen.

'Wat ga je doen als je het mis hebt?'

Tomek haalde zijn schouders op. 'Dan moet iemand het ongemakkelijke gesprek met Vlad voeren waarin we toegeven dat we misschien al onze kaarten te vroeg op tafel hebben gelegd.'

Er gingen een paar momenten voorbij. Victoria worstelde met de beslissing.

Toen draaide ze zich naar Sean en zei: 'Ga nu naar beneden. Zeg tegen Martin dat hij moet wachten. Laten we eens kijken wat Tomek uit zijn verdachte kan krijgen.'

HOOFDSTUK
ZESENVIJFTIG

Tomek hield zichzelf graag voor dat hij geen druk voelde, dat hij er op de een of andere manier immuun voor was. Dat hij door de jaren heen had geleerd ermee om te gaan en het te verwerken, het te manipuleren voor zijn eigen voordeel. Hij had immers de dood van zijn broer op eigen kracht verwerkt. Hij had geleerd hoe hij moest opgroeien en met de moeilijkheden en tegenslagen van het leven moest omgaan zonder advies of een helpende hand van zijn ouders. En toch, toen hij de verhoorkamer binnenkwam, voelde hij een lichte trilling in zijn knieën, een kleine knoop die zich in zijn maag vormde.

Het waren óf de zenuwen óf het gevoel van een knie in zijn edele delen kwelde hem nog steeds.

Hij weet het aan dat laatste.

In zijn hand hield hij een klein document dat hem was gegeven door de bewaarder. Daarop stond de naam van de man, geboortedatum en andere informatie die van hem was verkregen toen hij was aangemeld op het bureau.

'Dus... Alfie,' begon Tomek terwijl hij tegenover de man ging zitten. 'Hoe gaat het vandaag met u?'

'Ik heb niks verkeerd gedaan.'

'Dat valt nog te bezien. Zoals ik al zei op het strand, onschuldige mensen-'

'Ja, die rennen niet weg. Ik heb je heus wel gehoord.'

'Mooi. Dus we hebben al vastgesteld dat uw luistervaardigheid op niveau is. Hoe zit het met uw vermogen om vragen te begrijpen en te beantwoorden?'

'Wat?'

Tomek kantelde zijn hoofd. 'Een wankele start. Laten we het nog eens proberen, ja? Kunt u alstublieft uw naam, leeftijd en geboortedatum bevestigen?'

'Dat zijn dezelfde dingen, idioot.'

Tomek wees met zijn pen naar hem. 'Dat is een vinkje voor het logische gedeelte, gefeliciteerd.'

'Waar heb je het in godsnaam over, maat? Waarom ben ik hier verdomme? Ik heb niks verkeerd gedaan.'

Alfie was een kleine man, iets onder de één meter tachtig, met smalle schouders, maar er was iets in zijn bouw dat suggereerde dat hij niet zou misstaan in een boksring. Zijn bewegingen waren schokkerig, alsof hij voor zijn dienst in de keuken even aan iets had gesnoven, en hij kraakte steeds zijn knokkels. Tomek wilde graag denken dat hij de man fysiek de baas kon, maar hij was niet bereid om een vuistgevecht aan te gaan, niet nu zijn onderlichaam nog aan het herstellen was van zijn eerdere partij in de ring.

'Ik vroeg me af of u een paar vragen zou kunnen beantwoorden,' zei Tomek. 'Bent u daartoe in staat?'

'Niet als ik niks verkeerd heb gedaan.'

'Uitstekend. Ik zou graag willen beginnen met de vraag hoe lang u al bij Iliana's werkt.'

'Ik werk daar niet.'

'Wat deed u dan in de keuken? Een beetje vrijwilligerswerk?'

'Toevallig wel, ja.'

Tomek was verrast. Hij had dat antwoord niet verwacht.

'Leg uit.'

'Ik hielp een handje,' zei hij. 'Stanley vroeg me om te gaan helpen. Zei dat ze nodig hadden dat ik een dienst zou overnemen.'

Tomek herinnerde zich Stanley's woorden: *Maak je geen zorgen over hem, hij is gewoon chagrijnig omdat ik hem heb gezegd dat hij de rest van de week op een andere locatie werkt.*

'Waarom?'

'Omdat ze daar niemand hebben die de leiding heeft. Stanley zei dat ze de zaak op de een of andere manier draaiende moesten houden. Ze zijn een van onze grootste klanten.'

'U bent zich ervan bewust dat één eigenaar dood is en de andere gezocht wordt in verband met haar moord?'

Alfie haalde zijn schouders op. 'Dat wist ik niet, maar nu wel.'

'En Stanley weet dat ook. Dus waarom stuurt hij u om te helpen?'

Alfie liet zich achterover in zijn stoel vallen en vouwde zijn armen over zijn borst. 'Verdomme, een man doet eens wat filantropisch werk, helpt zijn gemeenschap.'

Tomek moest denken aan de prijzen en onderscheidingen in Stanley's kantoor.

'Ja... daar is hij goed in, nietwaar?'

'Ik denk dat hij de plek misschien wel wil kopen als er iets mee gebeurt.'

Interessant, dacht Tomek. Heel interessant.

'Hoe vaak is u gevraagd om te helpen in het restaurant?'

'Welke?'

'Een van beide.'

'Slechts één keer,' antwoordde Alfie.

'En hoe lang werkt u al voor Stanley?'

'Ongeveer zes jaar nu.'

'Lange tijd.'

Alfie haalde zijn schouders op. 'Ik vind het leuk. Hij is een goede werkgever. Betaalt eerlijk. Neemt geen extra geld voor zichzelf. Bovendien vind ik het werk leuk. Ik zie niet wat het probleem is?'

Tomek koos ervoor de vraag niet meteen te beantwoorden. Óf Alfie was een uitzonderlijk goede pokerspeler en gaf niets weg, óf hij had werkelijk geen idee wat er mis was. Er was maar één manier om erachter te komen.

'Waarom rende u weg?' vroeg Tomek.

'Reflex.'

'Van toen u jonger was?'

Zodra Alfie's naam in het systeem was ingevoerd, waren er een handvol eerdere arrestaties tevoorschijn gekomen. Vandalisme, spijbelen, kleine diefstallen. Tijdens zijn tienerjaren had hij zijn tijd besteed aan het bekladden van de muren van Basildon en het stelen van snoep uit winkels terwijl hij op school had moeten zijn.

'Zodra ik uw identificatie zag, overviel me iets.'

'Schuldgevoel? Paranoia?'

'Instinct.'

'Jammer dat uw voeten niet zo snel werken als uw instincten,' zei Tomek terwijl hij naar het papier keek. 'Vier arrestaties. Nu vijf. Gelukkig heeft geen van hen ooit besloten om aangifte te doen.'

Alfie stopte zijn handen dieper onder zijn oksels. Het geluid van krakende knokkels echode onder zijn huid. 'Het is geen misdaad om mensen te helpen. U hebt niks om me voor aan te klagen. Net als bij al die vorige keren. Als dat alles is, zou ik nu graag gaan.'

HOOFDSTUK
ZEVENENVIJFTIG

Tomek had geen andere keuze dan Alfie te laten gaan. Er was geen misdrijf gepleegd en hij kon hem niet in een cel vasthouden terwijl ze wachtten om bewijsmateriaal te verzamelen. In plaats daarvan zou het op de andere manier moeten gebeuren. Eerst het bewijs vinden en hem dan binnenbrengen. Maar tenzij Tomek hem ergens op de plaats van Morgana's moord kon plaatsen, had hij er weinig hoop op.

Hij keerde terug naar de commandoruimte met een geforceerde, pretentieuze glimlach op zijn gezicht.

'Je hebt het verkloot, hè?' was het eerste wat Victoria tegen hem zei.

'Nou, zo zou ik het niet willen noemen.'

'Hoe zou je het dan wel noemen?'

'Het was bij voorbaat kansloos. Hij hielp gewoon in het restaurant.'

'Juist. En dus heb je hem laten gaan?'

'Ja, mevrouw. Ik wil onze toch al beperkte middelen niet verder belasten.'

Victoria plaatste haar handen op haar hoofd, een beetje te theatraal naar zijn smaak. 'Ik kan dit verdomme niet geloven. Je verzekerde me dat dit een win-winsituatie was.'

Tomek haalde zijn schouders op. 'De ene keer win je, de andere keer verlies je.'

'Hoe kun je hier zo nonchalant over doen? We moeten nu terug naar binnen met Vlad, met de staart tussen onze benen en onze broek op onze enkels. Hij gaat niets loslaten tenzij hij precies krijgt wat hij wil.'

'Jawel, dat doet hij wel,' antwoordde Tomek.

Hij werd beantwoord met een uitdrukkingloos gezicht. Zijn punt was compleet over Victoria's hoofd heen gegaan.

'Hoe bedoel je?'

'Hij weet niet dat we het verknald hebben-'

'Dat *jij* het verknald hebt,' siste Victoria terwijl ze erop stond hem te corrigeren.

'Tomaat, *tomaat*. Op dit moment zit hij in de cel, paranoïde dat hij de komende jaren in de gevangenis gaat doorbrengen met spijt dat hij zijn informatie niet eerder met ons heeft gedeeld. Hij zal alles willen doen om ons te vertellen wat hij weet, om zoveel mogelijk met ons te onderhandelen omdat we hem gaan vertellen dat we al alles weten. Wij hebben nog steeds de macht.'

Nu begon het voor haar logisch te klinken. Haar ogen vielen naar de vloer en ze liet haar handen naar haar heupen zakken.

'Maar dit werkt alleen,' vervolgde Tomek, 'als we de indruk wekken dat we alles weten. Als hij door onze façade heen kijkt, *dan* zitten we in de problemen.'

'O, dus pas op dat moment moeten we onszelf als de sigaar beschouwen? Briljant.'

De glimlach keerde terug op Tomeks gezicht, dit keer met een beetje meer waarheid erachter. 'Precies. Vandaar dat ik me geen zorgen maak.'

'Dat komt omdat jouw kop niet op het blok ligt.' Victoria wendde zich tot het team dat rond de tafel zat. 'Welke andere onderzoeksrichtingen hebben we op dit moment nog lopen?'

Stilte, op het geluid van ritselende papieren na terwijl zijn collega's deden alsof ze een antwoord zochten op de vraag die niet bestond.

'Niets? Shit!' Ze draaide zich weer naar Tomek. 'Dus dit is de enige concrete bron die we tot onze beschikking hebben.'

Tomek haalde zijn schouders op. 'Lijkt er wel op, mevrouw. Het is uw beslissing. Daarom krijgt u de grote centen.'

Ze wierp hem een minachtende blik toe.

'Je hebt gelijk, Tomek. Daarom krijg ik de grote centen, en daarom geef ik het aan iemand die ik vertrouw, iemand waarvan ik denk dat hij dit tot het einde zal doorvoeren.' Ze gebaarde naar de man die het dichtst bij haar stond. 'Sean, ik zou graag willen dat jij hiervoor zorgt.'

Quelle surprise.

De slechte baas en haar trouwe waakhond die weer voor elkaar opkwamen.

'Perfecte kandidaat,' zei Tomek tussen opeengeklemde tanden, waarna hij terugkeerde naar zijn stoel terwijl het team begon met het bedenken van een strategie voor het tweede deel van het interview met Vlad. Eerlijk gezegd was Tomek een beetje opgelucht dat hij zijn naam niet had gehoord. Hij had verwacht dat Victoria hem zou kiezen als een soort kans om zichzelf te verlossen van de fout die hij in de eerste plaats had gemaakt, maar nu die verantwoordelijkheid bij iemand anders lag, kon hij ontspannen wetende dat het niet op zijn schouders zou rusten als het allemaal misging. En ze zeiden dat hij geen teamspeler was...

Dertig minuten later had het team de strategie vastgesteld en, gewapend hiermee, vertrok Sean naar de verhoorkamer. Tegen de tijd dat Martin en Oscar de live videoverbinding hadden opgezet, was het verhoor begonnen.

Het was de eerste keer dat Tomek de man zag sinds zijn eerste arrestatie. Hij zag er verslagen uit, teruggetrokken, magerder - veel magerder, alsof hij in hongerstaking was gegaan en niemand het had gemerkt. Naast hem zat zijn advocaat, vooroverleunend op de tafel, met een rug zo gebogen als de Gouden Bogen van het McDonald's-logo. Op het scherm stond Sean met zijn rug naar hen toe, maar Tomek wist dat zijn vriend zijn pokerface had opgezet - een strenge, onverzettelijke uitdrukking die niets zou verraden.

'Bedankt dat je terug bent gekomen,' begon Sean.

'Hoe is het gegaan? Heeft je andere verdachte je alles verteld?'

'Dat moet nog blijken,' zei Sean. 'We hopen alleen dat jij enkele gaten voor ons kunt opvullen.'

Er viel een korte stilte in de kamer, en gedurende enkele momenten bewoog niemand. In eerste instantie dacht Tomek dat de verbinding was vastgelopen, maar toen hij zag dat Vlad de onderkant van zijn neus afveegde, besefte hij dat hij zich vergiste. Hij besefte ook dat Sean zich had verraden.

'Gaten opvullen?' herhaalde Vlad. 'Jullie weten geen reet, hè? Jullie willen dat *ik* de gaten opvul? Dat is in feite vragen of ik jullie gratis alles vertel wat ik weet.'

Fuck.

Vlad vouwde zijn armen over zijn borst en zakte onderuit in zijn stoel. 'Dat soort informatie is niet gratis, en het is zeker ook niet goedkoop, ben ik bang. Mijn oorspronkelijke aanbod blijft staan.'

Dubbele klote.

Sean had het verraden. Hij had het sneller verpest dan een maagd die zijn maagdelijkheid verliest. Natuurlijk hadden ze tijdens hun ad-hoc strategiebespreking een noodplan bedacht, maar ze hadden niet verwacht het zo snel nodig te hebben.

Tomek keek rond naar de stille, verbaasde gezichten van zijn collega's. Die van Victoria was echter een meesterwerk. Ze zat voorovergebogen, met haar ellebogen op haar knieën, haar gezicht in haar handen, turend door de spleten tussen haar vingers.

'Ik geloof dit verdomme niet,' zei ze. 'Christus op een kutfiets. Kan iemand naar beneden gaan om hem te helpen?'

'Ik denk dat het nu niet meer te redden valt,' zei iemand in het team.

Tomek lette te veel op het scherm om te merken wie het had gezegd. Op de beelden verschoof Sean ongemakkelijk in zijn stoel en begon weer met de documenten in zijn hand te spelen.

'We kunnen je geen immuniteit geven,' zei hij.

'Waarom niet?' reageerde Vlad.

'Omdat het zo niet werkt. Als er een misdaad is gepleegd, word je ervoor gestraft.'

'Dus jullie weten echt niets,' zei Vlad. Hij knoopte zijn vingers in elkaar als Mr Burns uit *The Simpsons*. 'Ik denk dat dat betekent dat jullie met mijn voorwaarden zullen willen instemmen.'

'Dat kunnen we niet. Hoe weten we zelfs of je bewijs en informatie hebt die relevant zijn voor de zaak?'

Vlad leunde naar voren in zijn stoel. 'Laten we een deal maken. Eerst geef je me ofwel immuniteit ofwel getuigenbescherming. Dan zal ik het je vertellen. Als je niet vindt dat het bewijs dat ik je geef het waard is, dan gaat de deal niet door.'

'Dus je zou het aan ons willen overlaten om te beslissen of we de informatie waardevol genoeg vinden om je immuniteit te verlenen?'

Tomek schreeuwde inwendig. *Nee! Zeg dat niet, idioot!*

'Eigenlijk heb je gelijk,' vervolgde Vlad, 'dat slaat nergens op. Vergeet dat. Je neemt het of je laat het.'

Tomek kon niet geloven wat hij hoorde. Sean had niet alleen hun dekmantel opgeblazen, maar hij had ook Vlad ervan weten te overtuigen om hun niet de beste deal te geven. Als Vlad hen informatie had gegeven die tot een arrestatie had geleid, waren ze nergens toe verplicht - behalve door Seans woord - om papierwerk in te vullen dat zou kunnen leiden tot een of andere vorm van immuniteit of om hem in het getuigenbeschermingsprogramma op te nemen. Het was hun beste kans om de informatie uit Vlads hoofd te krijgen, en hij had die verspild.

Tomek had nog nooit een auto-ongeluk vlak voor zijn ogen zien gebeuren. Maar nu wel. En het was spectaculair.

HOOFDSTUK
ACHTENVIJFTIG

Toen Sean terugkeerde naar de incidentkamer, was er geen lachje op zijn gezicht te bekennen. Hij had geen reserveplan zoals Tomek en kon zijn collega's niet in de ogen kijken. Het eerste wat hij en Victoria deden was naar haar kantoor gaan, waar Tomek zich voorstelde dat ze hem troostte aan haar boezem. Dat liet het team achter zonder te weten wat ze moesten doen. Door Victoria's plotselinge vertrek ontbrak er leiding, dus nam Tomek het op zich om de leiding te nemen, een schijn van gezag te geven en zo in de rol te vallen. Een vaardigheid die hij velen voor hem had zien doen, dus hoe moeilijk kon het zijn?

Tomek draaide zich naar de muur met whiteboards voor hem en besteedde enkele momenten aan het scannen van de informatie, kijkend naar de verbindingen, de lijnen die hun verdachten met elkaar verbonden.

'Dames en heren,' zei hij, 'ons belangrijkste doel op dit moment is Anton Usyk vinden. Als we hem kunnen vinden, kunnen we hem misschien als een kanarie laten zingen, of zoals Chey het in het verleden zo welsprekend heeft uitgedrukt, laten plassen als een tachtiger.'

'Helemaal waar, Sarge,' kwam het commentaar van de agent.

'Voordat ik een richting opga, heeft iemand een update over zijn bewegingen? Mogelijke waarnemingen?'

Martin was de eerste die sprak. Hij liet zijn handen langzaam zakken. 'Ik heb veel telefoontjes afgehandeld van mensen die reageren op de persberichten en tot nu toe melden ze allemaal dat ze dezelfde man hebben gezien die aan Antons beschrijving voldoet. Maar niemand heeft iets van betekenis aangedragen. Het is verrassend hoeveel mensen, vooral ouderen, bellen om ons veel succes te wensen met dit alles.'

'Daar hebben we niet veel aan.'

'Ik weet het, maar het herstelt je vertrouwen in de mensheid een beetje.'

'Hmm. Het is net als wanneer beroemdheden op Twitter hun gedachten en gebeden delen met de families van oorlogsslachtoffers of de laatste schietpartij. Oppervlakkige, lege, betekenisloze woorden.'

'Het heet nu X, Sarge,' voegde Chey toe.

Een telefoon begon te rinkelen in het hoofdkantoor. Martin sprong uit zijn stoel en haastte zich om op te nemen.

'Niemand noemt het zo,' vervolgde Tomek. 'Ze verwijzen er altijd naar als "X, voorheen Twitter". Maar dat terzijde. Ik denk dat we ons meer zorgen moeten maken over andere dingen dan de naam van een social media bedrijf.'

Tomek keek de kamer rond, wachtend tot iemand anders zou spreken. Net toen hij zijn mond wilde openen, verscheen Martin weer bij de deur.

'Sarge,' zei hij, hijgend, 'weet niet of het de moeite waard is om te checken, maar er is net een lichaam gevonden op Two Tree Island. De fietser die het vond, denkt dat het Anton zou kunnen zijn.'

HOOFDSTUK
NEGENENVIJFTIG

Two Tree Island was bijna driehonderd hectare zoutmoeras. Als natuurreservaat van de Wildlife Trust was het de thuisbasis van duizenden watervogels en steltlopers. Het land was in de achttiende eeuw teruggewonnen van de zee nadat er een zeedijk rond het gebied was opgeworpen en was gebruikt voor landbouw, maar het was nu een populaire plek voor wandelaars, fietsers, natuurliefhebbers en vogelaars, met verschillende vogelkijkhutten verspreid over het gebied.

Tomek en Rachel arriveerden dertig minuten na het telefoontje. Toegang tot het eiland was alleen mogelijk via een van de verschillende voetpaden, en ze hadden twintig minuten besteed aan het navigeren door de wandelpaden. Pas toen ze een agent in uniform zagen terugkomen van de plaats delict, vonden ze het.

'Weet je,' zei Tomek, 'in al mijn vijfendertig jaar in dit land, geloof ik niet dat ik hier ooit ben geweest.'

Tomek keek achter zich. In de verte lag de Zuid-Essex kustlijn. Hadleigh aan de linkerkant, met het kasteel dat boven de skyline uitstak op de heuvel, dan verder naar Leigh-on-Sea, Chalkwell, en Southend daarachter. Op een goede dag zou Tomek de pier hebben kunnen zien, maar het weer was verslechterd. In de afgelopen paar uur hadden wolken zich boven hen gevormd, die regen dreigden en een mantel van duisternis met zich meebrachten.

Een paar honderd meter verderop was een witte forensische tent opgezet over het lichaam, het pad was afgesloten met blauw-wit politielint, en een kleine groep agenten in uniform verzorgde de plaats delict. Net voor het politielint stond een man gekleed in lycra, die met één hand zijn racefiets vasthield, in gesprek met een agent.

Naast hen stond nog een agent met een klembord en pen.

'Goedemiddag,' zei Tomek terwijl hij zijn legitimatie liet zien en zich aanmeldde.

'Goedemiddag,' antwoordde de man.

Tomek en Rachel droegen al witte forensische pakken. Hij had er altijd een paar in de achterbak van zijn auto voor dergelijke situaties. Nadat ze zich beiden hadden aangemeld, doken ze onder het lint door en slenterden naar de plaats delict. Daar ontmoetten ze een man die zich voorstelde als Leon Ridpath, de manager van de plaats delict.

'Slachtoffer is een man van in de dertig,' zei hij terwijl hij hen efficiënt de situatie begon te beschrijven. 'Zoals het eruitziet, is hij doodgeslagen met een of ander stomp voorwerp. Trauma aan de achterkant van het hoofd, mogelijk executiestijl. Beetje bloed langs zijn nek, maar een deel ervan moet zijn weggespoeld in de regen.'

'Hoe lang ligt hij hier al?'

'Het is niet aan mij om dat te zeggen. Maar niet lang. Ik bedoel... kijk zelf maar.'

Tomek was de eerste die de tent binnenging. Hij duwde de flap opzij en hield hem toen vast voor Rachel. De gestalte lag met het gezicht naar beneden op het gras, zijn gelaatstrekken buiten zicht. Hij droeg een donkerblauwe spijkerbroek, hardloopschoenen en een lichtgroene waterdichte jas. Er was niets aan de outfit van de man dat suggereerde dat het slachtoffer van dezelfde designer- en luxemerken hield als Anton, maar misschien was dat de perfecte vermomming voor een man die op de vlucht was voor het vermoorden van zijn vrouw.

'Is er een identiteitsbewijs gevonden in zijn zakken?' vroeg Rachel terwijl Tomek een hand op de schouder van de man legde.

Leon riep naar een van de forensisch onderzoekers. Even later antwoordde een gestalte: 'Ja. Zijn rijbewijs.'

'Wat is zijn naam?' vroeg Tomek, terwijl hij de man op zijn zij rolde. Maar hij wist het antwoord al voordat hij het hoorde.

'Hij is het niet,' zei Tomek.

'Wie is het?' vroeg Rachel.

'Reece Cartwright,' antwoordde de SOCO.

De zucht uit Rachels mond was hoorbaar over haar gezichtsmasker en de wind die het tentdoek begon te doen rimpelen.

'Verdomme,' fluisterde Tomek.

'Is er een probleem?' vroeg Leon.

'Nee. Het is alleen... we dachten dat het misschien iemand was die we zochten.'

Het was al donker tegen de tijd dat Tomek en Rachel klaar waren met de plaats delict. Ze hadden een nieuw slachtoffer. Iemands familielid, iemands vriend, iemands geliefde. Ze konden hem daar niet zomaar achterlaten omdat hij Anton Usyk niet was. Dat zou immoreel en onethisch zijn geweest. Iemand had Reece Cartwright vermoord, dus er zou een nieuw moordonderzoek moeten worden gestart. Maar op dit moment was dat niet Tomeks prioriteit. Ze hadden alles wat ze nodig hadden om te beginnen - een getuigenverklaring van de fietser die hem had gevonden, een rapport van de manager van de plaats delict, en een patholoograpport dat binnen een paar dagen zou binnenkomen. Tomek en het team zouden de familie en vrienden van de man moeten gaan ondervragen. Maar eerst wilde Tomek Morgana's moord tot het einde toe oplossen. Hij had de afsluiting nodig van het oplossen van haar dood. En dat gevoel, dat verzadigende verlangen, zou niet eindigen totdat ze Anton hadden gevonden.

Maar het leven werkte niet altijd zo. Het was niet altijd zo vriendelijk.

Zoals hij op de harde manier had geleerd.

Gedachten aan Nathan Burrows en de brief kwamen bij hem op toen hij uit zijn forensisch pak stapte en in zijn auto klom. Het was al enkele dagen geleden dat hij de brief had ontvangen, en hij had gehoopt dat het eenmalig was. Maar de gedachte dat de man nu zijn adres had, bleef hem bezwaren, en hij was degenen gaan verdenken en bevragen die toegang hadden tot die informatie. Iemand moest het aan Nathan hebben doorgespeeld. Heel even schoot de naam van Gavin Barker door zijn hoofd. Dat de man hiertoe was aangezet door Brendan Door op de een of andere manier - als wraak voor zijn arrestatie in verband met de Southend Seven - maar hij verwierp het snel. Het was belachelijk om zoiets te denken.

Terwijl Tomek de sleutel in het contactslot stak, gleed Rachel in de passagiersstoel. Het geluid van regen op het dak vulde de cabine. Ze was bezig haar haar in een paardenstaart te binden toen ze zei: 'We zullen hem vinden. Ik heb zo'n gevoel in mijn buik.'

'Weet je zeker dat het niet gewoon de koffie van vanochtend is?'

'Zou een beetje van beide kunnen zijn.'

Tomek stond op het punt te antwoorden toen zijn telefoon ging. Chey belde. 'Hou die gedachte even vast,' zei hij, en nam toen op. 'Meneer Pepper... Je hebt vast iets opwindends voor ons.'

'Alleen als je belooft dat ik je beste vriend mag zijn.'

Tomek rolde met zijn ogen.

'Als je doorgaat met die chantage, zak je steeds verder op de lijst.'

Een moment van overdenking.

'Prima. Maar je zult hier spijt van krijgen.'

'Ga door. Vertel het me gewoon. *Alsjeblieft*.'

'Digitale forensische onderzoekers hebben eindelijk de bron kunnen lokaliseren van de chantage-sms'jes die naar Gavin Barker zijn gestuurd.'

'Oké.'

'Ze kwamen van een wegwerptelefoon.'

'Oké.'

'Ze hebben ook een signaal van Anton Usyks telefoon.'

'Die klootzak leeft nog?'

'En is blijkbaar dom.'

'Waar? Vertel me waar!'

Tomek startte de auto en reed al achteruit uit zijn parkeerplek toen Chey antwoordde.

'Beide komen van Red Birch Farm, Sarge.'

HOOFDSTUK
ZESTIG

Tomek was teleurgesteld dat hij Anton niet had gevonden op Two Tree Island. Hij had zijn hoop hoog gespannen, alleen om weer met beide benen op de grond te worden gezet. Hij probeerde dat nu niet te doen, maar het bleek een onmogelijke taak. Dit was een aanwijzing. Een echte, concrete aanwijzing. Er bestond geen dubbelzinnigheid of twijfel als het ging om telefoongegevens, technologie en data.

Antons telefoon was aangezet. Om welke reden wisten ze niet. Maar ze zouden erachter komen.

Het enige dat onduidelijk was, was wie de telefoon had aangezet. Anton? Of iemand anders op de boerderij?

Wat betekende dat er maar één andere persoon kon zijn geweest.

Stanley Hutchinson.

Tomek reed vooraan in het konvooi en leidde de weg. Achter hem volgde het hele team, twee per auto. Aan het einde van de stoet reden twee herkenbare politievoertuigen, met meer wagens van nabijgelegen bureaus onderweg. Het was belangrijk dat ze allemaal tegelijk aankwamen, dat ze de aanval als verrassing uitvoerden. Het andere probleem was de enorme omvang van de boerderij. Met meer dan honderdtwintig hectare werd geschat dat ze minstens honderd agenten rond de hele omtrek van het terrein moesten plaatsen om te voorkomen dat iemand zou vluchten. Een enorme onderneming die planning en tijd vereiste - tijd die ze niet hadden. Anton, of in ieder geval zijn telefoon, kon elk moment uitgaan en verplaatst worden. Ze moesten efficiëntie afwegen tegen slimmer werken. En die taak was aan Tomek en Victoria toebedeeld.

Het was buiten donker, al zo'n twee uur, en de wegen waren rustig. Inmiddels was de regen verergerd, en ze droegen allemaal regenkleding en wandelschoenen - klaar en voorbereid om indien nodig over de velden te rennen.

Tomek zwenkte de auto van de weg, reed het parkeerterrein op, versnelde zo snel mogelijk naar het kantoor van de boer, en kwam toen slippend tot stilstand, waarbij stenen en grind achter hem opvlogen. Nog voordat de motor was uitgeschakeld, was hij al uitgestapt en rende hij naar het kantoor. Blauw-witte lichten dansten op de omringende gebouwen, en de stille lucht werd doorbroken door het geluid van auto's die tot stilstand kwamen, voetstappen op grind en dichtslaande portieren.

Tomek was als eerste bij het kantoor.

Op slot.

Met zijn handen als een kommetje tegen het glas drukte hij zijn gezicht tegen het raam. De lichten waren uit en er was niemand binnen.

'Verdomme.'

Toen vertrok hij richting het volgende gebouw. Inmiddels had het team zich over het terrein verspreid, zo stil en onopvallend mogelijk bewegend, elk gebouw voorzichtig benaderend, op zoek naar tekenen van leven.

Toen begon het geschreeuw. Diep, doodsbang, in doodsangst.

Eerst dacht Tomek dat het van iemand uit het team kwam. Dat iemand misschien was gevallen of zich had bezeerd aan een zwaar stuk machines. Maar zodra hij hoorde dat de toonhoogte veranderde in een schril gegil, rende hij erop af. Het geluid kwam uit de varkensstal, aan de andere kant van de boerderij. Van alle gebouwen was het de enige waar licht brandde.

Een paar momenten later stormde hij door de zware houten deur, zonder acht te slaan op waar hij binnenliep. Hij voelde een scherpe pijn door zijn schouder schieten, maar hij negeerde het omdat de pijn van het openen van een deur niets was vergeleken met de pijn van wat er recht voor hem gebeurde.

Buiten de varkenskooi stonden Stanley Hutchinson, Alfie en verschillende andere gezichten die Tomek herkende van zijn recente bezoeken aan Iliana's. In het midden van de kooi bevond zich echter

Anton. Omringd door zeven hongerige beesten. Op de grond, kronkelend, worstelend, proberend een weg naar buiten te vechten. Hij was naakt en bedekt met bloed.

Zo veel bloed.

Zo veel geschreeuw.

Tomek dacht niet na. Hij handelde gewoon.

Hij sprong over de barrière en in de omheining. Hij was dankbaar voor zijn wandelschoenen terwijl hij door de vuiligheid waadde. Achter hem riep iemand: 'Politie! Stop!' Maar het was al te laat. Stanley en zijn handlangers waren gevlucht. Terwijl sommige agenten de achtervolging inzetten, bleven anderen achter.

'Tomek!'

Hij keek achterom en zag Sean over het hek klimmen. Tomek richtte zijn aandacht weer op de man in het midden van de omheining. Terwijl het geschreeuw doorging, sloeg Tomek zijn armen om de nek van een van de varkens en begon hem weg te trekken bij Anton, maar het was zinloos. Het beest was twintig keer zo zwaar als hij. Sean, die zijn worsteling opmerkte, kwam helpen, en samen konden ze het beest een paar meter terugduwen. Maar ze waren in de minderheid en hadden minder spierkracht. Toen Tomek zijn aandacht richtte op een ander varken, voelde hij iets scherps in zijn rug. Een kogel? Een mes? Geen van beide. De keiharde kop van het varken dat hij net had weggeduwd, die hem omverwierp. Tomek viel op de grond. Hij viel met zijn gezicht voorover in de modder. En toen hij opkeek, zag hij Anton tussen alles in. Tussen het hooi, het vuil, het bloed, de varkens. Zijn huid was van zijn lichaam gerukt, zijn ledematen hingen er nog net aan vast, aan stukken vlees en spier. Zijn gezicht was in tweeën gescheurd, en toen Tomek zijn hand uitstrekte om te pakken wat er van hem over was, sloeg een van de varkens zijn bek om Antons keel en rukte die weg. Bloed spoot in Tomeks gezicht als een Jackson Pollock schilderij. Hij schreeuwde.

Toen drong het tot hem door: dat als hij zich niet zou verplaatsen - *nu!* - hij de volgende zou zijn. De varkens zouden hem als toetje nemen.

Hij groef zijn vingers in het vuil, zoekend naar houvast in de modder, en duwde zichzelf op zijn knieën. Maar er zat een varken bovenop hem, schrijlings. Hij kon de hete, stomende adem van het dier op zijn nek en hoofd voelen, de natte snuit die snuivend door zijn haar woelde.

'Tomek!' riep iemand, maar hij kon hen niet horen. Het geluid werd overstemd door het geknor van de twee ton vlees en spieren die boven hem stond.

Het enige wat hij kon bedenken was zijn hand over zijn hoofd te leggen en stil te blijven liggen, zich dood te houden. In de hoop dat ze genoeg van hem zouden krijgen, dat hun magen vol genoeg zouden zijn om hem te negeren.

Het werkte niet. Terwijl hij daar lag, voelde hij iets aan zijn voet, toen-

Zijn lichaam gleed door de modder, vliegend onder het varken door. Handen begonnen hem vast te grijpen, haakten onder zijn armen en trokken hem overeind. Door de modder in en rond zijn ogen zag hij Sean voor zich. Zijn vriend had hem onder de buik van het beest vandaan getrokken en in veiligheid gebracht.

'Sean...' zei hij.

'Geen tijd voor nu, maat,' zei zijn vriend terwijl hij Tomeks arm over zijn schouder legde en hurkte om zijn arm tussen Tomeks benen te plaatsen. Het was de eerste keer dat hij ooit in een brandweergreep werd gedragen. In zijn ijlende en verwarde toestand struikelde hij zodra zijn voeten in contact kwamen met vaste grond, en hij stortte neer op het beton.

'Je bent nu veilig, maat,' zei Sean, terwijl hij hem speels op de wangen klapte.

'Anton...' fluisterde hij zwakjes.

Sean draaide zich om naar de varkens. 'Weg. Je hebt je best gedaan, maar we waren te laat.'

'En Stanley?'

'We hebben hem!' riep iemand vanaf de andere kant van het hok. 'We leggen hem nu in de kofferbak van de auto.'

Sean schoof naar Tomeks zijde en legde een hand op zijn rug. 'Hoor je dat, maat? We hebben hem te pakken. Het is voorbij. Kom, laten we je schoonmaken. Je ziet eruit als shit.'

HOOFDSTUK
EENENZESTIG

Uren later was Tomek schoongemaakt, ondervraagd en klaar om zijn werk voort te zetten - tegen de wensen van Victoria in. Ze had erop aangedrongen dat hij wat rust zou nemen, wat zou slapen, zou verwerken wat hem was overkomen, maar hij kon het niet, wilde het niet.

In plaats daarvan wilde hij horen wat Stanley Hutchinson te zeggen had, hoe hij in dit alles paste en wat hij te maken had met de dood van Morgana.

Maar zijn verhoor was teleurstellend geweest. Niet geheel verrassend had de man op alles geantwoord met 'geen commentaar'. Hetzelfde gold voor zijn handlangers en de rest van het boerderijpersoneel dat ter plaatse was gearresteerd. Ze hielden allemaal hun mond, verenigd in hun verlangen om de waarheid achter te houden.

Uiteindelijk had Tomek, na wat een onsuccesvolle nacht bleek te zijn, Victoria's advies opgevolgd en was naar huis gegaan. Hij kwam na middernacht aan. Kasia had geslapen, dus was hij direct naar bed gegaan, waar de slaap hem ontweek. Gedachten en beelden van wat er was gebeurd speelden in zijn hoofd, verschenen in zijn geest, uitvergroot, ingezoomd alsof ze onder een microscoop lagen. Voor het eerst in jaren had hij een andere nachtmerrie gehad. Een nieuwe nachtmerrie. Eentje waarin hij droomde dat hij werd opgegeten door varkensvlees.

Tegen de ochtend was hij wakker voordat het licht werd. In plaats van uit bed te stappen, bleef hij onder de dekens liggen, starend naar het plafond, verlangend naar de troost die Abigail naast hem zou bieden. Het was een paar nachten geleden dat ze voor het laatst was blijven slapen en hij begon haar te missen.

Toen het tijd was voor Kasia om wakker te worden, rolde hij zijn benen van de rand van het bed en ging naar haar slaapkamer.

'Goedemorgen,' zei hij, terwijl hij haar wekte. 'Tijd voor school.'

Ze opende haar slaperige ogen en veegde de slaap eruit. 'Wanneer ben je thuisgekomen?'

'Na middernacht. Hoe was het gisteravond?'

'Prima. Wat werk gedaan.'

'Mooi. Nou, er is iets dat ik je moet vertellen als je klaar bent voor school. Ik zet ondertussen de eieren op.'

Het ontbijt van toast en roereieren dat hij voor haar had gemaakt, stond al vijf minuten op het aanrecht tegen de tijd dat ze eindelijk verscheen. Toen hij naar haar keek, merkte hij iets anders aan haar op.

Haar haar was geborsteld en gekruld, en ze had meer make-up op dan normaal.

'Je ziet er leuk uit,' zei hij. 'Voor wie is dat?'

'Waarom moet het *voor* iemand zijn? Waarom zou ik het niet gewoon voor mezelf hebben gedaan, om me goed te voelen?'

Tomek stak zijn handen op in overgave. 'Ja. Goed punt. Je hebt me daar te pakken.' Hij zette het bord voor haar neer. 'Eet snel, ze gaan zo van koud naar bevroren.'

'Ha ha...' zei ze sarcastisch terwijl ze op de stoel sprong. 'Kom op dan, wat heb je me te vertellen? Ben je eindelijk van Abigail af?'

Tomek sloot de kastdeur. 'Nee, maar goeie. Fijn om te zien waar je eindelijk staat. Nee, het gaat over gisteravond. Waarom ik laat was...'

En toen vertelde hij het haar. Tot in detail, behalve enkele grafische informatie die ze niet hoefde te weten. Zoals de manier waarop Antons nek in zijn gezicht was ontploft. Hoe hij bedekt was geweest met het bloed van een andere man en dertig minuten onder de douche op het bureau had gestaan, schrobbend, zich reinigend van de onuitwisbare vlek totdat zijn huid rood was geworden.

'O mijn god, je was bijna dood!' riep ze nadat hij klaar was.

'*Bijna* is hier het belangrijke woord. Als Sean er niet was geweest, was het misschien wel gebeurd.'

'Wedden dat je je nu schuldig voelt dat hij niet meer je vriend is...'

Tomek wierp haar een spottende blik toe. 'Nu is niet het moment voor een moraal van het verhaal, Kash. Ik dacht gewoon dat je het moest weten. In naam van eerlijk en transparant zijn naar elkaar. Maak je nu klaar. Ik ga je afzetten.'

Terwijl hij daar wakker had gelegen, de gedachten in zijn hoofd overwegende - met als voornaamste hoe dicht hij bij de dood was gekomen - besloot hij meer tijd met haar door te brengen, vaker de kleine dingen te doen, zoals haar naar school brengen, 's ochtends vers ontbijt voor haar maken. Het was slechts iets kleins, maar hij wist dat ze het beiden in de komende jaren zouden waarderen.

Hun tijd was kostbaar, en hij wilde niet dat die wegglipte.

Twintig minuten later zwaaide hij haar gedag bij het schoolhek en ging toen naar het bureau. Het kantoor bruiste van activiteit. Gezichten en lichamen die hij niet herkende, bewogen van de ene naar de andere kant van de ruimte. Rechercheurs uit andere delen van de regio waren snel ingeschakeld om te helpen, waaronder een vreemdeling die aan zijn bureau zat. Tomek besteedde de volgende seconden aan het zoeken naar Sean. Hij vond hem in de keuken, waar hij een kop koffie zette.

'Eentje voor jou?' vroeg Sean.

'Graag. Hoewel ik zo gewend ben geraakt aan die van Morgana de laatste tijd, ik denk niet dat iets daarmee kan concurreren.'

'Nou, daar zul je aan moeten wennen,' zei Sean terwijl hij Tomek een kop oploskoffie maakte.

Nadat hij het hem had overhandigd, verlieten ze de keuken en gingen naar de incidentenkamer.

'Wat heb ik gemist?' vroeg Tomek.

'Niets. Anton is nog steeds dood. De lijkschouwing op zijn lichaam wordt vanmiddag gedaan, hoewel het niet veel gissingen vergt hoe hij stierf, aangezien we er allemaal bij waren.'

'Midden in de actie. Letterlijk.'

Sean grijnsde. 'Stanley geeft nog steeds niet toe. Hij blijft bij "geen commentaar". Hetzelfde geldt voor zijn vrienden van de boerderij.'

Sean wees naar de whiteboards. Sinds hij ze voor het laatst had gezien, was alle informatie rond Morgana's dood weggeveegd en vervangen door afbeeldingen van de boerderij en Stanley Hutchinson.

'Weten we waarom Anton daar was?' vroeg Tomek.

'Ons vermoeden is dat hij daar door Stanley werd vastgehouden en dat zijn telefoon per ongeluk werd aangezet. Op dit moment denken we dat Stanley hem om een of andere reden gevangen hield - mogelijk als vergelding voor het doden van Morgana, en in een poging te ontsnappen heeft Anton zijn telefoon aangezet. We weten het niet. En misschien komen we het nooit te weten.'

Tomek bekeek de informatie op de borden die 's nachts haastig bij elkaar was gezet.

'Ik vraag me af hoe hij in dit alles past?' zei hij, kijkend naar de afbeelding van Stanley Hutchinson.

'Victoria denkt dat hij misschien degene was die Morgana heeft vermoord.'

'Maar hij komt niet overeen met de beschrijving. Hij lijkt helemaal niet op de persoon naar wie we op zoek zijn. En we hebben bewijs dat Anton er was, de CCTV-beelden, de schoenen, de getuigenverklaring van Vlad.' Tomek draaide zich naar Sean en zag het geloof in zijn ogen. 'Jij voelt hetzelfde, nietwaar?'

'Ik ben geneigd het met je eens te zijn. Ik zie niet hoe hij erin past.'

Er schoot Tomek een idee te binnen. Hij klopte hem op de rug. 'Dan kun jij het haar vertellen, vriend. Maar onthoud wel dat je het persoonlijke en professionele gescheiden moet houden, oké?'

Tomek draaide zich om en liep richting de uitgang.

'Hé, waar ga je heen?'

Tomek legde een hand op de deurpost.

'Om te spreken met iemand die volgens mij eindelijk al onze vragen kan beantwoorden.'

HOOFDSTUK
TWEEËNZESTIG

Tomek verafschuwde de zelfingenomen uitdrukking op het gezicht van de man. Maar hij moest toegeven: als hij in zijn schoenen had gestaan, zou hij precies hetzelfde hebben gedaan. Dat betekende niet dat hij het gedrag van de man meer waardeerde.

Tomek was de tel kwijt van Vlads voorarrest. Het enige wat hij wist, was dat het al lang duurde, en dat ze hem binnenkort moesten aanklagen voor medeplichtigheid aan moord en belemmering van de rechtsgang. En daar kon hij nog een moordaanklacht aan toevoegen.

Hij legde een document met de voorkant naar beneden op tafel en drukte zijn hand er plat op.

'Vlad...' begon hij.

'Ik zeg niets totdat ik mijn deal krijg. Het aanbod ligt daar, op tafel. Ik kan je vertellen wie Morgana heeft vermoord.'

'Ik denk dat ik het al weet.'

'Als jij het zegt. Maar je zult het nooit zeker weten, toch?'

Tomek aarzelde en tikte op het papier. 'We hebben over je aanbod nagedacht. Echt waar. Het klinkt allemaal veelbelovend. Maar welke garantie hebben we dat wat je zegt waar is?'

'Ik heb bewijs-'

'Want ten eerste wilde ik je een update geven over wat er buiten de vier muren van je cel is gebeurd. Gisteravond werd Anton vermoord. Wil je weten hoe hij is vermoord?'

'Ik kan het raden.'

'Hij is doodgebeten door varkens.'

Tomek pauzeerde om de reactie van de man te peilen; zijn pupillen verwijdden zich en zijn lippen gingen uiteen.

'Is dat wat je dacht?' vroeg Tomek.

Schok en acceptatie leken hem te overvallen. Alsof hij het had verwacht te horen, maar het toch een verrassing was.

'Ja... dat zou kunnen... heb je het gezien?'

'Ik stond er middenin,' antwoordde Tomek. 'Probeerde hem te redden, maar ik was te laat. Als gevolg daarvan hebben we Stanley Hutchinson en de rest van zijn personeel van Red Birch Farm en Kinderboerderij gearresteerd voor zijn moord. En nu Anton dood is, hoeven we ons onderzoek naar Morgana's moord niet meer voort te zetten.' Tomek maakte een tikgeluid en -gebaar. 'We hebben Anton voor Morgana's moord. We hebben Stanley Hutchinson voor Antons moord. We hebben Denis Danyluk voor Mariusz' moord. We hadden Mariusz voor Andreis moord. We hebben Gavin Barker voor het lekken van privé-informatie. En we hebben jou natuurlijk voor het belemmeren van de rechtsgang. Het lijkt erop dat alles is opgelost.'

De grijns van Vlad nam een beetje af.

'Je hebt het mis,' zei hij vlak.

'Over welk deel?'

'De persoon die Morgana heeft vermoord. Hij is al een tijdje dood.'

Tomek was verbaasd over die uitspraak. Vlad had zojuist zijn troef-kaart weggegeven zonder tot enige overeenkomst te komen. Tomek schreef het toe aan trots die in de weg zat, aan de wens om Tomek onge-lijk te bewijzen en om te laten zien dat hij echt de informatie had die ze wilden.

Soms konden mensen zichzelf gewoon niet helpen.

Het ego stond in de weg.

Zo doe je dat, Sean!

Hoewel de volgende vraag lastig bleek. *Wie* had Morgana vermoord? Het was een gok, fifty-fifty, fout of goed, en hij zette zijn hele inzet erop in, want er kwam maar één naam in zijn hoofd op.

'Mariusz?' zei hij. 'Was het echt Mariusz die Morgana vermoordde, en daarna Andrei?'

Vlad schudde zijn hoofd. Toen hij wilde antwoorden, boog zijn advocaat zich naar voren om in zijn oor te fluisteren, om een wijs advies te geven. Maar Vlad duwde hem weg met een handgebaar. Dit was nu zijn speeltuin, en niemand anders mocht erin.

'Fout. Het was Andrei.'

Tomek voelde zijn ogen wijder worden van verbazing. 'Andrei Pirlog, de belangrijkste getuige? Van de haven?'

Vlad knikte, zijn blik vernauwde zich.

Tomek had moeite om dit te bevatten.

Andrei. Morgana. Anton.

Hoe paste dit allemaal bij elkaar?

Hij voelde dat hij een minuut nodig had. Maar die had hij niet. Honderden gedachten, beelden en scenario's raasden door zijn hoofd. Gelukkig had hij een man die bereid was alles met hem te delen.

'Andrei vermoordde Morgana,' zei Vlad met een gevoel van opluchting in zijn stem. 'Zij... zij... hoe zeg ik dit? De afgelopen jaren heeft ze mensen het land binnengebracht... gesmokkeld. Uit haar geboorteland en naburige landen. Roemenië, Polen, Letland, Wit-Rusland. Ze betalen haar grote sommen geld om hier te zijn, maar dan houdt ze hen vast, sluit ze op en dwingt ze om in het restaurant te werken.'

'De restaurants?'

'Nee. *Restaurant*. Enkelvoud.'

'Welke?' De beelden waren nu gestopt, en in plaats daarvan was zijn hersenen in een hypergefocuste modus gekomen, waarin hij naar elke lettergreep luisterde, elke uitspraak die uit Vlads mond kwam.

'Iliana's. Anton hield vroeger toezicht op hen. Hij was verantwoordelijk voor het in de gaten houden van hen terwijl Morgana alles vanuit haar kantoor regelde.'

Dat verklaarde het grote personeelsverloop en de Tripadvisor-recensies.

'Wat bedoel je met dat hij hen in de gaten hield?'

'Hij zorgde ervoor dat ze niet uit de pas liepen, dat ze met niemand spraken over wat er met hen gebeurde.'

Gina... uit Polen. Anton moet haar te pakken hebben gekregen. Hij moet erachter zijn gekomen... Er vormde zich een knoop in Tomeks maag. Hij probeerde hem weg te slikken, maar het lukte niet.

'Hoe komen ze eruit?' vroeg Tomek, en legde aan Vlad uit dat elke keer als hij naar het restaurant ging, er een nieuw gezicht leek te zijn. 'Waar gaan ze heen?'

'Ergens anders. De boerderij, de-'

'Red Birch Farm?'

Vlad knikte. 'Ze werken daar, tussen de boerderij en Iliana's. Zo houden ze hen onder strikte controle. Ze laten hen lange uren werken en betalen hen niets. De winst houden ze voor zichzelf. Stanley zit er vanaf het begin bij.'

Tomek liet langzaam zijn adem door zijn neusgaten ontsnappen. Hij had het mis gehad. Er was geen drugsaspect geweest. In plaats daarvan was het mensenhandel van een andere soort geweest.

'Hoe past Andrei hierin?' vroeg hij, terwijl de vragen door zijn hoofd tolden alsof ze in een blender zaten.

'Ik loog toen ik zei dat niemand eruit komt. *Hij* wel. De eerste en laatste keer.'

'Wat bedoel je? Vertel me hoe het gebeurde.'

Vlads schouders waren enigszins gezakt. Het was duidelijk aan zijn reactie te zien dat hij deze informatie al lange tijd voor zich had gehouden, en dat het een opluchting was om alles in de openbaarheid te brengen.

'Andrei was met zijn vrouw Tatiana overgekomen. Ze zouden hier in het VK samen een nieuw leven beginnen, maar dat werd hun ontnomen door Morgana en Anton. Morgana - zij was het hoofd van alles. Het slangenhoofd. Zij had de leiding over iedereen die overkwam. Stanley hielp om hen het land in te krijgen...'

Mariusz en DWG Logistics.

'Maar ik wilde er niets mee te maken hebben. Ik heb haar vanaf dag één gezegd dat het verkeerd was. Maar ik wilde het restaurant niet verlaten, en zij kon mij niet laten gaan vanwege wat ik wist. Dus kwamen we tot een overeenkomst. Er zou niets van dit soort praktijken in ons restaurant plaatsvinden. Het zou een legitiem bedrijf zijn met legitieme eigenaren.'

Semi-legitieme eigenaren, dacht Tomek.

'Al onze werknemers bij Morgana's zijn koosjer, volgens de regels. Ze hebben geen idee wat er gaande is. Ze werden er volledig buiten gehouden. Maar er was een probleem. Op een dag werkte Andrei bij ons. Ik weet niet hoe, en ik weet niet waarom. Morgana behandelde hem tegenover de rest van het personeel alsof hij een nieuwe medewerker was. En op zijn "eerste dag" besloot hij geld uit de kassa te stelen. Hij wilde weg, hij wilde zijn vrijheid. Dus nam hij die. Maar voordat hij terug kon keren naar zijn vrouw, kreeg Anton haar eerst te pakken. Andrei verdween voor korte tijd. We wisten niet waar hij naartoe was of wat hij met het geld had gedaan.'

Dat verklaarde waarom het appartement waarin ze hem hadden gevonden eruitzag alsof het een tijdlang leeg had gestaan.

'Voor zover zij wisten, had Andrei naar de politie kunnen gaan. Maar zijn liefde voor zijn vrouw was zo sterk dat hij een paar dagen ondergedoken bleef. In de tussentijd had Morgana de rest van het keukenpersoneel verteld dat hij het niet aankon, dat hij de druk in de keuken niet kon verdragen. Tot hij een paar dagen later terugkwam in het restaurant. Hij en Morgana gingen aan tafel zitten, in een diep gesprek verwikkeld. Het leek alsof hij kwam vragen om zijn baan terug. Dat was toen ze afspraken om elkaar te ontmoeten-'

'Bij de haven?'

'Ja. Andrei zou het geld teruggeven en Morgana zou er zijn met zijn vrouw, Tatiana.'

'En hij geloofde dat ze haar zomaar zouden overdragen?'

'Hij was wanhopig. Hij was in een vreemd land, met weinig geld, geen onderdak, en niemand die hem gezelschap hield. Wat zou jij hebben gedaan?'

Tomek dacht een moment na over dat punt. Het antwoord was dat hij geen flauw idee zou hebben gehad.

Hij was gefascineerd. Hij moest meer horen.

'Wat gebeurde er daarna?'

Vlad schraapte zijn keel. 'Nou, zoals ik het begrijp, ging Andrei ernaartoe met het geld, maar toen hij daar aankwam was er alleen Morgana. Geen vrouw. Geen uitwisseling.'

'Dus hij vermoordde haar?'

Vlad knikte. Tomek probeerde zich de scène in zijn hoofd voor te stellen. De man, verhandeld naar een vreemd land, alleen, wanhopig, zijn laatste kans om zijn vrouw terug te krijgen binnen handbereik, alleen om erachter te komen dat die kans verdwenen was en hij haar nooit meer zou zien. Woede, afgunst, razernij zouden hem hebben overmand. Toen nam hij wraak en verdronk haar. Maar wat dan?

'Andrei was een van onze belangrijkste getuigen,' zei Tomek verward. 'Alle andere belangrijke getuigen bevestigen en zeggen dat ze Andrei *naar* de plaats delict zagen lopen, en daarna iemand anders zagen wegrennen.'

'Anton,' antwoordde Vlad bot. 'Anton keek toe hoe alles zich ontvouwde. Hij was daar als backup, zeg maar. Ik had de indruk dat ze Andrei die dag wilden vermoorden, maar hij was hen voor. En nadat hij Morgana had vermoord, vluchtte Andrei weg. Maar om de een of andere reden ging hij terug. Dat was toen hij Anton in het water zag, met het hoofd van zijn vrouw in zijn handen. Toen kwamen de Amerikanen eraan.'

Tomek haalde diep adem. Hij had het helemaal verkeerd gehad. *Ze* hadden het allemaal verkeerd gehad. Anton had zijn vrouw niet vermoord. Andrei had het gedaan. De man die er vanaf het begin bij was geweest. De belangrijkste getuige die niemand had durven betwijfelen.

Hij kon de rest van het verhaal zelf invullen: Anton, woedend over de dood van zijn vrouw, had wraak gezocht. Hij had geweten dat Andrei gedwongen zou worden een adres op te geven bij het politiebureau, en dus had hij druk uitgeoefend op de enige persoon die hij kende die er toegang toe had, Gavin Barker, die Iliana's had bezocht tijdens zijn verschillende lunchpauzes in de afgelopen weken. Vervolgens had hij Mariusz overgehaald om Andrei te vermoorden en het op zelfmoord te laten lijken. En als laatste losse eindjes had hij toen de hulp van Denis Danyluk ingeroepen om alles af te ronden.

Het was een ingewikkeld verhaal van wraak en verraad geweest, iets wat Tomek nooit had zien aankomen.

'Hoe weet je dit allemaal?' vroeg hij.

'Anton vertelde me alles toen hij de schoenen afleverde.'

'En daarom had je getuigenbescherming nodig, de immuniteit...?'

Vlad knikte. 'Nu heb ik niets meer te vrezen.' Voor het eerst was de glimlach op zijn gezicht gevuld met een lichte hoop, dat hij zijn straf kon uitzitten zonder de dreiging van Anton of Stanley Hutchinson over zijn schouders.

Er was nog één vraag in Tomeks gedachten.

'Waarom vermoordde Stanley Anton?'

Vlad haalde zijn schouders op. 'Dat moet je aan hem vragen.'

Tomek legde het vel papier met de voorkant naar beneden op Victoria's bureau. Ze streek een lok haar opzij en keek ernaar.

'Heb je het?' vroeg ze.

'Ondertekend en gedateerd,' antwoordde hij. 'Kijk maar.'

Aarzelend draaide Victoria het papier om. De hoop in haar ogen doofde onmiddellijk. Onderaan het document dat ermee instemde Vlad in het getuigenbeschermingsprogramma op te nemen, had Tomek in blokletters de woorden "VLAD THE IMPALER, ROMANIA" gekrabbeld.

'Wat is dit?' vroeg ze, terwijl ze fronsend naar hem opkeek.

'Een grapje. Mijn manier om te zeggen dat zo werkt het.'

'Waar heb je het over?'

Tomek veegde zijn schouder af. 'Had het niet nodig. Heb hem laten piesen als een tachtigjarige.'

'Een volledige bekentenis?'

Tomek maakte een spottende buiging. 'Tot uw dienst, Uwe Koninklijke Hoogheid.'

'Eikel.'

'Een eikel die resultaten boekt, let wel. Onthoud dat.'

Tomek liep richting de uitgang, niet in staat de zelfvoldane glimlach van zijn gezicht te vegen. Nu wist hij hoe Vlad zich al die tijd had gevoeld.

'Wacht! Wacht!' riep ze hem terug. 'Ga je me niet vertellen wat er in godsnaam aan de hand is?'

Tomek legde zijn hand op de deurklink. 'Weet je, sinds je in Nicks stoel zit, ben je veel meer gaan vloeken.'

'Omdat klootzakken zoals jij me steeds op de kast jagen met dit soort kinderachtige gedoe!'

Je hebt nog niets gezien.

Tomek opende de deur.

'Je kunt niet vertrekken voordat je me vertelt wat er is gebeurd...'

'Maakt u zich geen zorgen, mevrouw,' zei hij terwijl hij de kamer uitstapte. 'Het komt allemaal in mijn rapport te staan.'

Het geluid van de dichtklappende deur was oorverdovend. Aan de andere kant hoorde hij Victoria kreunen en toen zwaar zuchten.

Met zijn rug naar haar toe liep hij de onderzoeksruimte in, waar hij het merendeel van zijn collega's aantrof die bezig waren enkele foto's en informatie van het onderzoek te vervangen door die van het slachtoffer dat de dag ervoor op Two Tree Island was gevonden.

'Nu al?' zei Tomek.

'De inspecteur heeft ons gevraagd ons hierop te concentreren als prioriteit.'

Geen rust voor de verdorvenen.

Tomek besloot te helpen. Terwijl hij enkele vellen papier naar beneden haalde, werd zijn geest leeg, en begon hij na te denken over Andrei, over de zaak, over de onbeantwoorde vragen. Zoals waar werden de slachtoffers vastgehouden? Wat was er gebeurd met Andrei's vrouw?

En toen zag hij het.

Een afdruk van een selfie, genomen in een restaurant in Roemenië. Andrei en zijn vrouw Tatiana lachend, opgedoft, terwijl zij haar hand naar de camera hield. Andrei had haar net ten huwelijk gevraagd, maar het was niet de ring om haar vinger die zijn aandacht trok. Het was de groene juwelen oorbel die aan haar linkeroorlel hing. Dezelfde die Tomek een paar dagen geleden in het varkenshok had gevonden.

Wat had Stanley Hutchinson ook alweer tegen hem gezegd tijdens zijn eerste bezoek?

Het zijn varkens. Ze eten alles wat je ze geeft zolang ze maar hongerig genoeg zijn.

Zij was ook aan de varkens gevoerd.

Tomek kon het niet geloven. Het bewijs was daar geweest, recht voor zijn neus. En hij had het compleet gemist. Hoeveel meer waren er zo gestorven? Hoeveel meer mensen waren er door de varkens op de boerderij opgegeten? Wat als ze de boerderij nooit hadden verlaten?

En toen drong het tot hem door. De meer toepasselijke vraag was: hoe vaak had hij onbedoeld mensenvlees gegeten?

De varkens... de bacon... Morgana's... Iliana's.

We verschepen ongeveer twee ton producten naar hen elk jaar, het meeste daarvan onze beste stukken vlees.

Was dat wat de bacon zo lekker maakte? Mensenvlees?

Soms zijn er in het leven dingen die je beter niet kunt weten.

HOOFDSTUK
DRIEËNZESTIG

Tomek genoot van de regen die zijn gezicht streelde, de wind die in elke porie van zijn huid sneed, het water dat tegen zijn benen spatte en zijn dijen en tenen verdoofde.

Hij moest alles verwerken, opnemen, laten bezinken. En er was geen betere manier om dat te doen dan met een hardloopsessie. Naast hem, moeite hebbend om Tomeks tempo bij te houden, liep Warren Thomas, die hij een tijdlang had beschouwd als Morgana's moordenaar. Maar hij was blij dat hij die verdenking nooit had uitgesproken, ook al had hij die gevoelens wel bij zijn collega's gemerkt. Wat een schande zou dat zijn geweest.

Het was de dag na Vlads bekentenis, en zijn eerste volledige vrije dag in lange tijd. Het team had aanklachten ingediend tegen Vlad, Stanley, Alfie en de rest van de medewerkers van de boerderij. Ze waren begonnen met het proces om de slachtoffers van Morgana's en Antons mensenhandelnetwerk te vinden, maar dat bleek moeilijk. Teams van vrijwilligers en ondersteunend personeel, samen met forensisch specialisten en agenten in uniform, hadden de boerderij afgezet en waren begonnen met het in beslag nemen van alle bezittingen als bewijsmateriaal, terwijl ze de honderden hectaren land afzochten naar tekenen van leven.

Tomek had er weinig hoop op.

Ze waren twintig minuten aan het hardlopen. Ze waren iets verder landinwaarts begonnen, eerst langs de kust rennend voordat ze voet op het zand zetten, en waren nu halverwege hun bestemming. De haven doemde op in de verte, intimiderend, griezelig. Hij vroeg zich af hoeveel geheimen die had, hoeveel leven en dood die door de jaren heen had gezien, welke verhalen die zou kunnen vertellen.

Andrei en Morgana hadden er nog één aan de lijst toegevoegd.

De rest van de tocht naar de haven was verrassend gemakkelijk. Tomek had een extra versnelling gevonden en rende vooruit, waarbij hij Warren met een paar honderd meter versloeg.

'Iemand heeft een tweede adem gevonden,' zei Warren toen hij bijkwam. 'Of heb je last van je darmen?'

Hijgend stond Tomek dubbelgevouwen, handen op zijn knieën. 'Ik heb iets in me dat eruit moet, dat is zeker.'

Woede. Frustratie. Verdriet.

Angst. Vrees. Schuld.

Hij voelde het allemaal.

Achterover vallend ging hij op het natte zand zitten en haalde adem. 'Ik heb even een momentje nodig,' zei hij.

'Dat verbaast me niets.'

'Nee, niet daarover.' Hij draaide zich naar de haven aan zijn linkerkant.

'Over wat er is gebeurd?' vroeg Warren.

Tomek knikte. 'Ik moet veel verwerken. Denk er eens over na... iemand is hier gestorven. Iemand is vermoord.'

'Tragisch, dat weet ik. Maar van wat je me hebt verteld, klinkt het alsof ze het verdienden.'

'Dat kan zijn... maar...'

Tomek zweeg. Iets had zijn aandacht getrokken. Het rode knipperlicht bovenop de haven. Nieuwsgierig stond hij op en wees ernaar.

'Vertel me nog eens wat er die ochtend is gebeurd.'

'Echt? We hebben dit al besproken.'

'Ik weet het, ik weet het. Maar er is sindsdien veel gebeurd en ik ben het vergeten.'

Warren zuchtte en plaatste zijn handen op zijn heupen. 'We vonden het lichaam, meldden het en klommen toen op de havendam.'

Tomek bewoog zich langzaam naar de havendam, zijn blik niet afwendend van de pyloon. 'Ja, maar wat gebeurde er *precies*? De vorige keer zei je dat jij en Andrei naar het hoogste punt gingen?'

'Dacht je niet dat je het niet meer kon herinneren?'

'Warren...' Tomek wierp hem een spottende blik toe. 'Alsjeblieft. Dit is belangrijk.'

De man zuchtte. 'Goed dan. Je hebt gelijk. Die man en ik gingen naar de top.'

'Juist. En wat deed die man precies?'

'Wat? Wat is de betekenis hiervan?'

Maar Tomek was al weg, wadend door het water, de constructie beklimmend.

'Zag je wat hij deed toen jullie twee hier boven waren?'

Nieuwsgierigheid kreeg uiteindelijk de overhand bij Warren, en hij voegde zich bij Tomek, de constructie met gemak beklimmend.

'Ik bedoel... ik was te druk bezig met uitkijken naar de kustwacht.'

'Denk na, maat. Ik heb nodig dat je nadenkt. Zag je waar hij naartoe ging? Zijn bewegingen?'

Warrens gezicht verzonk in diepe gedachten.

'Ik geloof niet dat ik je ooit zo hard heb zien nadenken in mijn leven, zelfs niet toen we nog op school zaten.'

'Bekijk het,' zei hij, en begon toen zonder waarschuwing richting de pyloon te lopen.

Tomek keek hoopvol toe terwijl Warren zijn bewegingen herleefde. De man bewoog zich met gemak over de constructie, zijn lange benen overspanden de grote gaten in het midden alsof het scheurtjes in het trottoir waren.

'We kwamen hier...' begon hij. 'We waren in paniek, ademden zwaar. De wind trok aan. Ik voelde dat het tij razendsnel zou opkomen, dus we moesten iets doen.' Hij wees naar een plek in de constructie. 'Ik gleed hier bijna uit en viel, maar hij ving me op en hield me vast. Toen we boven kwamen, toen...' Warren stopte vlak bij de pyloon. Tomek bewoog zich naar hem toe. 'Ik dacht dat ik daar iets zag. Ik dacht dat het een boot was die onze kant op kwam, dus ik zwaaide ernaar...'

'En wat deed hij?'

'Ik... Hij...'

Warrens ogen vielen op de voet van de toren. Er zat een klein gat in het cement geboord.

'Hij was daar beneden...' vervolgde Warren. 'In... in het begin dacht ik er niet veel van. Ik... ik was te druk bezig met het seinen naar de boot. Maar...'

Tomek verspilde geen tijd. Hij sprong langs Warren, spreidde zijn benen over een van de secties in de constructie en gebruikte een van zijn armen als steun terwijl hij in het kleine gat reikte.

Het beton was ruw en schuurde tegen zijn huid, maar hij besteedde er nauwelijks aandacht aan. Binnen enkele seconden vond hij wat hij zocht en trok het eruit.

Iets waar ze al die tijd naar hadden gezocht. Iets waarvan ze geloofden dat het verdwenen was.

Morgana's telefoon. Volledig intact.

HOOFDSTUK
VIERENZESTIG

Twee dagen waren verstreken met hopen, bidden, wachten. Met onvermoeibaar wensen dat Morgana's telefoon zou aangaan. Ze hadden alle gebruikelijke methoden geprobeerd - in een kom rijst leggen, in een theedoek wikkelen en op de verwarming plaatsen - maar niets hielp. Totdat, toen alle andere opties niet hadden gewerkt, een medewerker van het digitale forensisch team de onderdelen van het apparaat had kunnen losschroeven en ze afzonderlijk had kunnen drogen. Het had langer geduurd dan verwacht, aangezien het een ingewikkeld apparaat was, maar dat had niets gedaan om de zenuwen te temperen. Het team had gewacht tot de kantoortelefoon zou rinkelen, om uiteindelijk te bevestigen dat het werkte.

Eindelijk was die ochtend het telefoontje gekomen. Het digitale forensisch team was erin geslaagd het apparaat te drogen, weer in elkaar te zetten en vervolgens aan te sluiten op hun computers. Van daaruit hadden ze de volledige inhoud van Morgana's telefoon onderzocht: haar app-downloads, zoekgeschiedenis, berichtgeschiedenis, haar foto's. De laatste twee waren het belangrijkst geweest voor het onderzoek, en ze hadden hierop een volledige post-mortem uitgevoerd, op zoek naar een verwijzing naar waar de slachtoffers werden vastgehouden. Een bericht, een trefwoord, een set zinnen die zij, Stanley en Anton mogelijk hadden gebruikt om hun locatie aan te duiden.

Uiteindelijk kwam het neer op een foto. Twee, om precies te zijn. De eerste was van Andrei's vrouw, weggedoken in de hoek van een kleine kamer met witte muren. Er stond niets anders dan een kale matras. Geen ramen, geen comfort. Volledige sensorische blindheid. Op de foto hield ze haar magere hand omhoog om haar ogen tegen het licht te beschermen. Zwak, ondervoed. Er was geen manier om te weten hoelang ze daar al zat. Door het volledige gebrek aan bewijs dat ze was gevoed of op zijn minst water had gekregen, vermoedde Tomek dat het dagen waren geweest. Mogelijk sinds Andrei's diefstal die de hele situatie had veroorzaakt.

De tweede foto die de aandacht van het digitale forensisch team had getrokken was een foto van de boerderij. Een onopvallend, eenvoudig, generiek stuk land dat werd begrensd door een dikke rij bomen.

Tomek stond nu, samen met een klein leger van agenten, sergeanten, inspecteurs, burgerpersoneel en zelfs het grote publiek - waaronder Warren Thomas en de Redgraves - precies voor die plek, ernaar starend alsof het zo zou worden platgewalst. Ze maakten deel uit van een nieuwe zoekactie. De eerste onderzoeken van de politie op de boerderij hadden niets opgeleverd; ze hadden alleen een reeks documenten en bankafschriften kunnen vinden, samen met een kleine bak vol contant geld.

Dat was twee dagen geleden. Twee lange dagen sinds de mensen naar wie ze op zoek waren - als ze er nog waren - voor het laatst te eten hadden gekregen, water hadden gekregen, sinds er voor het laatst voor hen was gezorgd. Er was geen manier om te weten in wat voor omstandigheden ze hadden geleefd, maar de theorie was dat het niet prettig was geweest, dat ze in erbarmelijke omstandigheden leefden, boven op elkaar in krappe, besloten ruimtes, zoals Andrei's vrouw had gedaan voordat ze stierf.

Ondergronds.

Een kale man met een dikke zwarte baard stapte voor de menigte. Alle aanwezigen waren naast elkaar opgesteld in een rij, met twee meter tussenruimte.

'Goed, dames en heren,' begon hij, zijn stem rolde moeiteloos over het land. 'Zorg ervoor dat u in een lijn blijft. Één stap tegelijk. Als u iets interessants ziet, raak het dan niet aan. Als u iets ziet bewegen, raak het dan niet aan. Ik wil dat u "Help!" schreeuwt, en dan zullen we allemaal stoppen en zullen degenen van ons die achteraan staan inspecteren wat u hebt gevonden. Het is van vitaal belang dat u niets aanraakt. Is dat allemaal duidelijk?'

Een koor van ja's echode over de boerderij.

Toen begonnen ze. Eerst kleine stappen, voeten die door het gras ritselden, ogen en hoofden naar beneden gericht, de grond afspeurend als metaaldetectoren. De sfeer was stil, gespannen. Meer dan vijftig mensen verenigd door hun verlangen om de slachtoffers te vinden.

Tomek bleef optimistisch, maar toen ze de bomenrij bereikten, hadden ze nog steeds niets gevonden, en hij begon te voelen dat het optimisme afnam. In zijn hoofd probeerde hij zich voor te stellen wat ze zouden kunnen vinden - aan beide uiteinden van het spectrum. Het goede scenario: iedereen levend en wel, alsof ze net terug waren van een vakantie in de Noordpool. En het slechte, dat dezelfde hoeveelheid witte huid bevatte, behalve dat het deze keer was omdat ze allemaal dood waren, bezweken aan honger en uitdroging.

Hij bad voor het eerste scenario.

Tien minuten in de zoektocht waren ze al drie keer gestopt. Allemaal valse starts. Stukjes afval, vreemd gekleurde bladeren, een bloem die voor iets belangrijks was aangezien.

Bij elke vondst bleef Tomeks optimisme afnemen.

Tot de vierde oproep.

Hij wist niet waarom, maar er was iets aan deze die anders aanvoelde.

De man die het had gemeld stond slechts een paar meter van hem vandaan. Hij tikte met zijn voet op de grond. Het geluid was hol, luider dan het zou moeten zijn. De agenten achteraan de rij voegden zich bij hem en testten het met hun voeten. Anticipatie en angst daalden neer op het bos. Toen begonnen ze de omliggende aarde te verwijderen. Bladeren, modder en takjes vlogen de lucht in, en onthulden een groot, metalen luik.

Een ondergrondse bunker, diep begraven in het hart van het bos.

Tomeks hart schoot in zijn keel. Hij wachtte niet. Als de hoogste officier die er het dichtst bij was, haastte hij zich naar het luik en gooide het open. Onmiddellijk werd hij in het gezicht getroffen door een muur van warme, muffe, zweterige lucht.

'Hallo!' riep hij in de put van duisternis. 'Dit is de politie, kan iemand mij horen?'

Zacht gemompel echode omhoog door de kamer. Binnen enkele seconden veranderden de gemompel in geschreeuw en geroep.

Leven.

Tomek pakte zijn telefoon en zette de zaklampfunctie aan. Toen daalde hij zo snel mogelijk de trappen af. Eenmaal beneden draaide hij zich om en liep de duisternis in. De gang was klein, nauw, niet gebouwd voor iemand van zijn postuur. Maar aan het einde ervan zag hij een zwak licht. Een diep oranje. En figuren die tevoorschijn kwamen, die in de weg stonden.

'Politie,' zei hij kalm. 'Het is in orde. Alles komt goed. Ik ben van de politie. Jullie zijn nu allemaal veilig.'

Tomek had niet geweten wat hem te wachten stond toen hij beneden kwam, maar het was niet wat hij voor zich zag. Een grote, ondergrondse ruimte, net zo groot als een van de loodsen op de boerderij, gevuld met meer dan dertig mensen, levend en ademend in de duisternis, twintig voet onder de oppervlakte begraven. Als zombies die hongeren naar bloed, haastten ze zich naar hem toe, klampten zich vast aan elk deel van zijn lichaam. Sommigen probeerden hem te omhelzen terwijl anderen, in hun wanhopige toestand, zijn zakken doorzochten.

Kort daarna voegden de leidinggevenden van de zoekploeg zich bij hem.

'Heilige shit,' zei iemand.

'Hoeveel mensen zitten hier beneden?'

'Dat weet ik niet precies,' antwoordde Tomek. 'Ik heb nog niet de tijd genomen om even met ze te praten. Ik denk dat we ons eerst meer zorgen moeten maken om ze hier weg te krijgen, vindt u niet?'

Tomek nam de leiding over de evacuatie. Met behulp van de zaklamp op zijn telefoon loodste hij de slachtoffers van mensenhandel naar de uitgang, terwijl hij hen troostte en geruststelde terwijl ze langs hem gingen. Met de hulp van twee leden van de zoekploeg verzamelden ze het weinige voedsel en water dat er nog was, en namen het mee naar boven.

Tomek kwam als laatste naar buiten, en toen hij in de open lucht stapte, verblind door het licht, volgde er een zacht, aanhoudend applaus. Ze hadden het gedaan. Ze hadden iedereen gered die betrokken was bij de gruwelijkheden van Morgana's en Antons machinaties. Belangrijker nog, ze waren allemaal in leven.

HOOFDSTUK
VIJFENZESTIG

Z es weken later

    Tomek klopte op de deur en stapte binnen zonder op antwoord te wachten. Binnen trof hij Nick en Victoria aan, die tegenover elkaar zaten en verwikkeld waren in een diep gesprek.

'Chef, u bent terug! Wat een sluwe vos ben je ook, heb je dit voor jezelf gehouden, hè?'

Nick draaide zich om naar hem toe, kwam moeizaam uit zijn stoel en schudde zijn hand. 'Altijd een genoegen om je te zien, Tomek.'

'Weet iemand anders dat u hier bent?'

'Nog niet.'

'Heeft Victoria u via de achterdeur binnengesmokkeld?'

'Ik ben pas volgende maandag officieel terug, maar ik wilde alvast langskomen om de zaken weer op te pakken voordat ik begin.'

'Geweldig,' zei Tomek. 'Nou, we kunnen niet wachten tot u weer terug bent.' Hij legde een stevige greep op de arm van de man en kneep erin. 'Heeft Victoria u verteld hoe goed we het hebben gedaan sinds uw vertrek?'

'Ja, maar tussen jou en mij denk ik dat ze een beetje hersendood is geworden.'

Victoria's gezicht betrok.

'Ik zit hier wel, weet je?'

Nick negeerde haar en zei: 'Ze heeft je de hemel in geprezen. God mag weten waarom.'

'Kan me echt niet voorstellen hoe moeilijk dit voor u moet zijn in deze lastige tijd,' spotte Tomek. 'Hoewel ik wel graag zou horen wat je hebt gezegd, Victoria. Misschien kan ik een paar dingen voor je verduidelijken?'

De inspecteur rolde met haar ogen. 'Zet je ego even aan de kant, Bowen. Maar als je het dan toch wilt weten, ik zei dat je ondanks onze duidelijke verschillen het echt goed hebt gedaan. Zonder jou hadden we waarschijnlijk nooit gevonden waar we naar op zoek waren.'

Tomek kruiste zijn armen. 'Het spijt me, Inspecteur, maar ik heb u niet helemaal verstaan.'

'Laat me het niet herhalen,' zei ze.

'Ze heeft een aanbeveling gedaan voor inspecteur,' onderbrak Nick.

Tomek keek haar aan, verbijsterd. 'U hebt *wat* gedaan?'

'Je zult alle relevante examens moeten afleggen en wachten tot er iets vrijkomt, maar ik denk dat je jezelf hebt bewezen.'

Tomek aarzelde. 'Een leven achter een bureau... Ik zal erover moeten nadenken.'

'Echt waar? Ik dacht dat je blij zou zijn. Je hebt me de afgelopen maanden constant hierover lastiggevallen?' reageerde Nick.

'Ik ben ook blij. Echt waar. Ik moet er gewoon even over nadenken...'

'Nou, er is geen enkele verplichting,' zei Victoria. 'Als je tevreden bent waar je nu bent, dan is dat prima voor iedereen.'

De grijns keerde terug op Tomeks gezicht. 'Ik moet zeggen dat ik wel verrast ben, mevrouw. Betekent dit dat u me nu evenveel gaat respecteren als uw toyboy daarbuiten?'

Het sentimentele moment tussen hen duurde niet erg lang.

'Ik trek het verdomme weer in als je zo doorgaat.'

Tomek antwoordde met een ondeugende grijns.

'Was er een reden voor je verstoring, Tomek?' vroeg Victoria, het gesprek voortzettend.

'Alleen om je te vertellen dat de DNA-analyse van de modder van de boerderij binnen is.'

'En?'

'Het DNA van vier personen is daarin gevonden. Dat van Anton en van de vrouw van Andrei, Tatiana.'

'En de derde? De vriendin van Mariusz?' vroeg ze.

Tomek boog zijn hoofd. 'Helaas wel. Mariusz heeft nooit voor het transportbedrijf gewerkt. Anton, Morgana en Stanley bezaten dat bedrijf apart, en hij was gewoon een ander slachtoffer van hun mensen-handel, net als de rest. Ik weet niet waarom ze hem kozen, maar ze gebruikten hem als zondebok om Andrei te vermoorden en de schuld op zich te nemen. Ze gebruikten hem zelfs als de persoon buiten de Airbnb van de Redgraves. Zijn vriendin was de chantage om hem te laten doen wat ze wilden, en ze lieten het op de een of andere manier lijken alsof ze terug was gegaan naar Roemenië zodat Martin geen contact met haar kon opnemen.'

'Arme meid. Kan me niet voorstellen hoe pijnlijk het moet zijn geweest om op die manier te sterven.'

Tomek kon dat wel. Hij had het uit eerste hand gezien. En was dat de afgelopen weken in zijn nachtmerries blijven zien.

'En de vierde?' vroeg ze.

'Een vrouw genaamd Gina. Ze was een van de werknemers bij Iliana waar ik mee had gesproken. Ze zou informatie met me delen, maar ze is nooit komen opdagen. Nu weet ik waarom.'

Tomek pauzeerde om zichzelf te herpakken.

'Was er nog iets anders?'

'Ja. Nog een paar dingen die meer van onze vragen hebben beant-woord. Stanley Hutchinson, die klootzak, zegt nog steeds niets. Maar gelukkig voor ons heeft die kleine roodharige eikel die ik op het strand heb gearresteerd, zijn stem teruggevonden. Grappig genoeg was dat toen hij erachter kwam dat we hem gingen aanklagen. Volgens hem heeft Stanley Anton vermoord omdat ze ruzie hadden gekregen. Stanley was niet blij met de manier waarop Anton de zaken aanpakte, dus gooide hij hem ondergronds bij de rest. Ik vermoed dat Anton een uitweg moet hebben gevonden, probeerde te ontsnappen en toen de hoogste prijs betaalde.'

'Niets minder dan hij verdiende,' zei Victoria langzaam.

Een paar momenten later nam Tomek afscheid en verliet hij de kamer. Die avond, toen hij thuiskwam, spookte de gedachte aan het inspecteurexamen onophoudelijk door zijn hoofd. Het was iets waar hij al lange tijd over nadacht, wat alleen maar versterkt werd door Kasia's komst in zijn leven. Het betekende meer salaris, meer zekerheid, en er was minder veldwerk, minder kans dat hij door een seriemoordenaar zou worden gedood of in de maag van een varken zou belanden. Maar dat was juist wat hij zo leuk vond aan zijn baan, de adrenaline, de opwinding ervan. Hij wist niet zeker of hij de hele tijd aan een bureau gekluisterd wilde zijn, anderen vertellen wat ze moesten doen, terwijl hij juist vanuit de frontlinie wilde leiden, het goede voorbeeld wilde geven.

Het was een beslissing die zowel zijn inbreng als die van Kasia vereiste.

Maar voordat hij kon beginnen na te denken over hoe hij dit onderwerp met haar zou aankaarten, trok iets op de vloer zijn aandacht.

Een envelop. De HMP Wakefield stempel in de rechterbovenhoek van het document.

Een tweede brief.

Hij had gehoopt dat de eerste een uitzondering was, een eenmalige zaak. Maar Nathan Burrows was zijn woord nagekomen. Hij wilde een dialoog openen met Tomek, hem bijna als vriend behandelen.

Diep inademend, de adem inhoudend, luisterend naar het geluid van zijn hart dat als duizend trommels in zijn hoofd klopte, scheurde Tomek de envelop open en las de brief.

OVER DE AUTEUR

Jack Probyn is een Britse misdaadschrijver en de auteur van de Jake Tanner misdaadthrillerserie, die zich afspeelt in Londen.

Hij woont momenteel in Surrey met zijn partner en kat, en werkt aan een nieuwe detectiveserie die zich afspeelt in zijn geboortestreek Essex.

Wil je je niet aanmelden voor nog een maillijst? Dan kun je op de hoogte blijven van Jacks nieuwe uitgaven door een van de onderstaande accounts te volgen. Je krijgt bericht wanneer ik een nieuw boek uitbreng, zonder de rompslomp van het aanmelden voor mijn maillijst.

BookBub Auteurspagina "Volgen":

1. Vergelijkbaar met Amazon hierboven, klik op deze link: https://www.bookbub.com/authors/jack-probyn

2. Naast mijn profielfoto staat een knop met "Volgen"

3. Klik daarop, en BookBub zal je informeren wanneer ik een nieuw boek uitbreng

Als je meer actuele informatie wilt over nieuwe uitgaven, mijn schrijfproces en alles daartussenin, dan is mijn Facebook-pagina de beste plek om op de hoogte te blijven. We hebben daar een kleine gemeenschap die groeit. Waarom zou je er geen deel van uitmaken?